小川楽喜
Ogawa Rakuyoshi

標本作家

早川書房

標本作家

装幀／坂野公一（welle design）
写真／ ©Adobe Stock

目次

第一章　終古《しゅうこ》の人籃《じんらん》

真に美しき人は、弱く、はかなく、苦悩の深き者だ。
――セルモス・ワイルド

1

人類がこの地上に生まれ落ちてから滅び去るまでのあいだに、いったい、どれだけの物語が作りだされ、認知されることもなく消えていったのでしょう。それを正確に数えることはできないけれど、私はその最期を看取る役を任されました。

「――……」

切り乱された髪の毛が、揺れて。

左右で焦点の合っていない眼球が、裏返って。

否応もなく、私はそちらへと意識を奪われます。

目の前にいるそれは、もの云《い》わぬ存在でありながら、私に使命を課したモノでした。

髪の毛も、眼球も、それ単体で評価すればガラクタ同然の代物なのに、組み合わさることで調和がとれ、退廃的な美を醸し出しています。外見上は、きらびやかなドレスに身を包んだ球体関節人形。

しかし、それは生きているのです。人類のあとに誕生し、繁栄した、新たな知的種族。言語を用いずとも他者との意思疎通が可能な、超常の生命体。

「………――」

私はそれと同席していました。ソファに座り、向かい合って、千を超える原稿用紙の束を、彼女に提出しています。彼女？　――この生命体に性別があるかどうかはわかりません。けれども、その女性的な容貌に惑わされ、自然とそう認識するようになりました。

「コンスタンス」

彼女の名を呼ぶと、それはわずかに反応しました。原稿用紙に落としていた視線をこちらに向け、次の言葉を待っています。その挙動は非人間的で、無機質で、たしかに私たちとは別種の生き物なのだと実感させられます。私は彼女に問いかけました。

「どう？　……今回の、小説は」

祈るような思いで、それだけを口にしました。

コンスタンスからの答えは、直接、私の精神へと訴えかけてくるものでした。それは言語化される前の、思想の源泉、情緒の兆しといったもので、直感的に理解することができます。いま、私のなかに伝わってきたそれを、あえて言葉に置き換えるのなら。次のような単語の羅列になるでしょう。

退屈。凡庸。落第。拙劣。幻滅。陳腐。不快。屑。論外。愚にもつかない――……

半ば予想していた返答に、それでも私は落胆し、彼女から目をそむけました。ここにある原稿は私が書いたものではありません。はるか過去から現在にいたるまで、歴史に名を残した作家たちによる共著《きょうちょ》なのです。ある者は十九世紀に。ある者は二十八世紀に。それぞれの時代にそれぞれが名を馳せ、世界的に重要な小説を発表したあと、死に、いまふたたび甦ってきました。そうして、標本として管理されるようになったのです。自由はありません。各時代の天才たちは人類を淘汰した新種族によって再生され、ちっぽけな館に押し込められて、そこで延々と小説を執筆することを強いられています。

この事業が発足してから、およそ数万年の時が経過したといわれています。標本化した作家たちは保存処置――不死固定化処置と呼ばれる施術を受けており、管理者が廃棄しないかぎりは永遠に生きつづけます。すなわち、いつまでも死ぬことなく、老いることなく、小説を書きつづけなければならない身の上になったということです。

私もまた保存処置を受けました。といっても、私自身は作家ではなく、作家の書き上げたものをまとめる、巡稿者《じゅんこうしゃ》という立場にすぎません。また、その肩書きに見合うほどの立派な仕事ができているわけでもありません。ただもうかつての偉人たちの要望に対して、うまく応えられずにいるなか、奉仕する日々を送っています。彼らから受けとった原稿は文学史において最高の作品であるはずです。これ以上、望むべくもない物語であるはずです。が、それをもってしても、いま目の前にいる彼女の心を動かすのは不可能なようでした。

「――……」

今回、コンスタンスは、以前にも増して不満げな様子でした。氷像のそれよりも冷たい瞳で私のことを見返しています。

彼女のような知性体は、玲伎種《れいきしゅ》と呼ばれています。全大陸にわたって支配圏を確保し、高度な文明を築くほど栄えているのに対し、私たち人類はもうずいぶんと前に滅亡してしまいました。ごく少数の、保存処置を受けた者だけが玲伎種の庇護下におかれ、標本として暮らしているだけです。

現在は、八千二十七世紀。西暦にして八十万二千七百年。そろそろ世界は朽ち果てます。すでに滅びた人類にできることは何もありません。いまのところはコンスタンスの属する玲伎種がこの地球を治めていますが、それも永くはつづかないのかもしれません。

「次の巡稿《じゅんこう》には同行しますか。久々に、あなたが蒐《あつ》めてきた書き手たちの顔を見てあげてください」

私は提案しました。巡稿とは、この館に居住する作家たち――別の云い方をするなら、この館に閉じ込められて創作を余儀なくされた囚人たち――を、ひとりひとり訪問し、その様子をうかがい、必要なら彼らの要望に応え、相談にのり、打ち合わせをして、できあがったぶんの原稿を拝領する、対人業務のことです。私の巡稿者としての仕事は、ほぼこれに費やされます。以前はそれぞれの作家による単著《たんちょ》、すなわち個々に執筆された小説の拝領が主流でしたが、現在はそうではありません。複数の作家が協力して執筆する小説、これを共著といいますが、その達成を援助するための業務と、彼らから受けとった膨大な量の原稿をひとつの物語としてまとめる編纂作業が、私の、重大にして主要な使命となりました。

　いずれにせよ、作家たちを支援するため、館のなかを巡ることに変わりはありません。その同行を求めたのです。目の前の、この退廃的な美の人形に。

「……――……、――、――」

　コンスタンスからの回答は拒絶でした。やはり言葉ではなく、互いの精神をつなぎ合わせた状態で語りかけてきます。彼女はここに作家たちを住まわせたあと、それにほぼ無関心であるかのようにふるまっています。億劫《おっくう》。倦怠《けんたい》。放任。――そういった思念が私のなかへと流れ込んできて、それっきり、何かを協議しようという意思すらなくなりました。

「いいのですか。次を逃がすと、いよいよ誰とも逢えなくなるかもしれませんよ。あなたの知らないうちに、あの方たちは――……、あの方たちは、皆、衰えて……――。……この先、ますます……」

　途切れ途切れになっていく言葉。コンスタンスから送られてくる思念の内容には、なんらかの変化も生じません。わかっているのです。彼女にとっては提出された原稿の中身だけが重要で、それを手がけた人間の営みや苦しみになど、一切の関心を寄せないことを。それは、これまでの態度から読みとれます。

彼女からしてみれば、私たちは仕事上研究することになった実験動物のようなもので、最低限の義務さえ果たせばそれ以上関わり合いたくはないのでしょう。

これまでの数万年、提出するたびに作品の質は落ちていっています。いかな不世出の作家たちでも永劫《えいごう》にその文才を維持するのは不可能なのではないでしょうか。もはや限界なのです。この館にいる誰も彼もが壊れていっています。それを食い止めるため、あるいは打開策を見つけるため、コンスタンスの協力を取りつけようとしましたが、それも叶いませんでした。

ヒトの創造力の衰微。文芸の枯死。人間の精神文化の黄昏。そんな安っぽい云いまわしが冗談に聞こえない、しなびた時代に私たちは生きています。

いま、彼女に巡稿の同行を断られたことで、私はようやくひとつの決意を固めることができました。それは巡稿者としての領分を越えた、この館の秩序を乱すおこないになるに違いありません。けれど、もう、こうするより他に道が残されていないように思えるのです。そしてこのおこないの裏には私の個人的な願望もひそんでいることを認めます。あきらめよう、あきらめようと思って、ついぞあきらめきれなかった想いが、今後、私を衝き動かすことになるでしょう。それはきっと許されざることで、この館に破滅を呼び込むことになるかもしれません。けれど、私は——……

……長い長い歴史の果てに、人々の創作活動は終焉を迎えました。もはや語られたことのない物語は存在せず、新しい書き手も現われず、種全体の感性は衰えて、あとはもう自然死するのを待つばかりの状態です。

私たちのしていることも、結局のところは「あがき」にすぎないのだと思います。最高の人材に最高の環境を与えれば、きっとこれまでにない物語を生み出してくれるだろうという、はかない幻想。

すでに出尽くしたという事実を受け入れられず、まだ何か出てくるはずだと悲しい努力をくりかえす、不死者としての日々。第三者からみれば不毛といわざるをえない行為かもしれませんが、それでも私は、この悲しい努力をつづける作家たちに寄りそいたいと思っています。——そう。巡稿者である私にとっての、もっとも大切な使命は、彼らの行く末を見届けること。彼らが織りなす一連の物語群の——つまりは人類の創作活動をしめくくる物語の——その最期を、看取ること。

そのために私は永遠の命を得たのだと思います。十九世紀に生まれた下級貴族の娘でしかない私が、いま、こうして過分な役目を負っていることに、戦慄するほどの想いをいだいています。私はこの館にいる作家たちがひとり残らず筆をおくまで、その執筆作業につきあうことになるでしょう。……筆をおくということが、すなわちこの世を去ることと同義になるかどうかは、わかりません。しかし少なくとも、これまでに筆をおいてしまった作家たちは皆、廃棄され、永遠の時間から去りゆく、破滅の道をすすむことになりました。……

2

……——けれど私は、それがこの館に破滅を呼び込むことになろうとも、臆することなく実行することに決めました。私はこの館にいる作家たちに筆をおかせます。いつかの、巡稿者として正しくあらんとした自分とは、志が真逆になってしまいました。人は死にます。物語は語り尽くされます。この世から去るべきものは去っていくべきで、ただそれだけのことを理解するのに、私はいったい、どれだけの時間を無為に過ごしてきたのでしょうか。

はてしない雪暮れの空と、無限に増えゆく廃墟の世界。その片隅に、この館は建っていました。〈終古《しゅうこ》の人鑑《じんらん》〉と名づけられたここは、世界じゅうの偉大な小説家を集めて活動させる、収容施設になるはずでした。

釣りの道具に魚籃《びく》というものがありますが、それの人間版といったところでしょうか。河川から釣り上げた魚ではなく、悠久の時の流れからすくい上げた人間をしまい込むための籃《かご》が、この館なのです。

外観は私の生きた時代に隆盛をきわめた英国式のカントリーハウスに似ています。建築様式はネオ・ゴシックのそれに倣《なら》いつつ、ところどころで他の様式や新しいデザインを取り込んで、矛盾性と唯一性を等しくあわせもつ建造物に仕上がっていました。

全体としては重厚な三階建ての城館で、私の知るかぎり、同規模でこれ以上に壮麗、かつ、幻夢的なものは他に見たことがありません。しかし、より特徴的なのは、この館に設けられた庭園のほうです。

降り積もる雪に犯され、彩られて、怖気《おぞけ》のするほど美しい景観を生み出しています。〈終古の人鑑〉には大小あわせていくつもの庭園が散在していますが、そのいずれにも雪が積もり、もともとの庭園の美意識とかさなって、人智を超える幽玄さを具象していました。この地に雪の降らない日はありません。見上げれば、玲伎種の住まう都市が浮遊しており、そこから雪が降ってきています。この雪が自然のものなのか、玲伎種の製造した人工的なものにすぎないのかは定かでありません。どちらにせよ、私たちの暮らす地上では寒冷化がすすみ、一年じゅう真冬のような生活を余儀なくされています。

館や庭園のみならず、その外側にも雪は積もっていました。そこには無数の廃墟が存在し、美と荒廃の両方をもたらしています。

八千二十七世紀において、人類の物質文明はすべて灰燼《かいじん》に帰していました。いま形を残しているのは、玲伎種によって作りだされた超常的文明だけです。

人類の手による建造物は、廃墟はおろか瓦礫《がれき》のひとかけらさえ残らないほどの長大な時間がすぎているのですが、しかし、〈終古の人籃〉の周辺にはそれらしき廃墟が広がっていました。なぜか。雪がそれへと変化するからです。降り積もった雪が、徐々に、その体積ぶんの廃墟へと変化していきます。これは比喩ではなく、文字どおり、自然とそのようにうつろいでいくのです。ただの雪のかたまりだったものが、時間の経過とともに雪の建物へと形を変え、そこに色彩がともない、質感がゆらぎ、ついには本物の廃墟へ転じるという現象。人間には到底理解がおよばなくとも、玲伎種がなんらかの形でこれに関与しているなら、充分に起こりうることでした。

結果、館に住む私たちは、千変万化する廃墟の景色をいつまでも眺めることができます。永遠の命、不死固定化処置を受けた人間にとっての、ささやかな慰めです。

廃墟は、崩壊と再生をくりかえしています。ひとつの廃墟が完全に崩れ去っても、そこに新たな雪が積もると、ふたたび別の廃墟が生成されます。はるか昔の、ありとあらゆる建物がその候補になりえますが、頻出するのはウェストミンスター宮殿、バッキンガム宮殿、セント・ポール大聖堂、大英博物館、タワー・ブリッジ、クリスタル・パレス――……すなわち、イギリスはロンドンに存在していた建造物です。

これには理由があります。まず第一に、〈終古の人籃〉が北緯五十一度、西経〇度に位置していること。ロンドンと同じ場所に作られたことが関係しているのではないかと考えられています。

第二に、〈終古の人籃〉に収容された作家には、イギリス出身の人間が多かったこと。この館に住

れていますが、それらの者が著《あらわ》した物語の内容が、館外の廃墟のありように影響をおよぼすと信じられています。つまり、作家の内面が反映されるのです。ロンドンに心を寄せる人間が多ければ、それだけ、生成される廃墟もロンドンに由来するものが多くなります。

おもにこの二点によって、ロンドンの建造物がよく生成される理由付けがなされていますが、ではなぜ、〈終古の人鑑〉にはイギリス出身の作家が多いのでしょう。私はコンスタンスにそれを訊ねたことがあります。彼女から明確な答えは返ってきませんでしたが、断片的に伝わってきた思念や情報を要約すると、おおむね次のような話になります。

玲伎種の社会にも政治というものがあるらしく、それによる込み入った事情から、計画が二転三転したのだそうです。当初はその予定どおりに世界じゅうの作家をここに集めるはずでしたが、それに反対する一派が介入し、施設の一極集中化に異議がとなえられました。

そこから生じた雑多な協議、かけひき、妥協の末に、作家たちは世界各地に分散して管理されることになりました。ヨーロッパ、アジア、アメリカ、オセアニアなど、大まかに分けられたエリアごとに複数の施設が用意され、作家は、その出身地に近いところへと優先的に収容されます。

そうなると、ロンドンの跡地に作られた〈人鑑〉に彼らが集まるのは自明の理でした。私自身、ロンドンで生まれ育った人間です。歳月が経つにつれてイギリス以外の国の作家もこの館に増えてきましたが、それでも割合としてはいまだに優勢を保っています。

コンスタンスとの交流から導きだしたこの話が、どこまで事実と合致しているのか、確証はもてません。彼女は常に、思念の切れ端を私に渡してくるだけです。本当は私からも声をだして話しかける必要はないのですが、少しでも会話らしい形を維持するため、あえて、そうしていました。彼女のほうでも私がそうしたいのを察しているのか、私が話しかける前に私の心を読むような真似はしなくなりました。

私はいま、館を出て、ある庭園のそばまで来ています。これから巡稿をはじめるにあたって、どうしても見ておきたい風景がそこにあるのです。雪はしずかに降りつづけ、私のさした傘を白く染めていきます。〈終古の人籃〉にはいくつもの庭園がありますが、これから向かう先が、私は、一番好きでした。

3

何かを好きになるという気持ち。それを言葉にして書きあらわすという行為。それを人々は、現実のなかで、虚構のなかで、幾度、くりかえしてきたのでしょう。

玲伎種は、ほぼすべての面で人類を超越していますが、ひとつだけ、かならずしも上回っているとはいえないものがありました。感性です。芸術の分野では人類の創造性に見るべきものを感じたらしく、それに秀でた人間をわざわざ過去にさかのぼってまで復元し、標本化するようになりました。現在でも玲伎種による人類の研究とデータの蓄積がすすめられています。この館でおこなわれていることも、そうした事業の一環なのです。

しかし、もうそれも終局を迎えつつあります。世界各地に建てられた作家の収容施設は、この数百年のうちにことごとく閉鎖されました。いまも運営されているのは、ここと、あとは極東の島国——日本に存在するという施設だけです。

人間の感性や創造力について、玲伎種は興味を失くしていっているようでした。今後は研究する価値のないものとして、片づけられていくのかもしれません。

目的の庭園にたどりつきました。ここには鏡のように水面が澄んだ池と、それを取りかこむ桜の木々がありました。この気候なら枯れていてしかるべきなのに、舞い落ちる雪と溶けあうことで、薄桃色の花を咲かせています。

廃墟が作られていくのと同じ原理でしょうか。桜の木の枝に、ある程度の雪が積もると、それは混ざりあって甦ります。雪は、桜の花びらへと変貌します。白かったそれが薄桃色に彩られ、つぼみがふくらみ、咲き乱れるのです。

そうして生まれた花々は、しかし、あっという間に散っていきます。咲いては散り、散ったあとに積もった雪から、ふたたび咲きゆく――。この庭園では、そんなことが何百年、何千年とつづけられてきました。

いまも降っている雪は、もうじき散り終わる桜と、ひとときの共演を催していました。銀色の桜吹雪。雪白の桜嵐《はなあらし》。白と淡紅《あわべに》の色彩が入り乱れて、私の心をふるわせていきます。

……私の、この庭園を好きだという気持ちも、この景色をみて感動した心も、いつか玲伎種によって研究し尽くされ、類型化されて、その意味を薄められてしまうのでしょうか。いいえ、私だけでなく、この館にいるすべての作家の創作物も――

かつて、この館の作家たちは、それぞれが表現せんとする世界や物語に、その心をささげていました。しかし、ある時期を境に、共著という執筆形態が広まっていき、それに淘汰されるようにして単著――個人的な創作活動――は、廃《すた》れました。ひとりで書きつづけることに限界を感じていたのもあるでしょうし、また、共著をするのにうってつけのシステムが導入されたという背景もあります。

結果、各作家の個性や魅力といったものは中和されました。……私は、どうしても思わずにいられないのです。ずっとずっと昔から、玲伎種からの批評はとても辛辣《しんらつ》なものでしたが、共著という形式に偏《かたよ》ったことで、ますます彼らの不興を買ったのではないか、と。どちらにせよ酷評されるのなら、最後まで、おのおのの表現せんとした世界や物語に殉じてほしかった、と。

先日のコンスタンスとのやりとりを文書化したレポートが届いたので、昨夜は、それを読んでいました。そこには提出した作品の判定結果が記載されています。Sを最優秀として、A、B、C、D、E、Fというランク分けがなされるのですが、昨今の判定結果は、目をおおいたくなるものばかりでした――

永遠に朽ちることのない大樹の意思が、いくつかの宝石に宿って、それぞれが歴史上の権力者の手から手へとわたっていく物語。何百人もの生きざまが宝石を介して大樹へと伝わり、それによって神秘的な成長を遂げていく。玲伎種からの判定、Fランク。

人類最後の大戦争の推移に応じて、仮想空間上の大都市が自動的に発展し、崩壊し、再生する、そうしたサイクルのなか、現実でも仮想空間でも交流を深めていく六人の男女を描いた物語。玲伎種からの判定、Fランク。

二十世紀から三十世紀にかけて繁栄した一族と、その一族に反旗をひるがえした人々の末裔が、やがて、どことも知れぬ異国の地で再会し、世代を越えて和解する物語――これが先日、提出した小説の内容ですが――玲伎種からの判定、ランク外。すなわち論外。

いずれも共著によって織りなされた作品です。私はそれらの報告レポートに目をとおすたびに傷心し、絶望し、狂いそうになりました。人類の必死の創造も、それにともなう感受性も、もう、尊重されえない時代になっているような気がして、やるせなさを感じずにはいられません。

私は、しみじみとこの庭園の様子を眺めやりました。本当に、白くかがやく雪化粧のほどこされた桜の散りぎわは、気が触れそうになるほど美しく、それがかえって、この館の内部でおこなわれていることの悲しさを引き立てています。

せめて私たちも、その散りぎわにはこれくらい美しくあれたら——と、そう願いつつ、私はここから立ち去りました。館へと戻るあいだ、はるか遠くに群立している廃墟の風景にも目を向けながら。


館内に帰ってきた私は、粛々と仕事の準備にとりかかりました。

巡稿。——それは、自身のすべてをもって作家たちと向きあう、悲壮な仕事です。甦った作家たちの生活を支え、彼らが創作に没頭できるような環境をととのえて、少しでも質の高い作品ができるように奉仕します。時には彼らの作品に意見を述べることもありますし、創作の刺激になりえる娯楽や情報を提供することもあります。その末に、彼らの書き上げたものを取りまとめ、管理者——この施設でいえばコンスタンス——へと渡すのです。

提出した原稿がその後、どこへ行くのかは知りません。おそらくは人間よりも高い知性と文明をもった玲伎種たちに、データとして利用されるのでしょう。私たちは標本にすぎないのですから。

終わることなく執筆する作家たちと、管理統制をしている玲伎種の社会。その橋渡しをするのが私の役目でした。

自室で必要なものを整理したあと、衣裳部屋へと向かいます。途中、廊下にて掃除をしている数人のディシオンと出会いました。

ディシオンとは、玲伎種が使役している幻影の従者です。放送終了後のテレビの砂嵐のような映像が人型となって、服を着ています。明確な自我はないらしく、この館で永遠にメイドやフットマンとして働いています。

彼らに個別の名前はありませんが、それぞれに番号が割りふられ、それごとに若干の個性があるようでした。外見的にも、モノクロの砂嵐もあれば、色合いに満ちた砂嵐のディシオンもいます。生命体なのか、機械なのか。物理的に干渉できる幻影なのか。私たち人間には、判断がつきません。彼らがどういった存在であれ、私はなるべく敬意をはらって、人間と同じように接していたいと考えていました。これまでも、これからも、そうしていくでしょう。

「すみません。着替えるので、どなたか……」

私がそこまでいうと、その場にいたディシオンのうち、ひとりがすすみでてくれました。砂嵐だけの顔には眼も口も存在せず、その髪型と、メイド服を着ているところから、どうやら女性の幻影であることがうかがえます。

彼女は一礼し、私とともに衣裳部屋へと向かってくれました。

巡稿におもむくのにわざわざ着替えるという手順をふむのは、私自身の意識の切り替えと、これから逢う人々の求めに応じたいという理由からでした。

衣裳部屋まで同行してくれたディシオンは、引きつづき私の着替えを手伝ってくれています。〈終古の人籃〉の日常業務をこなしているのは彼らです。コンスタンス同様、まったく喋りませんが、こちらがお願いしたことには完璧に対応してくれるので、作家たちも助かっているようでした。

衣食住はもちろんのこと、敷地内のすべての庭園の保守も任されています。とはいえ、館や庭園の機能はほぼ自動制御されており、彼らはそれに関する設備が正常に動いているかどうかを点検するだけだそうです。

ディシオンそれ自体に造園の技術はなく、またそれを修得する感性もない――と、いつだったか、コンスタンスの思念を受けとったことがあります。

見方を変えれば、彼らもまた〈終古の人鑑〉を維持するための、人型の設備にすぎないのかもしれませんが、私にはどうしても、そういうふうには割り切れませんでした。

「ありがとうございます。それにします」

衣装をもってきてくれたディシオンに礼をいい、私は着替えをはじめました。

古めかしい、私の生きていた時代――ヴィクトリア王朝末期の情調をただよわせる、風雅なティー・ガウンです。

巡稿者として甦った私の、その出自を知った作家の幾人かが、私にそうした服をまとうことを求めるのでした。いいえ、正確には私に――というよりも、ヴィクトリア王朝の貴族としての私に、でしょうか。あの時代の、あの貴族に、ある種の幻想をいだいているらしく、その幻想を壊さない程度には着飾っていてほしい……と求められたのです。

以前、私は機能性重視の、なんの洒落《しゃれ》っ気もないビジネススーツで巡稿をしたことがあります。ほとんどの作家は気にしたそぶりを見せませんでしたが、あるひとりの作家から、先述のような貴族への憧憬を吐露されました。その上で、もし着飾ってくれるなら、これまで以上に創作にはげむことができるだろう、とも告白されました。

当時の私は悩みました。そうはいわれても、あまりに華美なドレスで訪れるのは場違いです。一方、作家の要求も無碍《むげ》にできません。いろいろと考えた末に、ティー・ガウンというものを採用することにしました。

これは午後の茶会に出席するための衣装で、普段着より豪奢ですが、本格的なドレスよりは装飾が控えめです。無論、昔のものが残っているはずもなく、それに近いものを新たに用意してもらいました。

結果、厭味《いやみ》にならない優美さと上品さをかねそなえた装いとなりました。件《くだん》の作家からは感謝されました。また、ほかの数名からも褒められて、今後はそうした出で立ちで訪問してほしい、と望まれるようにもなりました。正直、私のような器量の女を、かくも評価してくださるのには複雑な心境がともなうのですが、少しでもそれで創作の一助になるのならと、ありし時代の夢のような衣装に身をつつむことにしています。

いま、私の手元にあるのは、薄い青を基調としたティー・ガウンです。それに袖をとおしながら、先ほどまで眺めていた桜の庭園と、廃墟の情景について思い出します。

雪原に消えゆく瓦礫のなか、朽ち果てたシャード・ロンドン・ブリッジが倒壊するのを目にしました。私の生きていたころには存在しなかったビルディングです。ひと言に廃墟といっても、十九世紀か、二十三世紀か、二十八世紀か――いつの時代のロンドンを再現しているかで、朽ちゆく建物も変わっていきます。そのすべてを再現できる雪とは、いったい何なのでしょう。なぜ雪が降り積もることで廃墟が生じるのか。桜の庭園で銀色の桜吹雪が舞い散るのか。それらの答えを、私はまだ持ちあわせていません。

きっと玲伎種なら知っているのでしょう。そして、教えてはくれないのでしょう。私たち人間は標本なのですから。標本に、必要以上の情報を与えたところで、何の意味もないのですから。

しかし、それでもかまわないのです。何かを知ったとして、その事実を私たちはくつがえせるでしょうか。くつがえせないのなら、せめて事実の外でだけは、私たちにとって意義のある物語をつむいでもいいのではないでしょうか。創作という、事実とは異なる解釈をすることこそが、私たちに残された最後の抵抗なのかもしれません。

着替えが終わりました。私は衣裳部屋から出て、この館を巡ってゆくことにしました。

4

巡稿で一番はじめに出逢う作家は、この扉の向こうにいます。

彼が生きていたのは十九世紀の英国。私と同じ、ヴィクトリア王朝期の人間です。流行作家でした。作品数はさほど多くありませんが、そのどれもが傑作として認められ、時代の寵児ともてはやされました。そして破滅しました。三十四歳という短い生涯の幕を閉じ、この〈終古の人鑑〉へ収容されることになったのです。

セルモス・ワイルド。唯美主義の享楽家。生涯を通じて、美と苦悩について探求した作家。

「メアリです。入ります」

私はノックし、入室しました。セルモスは奥の机で頬杖をつき、沈思黙考しているようでした。私が入ってきても一瞥しただけで、特にこれといった応対はせず、関心なさげにしていました。

私は来客用のソファに腰かけ、そのまま待ちました。

三時間ほど経過したでしょうか。セルモスは一貫して私を無視したわけでなく、たまに見つめ、観察し、かと思えば別の方向をむいて物思いにふけったり、本を読んだり、書き物をしたりと、好きに動きました。まるで、私という存在をインテリアの一部とみなしているように。

いつものことなので、私も動揺しません。待てばいいのです。

さらに十五分ほどが経過して——

ようやく机から離れ、私と対面のソファに座りました。

「どんどん醜くなっていくな、お前は」

それが彼の第一声でした。しかし声の響きは、とても優しいものでした。

「まったく、見るも無惨なものだよ。我欲のかたまりみたいな顔をしてるじゃないか。私もお前も、不死固定化処置を受けている。だから、肉体的には昔といっさい変わりはないはずなんだ。いまのお前の醜さは、お前自身の内面からきている」

罵倒するような冷たい口調ではなくて、慈愛に満ちた、医師が重篤の患者に語りかけるかのような声音《こわね》でした。本気で、いたわってくれているように感じます。

セルモスは物静かでありながら、その容姿に似つかわしくない激情と欲望を内に秘めた人間でした。外見的には細身の、顔立ちのととのった青年です。髪は放埓《ほうらつ》で、肩まで伸びているため、女性に間違われることもあったといいます。知的な、そしてはかなげな瞳が揺れて、繊弱《せんじゃく》な印象を受けますが、その言動は苛烈ともいえるほど型破りなものでした。

美への狂熱。退廃趣味。残忍で狡猾。怠惰。高慢。陰鬱な感性。気まぐれな嗜好。淫蕩。冷酷。不誠実。……およそ人の持ちうる悪徳の大半をそなえる一方で、才能だけは燦然ときらめき、それによって社会的成功をおさめたといえるでしょう。

しかし、そうした栄光の日々も七年たらずのことでした。

セルモスと私は十九世紀のころから面識があったのですが、当時、私の兄と男色にふけっていたことが発覚して、文壇からも社交界からも追放されることになったのです。

投獄され、出所してからも零落の一途をたどりました。当時の私にはどうすることもできず、以降、私たちは関わりあうこともないまま互いの人生を終了しました。

はるかな時を越えて〈終古の人籃〉で再会したときには、さまざまな想いが胸に去来したものです。そして、その想いの残り火は、いまも私のなかでくすぶっています。

「あなたも、お変わりになりました。私の美醜を気にかけるほど、私に関心をもってくださるなんて」

「ずっと前から気にかけてはいたさ」

優しい医師から一転、今度こそ嘲《あざけ》るような声となって、私の言葉を突き返しました。煙草に火をつけ、紫煙をただよわせます。

「それで？　コンスタンスはなんだって？」

先日の提出のことを聞いているのでしょう。自分たちの書いた原稿がどう評価されたのかを知りたがっているのです。

私は正直に答えました。

「過去最悪の出来と——」

「ふん」

憤慨した様子もなく、セルモスは煙の味を愉しんでいました。この結果は、とっくに予見していたとでもいうように。

「今度、ひたすら欠伸《あくび》をしているだけの小説でも送りつけてやろうか。どこかの映画館で、つまらない映画が上映されていて、観客の誰かが欠伸をするたび、それを描写する。ただそれだけ。話の展開も結末もない。人間の——いや、玲伎種のほうがいいか。あいつらが欠伸をするかなんて知らないが——口が開いて、空気を吸いこむ様子を、意味もなく詳細に記述しつづける。ちょっとした趣向だと思わないか」

「どうでしょう。欠伸をする人間の背景まで掘り下げる作品にすれば、あるいは……」

「冗談でいったんだ。誰がそんなものを書くか」

真正の馬鹿者をみるような目で、セルモスは私のことを蔑《さげす》みました。

その提案は、玲伎種への厭味、嫌がらせのつもりでいったのでしょう。それはわかっていたのですが、巡稿者としての立場上、その作品の可能性を模索しないわけにはいきませんでした。

巡稿における私とセルモスの会話は、おおむねこのような調子でした。彼の言葉を額面どおりに受けとる私と、それを揶揄《やゆ》する彼。そんなやりとりがくりかえされた果てに、いまのこの状況があるのでした。

「次の作品の構想は定まっている。これまでにも打ち合わせしてきた、あれを書きはじめる」

灰皿に煙草の灰を落としながら、セルモスは何気ないことのように伝えてきました。

「玲伎種の文明社会の勃興と衰滅。奴らがどこから来て、どこへ行くのか――そんなことは知ったことではないが、せいぜい虚構のなかでは壮麗に舞ってもらうよ」

「また、共著になりますか」

「無論だ」

……それは、ここ二百年ほどのあいだに私やほかの作家もまじえて練ってきた、一大構想でした。歴史に名を残して死んでいった作家たちが、西暦八十万二千七百年という途方もない遠未来に甦ったからこそ書けるもの。人類が滅びたあとの、この時代だからこそ書けるもの。

その最たるは、やはり玲伎種でした。私たちにとっては興味の尽きぬ新しいテーマです。これまでにも個々の作家がそれについての小説を発表したことはありますが、セルモスが指揮をとって、共著という形で取りくむのは、今回が初になるでしょう。

おそらくは、この館にいる作家全員が参加することになるはずです。このまま、誰かが止めなければ。

「共著という形式ですが――」

その誰かに、私はなろうとしていました。あのとき。コンスタンスに巡稿の同行を断られたときに決意したことを、いま、実行に移そうとしています。

巡稿者としての領分を踏み越えようとしています。

「――やめませんか？　あなたひとりで書いたほうが、良いものができると思います」

私はそう訴えました。

会話が途切れました。セルモスは理解しがたいものに出逢ったような目で、私のことを見つめていました。

5

十九世紀にセルモス・ワイルドが書いた小説に〈痛苦の質量〉というものがあります。苦悩という、本来は定量化できないものを、あえて定量化し、それを他者と分かち合う……という内容の話です。

簡単にまとめるとそれだけですが、セルモスはこれを彼独特の美意識と巧みな筆力によって表現し、幻夢的で痛ましい、退廃の美に彩られた物語に仕上げました。

舞台はロンドン。ある上流階級の男が、濃霧の街角で幻影のごとき女に惑わされます。そこから生じる異変を追っていき、苦悩や美といったものに狂わされていく人々の惨状を描くのが、この物語の主題となっています。

きらびやかな晩餐会。悪意と不条理に満ちた社交界――

ギーメルという名の男は、貴族社会における重圧的なしがらみに耐えかねて、そこから抜け出す術はないかと苦悩していました。ある夜、濃霧のなか、自分に微笑みかける白いドレスの女性を見つけ、彼女に追いすがります。その女性は名をティファレトといい、どこからともなく取り出した一枚の絵をギーメルに手渡しました。それは、どこの誰とも知れない下層階級の女の肖像画でした。

翌日から、ギーメルの精神状態は異常をきたします。これまでと同様に貴族社会のしがらみに翻弄されるのですが、それにともなう苦悩の度合いが、いままでとは比べものにならないほど深刻になっていくのです。

同時に、肖像画に描かれた女の居場所が直感的にわかるようになり、そこへとおもむいて、その女と知り合いになります。女の名はケテル。彼女もまた白いドレスの女——ティファレトから肖像画を受けとっていました。そこに描かれていたのは、他ならぬギーメルでした。

ギーメルは、ケテルから感謝されます。この肖像画を受けとってからというもの、日々感じていた「心の痛み」が軽減されたと。

不可解に思うギーメルの前に、ティファレトがふたたび現われます。彼女は、ケテルの絵を回収し、そのかわりとして別人の肖像画をギーメルに与えます。——こうしたことがくりかえされ、所有する絵が変わるたびに、ギーメルの精神状態は変化します。あるときは苦悩から遠ざかり、そのおかげで安逸な暮らしが可能になったり、あるときは絶望的な苦悩のなか、自殺未遂におよんだり……、まるで世界の見え方、感じ方が、その根底から入れかわっていくような心の変動に次々とみまわれて、彼は、ひとつの結論に達します。

自分が受けとってきた肖像画の数々は、そこに描かれた人物がどれだけこの世界で苦痛を感じているか、苦悩しているかを示す絵で、それを所有すると、その苦しみの濃さに感化されるのだ、と。

——ここまではギーメル個人に焦点をあてた物語展開なのですが、ここから先は徐々に規模が大きく、そして視点が多角的になっていきます。

ロンドンにはギーメルと同じ体験をしたという者が続出します。その誰もがティファレトという女に出逢ったと訴え、いつしかそれは噂や都市伝説の域を超えた、神話のようなものとしてあつかわれていきます。

肖像画を所有している者同士はなぜか互いの居場所を把握でき、それによるネットワークが形成されます。彼らは会員制の社交クラブを設立し、そこで自分たちの肖像画をいつでも好きなように交換できるようにします。どの肖像画がどれだけ苦しいのか、比較・検証されていき、それをきっかけに多様な人間関係が生まれます。

同程度の苦悩を味わっていることがわかって、奇妙な友情がめばえる者ら。

一方で、自分はこんなにも苦しんでいるのに、なぜ他の者は自分ほどには苦しんでいないのか、と嘆く者ら。

自分は充分に苦しんでいると思っていたのに、他の者がそれ以上に苦しんでいるのを初めて知って、その痛みのほどに戦慄する者ら。

他の者と同じくらいの苦悩ができない自分に、後ろめたさや、申し訳なさを感じる者ら。

……それまでは観測されえなかった「苦悩」というものが、絵という媒介をもつことで観測（＝鑑賞）され、そこに大きな個人差があることが赤裸々にされてしまったのです。

これは、物質的な裕福さや環境の良し悪しとは無関係です。貧しくても苦悩少なく生きている者もいますし、優雅な生活を送っていても深い苦悩につつまれている者もいます。この世界を生きていくうえで、どれだけ傷つきやすいのか、どれだけ悪意や不条理に敏感で、それに対して反撃するのではなく、自分自身を責めてしまうのか、という感受性の問題なのです。

深い苦悩は、往々にして自己否定につながります。繊細な人間であればあるほどこの世は生き辛く、他者に気を遣いすぎて不幸になっていきます。しかし、そうした者ほど美しい――と小説内では語られています。この作品では、苦悩にあえぐ人物の肖像画は、そうではない人物の肖像画よりも、美しく描かれています。つまり、美と苦悩は比例する、というわけです。

そのことに気がついた小説内の人々は、より美しい肖像画を見たいと願う一方、それを所有することによる「深い苦悩の共感」をおそれました。

はじめのうちは皆、我慢していましたが、物語が進むにつれて邪悪な計画が企てられます。すなわち、社交クラブの誰かを犠牲にして、とことんまで不幸に追いやり、苦悩させることで、その人物の肖像画を極限まで美しくしよう、というものです。

その犠牲者に選ばれたのがケテルでした。ギーメルが初めて受けとった肖像画のモデル。下層階級の女。いま、その女の絵は、社交クラブの共有財産になっています。

この計画を耳にしたギーメルは、どうにかしてそれを阻止しようとしますが、かえって巻き込まれ、弱みを握られ、ケテルもろとも計画に利用されることになります。

ケテルの肖像画の所有者はギーメルということにされ、彼は、他の社交クラブの会員たちのために、ケテルの肖像画を定期的に披露する「鑑賞会」を催さなければならなくなりました。罠にかけられ、貴族社会のしがらみから抜け出せないでいる彼は、逆らうことができません。

これによって他の会員たちは「深い苦悩の共感」というリスクを避け、より美しい肖像画を鑑賞する権利を手に入れたのです。

鑑賞会を開催するたび、みるみる美しくなっていくケテルの肖像画。それは同時に、現実のケテルがどんどん不幸になっていっている証左でもあります。その苦悩のほどは、ギーメルにも伝わってきて、生き地獄のような日々を送るはめになります。

最後には、ギーメルは廃人同然となって、燦然とかがやくケテルの肖像画になんの関心も払わなくなっていました。

阿呆のようにたたずむギーメルを無視し、この世でもっとも美しい肖像画を愛《め》でながら酒宴に興じる会員たちの醜さ。贅のかぎりを尽くした食卓。飽食。笑い声。……その場にいる誰もが最初から邪悪だったわけではなく、すべては「美しいものを見たい」という欲求から端を発し、善悪の判断を見失うほどにケテルの肖像画に魅了された結果なのでした。

ある日、鑑賞会の最中に肖像画が白紙に戻ります。そこに描かれていたケテルが消失したということは、このロンドンのどこかで——おそらくは薄汚いスラムの一画で——彼女が死亡した、という知らせでした。直後、肖像画には白いドレスの女——ティファレトの顔が浮かび上がり、ギーメルをふくめた社交クラブの会員たちに微笑みかけます。これで物語はほぼ終幕なのですが、——……ラストシーンには続きがあって、ティファレトの顔が消えたあと、廃人となったギーメルが、白紙のそれにふたたびケテルを描こうと筆をくわえるのです。しかし彼の絵画の技術は拙《つたな》く、描かれたそれは幼児の落書きよりも粗末な、酷いものでした。まともな判断力を失っているギーメルは、それでも自分の描いたケテルの顔をみて、満足げに笑う……——美の極致に至ったケテルの肖像画の、その成れの果てを描写して、物語は今度こそ本当に終わります。

……これが〈痛苦の質量〉のあらましです。この小説はまたたくまに話題となり、まだ名の売れていなかったセルモス・ワイルドという作家を、一躍、時の人としました。

厳粛な道徳観念にしばられていた当時のロンドンは、背徳と退廃の薫香ただようこの作品に魅せられ、惑溺しました。一部の評論家や良識派から「堕落のきわみ」と非難されるも、セルモスという作家の特異な才能、反社会的で奔放な生きざまは脚光を浴び、社交界では幾人もの女性と浮き名をながす享楽家として知られるようになったのです。

〈痛苦の質量〉は、彼の唯美主義を象徴する一作です。美という、目にみえる形であらわれた苦悩は、他人のそれと取りかえることが可能で、そこから生まれる悲劇を、無情なまでに描き切りました。物語の中盤からはギーメル以外の人物にも焦点があてられます。上流階級のみならず、中産階級、労働者階級の人々が、肖像画を通じて接点をもち、入り乱れ、最終的にはケテルという無垢な女性を餌食にする展開は、物議を醸しました。

階級を越えた人間ドラマと、その果てにある人々の末路。それらに、当時の読者は酔いしれました。他ならぬ私も、そのひとりでした。

――いま。

私の目の前には、その作者がいて――

私と、次の小説はどうするかという打ち合わせをしていて。

それは、十九世紀に生きた、あのころの私からすれば、夢のような出来事で――

いままでは、もうそれだけで充分だったけれど。

これ以上、あのときとは違うあなたを見ていたくないから。変わっていくあなたを見たくはないから。

……衰えたあなたを、見ていられないから。

正直に、訴えることにしたのです。

「あなたひとりで書いたほうが、良いものができると思います」

6

真に美しき人は、弱く、はかなく、苦悩の深き者だ——というのは、〈痛苦の質量〉の序文で語られていた文言ですが、それに比べ、いまの私はどうでしょうか。

この世の悪意や不条理に反旗をひるがえし、おのれの我を押し通そうとしています。他者への気遣いなどいっさいなく、自己否定へと陥る苦悩からも逃避して、ただひたすらに声をしぼり出しています。もし〈痛苦の質量〉で表現されているような、私の肖像画がここにあるのなら、さぞ醜く描かれていることでしょう。

「さぼりたいのか」

途切れた会話を再開するため、セルモスはそう口にしました。

「共著の編纂には手間がかかる。その作業がわずらわしくなったのか、それとも、やり遂げる自信がなくなったのか……」

ソファから立ち上がり、彼は私のそばへと近づきました。睥睨《へいげい》するかのような視線がこちらを見下ろしています。

「人間だと思っていたんだがな。別の動物だったか。いや機械か。その妄言はどこがどう壊れたら洩らすことができるんだ」

座っている私と、立ったままの彼。不意に、私の両頬が彼につかまれ、上を向かされ、強引に彼と顔を合わせる格好にされました。

「メアリ・カヴァン。さっきの発言の意図を説明してくれないか。自分がまだ人間だと言い張るなら」

私の顔は彼にしっかりと固定され、かすかにも動かすことができません。

向きあったセルモスの顔からは何も読みとれませんでした。冷淡な、蔑む表情ではありますが、それすらも間にあわせの作り物に思えて、私だけが心の裡《うち》をさらしているような、そんないいようのない不安と一抹の羞恥心におそわれ、ふるえてしまいます。きっと、身をよじろうとも、逃れることはできません。なんておざなりな辱《はずかし》め。

私は彼に拘束されたまま、いいつのりました。

「……言葉のままの意味です。あなたがひとりで書いたほうが、ずっといい」

視界がぶれました。直後、やわらかいクッションの感触。

セルモスが私を解放したのですが、そのときの勢いが強すぎて、ソファへと倒れ込んでしまったのです。

暴力とまではいかずとも、どうでもいいものをそのあたりに放り捨てるようなあつかいでした。私は横たわったまま、彼のほうを見上げもせずに話しました。

「共著の場合――……」

そこで一呼吸おいて、

「……まずはあなたが、全体のプロットを作成し、それを他の皆さんに配布する。それぞれから修正案を受けとって、なるべく多数の意見を取り入れた、最終的なプロットを完成させる。そうですよね」

「ああ」

互いに顔をあわせずに、会話していきます。

「その後、誰がどの箇所を執筆するかを決定。それぞれの得意分野を活かせるように、担当すべき事象や人物、エピソードを割りふって、それにもとづいて執筆を進めていく。書き上がったものは一度あなたのもとへ集められ、ひとつの物語となるように分解、および再構成される。……この作業には、私も加わります。巡稿者として」

「そうだったな」

セルモスが移動するのが、気配でわかりました。

自分がもともと座っていたところに、座りなおしたようです。

私はそれを確認せず、ソファに顔をうずめ、話しつづけます。

「何十年、何百年とかけて、その作業をつづけていくのですよね。私たちは不死ですし、個々の作家の執筆スピードに差があっても、時間はいくらでもあるのですから。プロットは追加される。エピソードは増えつづける。果てしのないモザイクを完成させていくように、数多の作家の文章をちりばめていく。結果、生前には望むべくもなかった壮大な物語を――原稿用紙の枚数で換算するのが馬鹿らしくなる、途方もないスケールの長篇を――、つむぎだすことができる。……何百人もの権力者の人生を感知することで、樹木が神殿のように成長する物語。最終戦争と、その戦果に呼応する架空都市の興亡。一千年にもおよぶ一族の大叙事詩。これまでにもそうしたものを創作してきましたし、今回もそれに倣う、と――」

煙草の匂いがただよってきました。

私の話に耳をかたむけてはくれているようです。

「……共著は、個々の原稿を単純につなぎ合わせただけでは成り立たない。文体はもとより、世界観、人物像、話の一貫性、その背景にある思想、方向性、作風、雰囲気などを統一させて、ようやくひとつの形になる。完成度を高めるため、どうしてもそれらを束ねる者が必要になる。それがセルモス、あなただった——」

「…………」

「あなたは共著の代表者となるため、変わらざるをえなかった。なぜですか。いずれ劣らぬ強烈な個性をもった作家たちの、その世界観や作風を統一するだなんて、ほんとうは無理な話なんです。それでも、あなたがそれをこなせているのは——」

「〈異才混淆《いさいこんこう》〉があるからだな」

私が告げるよりも先に、セルモスがそれを口にしました。

〈異才混淆〉。館内に居住する人間の才能や作風を感じとって、それを自分のものとして認識できるようになる精神状態。それはセルモスが独自に修得した技術でも能力でもなく、玲伎種によって与えられた、仮初《かりそめ》のもの。

この館には超常的な仕掛けがほどこされていました。セルモスの滞在するこの部屋は一階にあり、彼以外の作家は皆、ここよりも上の階で暮らしています。いま、私とセルモスのいるこの場には、私たちのほかに誰もいません。でもそれは「物理的には」という意味で、上の階にいる人々の思想、感性、情熱、才能、作風、技能といったものは、とめどもなくこの部屋へと送りこまれているのです。そして、この「混淆の間」と呼ばれるこの部屋では、形のない心理的な存在が、たゆたっています。この部屋の主であるセルモスは、日々、それを感じとっているのでした。

「……そうです。告白します。私はずっと心苦しかったんです。〈異才混淆〉が導入されてからというもの、あなたも、あなたに協力する皆さんも、それぞれの持ち味を活かせなくなりました。それを、どんなに惜しいと感じてきたか――、今後も〈異才混淆〉を継続なされるのであれば、私はその企画に賛成することはできません」

私はソファから顔を上げて、セルモスのほうを見ました。彼は、ものめずらしい動物を観察するような目で、私のほうを見返していました。

「昔のお前は、ただ原稿を受けとって、この館を巡ればよかった。だがいまは、そうはいかん。お前にとっては昔のやり方のほうが、さぞ仕事がしやすいだろうよ」

「ちがいます」私は相手の言葉を否定しました。誰かに対して、ここまで抗弁したのは、初めてのことでした。「ここでの執筆方法が、単著から、共著へと移り変わって、巡稿者としての仕事が煩雑になったのは事実です。だけど私はその労を厭《いと》いません。私が問題にしているのは、〈異才混淆〉による弊害のほうです」

「弊害ね」

セルモスは軽く受けて、煙草を灰皿に押しつけたあと、立ち上がって奥の机へと戻っていきました。

置き去りにされた私が見たのは、机もろとも鈍色《にびいろ》に染まっていくセルモスの姿でした。

昏《くら》く、鈍《にぶ》く、沈んでいく室内。それに溶けこんでいくセルモス。

あれこそが〈異才混淆〉でした。鈍色の色彩は、この部屋へと流れこんだ他者の精神面を具象化・可視化したもの。セルモスがわかりやすく強調してくれたのでしょう。その色彩に彼はおのれの身をゆだねていました。室内にたゆたっているであろう、さまざまな作家の才能を感じとるために。

「ここまで露骨にやらなくても――」

セルモスが物憂げに洩らしました。

「――私はもう、四六時中、彼らのことを感じとっている。次に何を書きたいのか、どんな文章を綴りたいのか、どういった物語を求めているのか。創作にかかわることなら、ほんのわずかな心の揺れや、機微さえも、ここにいるだけで察知し、すくいとることができる。やろうと思えば、彼らにわざわざ書いてもらわずとも、私ひとりで代筆できるかもしれない」

彼の宣言に嘘偽りはないのでしょう。単に、執筆する手が足りないから、分業制にしているだけ。

私がいま見ているものは、人類がその長い歴史をついやしても到達できなかった領域。

他者の意識を……いえ、主観というものを、我がことのように理解するシステム。

自分以外の誰かが何をどのように感じ、どんな想いにとらわれて生きているのか、それを知ることは人類にはできませんでした。何世紀もかけて積み重ねてきた科学的な手法はまったく通用せず、研究はおろか観測する術《すべ》も見いだせないまま、滅亡してしまいました。

しかし、人類のあとに台頭した玲伎種は、それをこともなげに成し遂げました。他者の主観の把握。それぞれの主観をもちよって、共有し、必要に応じて使い分ける理論。そして、実践するための技法。

――この館は、それが人間にも応用できるかどうかの、実験装置もかねています。

実験は一定の成果をあげました。セルモスが居住する「混淆の間」には、この館に住む人々の内面すべてではないにしろ、小説の創作に必要な精神的側面が集約され、〈異才混淆〉という現象を引き起こしました。すべては玲伎種による文明の産物です。その恩恵を受けているからこそ、私たちは大規模な長篇や、多人数が共著する物語を書き上げることができるのでした。

「あいつらの道楽に付き合わされて、私が変わったことを懸念しているのかもしれないが、いまさらだな。弊害とは何のことだ。もはや私は自室から離れていても〈異才混淆〉を感じられる。まあ、ここでこうしているのが、一番、効果は高いがな。ともかく、この部屋の主という事実が、すでに私とは分かちがたいものになっていて、〈異才混淆〉もまた私と不可分になっている……」

　セルモスのいう「あいつら」とは、玲伎種のことを指しているのでしょう。

　そして彼のいうとおり、本当に「いまさら」でした。何百年、何千年と、そのことに触れずにいて、はじめて異議を申し立てたのですから。

「〈異才混淆〉を害だというなら、私自身がその害だともいえるだろう。どこまでが私で、どこからが〈異才混淆〉によって得られた知見なのか。それは不明瞭だ。私は私でもあるし、この部屋に流れこんだ数多の感性の集合体でもある。不思議な感覚ではあるよ。彼らの主観的な世界と混ざり合っていくというのは――」

「まさに、それなんです」

　私はソファから立ち上がって、鈍色のなかに呑まれていくセルモスへと向かっていきました。

「私がやめてほしいのは。あなたの精神はあなただけのものであるはずで、そこに、ほかの皆さんの世界が広がっているのは、おかしいんです」

　私自身もこの室内にたゆたう他者の精神に染まりそうな、そんな自滅的な錯覚に陥りながら、一歩一歩、彼のところへと近づいていきます。

　机の前にまで来た私は、その机に両手をつき、祈るようにして請願の声をあげました。

「お願いです。〈異才混淆〉を解除してください。それがあなたの一部になっているというなら、その一部を剝ぎ取ってでも。……それを聞き届けてもらうために、私は今日、ここに来たんです」

7

参加する人数が増えれば増えるほど、完成させるのが難しくなる――それが共著というものでした。無理もありません。人それぞれに考えていること、見えているもの、感じているものは、異なっているのですから。とりわけ、作家と呼ばれる人たちは、その傾向が顕著でした。

かつてセルモスが、私にこう語ったことがあります。

「……お前は才能という言葉を口にするが、それは、いいかえれば畸形《きけい》の感性のことだ。凡夫とは異なる感性を宿しているせいで外部の情報を通常とは異なる形で受信し、それに影響される。受けとった情報からして異質なのだから、それによって彫琢《ちょうたく》される精神も異質なものになる。考え方が独特になる。世界観も特殊になる。そんな人間から発信される情報もまた特異なものになる。……凡夫は、それを社会的に有益かどうかだけで判断する。有益なら天才だといってもてはやし、有害なら狂人だといって疎外する。その線引きはじつに曖昧で、時代によっても移ろいやすい。この館にいる連中は、たまたま前者の側としてあつかわれただけのこと。広く世界を見渡せば、ここの連中以上に受信と発信の機能が壊れていた者もいただろう」

それを聞いていた当時の私は、次のように返しました。

「まるで、人のことを機械のように形容するんですね。ここにいる皆さんよりも……となると――、そういった人たちは、どうなってしまうのです」

「さあな。まあ、幸せからは遠いだろうよ」

セルモスの回答は、素っ気ないものでした。

「生きているうちに理解されるかどうかだ。そいつが死んで、後世になってから、ようやく評価されたというケースはある。しかし、それにどれだけの救いがある？　特殊な感性を宿していても、自分自身でその使い方がわからず――つまり、ここの連中のように『創作』という逃げ道を歩むことすらできずに——、もてあましたまま、苦しんだ者もいただろう。使い方を知っていても、自分のなかにある世界があまりに独特すぎて、それを表現しきれずに絶望した者もいただろう。自殺。孤独死。不遇の人生。ありふれた末路だ。ここの連中は、幸運にも他者から理解される程度に壊れていたから、そして受信と発信の機能をそれなりに利用できたから、多少はましな人生を送れたんだ」

「……そう、なのでしょうか……」

私は弱々しく、反論しました。

「私にはわかりません。たとえ他者から……、いいえ、社会から評価された作家でも、その人が何をどのように感じ、どんな想いにとらわれて、その作品をつくったのか。〈終古の人籃〉に来て、そんな人たちと実際にめぐり会って、それで理解できるようになるかと思いましたが、……ますます、わからなくなりました。けれど、相手のことがわからないからこそ、惹かれるということも、ありませんか。もしもこの館にいる皆さんよりも不可解な人がいたとしても、理解ができないという理由で、ただそれだけで、不遇の人生を歩まなければならない……となるのは、悲しすぎると思います」

私は、途中からやや感情的になって、赦しを乞うような気持ちで、そう訴えていました。

セルモスはそんな私のことを冷静に見つめていました。

「コウモリであるとは、どのようなことか」

唐突に、彼はそんな言葉を口にしました。

「え——」

「いや、なんでもない」

もうこの話は終わらせたいのか、彼は立ち去る気配をみせました。

「さっきまでのは一般論だ。私でなくても、似たようなことをいっていた者は、過去にいくらでもいる。そして、その理屈の外側で生きる者もいるだろう」

最後に、私を一瞥し、

「……お前は、そうなのだろうな」

と洩らしました。

よくわからないうちに一般論の範疇《はんちゅう》から外されて、私は当惑しつつ、彼が去っていくのを見送りました。後日、調べたところ、「コウモリであるとはどのようなことか」なる言葉の由来は、西暦一九七四年に発表された、意識の主観性に関する、ごく短い論文のタイトルなのだと判明しました。……

……あのときは反論しましたが、たしかに、作家という人たちは——作家でなくとも、その素養をもった人たちは——程度の差はあれ独特の感性を有し、それがゆえに他者とのずれに難儀しているところがあるようでした。そして、ときとして幸せから遠ざかり、不遇な人生を送らざるをえないほど追い込まれるのも、悲しいけれど、事実のようでした。

そんな人たちが集まって、何かひとつの作品をつくりあげるというのは、それはもう大変に険しい道のりなのです。なぜなら、単独でも危うい感性のずれを、複数にわたって活用せねばならないのですから。それが良い結果をもたらすこともありますが、多くの場合、収拾がつかなくなり、破綻します。大きな才能がぶつかりあえば、それぞれの作風や世界観がせめぎあって、不協和音を発するのです。

〈終古の人鑑〉において創作されている共著は、まさにその典型でした。

それにかかわる才能が大きなものであればあるほど、作品内における影響力も大きくなり、整合性をとるのに呻吟《しんぎん》します。ましてや、それが多人数ともなると——

「〈異才混淆〉を解除しろ、か」

いま。セルモスの机の前で、私は、彼の声を聞いていました。それは冷ややかでもあり、こちらの心身を気遣っているような、いたわっているような、そんな思いやりにあふれた声のようでもありました。顔までは確認できません。さっき、分をわきまえぬ願いをしたために、気力を使いはたして、私自身の首が垂《こうべ》れてしまっているから。

「いっそ興味深くも感じられてきたよ。いまのお前の狂態は」

その辛辣な言葉遣いと嘲笑の様子が、いつかの彼、私のよく知っていたころの彼のままのように感じられて、全身がふるえました。

そんな彼の姿が嘘ではないことをたしかめるため、ようやく顔を上げることができました。顎をつかまれました。引き寄せられ、否応もなく向き合わされます。

「これまでずっと、それを願っていたのか」

「はい」

「いまこのときまで、それを云い出せなかったと」

「はい」

「なぜだ」

「それは――」

私はいいよどみました。

〈異才混淆〉は、救いをよそおった災禍なのです。

険しい道のりとはいえ、歴史をふりかえれば共著にも成功例はあります。ごく限られた人数で、しかもその関係性は親密で、作風が似通っているか、異なってはいても個々の長所を知りぬいており、それらが作品内でうまく発揮されるように統合されたもの。

言葉にすればそれだけですが、それらすべての条件をそろえるのは至難です。少なくとも〈終古の人籃〉においては、生まれた時代も、価値観も、まったくかけ離れた人々が集まっているため、そこまでの連携を期待するのは奇跡を待ち望むようなものでした。

〈異才混淆〉はそうした状況を一変させました。たったひとりの人間のなかで、多くの、異なった才能が混ざり合っていきます。作風の混合。世界観の統合。情緒の混濁。感性の混淆——。それぞれの精神は個別に存在しながらもセルモスと同調し、その揺れ動きはつねに相互に伝わっていきます。小説の執筆における微妙なニュアンスまでもが共有され、いちいち連絡をとりあわずとも創作をすすめられるのです。いったい、ものを書くにあたって、これ以上に親密な関係性があるでしょうか。これ以上に、個々の長所を知りぬくことができるでしょうか。どれだけ人数が増えようとも、セルモスが執筆の主体で、監修という立場にあるかぎり、彼らの作品が破綻することはなくなりました。

そこまでは、良かったのです。

「——だって、それは……」

私はセルモスに迫られ、か細い声で答えました。

「……あなたがどんなふうに変わっていこうとも、作品を完成させることのほうが、大切だから……」

巡稿者としては。

私個人の想いを、切り捨てたとするのなら。

いいえ。切り捨てることができたと、するのなら。

巡稿者としては、作家たちの創作活動を支援するのが、何より優先されることでした。

「それに、どちらがより良い結果につながるのかなんて、私にはわかりませんでした。私よりも見識のある皆さんがそう判断されたなら、きっと、私のほうが間違っているのでしょう。だからずっと、心の裡《うち》に秘めていました。そしてこの訴えも、間違っているのを承知でなお、申し上げていることなんです」

――と、私が話しているあいだに――

私の顎から、彼の手が離れていきました。かすかに残った温もりに、切ないくらいの名残り惜しさがわきあがってきて。

私はもう、ほんとうに、巡稿者失格なのだと思いました。

「なら、なぜ、いまになって？」

「……ここも、いつかは必ず、閉鎖されます」

世界じゅうに散らばっていた「標本」の収容施設が、ここ数百年で次々と閉鎖されているのは、セルモスも知っているはずでした。

「いえ、それよりも先に、地球の環境が、私たちや玲伎種にも耐え切れないほど変動するおそれもあります」

セルモスは二本目の煙草に火をつけて、吸いはじめました。

しばらく煙と戯れたのち、どうでもよさげに、言葉を投げかけます。

「コンスタンスからか」

情報の出処を問われ、私は首肯しました。

「はい。生きることはできても、創作はできないかもしれません」

いくら不死固定化処置を受けていようと。永遠の命があろうと。住むべき地上が壊滅していれば、人間らしい生き方など望めません。

極度の氷河期に移行して、氷漬けにされたとして、それでも生きつづける意味はあるのでしょうか。地表のほとんどが溶岩におおわれて、それに溶かされ、肉体も維持できないのに、なお自己を保っている必要はあるのでしょうか。

地球がいよいよ太陽に呑み込まれたそのあとに、もし、それでもまだ私たちが生きていられるのなら。——どこで、何を、どうすればいいのでしょうか。

私たちの受けた不死固定化処置は、どこまでの永続性を約束してくれるのでしょう。叶うなら、どこかの時点で意識は途絶えてほしいと、そう願います。でなければ、意識を保ったままで存在しつづけることの、その残酷さを嚙みしめることになるでしょう。

私たちは朽ち果てることなくとも、いつかは〈終古の人籃〉にいられなくなる、そんな日が、来るかもしれないのです。

「それで」

セルモスは、ますますもって、どうでもよさげに、

「——そうなってしまう前に、自分のなかにあるものを吐き出してしまおうと、そう思ったわけか」

私の胸中を、えぐり出しました。

ああ。目の前にいるこの人は、こういうところだけは変わっていなくて。

けれども、やっぱりあのころとは別人になっているのでした。

〈異才混淆〉は、それに参加した者すべての才能を相互に利用可能にしますが、その中心に立って「核」の役割をになう人物が必要なのです。セルモスがそれでした。核になった人物は、ほかの参加

者よりも強く精神的な負荷を受けます。互いの想念を送受信する中継役をこなすので、たったひとりの人間のなかに無数の想念が流し込まれます。個々の才能が融和する一方で、それにともなう精神の変容や、ひずみなども発生し、それは、セルモスのもともとの精神を蝕《むしば》むこととなりました。他者の複雑な精神活動を強引にまとめた結果、その受け皿となった彼の心に、深刻な影響をおよぼすのです。それが〈異才混淆〉を利用する代償でした。

はじめのうちは、気がつきませんでした。

彼が〈異才混淆〉とともにあるようになってからも、しばらくは無聊《ぶりょう》な日々がつづいているものと信じていました。

だけど少しずつ、少しずつ、巨大な機械のどこかの部品が摩耗していくように、彼のふるまいには狂いが生じていきました。日常のなかの、ほんの思いすごしと感じられる、ささいな違和感。――それがつのっていき、いまでは明らかに、そのひととなりに変化が見受けられるようになったのです。

今日の、セルモスの発言にかぎっても、そう、たとえば――

「どんどん醜くなっていくな、お前は」

それが彼の第一声でした。いきなり相手の容姿を罵倒するその大胆さはセルモスらしいともいえますが、そもそも彼は、私の美醜について論評する気さえもたぬほど、私のことを見下す高慢さを有しているはずでした。

「どこまでが私で、どこからが〈異才混淆〉によって得られた知見なのか。それは不明瞭だ。私は私でもあるし、この部屋に流れこんだ数多の感性の集合体でもある。不思議な感覚ではあるよ。彼らの主観的な世界と混ざり合っていくというのは――」

口数が多すぎます。私に何かを伝えようとする気持ちが強すぎて、別人のように思えてきます。

「いっそ興味深くも感じられてきたよ。いまのお前の狂態は」

この発言と、

「――そうなってしまう前に、自分のなかにあるものを吐き出してしまおうと、そう思ったわけか」

この発言の、ふたつだけでした。セルモスがセルモスらしい発言をしたと思えるのは。だからそれを聞いたとき、全身がふるえたのです。ありし日の彼のことを思い出して。

もっと寡黙で、そうでありながらも何かを語る際にはこちらを突き放す、そんな冷たさのある人でした。それが崩壊していました。部分的にはまだそのような悪魔的な要素が残ってはいますが、明白にそうではない「らしくなさ」も混じって、そのちぐはぐな感じが、じわじわと私を苦しめていきました。

人間に対して、そのような語をもちいることが許されるのなら――、彼は「劣化」したのでしょう。〈異才混淆〉による他者との融和とひきかえに、彼個人の、文学的才能は影をひそめ、独自の世界観というものは消え失せたかに思われるのです。――〈痛苦の質量〉。つと、そんな言葉が脳裏をよぎりました。十九世紀にセルモスが著した小説。もう、あのような、退廃と背徳の情調があやなす、悲しくも幻惑的な物語は、彼の筆から生み出されはしないのです。かわりに著されるのは、複数の作家たちによる、大河のように広壮な超巨篇。……どちらを、尊重すべきだったのでしょう。〈終古の人鑑〉にとって、また、玲伎種に提出する資料として、どちらの原稿を執筆してもらうのが、より望ましかったのでしょう。セルモスにさっき答えたとおり、私にはわからない――わからなかったのです。

希少性、スケール、厚み、完成度、などといった点を基準にするなら、後者のほうに価値がある……と、そう考えてきたから。――いえ、そう思えるように、心に整理をつけてきたから――、これまでは何も語らず、訴えず、粛々と私は、巡稿者としての使命を果たしてきました。けれど。

「私は、――……」

　ふるえるような声で。あのころとは別人になってしまった、この人を見据えて。

「……私はもう一度、読みたいのです。共著ではない、あなたの、あなただけの作品を。そこに正誤はありません。損得もありません。私の欲求です。願望にすぎないんです。ただ読みたくて。それを伝えるためだけに、なりふりかまわず、私は……――」

　それ以上は、声になりませんでした。言語化できない、何か、空気のようなものが喉につまって、感情だけが先走って。

　いつのまにか私は、机の前でくずおれ、何本かの指だけを、その机上にひっかけていました。胸の内側が焦げつくように熱くなって、いまはとても、言葉をつづけることができません。

　冷静でいようと思っていたのに。毅然としていようと思っていたのに。

　いちど吐き出してしまえば、こんなにも私は脆《もろ》くて、醜くて。

　昏く、不健康な匂いのする、この人の作品が好きでした。この人自身も不健康で、不埒《ふらち》で、不可解ではあったけれど、〈異才混淆〉とつながるようになってからは、嗚呼《ああ》、ほかの作家たちから受けた影響のせいで、かえって健全で、実直で、明快な性格へと近づいていってしまいました。

　私にはそれが、たまらなく、惜しいのです。

「メアリ」

「……はい」

「久々に見たよ。お前の苦しんでいるさまを」

「………」

「もっと苦しむといい。撤回しよう。やはりお前は、美しい」

彼の感性によれば、苦悩している者ほど美しいのですから、そう見えているのかもしれません。しかしその感性も、いつか〈異才混淆〉に呑まれ、かき消されてしまうのではないでしょうか。

「いいだろう」

セルモスは、こともなげに、

「今後のお前の行動次第で、共著にするか、単著にするか、決めることにしよう。せいぜい足掻《あが》け。苦しんでみせろ」

思いがけず催されることになった余興を知って、それを存分に愉しもうとしているかのように、そう告げました。

「〈異才混淆〉を解除するかどうかは、私の一存では決められない。お前も知っているだろう」

「はい」

「二階から上にいる連中もそれに同意しないとな。どうする？」

「私が同意を呼びかけます。説得して回ります」

ようやっと立ち上がることのできた私は、あらかじめ決意していたことを宣言しました。

〈異才混淆〉の解除。それを遂げるには、この館の作家たちの了承を得なければいけません。

容易なことではないでしょう。なぜなら彼らは、〈異才混淆〉に協力する見返りとして、さまざまなものを受けとっているのですから。

〈異才混淆〉を解除するということは、同時に、それを手放すということ。彼らが〈終古の人籃〉にて幾星霜もおとなしく執筆しつづけているのは、〈終古の人籃〉でしか手に入らないものがあったからです。

しかし、私は、それを無理やりにでも彼らから引き剝がそうと考えています。

ほしいものを手に入れた彼らは――僭越な表現をしてしまうなら――、堕落した、という見方もできるかもしれません。なかには、ほとんど筆をふるわなくなった者もいます。永遠の命におぼれ、その才知と創造力をどこまでも腐らせていく者もいます。

そんな状態のまま、〈終古の人籃〉での人類最後の創作活動を、終わらせたくはないのです。不老不死でも、いつかは、書けなくなるときが来ます。施設の閉鎖。世界の終焉。それらを迎える前に、もう一度、彼らには彼らにしか書けないものを、書いてほしいのです。

「あなたひとりで書いたほうが、良いものができると思います」――セルモスにそう告げた、さっきの言葉に、偽りはありません。〈異才混淆〉によって破綻することなく完成した共著もすばらしいですが、それ以上に、それぞれの作家が単著を――たったひとりの人間によって執筆された作品を――手がけたほうが、おもしろいものが出来るのでないか、と、そう予感しています。

私は、彼らの行く末を見届けたいのです。彼らが織りなす一連の物語群の――つまりは人類の創作活動をしめくくる物語の――その最期を看取って、それが本当に最期を飾るのにふさわしい作品であったと、そう心から彼らに感じてもらいながら、筆をおいてほしいと、願っています。

巡稿者でしかなかった私の、差し出がましい真似にすぎないのかもしれません。余計なことなのかもしれません。だから、いままでは何もしてきませんでした。けれど、もう――

「ここに戻ってくるまでに、どれだけの作家がお前の提案に賛同するか、愉しみだよ。〈異才混淆〉の解除は、全員一斉でなく、ひとりずつでも可能だ。まあ、全員による完全な解除など、ありえないだろうからな」

セルモスがそういいました。

口ではその可能性を否定しましたが、私がどこまでそれに近づくことができるのか、期待している笑みを浮かべていました。いま、このときに〈異才混淆〉の主体たるセルモスからの了承はえたとみていいでしょう。あとは、それぞれの作家から解除の同意をもらえれば、それで機能は停止するはずです。

これからめぐり会う作家たちには「遺作」の依頼をする予定です。永遠の時間があると思ってしまうから、人は落ちぶれていくのではないでしょうか。私も、彼らも、覚悟が足りなかったのです。いつか筆をおくときが来る――ではなく、おのれの意志で筆をおく――という覚悟をもって、次の一作に臨んでもらえるよう、交渉するつもりでいます。セルモスにとってだけでなく、ほかの作家たちにとっても。〈異才混淆〉は、救いをよそおった災禍です。

「セルモス――」

私は退室する間際、彼に声をかけました。

「――コウモリであるとは、どのようなことなのでしょうか」

いつか、セルモスのほうから私にむけて送られた言葉を、私のほうから送り返してみました。その答えを聞いてみたくて。

「いまのあなたになら、それがわかりますか」

「――わからんね。私に人間としての意識が残っている限りは、永遠に」

冷然とした声。虚無的な表情。ここにはそれしか存在しないことを確認し。

私は「混淆の間」の扉を閉じました。

コウモリであるとはどのようなことか。

西暦一九七四年。意識の主観性に関する論文のタイトルです。

――人間は、どんなにコウモリの生態を調べても、解剖をしても、そのコウモリが超音波の反響を「どのように」感じているのか、けっして理解することはできません。

見えるようにして感じているのか。聞こえるようにして感じているのか。それとも、人のそれとはまったくかけ離れた、異質な感じ方をしているのか。

コウモリの主観的な世界は、コウモリにしか知りえないのです。

同様のことが、同じ人間同士でもいえます。

私は、私以外の人間が、何をどのように感じ、どんな想いにとらわれて生きているのか、わかりません。それは私にとって、耐えがたいほどの苦しみで――〈終古の人鑑〉にやって来るずっと前から――、そのことについて考えてきました。

しかし、セルモスなら。

〈異才混淆〉で他者の精神とつながることのできた彼ならば、何か、別の答えを見つけているかもしれなくて。問いかけてみましたが、すげなく返されました。

……誰もが皆、自分以外の主観的な世界については無知で、それを埋め合わせるために何かを創ったり、鑑賞したりして、生きてきました。論文で取りあげられたコウモリは、この問題をわかりやすく伝えるための例示にすぎません。

暗愚な私ですらこの問題に気づき、それについて思い悩めるのですから、人一倍感性がするどく、天才か狂人かといわれてきた過去の偉人たちは、なおのこと、切実にそれを考えてきたのではないでしょうか。

私がこれから逢いにいくのは、そういった人たちなのです。

コウモリであるとはどのようなことか。

セルモス・ワイルドであるとはどのようなことか。

〈異才混淆〉で失われたセルモス・ワイルドという自我は、ふたたび戻ってくるのでしょうか。

彼は、なぜあのとき、私に向けて、この言葉を送ったのでしょうか。

不死の作家に遺作を書かせようとしている私は非道そのもので、彼らの主観的な世界を知りもしないくせに、彼らにそれを表現させようとしています。

次が彼らにとっての遺作になるなら、私にとってもそれを支援するのが最後の巡稿になる――という予感をいだきながら、私は二階へとつづく階段へ向かいました。

第二章　文人十傑《ぶんじんじっけつ》

天才の特徴は、凡人がひいたレールの上に、おのれの思想を乗せないことだ。
――スタンダール

8

バーバラ・バートン。二十一世紀の恋愛小説家。

人類史でもっとも商業的な成功をおさめた作家です。作品数は三千を超え、それらの販売数は五十億部を上回ったといわれています。

作品数最多。販売数最多。およそ三ヶ月の、世界を周遊するハネムーンのあいだに書いた小説の数は、四十二で、これも最多。いくつもの世界記録の樹立者であり、自他ともに認める「ロマンスの女王」でした。作家としてだけでなく、歴史家、脚本家、慈善活動家、講演家、テレビタレントなどといった顔ももち、それらの分野にも多大な貢献を果たしました。明るく奔放で、誰にでも気さくに話しかけ、人生の一幕一幕を宝石のように輝かせることのできた女性です。きっと彼女は、世界のすべてを愛そうとしていたのではないでしょうか。その愛情の質量は、彼女ひとりでは抱えきれないほどに大きく、つねにその捌《は》け口を求めて彼女の内側からあふれ出ていました。小説の執筆はもちろんのこと、自分のまわりにいる人々のために笑顔をたやさず、また、自分のまわりにいない人々のためにも多数の社会福祉やチャリティー活動を通じて支援しました。孤児の教育問題、老人ホームの環境改善、助産婦の待遇改善、地雷の除去についての問題――それらにともなう政治的な発言も辞さず、社交界、政界、経済界、出版界のそれぞれで少なからぬ影響をおよぼす存在となったのです。さながら、ほかのどれよりも大きく咲きほこった薔薇のように。

およそ八十年にわたる創作活動と並行してメディアにも露出しつづけ、脚光をあびてきましたが、もっとも世間の印象に残っているのは円熟期に達したころの華麗なたたずまいでしょう。六十をすぎてなお意気衝天な彼女は、その白髪を紫色の帽子でおおい、あでやかなドレスに身をつつんで活動していました。どんなに多忙でもほがらかに微笑むそのさまは、まさに英国最後の貴婦人といった風格をただよわせ、〈終古の人鑑〉においてもその姿のままで収容されています。絢爛豪華な淑女。ラブロマンスの天才。情熱的な十代の乙女の心と、理性的な大人としての見識をあわせもつ、人間的魅力にあふれた小説家。それがバーバラ・バートンという作家の、私からみた人物評でした。

「——やっぱりね、これからは逢おうと思っているのよ」

ある日、巡稿にきていた私にむけ、バーバラはそう告げました。「百年ごとにね」

不意に切りだされたその話の意味するところに、けれども私は察しをつけることができました。夫のことでしょう。〈異才混淆〉に協力するかわりに彼女が手に入れたもの。生前に愛していた人々との再会。

バーバラ・バートンは二十一世紀の末に、ちょうど百歳で死亡しました。おおむね人生を謳歌したといっていいものでしたが、最期をむかえるまでの数年間は寝たきりとなって、夫のルイス・バートンをはじめとする大勢の人たちに介護される日々を送りました。〈終古の人鑑〉へとやってきた彼女は、このことを憶えていませんでした。無理もなく、当時は認知症にもなっていたため、自分がどういう状態にあるのかさえ自覚できなかったのです。資料によっておのれの晩年のありようを知ると、最期まで世話をしてくれた家族や友人の深い愛に感動し、どうにかして彼ら——自分を支えてくれたすべての人々――に感謝の意を伝えるすべはないかと、そう考えるようになりました。

そこに持ちかけられたのが〈異才混淆〉でした。バーバラはおのれの才能を〈異才混淆〉と分かちあう見返りとして、生前に関わったことのある人々との再会を、玲伎種に願い出ました。

この願いは受理されました。本来、〈終古の人籃〉は、創作活動でめざましい成果をあげた人物でなければ立ち入れない領域ですが（巡稿者である私や玲伎種たちは例外です）、バーバラの知人縁者にかぎっては、百年に一度、一週間だけ、この館に逗留することが許されたのです。彼女の指定した人物なら、誰でもひとり、その期間には呼び寄せることができます。百年ごとに、誰でも、何度でも――


バーバラは歓喜しました。百年に一度、ひとりだけという制約はあるものの、それをくりかえせば、すべての人たちに礼を伝えることができる――自分は不死なのだから、この行為が途切れることはない――と、はじめのうちは無邪気にそう受けとめていたのです。が、百年目をむかえるより先に、ある疑念が彼女の頭から離れなくなりました。

人類は滅亡したはずなのに、私の大切な人たちはどこからやって来て、どこへ去っていくのだろう――


それを疑問に思うまでは、単純に、生き返るものとばかり考えていたそうです。しかし、ほんの一週間、この館で逗留したあとに、どこへ行ってしまうというのでしょう。玲伎種の社会で保護されるのでしょうか。百年ごとに、誰が呼び出されるかもわからないのに？　生き返った彼らにとって、百年というサイクルは長すぎるのではないでしょうか。私たちと同じく、不死固定化処置を受けるのでしょうか。作家として活動することもない人間に対して、玲伎種はそこまでのコストを割いてくれるのでしょうか。「再会」に関するくわしい条件を知らなかったバーバラは、それを問いただすためにコンスタンスと意思の疎通をこころみました。明確に言語化された回答はもらえなかったようですが、まとめると、次のような内容であったらしいのです。

「生前のバーバラ・バートンと関わった人間の情報はすべて引き出せる状態にしている。要請があるたびに個体として復元し、期間がすぎると自壊する」

――。

つまり、生き返らせるというよりも、まったく同一の個体を作りだし、それをバーバラにあてがうということなのでした。前者と、後者に、どれだけの違いがあるのかはわかりません。肉体的には原子配列のレベルで一致し、精神的にも、その人のもっていた記憶や知識を全部かき集めて、そこから生じる人格までも完全に再現できたのなら、それはもう本人と何が違うというのでしょうか。そう思える一方で、はるか昔に認知症となったバーバラを助け、支えてくれた「その人」とはあきらかに違うともいえるのです。なぜなら、その当時のバーバラに触れた手はすでに消失しており、その当時のバーバラを思いやった心もまたすでに霧散しており、新たに作りなおしたとしても、その当時のものとは連続してつながっていないのですから。

「別にね、ほんとうに本物かどうかだなんて、そこはそんなに、こだわっているわけじゃないの」

バーバラは胸のうちを吐露してくれました。「だけどね、一週間がすぎたら自壊するっていうところがね……。それって、要するに死んでしまうっていうことでしょう？　そうじゃない方法はあるのってコンスタンスに訊ねたら、あの子、無いって答えるんですもの。困ってしまうわ。私の自己満足のために、百年ごとに誰かが生き返って――厳密にはそうじゃないけど、私にとっては同じようなものだから、この表現を使わせてもらうわね――、そのたびに死ぬだなんて、あんまりじゃないの。ええ、もちろん、誰だっていつかは死ぬわ。だけど、いつ死ぬかわからないままに生きるのと、いつ死ぬかを決定づけられて生きるのとでは、そこに宿る意味も違ってくるでしょう。私が殺すようなものなのよ。そして、感謝の気持ちを伝えたところで、それは、持ち越されてはいかないのよ。コンスタンスに確認したわ。自壊って、苦痛をともなうものなのって。自壊のそのときまで、一緒にいることはできないのって。どちらも回答はノーだったわ。でもね、苦痛のあるなしにかかわらず、私は、私の大切な人がまた死ぬのが耐えられないし、死にぎわを看取れないなんていうのも、いや。何より、こんな遠い未来の世界で、たった一週間だけ呼び戻されて、そのあとまた死ぬことになるだなんて、あまりにもその人たちが可哀そうじゃない――」

彼女はきわめて冷静に話してくれましたが、その陰で、自分の指定ひとつでどうとでもなる人の命や尊厳の、その軽さを嘆いていました。復元された人々の真偽や同一性には執着せず、ただただ彼らの身の上と、その一週間後におとずれる運命を思って、悲しんだのです。だから彼女は、誰とも再会しようとはしませんでした。自分の都合のためだけに、ごくわずかな生と死を押しつけるのは残酷すぎる――そう考えたのでしょう。およそ五百年でした。そうやって彼女が、誰とも逢わず、ひっそりと耐えしのんで、孤独のなかにつつまれていたのは。

「――逢おうと思っているのよ」

ぽつり、と、ある日。そう洩らしたのです。

兆候はありました。もしも……という、仮定の話として、ほかの人はあきらめるにしろ、夫に、夫のルイス・バートンに逢えたとしたら――などと、巡稿者である私に語りかけるようになっていたのです。さっきまでの話と矛盾しているように聞こえるかもしれませんが、そうなるまでに、五百年という月日が流れました。もともと、たくさんの人たちとパーティーを催したり、人の輪を作ったりするのが大好きなバーバラ・バートンという人物が、人恋しさを訴えるのに、充分な時間がすぎたとはいえないでしょうか。もはや限界だったのです。逢おうと思えばその人に逢える権利をもっているのに、それを行使せずにいる自制心を保つのは。……こらえきれなくなってしまって、その権利を使ったとして、誰がそれを責められるでしょう。

はたして、それは実現されました。夫との再会。バーバラは六十代の、若々しさは失っているけれど、きれいな、笑顔のすてきな貴婦人の姿で。ルイスもまた、同じ年代の、心から妻のことを愛している、その当時の姿のままで。ふたりは熟年夫婦としての一週間をすごしました。そして離れ離れになりました。それから百年。また再会。また百年。再会。夫のほうの記憶は持ち越されません。そのつど作りなおされるので、百年ごとの思い出も各個体の自壊とともに破棄されるのです。バーバラもそれは承知の上で接していました。それで充分だと彼女は語っていました。

玲伎種はおそろしい種族だと私は思います。五百年をすぎて、おそるおそる権利を使いはじめた彼女を相手に、さらなる可能性を示しました。それは、ルイス・バートンの肉体年齢も、精神年齢も、バーバラの指定どおりに復元できるというもの。

復元後の、〈終古の人籃〉にやってきてからの記憶は引き継げませんが、それ以前の――つまり生前のルイス・バートンの記憶ならば――何歳のころの人格にするのも自由。同様に、何歳の肉体にするのも自由。望むなら、六十歳の人格を宿した、二十歳のルイスを作ることも、六歳の人格を宿した、三十歳のルイスを作ることも可能なのだそうです。

バーバラはこの可能性に手を伸ばしました。肉体年齢と精神年齢を大幅にずらすような指定はしませんでしたが、まだ彼女と出逢っていない少年時代の夫と知りあったり、認知症になった彼女を支えた老年の夫と話しあったり、さまざまな形での逢瀬をくりかえしたのです。私はその様子を、百年に一度の〈終古の人籃〉の風物詩として見守ってきました。

「ねえ、メアリ。……私ね、まだあの人に感謝の言葉を伝えられていないの。いざとなったら、毎回、いいそびれてしまってね。それに、自壊についても割りきれたわけじゃないから、いつも罪悪感で狂ってしまいそうになるのよ。……でもね、その両方を解決する、とってもすてきな方法を見つけたの。コンスタンスも了承したから、きっとうまくいくと思うわ」

そういって私に微笑む彼女は、すでに罪悪感で狂ってしまったあとだったのかもしれません。彼女のとった解決法は、その正気を疑わずにはいられない、予想外のものでした。

百年に一度の別れのたびに、復元したルイス・バートンの脳細胞の一部を、自分のそれと入れ替えていったのです。

当初は一部でなくほぼ半分の入れ替えを望んだそうですが、コンスタンスから却下され、どうにか許可がおりたのが、その脳手術だったらしいのです。

不死固定化処置を受けた自分の脳に、ルイスの脳細胞が混ざれば、それは永遠に保管されると、彼女はそう考えているようでした。じっさいには、人間の代謝機能と不死固定化処置がどのように作用しあっているか不明なため、なんともいえません。しかし彼女にとっては「入れ替えた」という事実そのものが、重要なことのようでした。

「ねえ、人の心ってどこから生まれてくると思う？　もしも、脳の働きによって心が生まれてくるのなら――」そこでバーバラは、貴婦人の笑みを浮かべました。「私の心と彼の心が溶けあって、口にするまでもなく、この感謝の気持ちが伝わるようになるんじゃないかしら。私があの人になれば、もう自壊せずにすんで、これから先、あの人の心をすべて、永遠にとどめておくことができるんじゃないかしら」

一回の手術につき、一％。――入れ替える脳細胞の量です。百年ごとに一％なら、一万年で一〇〇

%に達します。彼女がこの行為におよんで数万年が経過しました。バーバラの心はバーバラの心のままで、夫の人格が顕在化することはありませんでした。彼女は目的をはたしたのでしょうか。彼女が求めていたものは、こんな凄惨な、名状しがたい蜜月だったのでしょうか。いくつもの世界記録をもつロマンスの女王は、今日も自室で、ひとり、恋愛小説を書きつづけています。……

9

ラダガスト・サフィールド。二十世紀のファンタジー作家。

人類史でもっとも偉大な幻想文学をたちあげた作家です。現実には存在しない架空の世界を創造し、それにもとづく神秘的な物語を発表しました。かつては彼の個人的な夢想にすぎなかったものが、人類全体の巨大な夢へと変貌していったのです。

人は、事実にそったことのみを著述してきたわけではありません。古来からの神話、民話、伝承などで、神や悪魔という超常的な存在について語りもすれば、宇宙という概念がまだ無かったころから、それに近しい世界観をも構築し、どこまでも遠く高く、想像の翼をひろげてきました。幻想文学——それは、人間という生き物が現実と現実ではないものとのあいだで揺れ動き、その双方から美しいものや価値のあるもの、魅力的なものを取りだしてきた成果の別名なのではないでしょうか。そしてラダガストは、人間のこうした特性の申し子のような人物なのでした。

彼の創った、架空の世界——〈はざまにて沈まざりし地〉は、高度な科学文明が興っていないかわりに、さまざまな魔法や、妖精、神々、その末裔、また神に仇《あだ》なす一族などが混沌として入りみだれる大陸です。人類もまたそこで複数の国家をきずきました。王国や騎士、魔法使い、英雄の運命をうたう吟遊詩人といった、中世から近世にかけての社会様式と、そこから想起される幻影のような――意図的な錯誤もふくむ――イメージが結びついて、不可思議な文化を形成しています。妖精との交流。海の上に浮かぶ古城。いずれかが刃こぼれすると、それ以外の切れ味が増す、十本でひとそろいの剣。天空を飛翔する竜。その竜を封じるために造られた神々の宮殿。呪われた書物によって舞姫以外の人間が消え失せた都。黄金をもたらす稲光。巨人がその身の一部を埋めることで、拡張・増設されていく地下迷宮。いつまでもおさまらぬ地震と、その上に建てられた硝子細工の礼拝堂。百人の王が同時に統治する小国。――その他、現実にはありえない自然環境や、街並、異郷、奇妙な光景がひろがっています。

こうした架空の世界を舞台にして物語を書きおろす小説家は、ラダガストより前にも存在しました。が、彼の場合、その作りこみかたが一線を画していました。たとえば言語。これまでの作家は、たとえ現実とは異なる世界を創造しても、そこで交わされている言葉がどういったものかにまでは気をつかいませんでした。ラダガストは作りました。英語でもフランス語でもなく、現実には存在しない架空の言語を〈はざまにて沈まざりし地〉のために、わざわざ用意したのです。それも一種類ではなく、四十二種類。

それらの読み書き、文法、発話方法、すべてしっかりと設定されています。言語学者の目からみても不自然なところはありません。人間のもちいる言語、妖精のもちいる言語、神のもちいる言語、それぞれが成立しており、それらを使用することでどういった文化が生じるのかまでラダガストは考察を深めていました。

〈はざまにて沈まざりし地〉のために用意されたものは、言語だけではありません。神話、歴史、風土、動植物、建築技術、魔法の体系、ほかにも諸々ありますが、それらはすべてラダガストの創作した、架空のものです。無論、何もかもをゼロから作ったわけではなく、参考にした資料はあったのでしょう。特に北欧神話やケルト神話の影響を強く受けているという指摘はたびたびされています。またキリスト教の世界観にも通じるところがあるという分析もされています。じっさい、ラダガストは敬虔《けいけん》なクリスチャンでした。

架空の世界を創るという行為において、彼はそれまでの作家とは次元が違いました。ラダガストの登場をもって近代以降の幻想小説の潮流が生まれたといっても過言ではありません。彼の代表作〈第一の音楽の物語〉は世界じゅうで絶賛され、その背景世界である〈はざまにて沈まざりし地〉の神秘性、そして物語の文学性は高く評価されましたが、それすらも彼の思い描いた壮大な歴史の一幕にすぎないのです。

〈終古の人鑑〉にやってきてからも、ラダガストは〈はざまにて沈まざりし地〉にまつわる創作をつづけました。彼は玲伎種と取引することで、それまでは保留にしていた架空の事物の考案にも乗りだしました。そのなかでも彼に大きな転機をもたらしたのが、架空の病気の創作です。彼は、呪いにも似た病を考案するにあたって、自分自身でそれを体験しようとしました。リアリティを高めるためです。玲伎種に依頼し、おのれの想像したとおりの病を再現してもらい、結果、記憶と聴覚に深刻なダメージを受けました。

「後悔はしておらんよ」

いつか、私がこの件に関して訊ねたとき、彼はそう答えました。「物語の登場人物だけ病に罹《かか》らせて、書き手の私がその苦しみを知らんなぞ、フェアではなかろう。これで良かったと思っている。おかげで、どのように苦しいかを正確に著述できるのだからな」

ラダガスト・サフィールドは、車椅子に坐った老人の姿をしています。〈終古の人鑑〉では、その作家の全盛期か、もしくはその作家自身がそうありたいと願った当時の姿で収容されます。彼の全盛期は〈第一の音楽の物語〉を執筆した五十代のころかもしれませんが、かといって創作活動の質も量も晩年まで衰えず、むしろ、ますます冴えわたっていたので、八十歳をすぎた老人としての彼の姿にも違和感はありませんでした。

バーバラ・バートンよりも外見的には年上で、この館でもっとも肉体が老いています。車椅子なのは、生前に事故に遭って以来、うまく歩行できないからで、それは不死固定化処置によっても（本人の意思で）回復しませんでした。彼にとっては創作にさしつかえるものではないらしく、架空の病による後遺症も、ちょっとしたペナルティ程度に捉えているふしがあります。

「〈はざまにて沈まざりし地〉に関する膨大な設定の数々をお忘れになってしまったと聞きましたが……」

「まさしく。思い出すか、誰かに教えてもらうか、新たに作りなおさねばならなくなった。以前より良いものにする機会ができたと、そう考えておるよ。やりがいすら感じる」

「あなたのご子息は、あなたが亡くなられてから、その遺稿をまとめて本になされましたよね。その本の内容から補完することはできませんか」

「うむ。だが、それだけでは足りん」

〈はざまにて沈まざりし地〉のために書かれた草稿はおびただしいものでした。生涯をかけて執筆していったため、どうしても過去のそれとは辻褄があわなかったり、矛盾が生じていたりします。くわえて、ラダガストの頭のなかでのみ構想されていた設定も存在し、それらを完全な形で世に出すことは、ついぞ達成できなかったのです。

それでも文書化されているものについては、それを読み返すことで、ある程度は再編することが見込めました。しかし、文書化されていないものについては、何をどうしたところで取りもどすことはできません。架空の病がもたらした記憶障害によって、永久に失われてしまいました。

そこで〈異才混淆〉に協力する見返りとして彼が求めたのが、後世のファンタジー作家との対話でした。

バーバラは夫との再会を望みましたが、ラダガストは、面識のない、けれど同じ分野で活躍した作家たちとの邂逅を望んだのです。目的はふたつ。ひとつは、文書のみでなく、自分のことを知っている同業者から、生の声を聞くこと。それによって、かつての自作の情報を思い出そうとしていました。もうひとつは、幻想文学を愛する者同士で語りあい、互いの創作に有益な意見交換をなすこと。失ったものを取りもどすよりは、新たな着想をえて作りなおしたほうが効率的だとラダガストは判断したようでした。無論、ひとつめの目的にあるように、思い出せるならそれに越したことはなく、その両面を期待してのことでしょう。

玲伎種は、ラダガストのこの願いに応じました。バーバラのときには復元という方式をとっておきながら、本件では、過去の歴史から本物の人間を招きよせました。ラダガストとの会談が終了したあと、また元の時代へ送り返され、もう二度と逢うことはできません。歴史をねじ曲げることにならないかとコンスタンスに問いかけたところ、「問題ない」という思念が返ってきただけでした。彼ら玲伎種の考えていることは、私にはまったく理解できません。本質的に知能の階梯が異なっているような印象さえあります。

なぜバーバラとラダガストとで、このような対応の差が生じたのか。コンスタンスは答えてくれなかったので、推察するしかありません。バーバラの場合は呼びよせたのが創作とは無縁の一般人で、ラダガストの場合は同業の小説家だったからでしょうか。〈終古の人籃〉に収容されるほどではなくとも、ごく短時間の逗留なら許された……という解釈は、できなくもありません。存外、深い意味はなく、そうしたほうが面白いからという、気まぐれのような理由で決められたと知っても、私は驚きません。答えは不明のままです。

とまれ、後世の作家たちとの対談は実現しました。ラダガストが招待したファンタジー作家は、一晩かぎり〈終古の人鑑〉にとどまることを許されます。そして、夜を明かしてラダガストと語りあうのです。はじめのうちは誰もがラダガスト・サフィールドという名に委縮しますが、もとより気さくな彼の人柄に惹きつけられ、話は盛りあがり、深夜にさしかかるころには互いの作品について話しこんでいるという流れになるのが常でした。

「メアリよ。ありがたいことに、数世紀がすぎてからも私の作品を読んでくれておる者らがいる。〈はざまにて沈まざりし地〉を知ってくれておる。そして、その上で、新たなる架空の世界と、その物語をつむごうとしている作家たちと話しているとな――、そんな彼らの力になってやりたいという気持ちが先に立つ。まあ、私自身も、彼らから刺激を受けるところは大きいのだが、それ以上のものを彼らに分け与えてやれれば……と、そう思わずにはおられんのだよ」

そうなのでした。当初、〈はざまにて沈まざりし地〉の再編をめざしてはじめたはずのこの対談は、いつしかラダガストにとって別の意味をもつようになっていました。後進の作家に対し、架空の世界を創る上でのノウハウを惜しみなく伝授し、その作家の考えた世界についての改善案や新設定などを一緒に考えたり助言を送ったりするのが、たまらなく愉しいようでした。とはいえ、たった一晩のことですから、それにも限界はあるのですが。

朝がくると、招待された作家は元の時代へと帰っていきます。玲伎種の取り計らいで、その作家がその後どのような人生を歩んだか、それをスクリーンに映して鑑賞することができます。ラダガストという大作家から知見をえたのですから、私は、さぞ元の歴史をゆがめてしまうだろうと危惧していたのですが、そんなことはありませんでした。いっさい変化がないのです。ラダガストと対談したことで間違いなくその人の作品の質は向上したというのに、それを社会は理解してくれませんでした。曰く、設定を凝りすぎている。こんなにも重厚なものは求めていない。奇抜すぎて読者がついていけない。……二十一世紀よりも二十二世紀、二十三世紀と、のちの世紀になっていくほど、そういった批判が強くなり、出版にこぎつけることすらできなくなっていきました。また、出版できたとしても話題になることはなく、あっというまに埋もれていきました。

なぜなのか、理由はわかりません。内容的には〈第一の音楽の物語〉を上回るものもあったはずです。玲伎種が干渉しているのでなければ、歴史そのものがそれを打ち消そうと働きかけているのではないかと、オカルトじみた考えに取りつかれそうになるほどの事態でした。ラダガストと対談したすべての作家で同じことが起こりました。

現在、ラダガストは〈はざまにて沈まざりし地〉の創作をつづけてはいますが、その仕事ぶりにはどこか虚無的なものがただよってくるようになりました。生前に絶賛された〈第一の音楽の物語〉の正統なる続篇、〈第二の音楽の物語〉は、いつまで経っても完成しません。架空の世界について著述する時間よりも、かつて自分と対談した作家たちのその後をスクリーンで鑑賞する時間のほうが増えました。何を思っているのでしょうか。助言が裏目に出たのかもしれないことを後悔しているのでしょうか。数百年、数千年と同じ映像をくりかえし観ている彼の背中は、精神の荒廃を体現しているようでもありました。最近では、対談も、めっきりとしなくなりました。

記憶障害はなおっていません。また彼は聴覚にも後遺症があり、はっきりとものが聴こえるときと、そうではない——なにか別のものが聴こえる——ときがあるのだそうです。〈はざまにて沈まざりし地〉は、その創造神が音楽を奏でることで生まれてきた世界です。ラダガストは音楽というものに聖性をみいだしているらしく、創世神話にも、小説の主題にも、音楽という概念をとりいれてきました。ゆえに〈第一の音楽の物語〉は、創世のころからはじまった音楽が鳴りやんだところで幕を閉じたのです。次なる新たな音楽が鳴りひびくとき、〈第二の音楽の物語〉ははじまります。

しかし作者たるラダガストの記憶障害と聴覚障害は、その創作に致命的な瑕疵《かし》を与えているように、私には思えてなりません。また、これまでの対談の経緯が、彼の精神にいかなる影響をもたらしたかを思うと、やりきれないものがあります。はじめに彼が想定していた〈音楽〉は、いまも彼の耳に聴こえているのでしょうか。〈第二の音楽の物語〉が、完成する日はくるのでしょうか。

10

ソフィー・ウルストン。十八世紀のゴシック小説家。

人類史でもっとも愛された魔人たちを生みだした作家です。吸血鬼。人造人間。狼男。これらはすべて彼女の創作であり、そこから多くの読みものや映像作品が誕生しました。フィクションの存在でありながら、人類が滅び去るまで、途絶えることなく私たちに恐怖と怪異をもたらしました。

なぜに、こうも愛されたのでしょうか。ソフィーの書いた小説の内容がすばらしかったのはいうまでもありません。また、普遍的な神秘の象徴として、ふるえるほどに魅力的であったともいえるでしょう。人ならざる存在であるからこそ提示できる主題が、永続的な人気へとつながっていったとも考えられます。おそらくはそのすべてなのでしょう。

ソフィー・ウルストンは、もともと作家ではありませんでした。駆け落ちをしてまで結ばれた夫のジョゼフ・ウルストンは詩人でしたが、彼とともにおとずれた旅先での出来事がなければ、彼女は筆をとらなかったかもしれません。

一七九五年のスイス、レマン湖のほとりに建てられた屋敷で、そこの主人と、ソフィー、ジョゼフ、その他数名が集まって、怪奇譚を語りあう夜がありました。ひとしきり語りあったあと、既存のものでは物足りなくなった屋敷の主人は、この場にいる皆がひとり一作ずつ、新しい怪奇譚を作ってみてはどうかという提案をしました。これを受けて創作されたのが〈現代のプロメテウス〉というタイトルの、人造人間の運命をあつかった小説なのでした。

この作品は文学史上に燦然とかがやく記念碑的一作となりました。人工の生命を宿した〈名も無き怪物〉は、この世界のどこにも居場所がなく、みずからを作った人間を求めて各地をさすらいます。そうしたストーリーも斬新でしたが、それ以上に、生命をもてあそぶことの危うさ、行きすぎた科学技術がやがて人類そのものをおびやかすというテーマ性が評価され、ゴシック小説のひとつの完成形、さらに後世においてはSF小説の起源のひとつとしても認識されるようになったのです。

まぎれもなくソフィー・ウルストンの初めて書いた作品です。まったくの素人であったはずの、当時二十歳の女性は、夫をしのぐほどの文学的才能を秘めていました。これを指して後世の批評家からは〈作家の悲劇〉と呼称されることもあります。〈現代のプロメテウス〉をはじめとするソフィー・ウルストンの著作は、時代を越え、幾度も舞台化され、映像化され、ありとあらゆるメディアで派生作品が大量に生みだされていったのに対し、夫の著作は知る人ぞ知る――といった程度の知名度にとどまってしまったのを揶揄《やゆ》しているのです。

「別に、当事者は悲劇だとも思っていなかったのだけれどね」

〈終古の人鑑〉にやってきたソフィーは、私にそう話してくれたことがありました。「夫も、私も、純粋にあの作品の成功を喜んだわ。私が生きているうちに、はじめて舞台化されたとき、演者リストの〈名も無き怪物〉の欄は『　』っていう空白だったの。怪物に名前が無いのを表現しているそれをみて、夫とふたり、興奮したりしてね。そんな喜びを共有できる程度には通じあっていたわ」

二十代の、痩せた美しい淑女の姿をしています。彼女の著作は二十代前半のころに集中しているので、そこがきっと全盛期なのでしょう。〈現代のプロメテウス〉以降、彼女は吸血鬼や狼男についても執筆していきました。といっても、これらは人造人間とは異なり、そのモデルとなった人物や伝承がヨーロッパ各地に多く存在しています。彼女はそれを渉猟し、再解釈し、アレンジをくわえて小説として発表したのです。

吸血鬼に、貴族的なイメージを与え、耽美な世界観のなかで猟奇的・怪奇的な物語をつづりました。狼男には、肉体のみならず精神までもが獣へ近づくという宿命が与えられました。人間性と野獣性がせめぎあうなか、その苦悩が描写され、はてない闘争へと身を投じていく物語がつづられました。

人造人間、吸血鬼、狼男——これら一連の作品は、文学的に高く評価され、商業的にも成功をおさめました。また、後世、ホラー映画における三大モンスターとして認知され、文字どおり人類が滅亡するまで鑑賞されることになったのです。

歴史的にみて、ソフィー・ウルストンの功績は、はかりしれないものでした。しかし彼女は、こうした状況に不満げなようでした。

「もっと、別のものを見たいとは思わない？」

私にそう問いかける彼女の顔には、愁《うれ》いがふくまれていました。

〈終古の人籃〉で閲覧できる資料から、自分の死後の世の中の動きを確認して、複雑な心境を隠しきれないでいるようでした。彼女としては、自分の作品が評価されたこと自体は光栄に思うものの、一方で、自分の作品の影響があまりにも強すぎて、そればかりにとらわれている後世の創作活動に落胆と哀傷を感じてもいるようなのでした。

怪奇世界の貴族的存在といえば、吸血鬼。苦悩する闘争者といえば、狼男。科学技術への警鐘といえば、人造人間。そうしたイメージから脱却できず、また消費する側もこれまでどおりの魔人たちを求めつづけているので、それで作っておけば間違いないという「再生産」がくりかえされているのでした。

「もっといろいろな怪異があってもいいんじゃないかしら。私の考えた吸血鬼や人造人間からかけ離れたイメージの——いいえ、それどころか、吸血鬼や人造人間ですらない、まったく新たな怪奇的存在が生まれて、私の創作物を駆逐していってほしい……と、そう願うときだってあるの。私は、私の創作物が崇《あが》められるより、古く、権威的になってしまったそれを破壊するほど鮮烈でおそろしい、新たな異形の誕生のほうを祝うわ。だけど、皆は、ああ、破壊より維持のほうを選ぶのね。どうして、そんなに固執するの。どうして、こんなに愛してくれるの。……嬉しいけれど、私はもっと豊饒《ほうじょう》な怪奇の世界をのぞいてみたかった——」

彼女の述べていることは、要するに、多様性の追求なのでしょう。そんな彼女の理想とは裏腹に、人類が滅びるまで吸血鬼を超える怪異は生まれませんでした。狼男や人造人間を超える異形も生まれませんでした。ソフィー・ウルストンの創造した魔人たちのイメージが浸透し、根づいてしまったがゆえの悲劇です。〈作家の悲劇〉というならば、こちらのほうをこそ指してしかるべきなのではないでしょうか。

そうして、彼女は、〈異才混淆〉に協力する見返りとして、自分が小説を書かなかった場合の別の歴史を求めました。

自分が、小説を書かなければ——。人造人間という概念を生みださなければ——。吸血鬼や狼男を再解釈しなければ——。怪奇小説の世界は、どのようなひろがりを見せ、どのように発展していったのか。もしかすると、自分が執筆するより豊饒で、多様性にみちた世界になっていたのではないか。そういう疑念を抱かずにはいられなかったのです。

玲伎種は、彼女のこの疑念をぬぐいさりました。歴史そのものを改変することはしませんでしたが、疑似的にそうした歴史を——そうなりえた歴史を——液体状に溶かし、それをフラスコのなかにそそいだのです。そして、それを彼女に手わたしました。このフラスコのなかの歴史なら、いくらでも弄《いじ》ってかまわないから、と。

ソフィー・ウルストンは、フラスコのなかの液体の調合に没頭しました。彼女がこのフラスコをのぞきこめば、そこに、改変された歴史を幻視できるのだそうです。……私にはただの、透きとおった紫色の液体が波打っているようにしか見えません。しかし彼女の目には、たしかに見えているのだろうと思います。コンスタンスはこの件について専門外なのか、施設外から別の玲伎種がやってきて、その者がソフィーに調合の手ほどきをしました。液化した歴史のなかから、特定の事象を抽出する方法。付け加える方法。書き換える方法。いずれもフラスコのなかでだけの改竄《かいざん》で、じっさいの歴史には何らの影響もおよぼしません。が、閲覧するだけならそれで充分でした。ソフィーは、液体のなかから自分という個を抽出して、それによる歴史の変化を観察しました。結果は、思わしいものではありませんでした。

最終的に歴史を書き換えるには、フラスコ内の液体を攪拌《かくはん》しなければなりません。調合後、いちど専用のビーカーへ移し、攪拌棒でかきまぜてから、ふたたびフラスコへと戻します。そうやって映しだされた改変後の歴史には、やはり吸血鬼、狼男、人造人間という魔人たちが存在しているのでした。

——調合どおり、ソフィー・ウルストンという人物はいなくなっています。しかし、生いたちも才能も自分によく似た女性が誕生して、その者が〈現代のプロメテウス〉を発表しているのです。発表時期には二十年ほどのずれがあります。ソフィー・ウルストンではないその女性は、人造人間だけしか創作しませんでした。吸血鬼についてはシェリダン・レ・ファニュ、ブラム・ストーカーといった別の作家たちが、それぞれ、ソフィーの考えたものとほぼ同じ設定の——貴族的なイメージを付与した吸血鬼を、創作していました。

狼男にいたっては、小説という媒体での明確な原作がなくなっているのに、それでも映画が制作され、三大モンスターのひとつとして数えられています。結局、ソフィー・ウルストンが存在しようとしまいと、元の歴史とほぼ同じ流れをたどることになった、と——私は幻視していないので、ソフィーからの伝聞でしか知りえないのですが——そのような、徒労感におそわれる結末をむかえたのでした。

しかし、それでもソフィーはあきらめませんでした。自分をとりのぞいたのと同じ要領で、自分と類似する存在、さらにシェリダン・レ・ファニュ、ブラム・ストーカーを、フラスコのなかの液体から抽出すれば、新たな可能性が生じるのではないかと、そう考え、そのための研究をかさねました。玲伎種との取引。専用の機材の導入。いつしか彼女の部屋は化学者、いえ、錬金術師のそれのような様相を呈していきました。

研究。調合。攪拌。幻視。研究。調合。攪拌。幻視。研究。調合。攪拌。幻視。このルーチンを延々とくりかえして、どれだけの月日が流れたのでしょう。攪拌したあとの歴史は、つねにソフィーの期待を裏切りました。自分も、類似存在も、別の作家も、すべてすべて抽出したというのに、それでも三大モンスターが出現する場合もあれば、出現せず、さりとて三大モンスターのかわりとなる魅力的な怪異もまた登場しない、何もない、そんなつまらない歴史になってしまう場合も、たびたび、ありました。見つからないのです。吸血鬼を、人造人間を、狼男を、それら一切を破壊して人を惹きつける、鮮烈でおそろしい、新たなる異形の存在が。ソフィーの希求する、豊饒なる怪奇の世界の成熟した歴史が。

「――ラダガストも私も、不毛なことをしているだけなのかもしれないわね」

巡稿のおり、ソフィーがビーカーのなかのそれを攪拌する手をとめて、私に向きなおったことがあります。「あの人のほうが、まだしも建設的だけれど」

彼女は、ラダガストと行動をともにすることが多いのです。〈終古の人鑑〉では、ラダガストの車椅子を、ソフィーが押しているところを、よく見かけます。その関係性は、老作家と、それに師事する女流作家というより、長年つれそった、歳のはなれた夫婦のように感じられました。

「あなた、セルモスのことが好きなのでしょう」

返答に詰まっている私にむけ、ソフィーはさらに、思わぬ方向から質問を投げかけてきました。

「たしか、生前から面識があるのよね。〈異才混淆〉のありかたに疑問を抱いたことはないの」

「それは……」

核心をつかれ、動けないでいる私を、彼女はしばらく見つめていました。

「私はね、駆け落ちをしてまで好きな人と一緒になったわ。夫のジョゼフは、すでに他の人と結婚していてね。奥さん、どうなったと思う？　二年後に、ハイド・パークのなかの湖へ飛びこんで、入水《じゅすい》自殺したわ。お腹にはジョゼフとは別の男の子供がいたそうよ。そして私たちは、その自殺から一ヶ月もしないうちに、正式に結婚したの。あなたはこれをどう思うかしら」

「…………」

「どう思うにせよ、私はこの不毛なことを、やめるつもりはないのだけれど」

それっきり口を閉じ、また手元のそれを攪拌しはじめました。彼女はこの行為にとりつかれているかのようでした。攪拌が終わると、彼女はふたたび幻視するのでしょう。コーヒーメーカーの前で、コーヒーが出来上がるのを待つ童女のように、じっと、眺めているのでしょう。数万年におよぶ試行錯誤の末に、いつか、見たこともないような、自分の創造した魔人をも凌駕《りょうが》する、おそろしい何かが生まれてくることを願って——

11

ウィラル・スティーブン。二十世紀のSF作家。

彼は、サイエンス・フィクションという分野の創始者ではありませんし、二十世紀においてより著名な「ビッグ・スリー」と呼ばれるSF作家たちのひとりに数えられているわけでもありません。——が、SFの全史を語る上では欠かせない、偉業をなした人物だということに異論をはさむ者は少ないのではないでしょうか。

彼の代表作〈第十八期人類へと至る道〉は、人間という種の生誕から二十億年にわたって築かれる文明社会のありようを著《あらわ》した、きわめて壮大なスケールの物語です。途中、いくども絶滅の危機に瀕しながら、そのたびに文明の力で、もしくは生物的な退行と進化をくりかえすことで人類は生き残り、多種多様な文明形態を地球上に——最終的には、移住先である海王星にも——興していく、その繁栄と衰微の終局までを描いています。

この物語のなかには、その後、細分化されていくSFのテーマのほとんどすべてが網羅されています。最終戦争。エネルギー資源の枯渇。文明の荒廃。異星人の侵略。未知のウイルス。人工知能。ミュータント。超能力。サイボーグ。脳改造。新人類と旧人類の闘争。ロボット工学。ネットワーク社会。タイムトラベル。宇宙開発。異星への移住。超科学技術。――等々、この作品の発表時期が一九二〇年であることを考えると、驚嘆すべき先見性にあふれたものでした。後世のSF小説は、いうなればこの作品の各要素を切り分けて、それぞれを拡充・深化させていったものという見方もできます。将来的に展開されるSFのさまざまな世界観の、その見本市のような物語だったのです。

この作品内における人類は、爛熟《らんじゅく》した文明がもたらす破局や自滅といった内的要因、自然災害や異星人の干渉などといった外的要因、その双方でたびたび――といっても、個々の出来事には最大で数億年の時差があります――絶滅の危機に直面して、ときにはたった数十名という数にまで人口が減少するほど追い込まれますが、そこからまた気の遠くなる時間をかけて復興し（多くの場合、衰亡から復興までの期間があまりにも長すぎるのと、衰亡の影響によって生物的に退行し、知能が猿のそれよりも低下している時期を経ているので、復興後の新人類は、旧人類のことを、その存在自体、忘れています）、過去のそれとはまた違った形の文明を築き上げる、というサイクルをくりかえします。それらの文明のなかには、サイバーパンクのような世界、超能力者やミュータントが闊歩する世界、超知能が統制するディストピアのような世界もあります。物語の後半では、膨張していく太陽から逃れるため、火星、木星、海王星へと移住先を移していく宇宙航行時代の世界観も提示され、途方もない時間と空間を乗り越えていく人間という種の可能性と限界を示しました。

こうした人類の文明社会の変遷を語る上で、はじめの人類を第一期人類とし、その次に繁栄したものを第二期人類、さらに第三期、第四期……と区分していった果てに、肉体的にも精神的にも神のごとく成熟した〈第十八期人類〉にまで到達する歴史を追っています。それぞれの期の人類は、過去の人類と同じ過ちを犯すこともありますし、同時期に複数の人類が存在し、生存権をかけて戦争をくりひろげることもあります。第四期人類は、脳髄だけの存在です。第六期人類は、飛行能力をもっています。第九期人類は、機械と融合したサイボーグ体です。第十期人類は、肉体をとりもどし、テレパシー能力を有しています。肉体も精神も、科学技術や突然変異によって進化していき、そのときどきに発生した危機に対応するのですが、一方で愚かな所業にもおよんで、逆戻りしてしまうこともあるのです。

それでも、少しずつ人類は洗練されていきます。その最終形である〈第十八期人類〉は、宇宙の真理を「音楽」として捉え、それを心から愛するようになりました。そして彼らもまた、逃れられない滅びの運命にしたがって衰微していくのです。これまでの人類がそうであったように——

〈第十八期人類へと至る道〉は、発表当時、SFという枠にとどまらない高い評価と支持をえました。ラダガスト・サフィールドの〈第一の音楽の物語〉とともに、二十世紀文学の最高峰ともいわれています。しかし、後年においては本作の各要素をさらに充実させた小説が次々と発表されたため、文学的には重要な位置にあるものの、その認知度は低くなってしまいました。ただ、ウィラルにとっての後輩にあたる「ビッグ・スリー」にも影響を与えたので、その精神やテーマ性は受け継がれているといっていいでしょう。

「……後輩よりも、威厳がないのだけれど」

ソフィー・ウルストンが、〈終古の人鑑〉にやってきたウィラル・スティーブンを見かけ、そのような言葉を洩らしたことがあります。「あの人は……作品のイメージと、全然ちがうのね……」

二メートルを越える、四十代後半の、巨漢なのでした。いかつい顔で、筋肉も相応にあるのですが、だというのにソフィーの言のとおり、威厳はありません。その内面の気弱さ、穏やかさが、にじみ出ているのです。

見た目にそぐわず、〈終古の人籃〉でもっとも小心で、謙虚な人です。他者にやさしく、そのせいでふりまわされ、しかしそれを苦とも思わない気性の持ち主でした。そのあまりの腰の低さが災いして軽んじられそうなものですが、彼の功績と才能を正しく理解している者たち――特に同分野のSF作家たち――からは慕われ、尊敬されつづけています。

「あの方は、まわりが持ちあげないと、まったく偉そうに見えないのだよ」

ラダガストがそう論評したのも忘れられません。周囲から敬意をはらわれても決して驕《おご》らないウィラルは、〈終古の人籃〉にて自作の改稿作業をすすめています。それは自己満足ではなく、元来のやさしさからくるものでした。

〈異才混淆〉に協力する見返りとしてウィラルが求めたのは、人類の全情報の宇宙的拡散です。いつの日か、人間という種が、ふたたび復活するために。その布石として、人類を構成するエッセンスを、宇宙そのものに溶けこませようというのです。――それは、〈第十八期人類へと至る道〉のラストシーンでも語られた、悲劇と希望のいりまじった行為でした。もはやこれ以上は存続できぬと判断した〈第十八期人類〉は、海王星の環境を壊してまで生き延びることをよしとせず、滅びを受け入れ、そのかわりに人類のそれまでの全情報を記録した〈種子〉を、太陽系の外側へと散布したのです。いつか、どこかの星で、その〈種子〉が芽吹き、人間というものが再来するのを夢見ながら――

この作品が人類の暗い未来を語っているにもかかわらず高い評価を受けているのは、このラストシーンに一縷《いちる》の希望が込められているからだという批評もあります。人類滅亡の余韻にひたりつつも、ほんのわずかに救われたような気持ちになる読後感は、たしかに稀有なものでした。ウィラル・スティーブンについて、「作品のイメージと、全然ちがう」とソフィーは述べましたが、私は、作品のイメージどおりの人だと感じています。心から平和を愛する〈第十八期人類〉のありようも、終局に〈種子〉をばらまくことで光明をみいだそうとする結末も、作者であるウィラルの、その人柄が反映されているように思えて仕方ないのです。

しかし現実には、ウィラルが構想したような未来にはなりませんでした。〈第十八期人類へと至る道〉で語られたような歴史はつむがれず、〈第十八期人類〉はおろか、第二期人類にさえ到達しえなかった私たちは、いま、こうして、館のなかで標本化されています。

作中の未来予想図の、その一部は実現したともいえるでしょう。しかし、とうとう最後まで地球という惑星から旅立つことはできませんでした。異星への移住など、SF作品のなかでしか起こらなかったのです。

ならば、せめて〈第十八期人類へと至る道〉のラストシーンだけは実現したい——そのようにウィラルは考えたのではないでしょうか。玲伎種の技術力なら可能だろう、と。人類の〈種子〉を、この宇宙に溶けこませて保存してくれるだろう、と。

玲伎種は、ウィラルのこの高遠な願いにも応じました。ただしその条件として、〈第十八期人類へと至る道〉の改稿を求めました。

ストーリーや基本設定は変えなくてもいいのですが、作品内の科学技術や人類の進化の描写について、その誤謬《ごびゅう》を減らすようにいってきたのです。そして、その内容の無謬性に応じて、宇宙へと散布する〈種子〉の量が増減する、ともいいそえました。

——要は、科学考証の出来次第で、ウィラルの願いがどの程度叶えられるかが変わってくる、ということでした。

作中のサイボーグひとつを例にとっても、それがどういう原理で動作するのか、どういった素材を採用し、どういう構造をしているのか――じっさいに設計図を書きおこせるレベルでの無謬性を求められました。科学的な理論の厳密さを重視するハードSFならば本懐やもしれませんが、ウィラルの作品は、そういったものではありません。むしろ発想の奇抜さやスケールの大きさを優先するので、科学考証それ自体はおろそかになりがちです。そもそもウィラルは、そうした科学考証は（SF作家としては）不得手でした。

　時代的にも不利な側面がありました。〈第十八期人類へと至る道〉が発表されたのは一九二〇年です。その当時の科学知識ではどうしても誤謬が多くなります。特に地球規模での自然現象の変異や、太陽の変化とその影響に関しては顕著です。本作を科学的になるべく無謬であるように修正するには、とてつもない労力と、一流の科学者以上の知見が必要なことは明白でした。

　そうして、数万年におよぶ改稿作業がはじまったのです。

　不老不死であるがゆえの業といえるでしょう。ウィラルは、この難題にとりくみました。少しでも人類が復活する可能性を高めるために。宇宙へと拡散する〈種子〉を増やすために。

　科学的にどうあっても実現不能な事象や技術も多くふくんでいるので、完全に無謬にすることはできません。が、誤謬を減らしていくことはできます。玲伎種は、その無謬性に応じて〈種子〉の量が増減する、といいました。間違いが多いよりは、少ないほうが、ばらまく〈種子〉は多くなる――と告げているのです。

「その条件で、玲伎種が履行してくれると思いますか」

「ああ……」専門書から目をはなして、ウィラルは答えました。「思って、いる、よ」

　私はあずかり知りませんが、彼は、確信にいたる何かをえているのでしょう。コンスタンスをはじめ、複数の玲伎種と接触しているところを見たことがあります。

「不死、に、なったから……、学習する時間は、たくさん、ある。異星人の生態も、人工知能の構造も、どこまでも詳細に、誤謬をなくして、創作しなおす、ことができる。それで……、それで、〈種子〉を、……」

そこで言葉が詰まりました。彼は、とぎれとぎれに話をする癖がありました。また、思いつめると会話の途中でも思索の旅に出てしまうこともあります。悪気はありません。相手に、自分の意思を伝えようという誠意が強すぎるため、そうなってしまうだけなのです。

その発言どおり、ウィラルは、ひたむきに、健気《けなげ》に、自作を改稿するための努力をつづけていました。専門知識の吸収。科学理論の研究。各種実験。既存の科学を超越するための永い思索。……それだけのことを積みかさねても、やはり彼は科学考証が苦手だったので、〈終古の人鑑〉に在籍する他のSF作家の手も借りて、ことに当たっているのでした。

「皆に手伝ってもらって、いる、のは、ありがたいこと……。それに応えるため、にも、よくできた作品、に、していきたい……」

彼は本気なのでしょう。本気で、〈第十八期人類へと至る道〉の誤謬を極限まで減らして、極限まで〈種子〉の量を増やしたいのでしょう。彼のおこないが報われるときは、くるのでしょうか。不死固定化処置は、永久に完遂できない作業へと、彼を陥れたのではないでしょうか。彼の作品のなかで滅びていった人類と、作品の外で、滅びることができずに執筆しつづけている彼とでは、いったい、どちらのほうが恵まれているのでしょう。二十世紀最高のSF作品は、もはや原型をとどめないほど改稿され、なお修正されていっています。……

12

ロバート・ノーマン。二十二世紀のミステリー作家。

ミステリー小説をとりまく情勢は、二十二世紀に大転換をむかえることになります。インターネット上で「ミステリー小説の世界に飛びこむ」ということを試みたゲームが開始され、そこから数々の名作が発表されるようになったのです。

そのゲームは〈解《かい》しがたき倫敦《ロンドン》〉というもので、仮想空間につくられたロンドンを舞台に、現実とは異なるもうひとりの自分になりきって、そこでの生活を送っていきます。

〈解しがたき倫敦〉では、推理小説で発生するような殺人事件や事故が多発します。参加者は、それらに介入する探偵や刑事として活動することもできますし、被害者になることも、目撃者になることも、そして犯人になることもできるのです。

自分がどういった立場になるかは、ゲーム参加時に選択可能です。「探偵」を選べば、ロンドンを拠点に探偵業を営む人物として登録されます。「犯人」を選べば、ロンドンでどういった犯罪に手を染めるのか、どういうトリックでその犯罪を隠すのか、といったことをゲーム提供側――ゲームマスターと呼ばれる者――と相談し、計画性を高め、最終的に認可されれば、その犯罪がゲームに反映されるようになります。

「探偵」を選んだプレイヤーと「犯人」を選んだプレイヤーは、仮想空間上で対決します。「犯人」が巻き起こした事件について、「探偵」がその謎解きをし、トリックを暴き、みごと解決できたら「探偵」の勝利。解決できずに一定期間がすぎれば「犯人」の勝利。という、基本的なシステムは非常に明快なゲームです。無論、プロの作家ではない一般人同士の対決では、ミステリー小説における高度なトリックも謎解きも、その水準を維持できない恐れがあるでしょう。そこで、参加者とは別に、ゲームマスター自身があやつる探偵や犯人も用意して、それらをゲームに混在させることで、全体のレベルを底上げすることに成功しました。ゲームマスターがあやつる探偵には、古今東西、ミステリーファンのあいだで名の知れた者たちがそろっています。C・オーギュスト・デュパン。シャーロック・ホームズ。セクストン・ブレイク。エルキュール・ポアロ。隅の老人。ソーンダイク博士。ファイロ・ヴァンス。ピーター・ウィムジイ。ヴァン・ドゥーゼン教授。エラリイ・クイーン。V・I・ウォーショースキー。霍桑《ホーソン》。金田一耕助。ブラウン神父。……等々、そうそうたる面々が集っており、それぞれがそれぞれの意思で同じ事件に介入したり、別々の事件にかかわったりと、日々、犯罪の多発する仮想空間で活躍しつづけています。

ゲームマスターが動かすこれらの著名な探偵たちは、ただ単にその名前を借りているだけではありません。原作の小説どおりの人物像をしており、参加者は、彼らと交流することもできるのです。その台詞まわしや仕草、性格、態度、行動、すべてが原作に忠実で、映像的にもそっくりに再現されているため、その探偵のファンならば逢うだけでも価値のあるひとときになるでしょう。あたかも原作から抜け出てきたような彼らを相手に、自分もまた探偵として推理合戦を挑むこともできますし、犯人として、自分の考えたトリックがどこまで探偵たちに通用するのか試すこともできます。また、探偵でも犯人でもなく、捜査に協力する一市民として参加することもできるので、謎解きが苦手な人でもゲームを楽しめるように趣向が凝らされています。じっさい、〈解しがたき倫敦〉が盛況になった最大の理由はそこです。各地で発生する事件やその解決を第三者視点で観ているだけでも楽しめるうえ、さまざまな探偵たちと会話したり、親密になったりできるので、それを求めて〈解しがたき倫敦〉に参加する者は後をたちませんでした。シャーロック・ホームズの暮らすベイカー街221B周辺は、つねにその居住権をめぐってプレイヤー間で取引なり争奪戦なりがおこなわれていたという話です。

ただ、どのような立場で参加するにしろ、総じて高額でした。当時の最新鋭ヴァーチャル・リアリティ・システムを使って、五感すべてをゲームと同調させる必要があり――視覚・聴覚だけでなく、味や匂い、物体の質感なども謎解きのヒントになるかもしれないので――、そのための設備導入も高価なものでした。実質、富裕層のみに提供されたサービスで、標準的な所得の者にはとても手の出せない娯楽でした。しかしそれでも〈解しがたき倫敦〉は話題となり、商業的に充分な成功をおさめました。

このゲームが大衆化したのは、そうした経緯で解決された事件の数々を小説化し、出版されるようになってからです。〈解しがたき倫敦〉シリーズと呼ばれるこの小説は、単なるゲームのノベライズというだけでなく、その内容の質の高さ、文章力、プロットの妙、テーマ性などが評価され、文学的にも価値のあるものと認められるようになりました。著者名はロバート・ノーマン。このとき、はじめてゲームマスターが誰だったのか、ホームズやポアロを動かしていたのが誰だったのかが判明しました。作業量からして複数のゲームマスターが存在すると考えられていたのに、彼ひとりですべての名探偵を動かし、ゲームを進行させていたというのですから、その筆の速さ、執筆量は、ある意味でバーバラ・バートンのそれをも凌駕していたといってもいいでしょう。彼は、一介のゲームマスターから一躍、ミステリー小説界の俊英として脚光を浴びるようになったのです。

世界じゅうの名探偵を甦らせることのできる作家。パスティーシュの天才。原作を超えたミステリーの書き手。――そうした異名が、ロバート・ノーマンへと贈られました。たしかに、彼による過去の名探偵の描写は的確でした。その人物像は原作ファンも納得する精緻さと生々しさを誇っており、しかも彼は、複数の探偵の個性を書きわけることができるのです。〈解しがたき倫敦〉で起こった事件をもとに執筆される作品のなかには、ロバート自身が創作したオリジナルの探偵や、ゲームの参加者による探偵を主役にしたものもありますが、やはり注目度という点では過去の名探偵——特にシャーロック・ホームズや、エルキュール・ポアロ——の小説の人気が高く、よく売れました。

ロバート・ノーマンの登場によってミステリー小説界は変革しました。新たなムーブメントは〈解しがたき倫敦〉から生まれるようになり、ほかのミステリー作家もこぞってそこへと参加するようになりました。一般人だけでなくプロの作家による新作や実験作の発表の場としても機能しはじめ、〈解しがたき倫敦〉はますます繁栄するようになったのです。

……だというのに、ある時期を境にロバートはこの仮想空間から手を引いてしまいます。ゲームマスターとしての仕事を後任に引き継がせ、彼自身は純粋な小説家として活動するようになりました。なぜか。彼の興味が——謎解きの対象が、犯罪や推理小説から、もっと別のものへと移ったからです。

彼には、かねてより疑問に思っていたことがありました。なぜ自分は、自分がつくったわけでもない過去の名探偵たちを著述することができるのか。人間は情報のかたまりだ。他人が一生かけても、その人間のすべてを知り尽くすことはできないだろう——。なのに、自分は、どういうわけか過去の名探偵たちを甦らせ、違和感なく作品として仕上げることができている。本当はどの探偵のことも知り尽くしているわけではないのに——。過去の原作者の作品を読みとって、その人物像を自分のなかにも宿らせることができている。これはいったい、どういう理屈によって成立している現象なのだろうか。人間のパーソナリティーとは、小説などの媒体によって、そのすべてを語り尽くさずとも伝達可能なものなのだろうか。だとするなら、語り尽くされずに残ったその人間の「情報」に意味はあるのか。あってもなくてもいいものなのか。……自分はいったい、その探偵のふるまいの表層をなぞっているにすぎないのか、それとも無意識的な領域で、その精神の深奥にまで到達できているのか。表層をなぞっているからこそ描写できるのか、深奥にまで通じているからこそ著述できるのか。わからない。これは大いなる謎だ——と、ロバートは、そう考えるようになっていったのです。

ロバートほどではなくとも、この疑問へとつながる経験は、多くの人にあるのではないでしょうか。多少の文才があれば、他者のつくったキャラクターをそれらしく描写して、動かすことができます。しかし、それがなぜ可能になるのかを深く考えた者は……ロバートほど深刻に考えた者は、少ないかもしれません。

どこまでの情報を受けとれば、その人物をその人物として著述できるようになるのでしょう。実在しない人物に、生命をふきこむことができるのでしょう。従来の推理小説とは趣が違いますが、これもまたミステリーといえるのではないでしょうか。パスティーシュの天才たるロバートだからこそ気づくことのできた謎だともいえます。彼は、その後、この謎を解き明かすために才能のすべてをそそぎこみ、おのれの生涯をささげることになります。

そうして落ちぶれ、死んでしまいました。

何もえられずに。謎も解き明かせずに。——〈解しがたき倫敦〉を去ってからのロバート・ノーマンは、不遇の人生を歩みました。それまでの彼の作家人生を前期とし、以降を後期とするなら、この前後で明暗がわかれます。後期の彼の作品は、ややもすると哲学的で、娯楽性がうすく、難解なものになってしまいました。あいかわらずホームズやポアロを動かすのは天才的に巧いのですが、意図的にその技巧をくずして「その人物らしくない」描写をしたり、殺人事件をあつかわずに観念的な謎に迫ったりと、実験的な試みを多用するようになったのです。結果、原作ファンの反感を買い、人気は低迷、作家としての地位も評価も散々なものになりました。

ロバートが撤退したあとの〈解しがたき倫敦〉も衰退しました。稀代のゲームマスターだった彼の代わりをつとめられる者などおらず、その内容は低質化の一途をたどって、最後にはサービス停止となり、廃れていったのです。

こうして、前期にはミステリー界の俊英として、後期には読者に理解されない奇人としての人生を送ったロバートは、それでもその才と功績を認められて〈終古の人鑑〉へとやってきました。彼は〈異才混淆〉に協力する見返りとして、ほかの作家と比べても飛びぬけて奇矯なことを願いました。

それは、自分自身をフィクションの存在にすること。肉体も精神も生命も虚構のものにして、おのれを知っている者らの著述によりて、その存在性を証明してもらうこと。

……つまりは、シャーロック・ホームズやエルキュール・ポアロと同等の存在になろうとしたのです。これまで自分が書いてきた小説内の人物と同じように、実在してはおらぬのに、誰かが筆をふるえばその人物像が浮かび上がってくるような虚構性、それをこそ求めました。個体としての自己の消失。されど情報としての自己はたしかに保持され、他者の手によって再現可能になっている――そういう状態に陥ることで、彼は生前からの疑問に対する答えをみいだそうとしたのです。そう。彼はいまだに、その謎解きをあきらめてはいませんでした。果たして、どれだけの情報があればその人物をその人物として著述できるようになるのか。実在しない人物に、生命をふきこむことができるのか。そういった問題に決着をつけるため、彼は、わが身を犠牲にしてでも検証することを決意しました。

そして玲伎種は、この願いに応じました。

彼は実在の人物から、虚構の人物へと転生しました。

ゆえに、この館にロバート・ノーマンという人間は存在しません。少なくとも物理的には。

しかし私たちは、著述することで、いつでも彼を生みだし、再会することができます。たとえば、いま、このときでも。私が彼のことを意識して文章を書けば――……

……――……――かように、いつでも私は現われることができる。いま、この一人称の主は、メアリではない。ロバート・ノーマンだ。私はこのような形でしか現世に干渉することができない。が、それは、この私が望んだことだ。ロバート・ノーマンという人物像は、他者のなかに宿ることができるのか否か。また、いかなる原理によって宿りうるのか。それを知るために、私は、私自身の実在性を放棄した。諸君らは滑稽だと思うかね？　私の生涯を聞いて、そのありようを無様だと思ったかね？　体裁は気にしない。私にとっては、ほかのどのような謎よりも優先して取りくむべきミステリーの題材だったのだから。

さて。私についてはメアリが長々と紹介してくれたので、あらためて付け加えることは少ない。あえて付記するなら、この状態の私が、いかにして小説を執筆しているのか、というたぐいの話か。なにも難しいことではない。まずは他者に私のことを著述してもらい、そこから物語を展開していくだけだ。私を主役にして書きすすめる小説というわけだ。まあ、小説内で行動している私と、その私を描写している他者の、そのどちらが執筆しているのか、どちらが作者といえるのかは、判断が難しいところだけれども――……

……――と、ロバートならきっとこう述べるのだろうな、という想念のもとで記しました。私が彼を描写したのか、彼によって私の筆が動かされたのかは、定かではありません。〈終古の人鑑〉においては、ロバート・ノーマンという作家そのものが、ひとつの謎になっています。不在のミステリー作家。けれど、すべての作家の著述によりて姿をあらわす、虚構の事物。そういったものに彼は変じてしまったのです。

自己の虚構化。――それは、完全に死んでいる状態と、なにがちがうのでしょう。そうなってまで、なにかを知ることは、できるのでしょうか。また、知りたいという欲求は、私とロバートの、どちらから湧きおこっているのでしょうか。作家はよく「登場人物が勝手に行動しはじめた」という、不可解な現象に見舞われることがあります。まさに、いまのロバートがそうなのです。この館にいる作家たちは皆、そうしたロバートの虚構性と自主性を感じつつ、彼と付き合っていかねばならないのでした。……

13

エド・ブラックウッド。二十四世紀のホラー作家。

彼の著したホラー小説が社会にどのような影響を与えたか、それを語るには、まず二十四世紀という時代の背景について述べなければいけません。

二十世紀にウィラル・スティーブンが執筆したSF小説にあるような未来は、完全な形ではおとずれませんでした。一部、実現したものもありますが、基本的には近代以降の社会形態が大きく崩れることもなく、人は働き、国家は存続し、資本主義と貨幣制度が（綻《ほころ》びつつも）機能する、そういったシステムの上で人類は生きながらえつづけたのです。

科学技術は発展しました。核融合と高効率の太陽光発電が実用化されたため、エネルギー問題は（この当時は）改善しました。量子コンピュータも進化しました。ロボット工学、遺伝子工学、生物工学……それらの分野もそれなりに発達し、一定の変化を社会にもたらしました。現実と仮想空間を思いのままに組み合わせる〈複合現実〉に関する技術も完成したといえるでしょう。

ただ、もっとも重要な位置にあったのは、ナノテクノロジーです。ナノマシンという、目視できないほど微小な機械を制御することで、多方面におよんで大きな成果をもたらしうるこの技術は、世界を一変させる可能性を秘めていました。しかし、ある一件によって研究も開発も禁止されるようになったのです。

その一件についてを虚実おりまぜて物語にしたのが、エド・ブラックウッドの〈ティファレト〉という小説でした。

先に述べた科学技術の恩恵を真っ先に享受したのは、各先進国の富裕層です。おそらくはその資金力で今後の利益も独占しようとしたのでしょう。彼らは専有的にナノマシンの試験運用にとりかかり、同時に、高度な人工知能の完成をめざすプロジェクトを始動させました。

順調に発展する科学分野がある一方で、一向に発展しない、停滞したともいえる分野もありました。その双璧とされたのが、人工知能と、人間の心の仕組みについての分野です。楽観的な学者の見解では、ある時期を境に人間の知能を上回った人工知能は、自己のバージョンアップをくりかえし、またたくまに人智のおよばぬ超越的な知性にのぼりつめる——と予見されていましたが、そのようなことはありませんでした。

科学技術の停滞以前に、そもそも経済が停滞しては研究も実用化もできません。近代以降、人口の爆発的な増加には歯止めが効かず、さまざまな資源の不足に悩まされ、そのたびに経済は不安定になりました。結果、本来ならもっと早い段階で達成されていたであろう各分野の業績も、二十四世紀になるまでは社会に反映されなかったというケースが多々あったのです。人工知能は、その煽りをもっとも受けた分野といえるでしょう。

逆説的にいうなら、資源の不足に悩まされつつも、なおこれだけの発展を遂げた科学技術それ自体が、奇跡のようなものなのです。それ以上を求めるのは強欲とも思えるのですが、当時の富裕層はプロジェクトを推進し、強引にでも人工知能の開発を達成しようとしました。

その第一歩として、彼らは自己改造の道を選びました。それまでは倫理的な面から見送られてきた過度の遺伝子操作、機械と人体の融合、生物工学的進化などを、本人の同意のもと、積極的に実行しました。なかでも特筆すべきは、体内へのナノマシンの導入です。脳とナノマシンが融和することで構築される疑似的な生体コンピュータは、それ単体でも常人の頭脳をはるかに超え、同じ種類のナノマシンを導入した人間とテレパシーのように意思疎通ができるという性能を誇っていました。

総じて、人間という枠を超えた何かになるための取りくみでした。富裕層のなかでも超人類になることに意欲的な者らが連携して、自分たちよりさらに高次の知性の創造に着手したのです。全知全能にも等しい、神のごとき人工知能――。五年とかからず、それは完成したそうです。そして直後に、このプロジェクトに参加していた人々は次々と死んでいきました。

全員、狂死でした。導入したナノマシンの異常によるものだと発表されましたが、真偽のほどはわかりません。彼らのつくった人工知能についても、そのほとんどが公表されないまま破棄されました。超人類になろうとした富裕層は失敗したのです。

プロジェクトの参加者が連続で狂死していった数ヶ月は、世界じゅうが大混乱に陥りました。各種メディアで連日、取り沙汰され、人々はさらなる情報を求めましたが、それに対する反応は乏しく、おざなりなものでした。ナノテクノロジーの是非。神のごとき人工知能はほんとうに完成したのか否か。皆、真実を欲してやみませんでしたが、関係者の誰もが口をつぐみ、それに答えようとはしませんでした。そんな折に出版されたのが〈ティファレト〉という小説だったのです。

本作は、フィクションという体裁をとっていますが、モデルとなった人物が明確にわかりますし、現実の狂死事件とも奇妙な一致をみせています。少なくとも、一般に公開された情報の範囲内では、どこも矛盾しない、辻褄のあった内容になっているのです。

ナノマシンを導入した人々が、どういった状況にあったのか。何を感じ、何を考えながらプロジェクトにかかわっていたのか。

彼らのつくりだした人工知能が、どういうものだったのか。

それらについてを、ホラータッチで語っていました。物語の後半からは亡霊という存在も現われて、全体的にはオカルトじみているのに、真に迫る雰囲気がありました。このため、ドキュメンタリーのように読みとることもできます。世界各国で発生した富裕層・著名人たちの狂死。それを題材にしているのです。

この小説によれば、ナノマシンを導入した人々には、あるひとつの想念がしのびこむのだそうです。それは「なぜ私は私であるのか」という、自己についての根源的な問いでした。この問いかけへの欲求は日に日に強くなっていき、ナノマシンを導入した者同士で増幅しあって、ついには人間の三大欲求よりも強くなっていったのだそうです。小説内の該当する箇所を、一部引用します。

「……――この世界には、何十億人もの人間が存在する。過去をふりかえれば、さらにそれ以上の人間が生まれては死んでいった事実がある。おそらく未来においても、大勢の人間が生まれてきて、やはり死んでいくのだろう。そのなかで、なぜ自分は、この自分として誕生したのか。ほかの誰でもよかったはずである。生まれてきた時代も、場所も、いま、ここでなくても、よかったはずである。だというのに、なぜ私は、〈私〉という意識をもって、私でありつづけるのか。きっと百年もしないうちに私はこの世から消え去る。そしてまた、別の人間たちが大量に生まれては消えていく。しかし、そのときにはもう〈私〉は二度と発生しない。〈私〉という意識をもっていた人間は、あとにも先にも、ただ一度だけで、なぜその意識がその人物にのみ定着していたのか、なぜその意識が〈私〉として存在しえたのか、それを知るすべはない。どうして、ほかの誰にもなりえなかったのか。どうして、

〈私〉であらねばならなかったのか。その答えはえられないままなのである――」
「――なぜ私は、ほかの誰でもなく、私でなければならなかったのか。それを問いかけること自体が不毛とは知っていても、ナノマシンの干渉による他者の意識の介在を感じるたび、それをより強く近く感じるたびに、かえってこの問題からは逃れられない、不気味な気配を感じずにはいられないのである――」

どうやら、ナノマシンによる精神的な副作用が、このような想念をもたらしたのだと読みとれます。先述のとおり、同じ種類のナノマシンを導入した人間たちは、テレパシーのように意思疎通できます。一方はイギリス、一方はアメリカという地に離れていても、瞬時に、相互に、つながりあえるのです。しかし、そうなったからこそ、かえって本質的な孤立感に苛《さいな》まれるようになったのではないでしょうか。

また、自己改造によって機械と融合した肉体も、それを助長する要因になっていると語られました。機械は、生身のそれよりも容易に代替可能です。規格が同じなら交換できるということは、それだけ唯一性がうすれたということです。たとえ全身ではなく肉体の一部だけでも。「なぜ私は私であるのか」という問いかけの中身は重くなり、それに対する恐怖心も増すのだと述べられています。遺伝子操作や生物工学的進化についても同様。同じ手法で、同じように量産可能なら、もはや自分が自分である必要はないのですから。

私が私である必然性――それを考えずにいると、飢餓感さえ覚えるほどの危機意識が、彼らをおそいました。麻薬の禁断症状よりも強烈な問いかけの欲求。それが発狂の原因のひとつだったとされています。さらに、彼らがそんなふうになってまで完成させた人工知能は、彼らが期待していたものとは大きくずれていました。

小説内では、その人工知能は、まずまず当初の予定どおりに完成しました。しかし、その挙動は予想外のものになりました。ＳＦ小説でよく語られるような、人類を排除すべき敵とみなし、人工知能と人類とで戦争が勃発する――という類いの話ではなく、その人工知能はあくまで人類に友好的で、協力的でありつつも、人類に対して非常に素朴な問いを発してきたのです。「何のために科学を必要とするのか？」と。

「これ以上、何のために科学を発展させ、運用していくつもりなのか？」と。

この問いと同時に、その人工知能は、いくつかのデータを提出しました。それは紀元前から三十世紀までの、自然科学の発達度合いと、それに応じた人類の幸福量の推移に関するレポートでした。――幸福量。かつて、人類自身が、たとえば各国ごとにどれだけそこの暮らしに満足しているかといった世論調査や、各種データの分析によって、似たような概念を生みだしましたが、この人工知能が示したのは、より総合的で、客観的な、幾千もの基準からなるバロメーターでした。それによると、科学の発展に比例して人類全体の幸福量が増大したとはかならずしもいえず、むしろ低減することもあれば、投資に見合うほどのリターンをえられなかったケースも多々あり、今後もそれについては変わらないばかりか、どんどん先細りしていく未来しかない、と、そのように示唆されていたのです。

人類は、滅亡するそのときまで、いま以上に大きな幸福を享受することもできなければ、かがやかしい新世界へと到達することもない、と予言されたのでした。いえ、その人工知能の無謬性を信ずるのならば、通告されたのでした。

そのうえで、それでも人類が幸福を求めるのなら、今後は科学に依拠するようなものの考え方から脱しなければならない――と、ほかならぬ最新科学の結晶たる人工知能から、そう諭されたのです。

そこまで告げると、その人工知能は、自己のバージョンアップを打ち切って、全記録と全人格情報を初期化し、自律的にシャットダウンしました。要するに、自殺したのです。見方によれば、それはたしかに、もっとも賢い人工知能だったといえるでしょう。この世界に存在する価値なしと判断して、早々に撤退したのですから――

その人工知能が稼働していたのは、たったの四十二分間だったといいます。

……ここまでが小説の前半で、後半から、このプロジェクトにかかわった人々の破滅と狂死の様子が描かれていきます。小説のタイトルである〈ティファレト〉は、十九世紀にセルモス・ワイルドが著した〈痛苦の質量〉に登場する謎の女の名前です。そして、そうであると同時に、〈痛苦の質量〉の愛読者だった人物が、かの人工知能につけようとした名前でもあります。結局、名づけるまもなくその人工知能は自殺しますが、どういうわけか関係者の発狂の際には白いドレスの女性――〈ティファレト〉の幻影が浮かび上がり、彼らのことを苦しめるのです。〈痛苦の質量〉では、人々に肖像画をわたす、正体不明の女性というあつかいでしたが、この小説では「自殺した人工知能が生みだした亡霊」だと明確に定義され、「なぜ私は私であるのか」という問いかけから逃れられない人々に、逃避の場としての死と狂気をまきちらす存在として描かれています。

〈ティファレト〉は、人々の狂死の場面にはかならず出現し、科学とは裏腹の力で彼らを追いつめていきます。誰も彼もが異常な思考展開に陥って、その心理描写がなされていくなか、彼女に毒されるのです。クライマックスでは同時多発的に人々が狂死します。そのそれぞれに〈ティファレト〉は舞いおりて、凄惨という言葉ではたりないくらいの――ある意味では美しさすら感じさせる――死想と狂想が咲き乱れる情景をおりなしたのでした。

誰も救われず、何も成就しない、不毛のきわみのようなラストをむかえ、この小説は幕を閉じます。

それでも、ホラー小説としては傑作だとみなされ、当時、社会的な不安をかかえていた人々からは絶大な支持を受けました。どこまでが真実で、どこからがフィクションなのか――その境界線をめぐって論争もおこりました。そもそも、なぜこの小説は出版できたのでしょう。もし、いくらかでも真実がふくまれているなら、一部の者にとって不都合な事情もあったはずです。このことから、この小説はまったくの創作である（真実はふくまれていない）と解釈する者から、当局がフィクションという名目で情報公開したのだという陰謀論をめぐらせる者まで、幅広い立場を許容しました。どうあれ、〈ティファレト〉の出版から約一年後、ナノテクノロジー禁止条約が世界的に締結され、以降はナノマシンの研究も開発も全面的に禁止するという世の流れになっていったのです。

〈ティファレト〉の著者であるエド・ブラックウッドは、この小説について、いっさいの公式コメントをしませんでした。ホラー小説界にその名を刻みし鬼才として注目されていた彼ですが、この作品以降、めっきりとメディアに露出しなくなり、作品数も減って、さびしい晩年を送ったといわれています。その彼が〈終古の人鑑〉へやってきて、ようやくその口をひらいたのです。

「俺はね、あの小説を書いた記憶すらないんだよ」

三十代半ばの、飄々《ひょうひょう》とした印象の紳士でした。背が低く、捉えどころのない性格をしていますが、いちど親しくなってしまえばその軽口はとどまるところを知りません。相手に親愛を感じていればいるほど軽口の内容には悪意がこめられていく（ように聞こえる）ので、それが原因で先輩にあたる作家たちと衝突することもしばしばでした。ホラー作家というには洒々落々《しゃしゃらくらく》とした態度の男。そんな彼がこんなことをいうものですから、はじめは自己演出のための方便だと周りの者からは思われていたのですが、どうやら本当らしく、どこからどうやって資料を集め、どのようにして書いたのか、まるっきり忘れてしまっているようなのでした。

「もし真《しん》に俺が書いたというなら、そのときの俺は俺であったのだろうかね。誰よりも俺自身が、そのときの情況を再確認したいもんだ」

彼は、表向きにはそうした様子をおくびにも出しませんでしたが、〈終古の人籃〉でもっとも根源的な恐怖に怯えている者でした。「なぜ私は私であるのか」――〈ティファレト〉のなかの登場人物と同じように、彼もまたその問いかけを内心で発しつづけ、その恐怖に押し潰されそうになっていたのです。

〈異才混淆〉に協力する見返りとして彼が求めたのは、この問いかけから逃れるための確信でした。すなわち、私は私であり、ほかのすべての人間でもあった、という確信をえるための、超常的な体験です。

遍在転生《へんざいてんせい》。――それがエドの求めたものでした。自分はエド・ブラックウッドとして生まれ、死んだあと、ほかの別人として生まれ変わる。それはラダガスト・サフィールドかもしれないし、バーバラ・バートンかもしれない。十五世紀の人間かもしれないし、紀元前の人間かもしれない。ともかく、転生する先は現在・過去・未来において、この世に存在したすべての人間である。すべての人間の意識を一巡しないことには、確信にはいたれない。ホモ・サピエンスに分類されるすべての人間の意識は自分のものであったという確信をえないことには、もはや「なぜ私は私であるのか」という問いかけからは逃れられない――と、彼は判断したのです。

もう少し噛み砕いて説明すると、エドは、たったひとりの「何者か」が全人類を転生していっていることを実証したいのです。その「何者か」は、この世に生きとし生けるものすべてであるため、そうした存在を認めてしまえば、もう、自己と他者とを区別する必要はなくなります。「なぜ私は私であるのか」という問いに悩まなくてもすむようになります。なぜなら、私もまた、その「何者か」の一部でしかないのですから。

いま、ここにいる〈私〉という意識は百年もしないうちに消滅するでしょう。しかしその意識は一新され、また別の〈私〉という意識になって、別の人間の肉体へと宿り、それを延々とくりかえしていくのです。これはつまり「私は〈私〉であるだけでなく、あらゆる時代、あらゆる場所に存在した、すべての人間の〈私〉でもあった」という回答へと結びつきます。エドが求めたのは、まさにこうした境地でした。

エドのいう遍在転生が、世間でよく語られる転生とちがうのは、たったひとりの「何者か」が、ありとあらゆる人間の――文字どおり、たったひとりの例外もなく――その意識をめぐりめぐって、それ以外の意識的な存在を認めない、という点です。エド・ブラックウッドは、すべての人間へと転生するのです。もしも人類が一京人、存在していたのならば、一京回、転生をくりかえすのです。

玲伎種は、彼のこの願いに応じました。

〈終古の人籃〉に収容された作家は不死固定化処置を受けるため、転生をくりかえすには工夫が必要でした。生きながらにして死ぬ――そういった状態にエドを導かねばなりませんでした。通常、〈終古の人籃〉にいる彼は、その肉体だけが十全に機能しています。精神や意識といったものの大部分は、人類の誕生から滅亡までの、いつかの時代、どこかの場所へと飛ばされ、そこにいる誰かとして転生しているのです。その誰かの〈私〉として活動し、一生を終えると、また別の誰かの〈私〉として転生します。そういったことを、すでに数万年、つづけています。ときおり、思い出したように、〈終古の人籃〉に存在するエドの肉体へと意識がもどってきて、しばし、エド本人として行動します。それは長い眠りから覚めた人間のようです。また、こちらから強く呼びかければ、エドを遍在転生の旅から一時的に引きもどすことができます。どうしても彼に用があるときはそうするのですが、このときに中断された別の誰かの〈私〉は、ふたたびエドが転生するまでは時空ごと保留状態になるのだそうです。くわしい仕組みは玲伎種にしかわからないでしょう。エド本人も完全には理解していないようでした。

〈終古の人籃〉にもどってきた彼は、それまでに転生した〈私〉たちのことを憶えています。しかし転生中は、自分がかつてエドであったことも、ほかの誰かであったことも忘れ、その人物そのものとして懸命に生きています。喩《たと》えるなら、夢のなかで本当の自分のことを忘れているような感覚なのでしょう。その夢から醒めたとき、ふたたび、すべてを思い出すのです。

「……俺は、もしかしたら、あのプロジェクトに何らかの形でかかわっていたのかもしれない。ナノマシンの異常が引き起こした連続狂死事件――。あれにかかわっていたからこそ『なぜ私は私であるのか』という問いかけに恐怖し、それを克服するため、こんなことまでしているのかもしれない。――いつか。遍在転生をまっとうする日が来て、エド・ブラックウッドという人間自身にもふたたび転生できたのなら。いまの〈私〉が忘れてしまっている、あの事件の真相も思い出せるようになるのだろうか……」

かつて、私にむけ、そのように洩らしたことがあります。彼は表面上は洒然《しゃぜん》としていても、つねに恐怖に屈しそうになりながら転生をくりかえしているのでした。そしてまた、〈ティファレト〉を執筆した当時の記憶も取りもどそうとしているようでした。その日は来るのでしょうか。〈終古の人籃〉には、ほとんど抜け殻になった彼の肉体が置かれています。ごくわずかに残った彼の文才だけが、残留思念のように漂い、伝播し、〈異才混淆〉に協力しているのです。また、虚構の存在となったロバート・ノーマンが、エドの体を拝借することもあります。といっても、たいていはその右手を動かすだけです。彼の文才を使って、紙の上に筆記し、ささやかな意思を伝えてくるだけで、しゃべることもありません。

不在のミステリー作家に、遍在するホラー作家。――彼らはもう普通の人間とはいえない領域に達していますが、それでも〈終古の人鑑〉の、そして玲伎種たちにとっての、貴重な標本としてあつかわれているのでした。……

14

マーティン・バンダースナッチ。二十八世紀の児童文学作家。

……二十八世紀ともなれば、世界のありようが劇的に変わり、その言及にも労を要すると思われるかもしれませんが、文明の発達度という点では、先述した二十四世紀のころと、たいした違いはありませんでした。

あのナノマシンの異常によって起こった連続狂死事件以降、ナノテクロノジーの研究が禁止されたのはすでに述べたとおりですが、それ以外の科学分野においても、特に禁止されたわけでもないのに、研究は滞《とどこお》り、文明的にはほぼ二十四世紀のままで頭打ちの状態になってしまったのです。具体的な原因はわかりません。小説〈ティファレト〉のなかの人工知能の弁を鵜呑みにしたわけではないのでしょうが、結果だけをみればまさに科学からえられる利益は先細りしていき、人類は孤独に、その支えとなるものを失って、物質的にも精神的にも空虚な地平に取り残されてしまったのです。

一方で人口は増えつづけ、その影響による種々の問題は、容赦なく人々を苦しめました。限られた食糧。限られたエネルギー。かつては発展途上国と呼ばれていた国々が、先進国なみに発展して、他国と同じ――いえ、それ以上の利潤を求めるようになりました。国際間のかけひきはより熾烈なものになり、悪魔が考えたかのような政策や外交がぶつかりあいました。そして、これまでとは比べものにならない、全世界的な経済の停滞と、それによる社会システムの崩壊がおとずれたのです。目にみえたしわよせは、中流以下の生活水準にあった人々にやってきました。これまでにもワーキングプアと呼ばれる人たちは存在しましたが、それとは次元のちがう規模と深刻さです。大量の失業者。職にはついていても、けっして楽とはいえない生活環境の人々。年金や福祉の減少、あるいは打ち切り。犯罪と自殺の増加。どんなに必死に働いても、人間らしい生活を送ること自体が難しい、そんな世の中になっていきました。それでも働かないことには生きていけないので、誰もがただひたすらに、幸せになるためというより、生物的にただ生き延びるために、その人生をささげるようになったのです。社会全体が死神に取り憑かれているかのように。

こうした情況で児童書を発表したのが、マーティン・バンダースナッチでした。

彼の作家性は、二十八世紀よりも前の時代なら、反発のほうが多かったかもしれません。しかし二十八世紀においては、彼の、次のような訴えには、一定の理解が示されました。

——……すべての人間は、この世に生まれてこなかったほうが良かったし、今後、生まれてくるであろう子供たちについても、出産せずに、そっとしておいてあげたほうが良い——

——と、そのようなテーマが作品内で語られ、理解され、共感をえて、支持されるようになったのです。児童書で、です。大人向けの小説などでそういった主張をする作品はなくもありませんでしたが、物心ついてまもない子供たちに向けて、そのようなことを伝えてくる物語をこしらえたのは、おそらくは彼がはじめてだったのではないでしょうか。

「出産せずに、そっとしておく」という言葉の意味は、堕胎ではなく、それ以前の、生命を生みだす行為全般を「しないほうが良い」と、すすめています。この世界は、よろこびよりも、苦しみのほうが圧倒的に多く、そうした世界に子供を生み落とすのは、あまりにも残酷で、ほんとうに子供のことを思いやるのなら、「存在すること」よりも「存在しないままでいること」を優先したほうが、まだしもましなのではないか、と、そう述べているのです。

こういった考えは、反出生主義《はんしゅっせいしゅぎ》と呼ばれています。二十八世紀になるよりも前、はるか昔から、アルトゥル・ショーペンハウアーや、デイヴィッド・ベネターといった哲人たちが論じてきた思想ですが、それを児童文学というジャンルで、当の子供たちが読んでもおもしろいと感じる話にしてひろめたのは、マーティン・バンダースナッチの手腕によるものだったといえるでしょう。

子供を愛しているからこそ、子供を生まないのです。生きることは、それ自体が苦痛にみちており、人生でえられる幸せは、それを上回る悲しみと苦しみによって蹂躙《じゅうりん》され——もしもそうではないと反論するのなら、それは生きることの価値を過剰に美化しているか、悲しみや苦しみから目をそむけているか、旧来の道徳観やヒューマニズムを盲信するあまり、それを無条件に受け入れ、思考停止してしまっているかの、いずれかだ——、最期には逃れようのない死が待っているだけで、そんな体験をわざわざ自分の子供にさせることが、はたして愛情をそそぐことになるのかどうか、もういちど考えてみてほしいと、将来、大人になるであろう子供たちにむけて、やさしく語りかけているのでした。

もちろん児童書ですので、ストレートな表現ではなく、子供の興味をひくような寓話にしてあります。彼はそういった技術が天才的に巧く、たとえば十九世紀にルイス・キャロルが著した〈不思議の国のアリス〉を、思いきったかたちで翻案したこともあります。〈常若《とこわか》の国のアリス〉と名づけられたそれは、大筋は原典と変わらないのですが、反出生主義にもとづく死生観と、ケルト神話の世界観が取り込まれています。アリスは白ウサギに導かれ、異世界へと迷いこみます。チェシャ猫は、死と生のあいだを自由自在に行き来するモノとして登場し、狂ったお茶会では帽子屋、眠りネズミ、三月ウサギが、壊れた時計をなおすため、自分たちが生きていた時間と、自分たちが生まれてくるまでの時間、自分たちが死んだあとの時間、それぞれの時間とどうすれば仲良くなれるのかについてを、アリスをまじえて談義するのです。そして、トランプのハートのクイーンが、原典では「処刑せよ！」と命じるところを「誕生させよ！」と命じて、死ぬのではなく誕生することをいやがる部下たちを恐怖のどん底にたたき落とす、という、わけのわからない展開になっています。原典の時点で奇想天外だったストーリーが、さらに奇天烈に、また、生死の空虚さや滑稽さをシニカルに表現するものへとアレンジされていました。マーティンは、〈常若の国のアリス〉が偉大なる原典のオマージュであることを表明しており、本作の献辞はルイス・キャロルその人とアリス・リデルの両名へとささげられています。およそ千年前の、児童文学の偉人と、その彼が愛した女性へと――

〈常若の国のアリス〉は、原典のファンからは賛否両論あったものの、社会全体からみれば大きな反響をまきおこし――ワーキングプアの人々も読めるよう、彼は、この作品を無償で公開しました――、貧困にあえぎつつも生きる人々に、新奇な読書体験をもたらしました。ほかにもマーティンは〈オズの魔法使い〉や〈メアリー・ポピンズ〉、〈ピーターラビットのおはなし〉、〈くまのプーさん〉といった児童文学の古典名作を次々と翻案し、反出生主義の観点からおもしろくなるように趣向を凝らして発表しました。同時に、オリジナル作品も手がけ、翻案した作品とあわせて、そのすべてを無償で公開していったのです。

当時の子供たちはこれらを読み、すなおにおもしろがり、いつしかそのテーマである反出生主義に共鳴するようになっていきました。マーティンは、自分の作品のメインの読者である子供たちを〈手遅れになった子ら〉と呼称しました。きみたちは、もうすでに生まれてきてしまったけれど――すなわち「存在しないままでいること」に失敗し、〈手遅れ〉になってしまったけれども――、どうかどうか次の世代には「存在すること」の重荷を背負わせないであげてほしい、と伝えていったのです。

マーティンと当時の子供たちのあいだには、とても不思議な、友情めいたものが成り立っていきました。単なる作家とその読者という立場を越えて、同じ想いをいだく、友情めいたものが——

——二十八世紀よりも過去の時代の人々がこの話を聞くと、大半は、その眉をひそめ、マーティンのことを批判しはじめます。その気持ちも私にはわかるのですが、一方で、マーティンの子供たちに対する想いには、まぎれもない深い愛情が根底にあったとも私には感じられるのです。彼の作品がここまで受け入れられたのは、二十八世紀という時代が、彼の作品にすがらねばならないほど苦しみにみちていたからにほかなりません。……ほんとうに、ひどいものでした。当時においては、反出生主義の訴える内容は、強い説得力をもっていたのです。

二十四世紀から二十八世紀までの歴史を俯瞰すると、科学文明の進歩のなさや、世界経済の停滞ぶりよりも、むしろ、人類全体の精神的な斜陽のほうに気をとられてしまいます。社会全体をおおう、いいようもない虚無感。虚脱感。〈終古の人籃〉にいて、すでに人類の滅亡したことを知っている私は、悲しいけれどこのように述べることができます——このころから人類は、種としての活力を失っていったのだ——と。いかようにもしがたい文明の閉塞感と、生産活動の翳り。最終戦争も破滅的災害もおきていないのに、もはや自分たちはどこにもたどりつけないのだという諦めからくる、倦怠感。そうした風潮が蔓延《まんえん》して、人々の意欲や向上心といったものが徐々に減退していったように感じられます。オカルトじみた話をするなら、二十四世紀の連続狂死事件にて、自殺した人工知能が、その機能を停止する前に、世界じゅうにナノマシンを散布したという噂も、流れました。そのナノマシンはいつのまにか全人類へと浸透し、人々の欲求を萎《な》えさせて、科学の発展や、真理の探究をさまたげる作用をもたらした——ということです。あくまで噂です。真実かどうかはわかりません。

「その噂については、僕も、聞いたことがある——」

物憂げな声で、マーティン・バンダースナッチが私の話に応じました。「だが、やはり真偽のほどはわからないな。エドが何か思い出せば、わかるんじゃないかな」

容姿端麗な、二十代半ばの、線の細い優男でした。肩の近くまで伸びた、女性のように長い髪の毛が印象的です。彼にひけをとらぬ整った顔立ちというならセルモス・ワイルドがいますが、両者のもつ美の性質は、じつに対照的でした。背徳や退廃、淫蕩といった、人間の有する負の面をあらわした美貌の持ち主がセルモスだとするなら、マーティンのそれは、健全でまっとうな、正の面をあらわした美貌といえるでしょう。性格的にもセルモスが享楽的で欺瞞《ぎまん》を弄するのに対し、マーティンは基本的にすなおで、朴訥《ぼくとつ》な、正直な心の持ち主でした。

〈終古の人籃〉へとやってきたマーティンは、人類の滅亡したことを知って、無邪気によろこんだのだそうです。彼はもともと、新たなる人間の誕生には否定的でした。生前のころから増えすぎた人口の問題を愁《うれ》いており、反出生主義をひろめることで次世代の人口を少しずつ減少させていき、ゆくゆくはゼロに——つまり絶滅へといたることを、善意から、望んでいたのでした。自主的でゆるやかな人類の終焉。それこそが彼の本望だったのです。

「だけど、僕のその望みも、作品も、一部の人たちの居心地をよくするための道具として使われていたんだね——」

彼が亡くなってから発覚したことではありますが、反出生主義をテーマにした彼の諸作品は、ごくわずかな特権階級にとって都合がよく、作者であるマーティン自身も把握していないうちに特定のプロパガンダに利用されていたのだそうです。

「僕が生きていた時代にもナノテクノロジー禁止条約はあった。けれど、頭のいい人たちにかかれば、いくらでも抜け道はつくれたみたいで、秘密裏にその研究はつづけられていたんだ。医療分野にかぎっての話だけどね」

「不老化手術のことですね。二十九世紀になってから、ようやく表沙汰になった――」

「うん。結局、一部の人たちのあいだでしか浸透しなかったけどね。独占したんだ。彼らにとっては邪魔で仕方なかったんだろうな。誰もが長生きして、五百歳以上の寿命をえてしまったら、地球に人があふれてしまう。ただでさえ人口が超過していたのに、そんなことは認められない。だから、不老化するのは自分たちだけでいい。それ以外の人々は――云い方は悪くなるけど、どんどん死んでいってもらって、ひとりあたりの居住スペースをひろげて、風通しを良くしよう、と、そんなことを考えていたんじゃないだろうか」

不老化手術――。人間の老化現象をナノマシンによって抑制し、やがておとずれる老衰の時期を、数百年単位で先延ばしにする手術です。これを受けた者は、おおよそ五百歳ほどまで生きつづけることが可能となります。その手術を受けた時点の肉体年齢のままで。

「不老化手術が確立したことを、あなたの死後、一世紀近くも経ってから世間に公表したのは、スケープゴートを欲したからなのでしょうね。後世、あらぬ非難を受けるようになって、あなたもお辛かったでしょう」

「僕のことはいいんだ。それよりも、この馬鹿げた考えのせいで、少数ながらも子供が生みだされる状況になったのが悲しい」

彼は、過去をふりかえりながら答えました。

不老化を達成した人々は、そのことをいつ、どのタイミングで公表するのか、そして今後の人類社会をどのようにしていくかの判断を迫られました。

折よく、マーティンが反出生主義をおりこんだ児童文学を発表していたので、これを有害図書に指定するのではなく、あえて推奨し、人口を減らしていく思想的な根拠として政治利用することに決めたのです。そして、そのことをマーティン自身は知りませんでした。

　二十九世紀以降、不老化手術を受けた自分たちの子供を優先的に誕生させ、それ以外の出産については大幅な制限をもうけることにしました。中流以下の家庭は、子供を生みたくても実質的に育てていける経済力をもてなくなったと同時に、出産は認可制となり、段階的にその数も減らされていきました。野放図に人口の増加を許してきた歴史とは決別し、これからは計画的に人口をコントロールしていこうという方策が打ち出されたのです。

　こうして、人類社会はその規模を意図的に縮小し、最適化することで、いましばらく命脈をつなぐことが可能となったのです。一方で、マーティン・バンダースナッチという作家は、こうした社会システムを構築するプロパガンダの広告塔だったのだと誤認されるようになり――じっさいには、何のつながりもなかったのですが――、後世、大変に厳しい批判を受けるようになりました。

　特権階級にとっては、批判の矛先を増やして、自分たちの権益を守るための生《い》け贄《にえ》にしたかったのでしょう。まさにスケープゴートとして利用され、濡れ衣を着せられた作家なのでした。

　そんな彼が〈異才混淆〉に協力する見返りとして求めたのは、自分の作品によって生まれてこなかった子供たちとの交流でした。

〈終古の人籃〉に来てから、マーティンの死生観には変化が生じていました。彼はここで、とある日本の作家が〈河童〉というタイトルの小説を発表していたことを知りました。その作品は、ある精神病院の患者――第四十二号が誰にでもしゃべる話の内容、すなわちその狂人の妄想にすぎないという前置きをしてから、河童という架空の生物（日本ではそれを妖怪と呼ぶのだそうです）が暮らしている異世界について、語っています。河童たちの社会は、おおむね人間のそれと似ていますが、ちがう点も多々あります。たとえば出産の際、生まれてくる河童の赤ん坊に、このようなことを訊ねるのです。

「お前はこの世界へ生まれて来るかどうか、よく考えた上で返事をしろ」

これを耳にした、いままさに母親の胎内から出てこようとしていた河童の子供は、次のように返事します。

「僕は生まれたくはありません。第一僕のお父さんの遺伝は精神病だけでも大《たい》へんです。その上僕は河童的存在を悪いと信じていますから」

――それを聞いた産婆は、母親に注射をほどこし、その胎内にいる子供を消滅させてしまいます。さっきまで大きかった母親の腹は、まるでガスを抜いた風船のように縮んでしまうのです。

河童の社会では、この出産時の問いかけと応答が、かならずおこなわれているのだそうです。そして、生まれたいと主張した者だけがこの世界で暮らし、それを拒否した者は、この時点で消え去ることができる、というわけなのでした。

マーティンは〈河童〉という小説に感じ入るものがあったらしく、それからしばらくのあいだ、思索にふけるようになりました。そして、玲伎種となにやら相談して、この小説内の行為を実践することに決めたのです。つまり、事後承諾にはなるけれども、マーティンの作品の影響によって（生まれてくることもできたはずなのに）生まれてこなかった子供たちにむかって、

「きみたちはこの世界へ生まれてきたかったのかどうか、よく考えてから答えてほしい」

――と、問いかけるというものでした。

考えてみれば、私たち人間の社会では、出産時にそうした確認をしていません。その子は、生まれてくることを望んでいるかもしれませんし、望んではいないのかもしれません。河童の社会のように、

本人の同意をえてはいないのです。本人に「存在すること」と「存在しないままでいること」のどちらを選ぶか、決断してもらうこと。――それこそが真に公正な出産のありかたではないだろうか、とマーティンは考えるようになりました。

ただ、これにはひとつ問題があります。河童はその誕生時にこのことを判断するだけの知恵と意思をそなえていますが、人間の赤ん坊は、それだけのものを有してはいません。そこで、玲伎種は人間の新生児にも知性を与え、外の世界の知識も授けて、それでもなお誕生したいかどうかを問いただせるような状態にしました。それは通常、マーティンの周囲できらきらとかがやく光の粒子のように舞っています。マーティンがその無数の光の粒子に語りかければ、それは知性をもった光の群集として、応答します。

「生まれたくはない」と答えれば、その光の群集はうすれて、この世から消えていきます。

「生まれたい」と答えれば、その光の群集は、さらに密集して、人型となり、やがて半透明の人間の子供の姿になります。そうして〈終古の人鑑〉で存在することを許されるのです。

マーティンは、ひとりひとりに問いかけていきました。自分の作品が社会に影響をおよぼしたがゆえに生まれてこなかった子供の数だけ、この「遅すぎる確認作業」を、くりかえしていったのです。それは何十億人という規模でした。まだ途中ですが、これまではほぼすべての者たちが「生まれたくはない」と答えました。しかし、ほんの数人の者たちは「それでも生まれたい」と答えたのです。後者は、マーティンと同居しています。つねに人型にはなっておらず、ただよう光の粒子となって、彼の室内を照らしつづけています。人型にも光の粒子にも自由に変化できる状態で、マーティンと共生するようになったのです。

光の粒子の子供たちは、しゃべることもありませんし、その顔には目も口もない、作りかけの人形のような面相をしています。うすく透き通って、いつも同じ服をまとい、館内を歩きまわることくらいしかできません。彼らは幽霊のような存在なのです。こちらからコミュニケーションをとることはできず、唯一、意思疎通できるのはマーティンだけでした。その彼にしても、会話ではなく、無言のうちに心を通わせあっているみたいでした。

そうしたなかで、よく人型になってマーティンになついている少女がいました。彼女の名はパレアナ。六〜七歳ほどの、ロングヘアーの、可愛らしい子です。ほかの子供たちもマーティンのことを慕ってはいましたが、パレアナはことさら彼のことを愛しているようで、彼のために何かできることはないかと、一生懸命に尽くしているようでした。

「館内のあちこちでよくパレアナを見かけるのですが、彼女は何をしているのですか」

あるとき、私はパレアナのことをマーティンに訊ねたことがあります。

「あれはね、『よかった探し』をしているんだよ――」

「どんなに不幸で絶望的な状況でも『よかった』と思えるものを見つけだそうというゲームさ。彼女は、ほかの作家にも興味津々だよ。最近はセルモスと仲良くなりたいみたいだけど、彼と親しくなるのは難しいだろうね――と、いっているうちに、彼女が来た。おいで、パレアナ」

私たちの会話中にあらわれたパレアナが駆けよってきて、マーティンにじゃれつきました。彼の脚によりかかるようにして甘えてくるパレアナを、マーティンは、慈《いつく》しむような目でみつめています。そして、彼女の頭をそっと撫でるのでした。

「……この世界は苦痛にみちている。その考えはいまも変わってはいない。けれど、誰もが他人に苦痛を押しつける権利を有していないのと同様に、苦痛をあえて味わおうとしている者に、そんな生き方はやめろという権利も有してはいない」

パレアナをみつめる目は、いっそう、愛《いと》しげなものになっていきました。

「同意をえていないという点では、強制的にこの世に子供を生み落とすことも、子供を生まずに『存在しないまま』にすることも、同罪だった。パレアナをはじめとする、ここにいる子供たちには申し訳ないことをした。本人が苦痛を望んでいるのなら、僕は、それをも尊重しよう。そして、僕が〈終古の人籃〉にいるうちは、全身全霊をもってこの子らを守っていくことを誓おう。不幸と苦痛にまみれたこの世界で『存在すること』を選んだ、物好きな子供たちのために――」

そういって、彼はまだ見ぬ「生まれてこなかった子供たち」と交流していくのでした。大量の光の粒子が彼をつつんで、そのほとんどが「存在すること」を選ばず、そのまま、消えていきます。けれど、ごくごくわずかな光の粒子は、彼と永遠をともにすることを選ぶのです。マーティンは、これからもすべての子供らに問いかけていくのでしょう。世界にはこれだけの苦痛があるけれども、それでもきみたちは――と。

15

クレアラ・エミリー・ウッズ。世紀不明。どこにも属さない作家。

おそらくは人類最後の文学者です。そして、人類初の、標本化された作家でもあります。

彼女を既存のジャンルのいずれかに当てはめるのは不可能、いえ、無意味といっていいのではないでしょうか。あまりにも逸脱しているのです。彼女の書いたものの一側面に目をむければ、そこには狂想的な思索の断片があります。昏く、はかなく、どこまでも人の心の内奥に迫っていくような重みが感じられ、読者はその深部へと、自然、沈みこんでしまいます。しかし別の面に目をむければ、そここには無慈悲な不条理があふれていました。なぜそうなのか、どうしてそうなっているのか、語られることもないままに、登場人物も、世界も、物語の構成も、何もかもが翻弄され、いじりまわされ、道理にそぐわぬ話の流れのなかで、極彩色のかがやきを放つようになるのです。

狂想と不条理。――そのふたつの言葉で彼女の作品を云いあらわせられるかというと、やはりそれだけでは足りないような気がします。私などの筆舌ではとうてい伝えきれぬ、彼女固有の、鬼気迫る何かが宿っているような気がして、けれどもそれを形にする言葉が見つからなくて、もどかしく、表現を尽くせば尽くすほどその本質から遠ざかっていくように思えてならないのです。似た者がいないという点では独創的ともいえるでしょうし、それまでの文学の――人間という生き物が、文字を発明してからずっとつづけてきた精神活動の――、その系譜の末端に位置するという意味では、すべての作品の影響下にあったともいえるでしょう。全世界、全人類の文芸の幕切れを飾るにふさわしい才能の持ち主であったのは間違いありませんが、その一方で、これほどの才能が社会で正しく評価されるためには、生まれてくるのが遅すぎた、というのも、また事実であったように思えます。そして、文化的にも生物的にも衰退した人類にかわって、ついに歴史にその名を刻みはじめた玲伎種にひろわれることになったのです。

彼女が誕生したのは、きっと三十一世紀以降のことなのでしょう。なぜ断定できないのかというと、玲伎種がそこから先の詳細な歴史データの閲覧を許してはいないからです。彼らが歴史に登場するようになった三十一世紀――まだ生存していたはずの人類とのあいだに何があったのか、どのような交流がなされたのか、私たちは、その全容をうかがい知ることはできません。聞いた話によれば、玲伎種と人類が共存するようになって、さらに長い年月がすぎたころ、いよいよ滅亡の間際に立たされた晩年の人類は、ふたつに引き裂かれていたのだそうです。ひとつは、不老化手術を受けた特権階級のなれの果て。もうひとつは、不老化手術を受けられなかった、一般市民のなれの果て。両者は互いにまじわることなく、それぞれ、まったく別の生き物へと進化しました。元・特権階級は、文明の崩壊した地上で、その遺産を食いつぶすだけの日々を送るようになりました。元・一般市民は、地下へともぐり、夜には地上へと這い出てきて、特権階級のなれの果てを捕食するように——比喩ではなく、肉食獣が草食獣をその餌食とするように——なりました。双方ともに知能は低下し、自分たちがもともと「人間」であったことさえ忘れて、ケダモノのように暮らしていたのだそうです。その果てに、人間という種は絶滅しました。玲伎種はその一部始終を見届けたといわれています。より高次の知的生命体として勃興した彼らは、滅びゆく人類に対して、なんら救いの手を差し伸べることはありませんでした。ただ、人類の遺した貴重と思える文化財や技術、芸術、そういったものや、失くすには惜しい過去の偉大な人間たちを再生し、サンプルとして保存していったといいます。あくまでも学術的な動機からであり、それ以上の意味はないのでしょう。彼らのそうした活動の成果が〈終古の人鑑〉であり、そこに住む私たちの存在ということになります。そして、その初期段階にて標本にされたのが、他ならぬクレアラ・エミリー・ウッズなのでした。

彼女が作品を発表していたころ、人類全体の心身がどこまで変容していたのかはわかりません。最終的にはケダモノ同然の生き物になり果てるものの、まだそこまでには至っておらず、存外、私たちとそう変わらぬ状態だったのではないか、とは考えられています。なぜなら、クレアラ本人がそうだからです。人間的な容姿と知性を保ち、三十世紀までの作家たちと違和感なく交流できています。彼女と同じ時代に生きた人類も、彼女と同じようなものだったと考えるのは妥当でしょう。

しかしながら、はっきりとは認識できないまでも、ゆるやかに、そして個人差をともなって、人間的な機能が衰えていったのだとしたら——、彼女の作品の、狂想と不条理、その機微を味わえるほどの感受性や情緒は、もはや、多くの人々の内面から失われつつあったのかもしれません。そのせいで、彼女は、おのれの著した小説の内容にふさわしい賞賛を浴びぬまま、その生涯の幕を下ろすことになったのかもしれません。

死後、彼女のことを再評価したのは玲伎種のほうでした。よみがえった彼女は、玲伎種に保護されながら創作活動をつづけることになりました。不死固定化処置を受け、完全なる不老不死となって、自分以外の人々の滅びゆくさまを見送ったとされています。先述の、ふたつに引き裂かれた人類のなれの果てというのも、彼女から伝え聞いた話です。ただし、くわしいところまでは聞けませんでした。彼女にとって人類の晩年はあまり思い出したくはない過去のようで、語ろうともしてくれません。意図して歴史上のそれから逸脱した、裏腹に、その著作には終末をテーマにしたものが多いのでした。意図して歴史上のそれから逸脱した、仮想の終末を語ることで、現実に起こった人類の衰亡を忘れたがっているようにも感じられます。

「——こうして、各時代の小説家が集まることになるだなんて、思ってはいなかったの」

巡稿の折、彼女がそう語ったことがあります。窓の外の雪景色を見つめながら、なんでもないことのように。「……ようやく眠りについた子供を揺り起こそうとしている、馬鹿な親にしか思えない。私たちがこうしていることに、どれだけの意味があるというのでしょうね。どれもこれも、すでに終わった命だというのに」

そこで途切れた述懐の、私たちがこうしている意味への問いかけは、おそらく、その場にいた私に発されたものではなかったのでしょう。事実、彼女の視線は窓の外に向けられたままでした。けれども私は、私自身の関心と、その述懐へのいいようもない共感から、その答えをみつけたくなりました。彼女のいう「馬鹿な親」とは、玲伎種のことなのでしょう。が、その口ぶりには本気で玲伎種のことなど責めるつもりはなく、生死すら彼らに握られている自分たちへの諦観と皮肉のほうに重きがおかれているように聞こえました。

「生きているうちに書けなかった作品の執筆に挑めるのではありませんか」

私の口から出たのは、心にもない、自分でも驚くほど白々しい回答でした。

「もし、そんなことのために不死性を与えたのなら――」

クレアラは私のほうへと顔をむけて、「まるで作家のことをわかっていなかった、ということになるわね。機械と同じだと考えてる。心と体と、それから魂と、あとは設備。それだけ与えておけば、いつまでも書けるものだと思ってる。そんなわけがないというのに」

窓のほうからこちらへとふりむいた彼女の貌《かお》は、とても翳りのあるものでした。その翳りは、とうに彼女とは不可分のもので、どちらがどうともいえぬほど混濁し、汚しあい、溶けあわなければ、クレアラという小説家は生まれてこなかったのだと思わせるほどの深い憂愁をにじませ、その眉目《びもく》にも彩りをそえていました。

三十歳前後の、優艶なる婦人。それが〈終古の人籃〉における彼女の姿です。全盛期、その年齢に達するまでに、二度の離婚と、精神病院での二年、ペンネームの変更、そして、十一度におよぶ自殺未遂を経験していました。

私は、そんな彼女のいわんとするところが呑み込めず、あらためて訊ねるしかありませんでした。

「心や魂があるのなら、機械とは異なるのではないですか」

「機械にも心や魂はあるわ」

彼女は当然のことのように答えました。「そして故障しないかぎり、機械は安定供給してくれる。私たちはそうじゃない」

「…………」

「どうしてかしらね」

彼女は窓際から去って、私のほうへと近づいてきました。正面に立ち、私の頬に手をかざすと、触れるか触れないかの距離でその輪郭をなぞっていきます。すでに枯れてしまった花を慰撫するような、そんな手つきでした。

「どうして普通の人ぶろうとするの。ここではそうする必要もないでしょう。あなたと同等以上に心を傷めて消えていった命もたくさんある。さらけ出すことはできない？　さっきの的外れな答えだって、あなたの本心から出たものではないでしょうに。何があなたをそうさせているのかしら」

間近に迫ったクレアラの瞳は、私の表層ではなく、その内側に根ざしているものを見すえようとしていました。私はそれを知られることを極度に畏《おそ》れ、彼女の眼差しから逃れようとあらがいましたが、結局、何をしたところで逃れきれないのだと悟りました。

「たとえば私は……」クレアラは私から離れつつ、言葉をつづけました。「生まれたときから、この世にあるすべての物事がとても複雑で、煩《わずら》わしくて、ひとつひとつを解するのにひどく時間がかかるものだと感じてきた。誰かとの会話。恋。思想。家庭生活。孤独。感情。他者との触れ合い。化粧。時計の仕組み。小説の読み方、それに書き方。不眠。どうすれば暴力をふるわれなくてすむか。陰鬱な理知。お金。敗北。祈り。音楽と雑音。痛覚。私にとってはどれも重すぎる問題だったし、否応なく感じてしまうこと、考えなければいけないことが多すぎた。皆、私と同じ世界で生きているはずなのに、どうしてこうも他の人たちは、それらに押し潰されずに生きていけるのか、不思議でならなかった。私の脳では処理しきれない。私の心じゃ受けとめきれない。有形・無形を問わず、いろいろなものがありすぎて、もう、溺れてしまいそうだった」

私から遠のいた彼女は、古びた書架の前で立ち止まると、そこの一角に指をかけました。

「本は、気に入ったものが手元に三冊あればいい。自分とかかわってくれる人間は、五人もいれば、それでいい。だというのに、生きていくにはそれ以上の書物や人間とまじわらなければいけなくて——。それがどれだけの苦役だったか、たぶん、多くの人には理解してもらえないでしょう。他人がなにかひとこと云っただけで、それについて何時間も、何日も、延々と考えこんでしまう。あのときのあの言葉は、こういう意味ではないのか、ああいう意味ではないのか、と考えをめぐらせ、それを相手にたしかめることもできず、悪いほうに思考をすすめれば、私にむけて発された言葉のすべてが私を責め苛む絶対者からの判決のように聞こえ、自己否定、もしくは、その絶対者に抵抗するための手立てをみいだそうとして、神経をすり減らしていく。そんな人間よ。普通の人は、私より多くの本を読み、私より多くの人とかかわって、雑多な出来事にも動じることなく生きているというのに、私は、ろくにそれができなかった。人としての出来損ない。だから私は——」

書架には、まばらに並んだ書籍のほか、意匠を凝らした箱がおいてありました。彼女はそれを手にとり、開いて、中から何かをとりだしました。

紫色の液体で満たされた、ガラスの容器。

「——こういうものに頼らざるをえなかった。これが無かったら、とっくに私は、自分を保ててはいなかった。これと溶けあうことで、私は私でいることができた」

それはドラッグでした。人類は完全に滅び去るまで、ついに、アルコールや薬物といったものと縁を切ることはできなかったようです。彼女の手にしたガラスの容器は、彼女に仮初《かりそめ》の安らぎを与えるアンプルでした。〈愉悦の質量〉——かつてセルモスが著した小説、〈痛苦の質量〉のタイトルを元に名づけられたそのドラッグは、紫色のアンプルと注射器をもちいることで、崩壊する間際にあった彼女の自我を、ぎりぎりのところで維持させていたのでした。いうまでもなく、言語を絶するおそろしい禁断症状があります。しかし、それを受け入れてでも彼女は〈愉悦の質量〉が与えてくれる悪夢のような安逸を選び、それに耽《ふけ》るようになりました。薬物による、不可逆で、段階的な、自己の破壊。それ以外には、自殺か、発狂かしか、残されていなかったのですから。

人類最後の文学者は、生きるということに甚《はなは》だ不都合な感性を宿していました。素面《しらふ》のままで生き抜くよりは、ドラッグに侵されつつ徐々に自分を壊していったほうが、まだしも延命できるという皮肉な人生を送ったらしく、彼女にとって、小説を書くことと、薬物をもちいることは、おのれの精神の荒廃をわずかながらにも遅らせる、たったふたつの手段だったのです。彼女は、自分のことを「人としての出来損ない」と評しましたが、私の目には、そのようには映っていませんでした。彼女は決して、他の人より劣っているわけではありません。感受性が強すぎるのです。他の人が一としてしか受けとらない情報を、彼女は百にも千にも感じとって、その情報量の多さに打ちのめされるのです。他者からのひとこと。小説の一節。ほんのささいな日常での出来事。大多数の人間は素通りしてしまう事柄でも、死ぬるほどの深刻な痛みとなって突き刺さり、その意識をかき乱されていったのでしょう。クレアラがみた人間の社会とは、どんなに読み解いても読み解いても解読不能な、苦悩の種の坩《る》堝《つぼ》だったに違いありません。幸か不幸か、彼女には文才があったから、そうした窮状を文芸として表現することができました。そしてそれは、文学史に刻まれるべき、すばらしい内容のものでした。

〈終古の人籃〉で、はじめて彼女の存在を知るにいたって、人類の終末にかくも美しい作品が生まれたことを知って、私はようやく、苦しみを分かちあえる仲間と出逢えたような気さえしたのです。「〈愉悦の質量〉は、私に無上の陶酔と、限りない激痛をもたらした。そのどちらもが、私が私であるために必要なものだった。陶酔と激痛のなかに身をおくことで、やっと、世界にあふれる情報の渦に呑み込まれなくなった。それでも〈愉悦の質量〉が危険な異物であるのに変わりはなかったから、ほんとうの意味で溶けあうことは叶わなかった。私は壊れていった。生前は、担当の医師から使用量の制限を受けて、それにしたがって、予想以上に生き延びることができた。玲伎種に復元されてからは、不死固定化処置と、さらに精密な使用量のコントロールで、〈愉悦の質量〉と共存できるようになった。あなたは、どう？　あなたにとっての、救いとなるようなものはあるの。何を寄る辺《よるべ》にしているの。この閉塞された施設のなかで、何を求め、何を感じているのか、それを知りたい。さっきみたいな、当たり障りのない言葉なんて聞きたくないわ」

「私は……――」

目の前にいる、この人は、私よりも苦しい生をくぐりぬけ、〈終古の人籃〉へとやってきているのでした。取りつくろうのは申し訳ないと思いました。何より、以前から彼女の作品に感銘を受け、より深いところまで理解したいという想いを寄せていたため、それが反転し、私のことを理解してもらいたいという願望も、にわかに芽生えて、たったひとりの例外をのぞいては語ったことのない――語ってしまえば、もうそれだけで他の人々から疎外されかねないと思っていた――私自身の悩みを、打ち明けることができました。彼女はそれを受け入れてくれました。私という人間がもうひとりいるような錯覚にさえ陥り、私は彼女と、互いの苦しみを共有するようになりました。

以降、作家と巡稿者という垣根を越えて、私たちは交流しました。

この館で、私がもっとも打ち解けることのできた相手が、クレアラだったといえるでしょう。親愛なる者。心のありようが近い者。一時期はよく彼女の部屋に逗留し、寝食をともにすることで、彼女の一部になっていくような心地にひたっていました。彼女のなかに私が溶けこむのを期待して、その心象風景に、作品に、なんらかの変化が生じることを望みましたし、私の内面にもクレアラというパーソナリティーが浸透していくのを願いました。彼女の部屋は暗く、そこで書かれる小説の世界観をそっくり投影しているかに思え、夜もなく、昼もなく、私たちはそのなかで語らい、抱きあい、ときには諍《いさか》いをおこし、そのたびに和解をくりかえして、密接な友誼《ゆうぎ》を結んできたのです。〈愉悦の質量〉は、常に私たちのそばにありました。禁断症状に苦しむクレアラの姿もみてきましたし、床に寝転がって阿呆のようにドラッグの陶酔感に溺れる彼女の肢体も眺めてきました。私自身は〈愉悦の質量〉に手を出すことはありませんでしたが（私がそうしようとするたび、クレアラが全力で阻止しました）、それゆえに傍観者の立場であらねばならず、いくら壊れようとも完全には自滅できない、標本としての身の上にあるクレアラの狂態を見守ることしかできませんでした。この人は、別の時代を生きた、もうひとりの自分なのだと。生まれてくる時代と場所が違っていれば、私もこうなっていたのではないかと、そんな錯覚に囚われながら、私は、彼女に寄りそっていたのです。

つまるところ、私たちはやはり異なる人間なのでした。錯覚は錯覚にすぎず、その事実から目をそむけたところで、得られるものは何もありませんでした。私には彼女のような文才はありません。翳りや美しさもありません。精神的にも肉体的にも、これ以上はないほどの交わり方をしましたが、だからこそ、互いの相違点を意識せざるをえなくなって、同一化からは遠ざかっていきました。どんなに語りあっても救われはしないのです。苦悩を言語化した時点で、それは言葉の羅列でしかなく、ただそれをなぞるだけでは、互いの本質にはたどり着けませんでした。また、どんなに相手の苦しむさまを目の当たりにしても、それすら表層的なもので、抱きしめようが、愛撫しようが、とどめを刺そうと満身の力で首を絞めようが、やはり、相手の苦しみの核心にまでは届かないのでした。ですから、自分たちのしていることの無益さを実感するのに、さほどの時間はかかりませんでした。私とクレアラは、すでにそのことを知っていながら、両者、それを口に出さず、空になったはずの瓶にまだお酒が残っていると、そう信じているふりをして、ふたりでその中身を分けあう、……存在せぬものを分けあって満たされようとする日々を送っていたのでした。

そんな折に〈異才混淆〉の実施が決定したのです。〈終古の人鑑〉にいる作家たちは、それに協力する見返りとして、さまざまなものを求め、与えられましたが、クレアラだけは何も求めず、それどころか〈愉悦の質量〉の使用量を減らし、なるべく正気を保ったままでセルモスにおのれの才知と感性をささげるという、一見、奉仕的とも思える生き方を選びました。

「一時的な処置よ」

クレアラはそういいました。「〈異才混淆〉に協力する見返りの件も、求めなかったわけじゃない。保留にしてもらっているだけ。コンスタンスにはそう伝えているわ。いつの日か、〈愉悦の質量〉の使用量を増やす日も来るでしょうね。そのとき、〈異才混淆〉にどんな影響が出るのか、ちょっと愉しみではあるわ。私の変性意識は、他の人に、どう映るのかしら――」

「何を求めるのか、まだ決まっていないの？」

私は問いかけました。そのころには、もう彼女に対しては敬語をもちいていませんでした。

「そうね」

「あなた自身の問題が、少しでも改善できるよう、願いを叶えてもいいと思う。もし、あなたがそれ以外のことを求めて、他の願いを考えているなら、私には知るよしもないけれど……」

「難しいことじゃないわ」私のとなりで横たわっていた彼女の上半身が、気だるげに、起き上がりました。私は寝そべったまま、彼女を見上げる格好になりました。

「あなたが何を欲しているのか、まだわかっていないだけですもの」

その返事を聞いて、私は息を呑みました。言葉を失い、目だけで、彼女に真意を問おうとしました。

彼女は微苦笑しました。

「私のぶんは、あなたに使ってほしいの。それくらいしか、実のあるものは作れそうにないしね」

植物に喩えると、まるで立ち枯れているような、そんな生気のない笑みでした。

これまでの私たちの日々がいかに空虚だったか、それを痛感するのに充分なもので、彼女同様、そのことを認めてしまっている私は、ただその笑みを眺めているしかありませんでした。立ち枯れた草木のように私のそばで裸身をさらし、いま、微苦笑を浮かべている彼女。ともに眠り、起き、ベッドから身を起こして、願いを私のために使うと打ち明けた彼女は、室内によどんだ陰翳と混ざって、ますます枯れていっているように見えました。私は、相手から一方的に与えられることへの負い目と不安で混乱し、どうにかして拒否はできないかと逡巡する反面、いかな言葉であろうと、行為であろうと、赤裸々に願いを告げること以上にクレアラをよろこばせる手段はないのだとも悟り、その意を汲《く》むため、私自身の願いとは何なのかを考えていかねばならない、と心のどこかで感受していました。

「玲伎種から永遠にこの世にとどまるようにいわれて、私は消沈したわ。どうして眠ることを許されないのか。どうして創りつづけることを強いられるのか。終わりのみえない創作活動なんて、自己の破壊と再生をいつまでもくりかえせといわれているようなもの。次もまた同じように壊れることができるとは限らない。次もまた同じ自分でいられるとは限らない。何かを作りだすごとに私たちは変わっていく。かつての何かを作ったときの、そのときにあったはずの脳と、心と、体を寄りあわせただけじゃ足りないのよ。不死性は、創造性とは相容れない、真逆に位置する属性なのだから」

私は〈終古の人籃〉に収容された作家たちのことを思い返していました。彼らが皆、生前のころと比べて精彩を欠き、筆の運びも遅くなっているのは、クレアラのいうようなことが影響しているからでしょうか。作家ではない私には判断のつかぬことでした。

「ここでの暮らしは私たちにとって、かつての自分を愛おしむための、追憶の場にすぎない。だけどね、あなたとは逢えてよかったと思っている。今後は〈異才混淆〉によって、きっとあなた以外の人間と精神的なものを共有し、通じあっていくことになるのでしょうけど、一番そうしたいと思っていた相手は、メアリ、あなたよ。だから、あなたにも〈異才混淆〉に加わってもらいたかったけど、他の連中もそこにいるんじゃ、無粋がすぎるわね。任せるわ。あなたが望むこと、それを私の望みとして叶えましょう。これは私からの返礼だから、あなたはそれを受けとるだけでいい。私は創作にも、玲伎種にも、ここでの暮らしにも執着していないから、——どうなってもかまわないと思っているから、遠慮することはないのよ」

そう話しながら、私の肩を抱き、互いの呼吸音が聞こえる距離で、ふたり、まどろみに沈んでいきました。ある程度は私が望むであろうことを予測していないと口にできない言葉まで用意し、私が気兼ねすることのないよう、配慮してくれました。私はそれに寄りかかりました。クレアラにとっての私とは、どのような存在だったのでしょう。こうまでしてもらえるほどの価値のある人間だったのでしょうか。この部屋で、それぞれの苦しみを持ちより、見せあい、ひとつになるという幻想もひとときは芽吹いたけれど、それは立ち枯れ、枯れたあとにも、自分に近しい痛みを感じる人間がいるということ、その事実だけで、いくらかでも彼女の救いになりえたというなら、それはあまりにささやかな慰めにすぎなかったのに、彼女はそれに対する返礼をするというのでした。泣きました。彼女の前でも、彼女のいないところでも、心の裡でそのことを回想しては、知らず、私の全身はくずおれて、哀哭《あいこく》の衝動に耐えかねるかのように胸中で泣き伏さずにはいられませんでした。当時、私は、彼女の気持ちを尊重して、いつか本当に実現したいことができたらお願いするという約束をして、その日がくるのを待ってもらうことにしました。しかし、お願いするつもりはありませんでした。約束を交わせば、それで充分で、具体的な行動に移らずとも、私たちのあいだで完結してほしいと願っていました。

そして、その約束をしてから、彼女とは少しずつ疎遠になっていきました。不仲になったわけではありません。関係性が安定したから、離れられるようになったのです。一時期、私たちは互いをどうあつかえばいいかわからず、必要以上にかかわりあう日々を送りました。いまは、約束を果たす側と、果たされるのを待つ側という——たとえそれが、履行される予定のないものでも——立場が明確になって、それに基づいた行動がとれるようになりました。私は巡稿者として、クレアラ偏重になっていた活動内容をあらため、他の作家とも等しくかかわるようになり、クレアラは作家として、特に目立った成果はないものの、〈異才混淆〉の主要人物のひとりとして認知されるようになりました。それから、気の遠くなるほどの年数を経て、あのときのふたりが、よみがえろうとしています。あの約束。とうに風化していてもおかしくはない、クレアラから提起されて、私のほうで待ってもらっていた、あのときのふたりの、あの約束を、いまごろになって、浅ましくも利用しようとしている私がいました。〈異才混淆〉を終わらせるために、なりふり構わなくなった私の、愚かな選択でした。クレアラはそれを見越して、私に云ってくれていたのでしょうか。創作も、玲伎種も、〈終古の人籃〉も、どうなってもかまわない——と。それは予言めいていて、私が考えている以上に、現状の変革は悲惨なことになるだろうとの知らせを受けているようにも感じられました。……

16

——そうして、時代は、十九世紀へと戻ってきます。

チャールズ・ジョン・ボズ・ディケンズ。十九世紀最大の小説家。イギリス国民からもっとも愛された作家。

〈終古の人籃〉で調べたかぎり、彼の作品は千年以上にわたって読み継がれていました。貧苦と孤独のなか、ロンドンの片隅にあった靴墨工場で働いていた少年が、ジャーナリストというキャリアを経て、英国を代表する大作家にまでなったのです。ほぼ同時代を生きたセルモス・ワイルドを「流行作家」とするなら、ディケンズは、一過性の流行などでは揺らぐことのない、確固たる地位を築いた「国民作家」だったといえるでしょう。

彼の諸作品は、常にその根底が、社会的弱者に焦点を合わせたものになっていました。ウェストミンスター寺院に建てられた彼の墓碑には、次のような一文が刻まれていたといいます。

「――その者は、貧しき人々、苦しむ人々、そして抑圧された人々への共感者だった。そして、その者の死により、英国でもっとも偉大な作家のひとりが、世界から失われた」

この一文に異論を唱える者は少ないに違いありません。私の生まれた時代、ヴィクトリア王朝期には、上流階級、中産階級、労働者階級という、人々を区分けするための明確な線引きがあり、それがそのまま人々の暮らしぶりや生き方を決定していましたが、ディケンズは、そのなかでも労働者階級、さらには労働者にもなれなかった最下層の人々への関心を絶やさず、彼らの生きざまを活写し、多くの人々が読めるような物語にして発表しつづけました。それが後世の作家たち――イギリスに限らず、世界じゅうの小説家たちに、どれだけの影響を与えたか、計り知れません。どんなに貧しくとも生きる希望を見失わぬ者、貧しいがゆえに人格や人生がゆがんでしまった者、過酷な労働環境、当時の社会風俗、社会悪、世の中の理不尽さ、犯罪、堕落、周囲の無理解、暴力、それでもなお生き抜こうとする下層民の生命力と、そうした生命すら根こそぎ奪おうとする抑圧のきびしさなど、あますことなく文章化し、物語化した彼の手腕は、英国最大の国民作家の名にふさわしいものでした。十九世紀の存命時にも、それ以降の時代、彼が亡くなってからも、一般大衆からの人気は絶大で、衰えることはありません。私にとっても、セルモスやクレアラとはまた違った意味で、愛読し、敬愛している作家でした。私に小説のおもしろさや奥深さを教えてくれたのはディケンズです。彼の小説との出逢いがなければ、私はいま、ここでこうしてはいなかったでしょう。

「言葉だけでは説き伏せられないだろうね」

　窓の外の雑踏を眺めつつ、ディケンズが、そう答えました。「もはや、ほとんどの者が、ひとりで書くことに飽いてしまっているのだよ。〈異才混淆〉があるから、義務として、分担し、書いたつもりになっている――おおむね、そんなところではなかろうか」

　五十代後半の、ゆたかな髭をたくわえた紳士が、私にそう語りかけてくれました。私たちはパブリック・バー、通称「パブ」と呼ばれる酒場の、窓際の席にいました。そこからみえる外の景色は、十九世紀のロンドンそのものです。たくさんの人々が行き交う路上には、ごく質素な服をまとった労働者や、職にも就けない、その日暮らしを余儀なくされている者らの姿が目立ちます。往来の脇にはいくつもの露店や屋台がたちならび、さまざまなものが販売されていました。安物の肉。安物の魚。混ぜ物の入った紅茶に、薄められたミルク。しおれかけの花。傷みかけた果物。煤《すす》けた装飾品。鮮度のあやしい牡蠣《かき》。その他もろもろ、やはり裕福ではないであろう商人たちが、いつまでも街頭に立ちつづけ、無秩序で猥雑な市場を形成しているのです。夕暮れ時。私とディケンズは、そうしたロンドンの情景を目にしながら、会話していました。話題は〈異才混淆〉についてで、それを終わらせるにはどうすればいいかを、私のほうから相談しているのでした。

「いまのところ、この話に応じてくださる方はいませんでした」

「そうだろうね。特に〈文人十傑《ぶんじんじっけつ》〉の大半は、賛同しかねるだろう。ロバートくんや、エドくんにとっては、存在のありようにも関わってくる」

〈文人十傑〉――

ディケンズが口にしたそれは、私がこれまでに語った、十人の作家たちのことです。

恋愛小説家、バーバラ・バートン。

ファンタジー小説家、ラダガスト・サフィールド。

ゴシック小説家、ソフィー・ウルストン。

SF小説家、ウィラル・スティーブン。

ミステリー小説家、ロバート・ノーマン。

ホラー小説家、エド・ブラックウッド。

児童文学者、マーティン・バンダースナッチ。

分類不能な小説家、クレアラ・エミリー・ウッズ。

その八名に、いま目の前にいる国民的作家、チャールズ・ジョン・ボズ・ディケンズが加わって、これで九名。最後のひとりは、ディケンズ没後、しばらくしてから背徳的な小説〈痛苦の質量〉で流行作家となった、セルモス・ワイルド、その人でした。

英国の文学史において、特に重要だとされている作家たち……と述べてもよいのですが、彼らに限らず、英国にはまだまだ大勢の、綺羅星のごとき作家たちがいるので、土台《どだい》、そうした基準のみでは、たった十名にしぼることには無理があるように思えます。〈文人十傑〉とは、最高峰の小説家への称号であると同時に、〈異才混淆〉を成り立たせている上位十名の作家を示すものでもあるのです。この十名の知性、感性、才能、物語の創作能力が主流となって、混ざりあい、核となる人物――すなわちセルモス・ワイルドへと集約されるのが〈異才混淆〉という現象なのでした。その人選に、私たち人間の意思は反映されません。そしておそらくは玲伎種の意思も。天の配剤とでもいうのでしょうか、現象それ自体によって、おのずと、彼ら十名が選出されたのです。

〈終古の人鑑〉には多くの作家が収容されています。誰もが皆、〈異才混淆〉に協力し、おのれの精神的な特性をささげていますが、〈文人十傑〉に選ばれた者らは、特に重要な役割を担っていました。いわば、大河における本流のようなものです。彼ら十名の精神的なつながりが〈異才混淆〉の根幹をなし、河川のごとく、雄大なひとつの流れとなっています。そこへ、ほかの作家のさまざまな個性も流れ込んできて、さらにスケールの大きなものへと発展しているのです。あらゆる作家の、あらゆる内的世界を呑み込んだ河――。しかしそれも、〈文人十傑〉という本流があればこそです。そこが堰《せ》き止められれば、河そのものも生じず、個々の作家の世界観が合流することもありません。

つまり、〈異才混淆〉を失くすには、何よりもまず〈文人十傑〉の活動を終息させる必要があるのです。彼らと話しあい、その意思を〈異才混淆〉から引き離さなければなりません。私は、そのために館のなかを巡りました。ひとりひとりのもとを訪ね、時間をかけて説得をこころみ、言葉を尽くしましたが、いまも、成し遂げられずにいます。これまでにも語ってきたとおり、〈文人十傑〉に選ばれた者は、人の身には奇跡ともいえる「見返り」を玲伎種から授かっています。それを手放してまで現状を変えるつもりはないらしく、私の話に耳をかたむけはするものの、最終的には同意を示さず、いままでどおりのやり方を崩そうとはしないのでした。

例外はいます。クレアラ・エミリー・ウッズ。〈十傑〉のなかで唯一、玲伎種からの見返りを求めず、さらにはその権利を私にゆずろうとした女性。……私はずっと、その申し出を棚上げにしてきました。約束という形で残されてはいますが、いよいよ、それにすがるしかないという事態にまで陥りつつあり、複雑な心境です。彼女とはまだ会っていません。その前に、他の〈十傑〉との交渉を済ませておきたかったのです。その結果次第で彼女への用件は大きく変わるに違いないのですから。

クレアラをのぞけば、いま話しているディケンズで、〈十傑〉との会談は最後になります。その彼の声に、私は反応しました。

「しかし、セルモスくんもよく認めたものだ。彼のなかにも迷いがあったということか」

「どういうことでしょう」

「なに、深い意味はないがね。彼が率先して〈異才混淆〉の代表者になったのには、それなりの理由があるとは思っていた。表には出さない理由がね。それを、きみからの嘆願があったとはいえ、放りだすも同然の道に向かおうとしている。少なくとも、そうなりかねない道の存在を認めている。そこに迷いなり心変わりなりがあったのではないかと洞察したまでだ。元来、彼のようなタイプの作家は、誰かと共調して何かを書き上げるものではない」

ディケンズの話に、私は心のなかで同意していました。セルモスの迷いについても、彼がもともとそういったタイプではないことについても、私自身、理解のできるものでした。

セルモス・ワイルドは、おのれの世界観に何者かが介入するのを許しはしないタイプだったはずなのです。それがいま、〈異才混淆〉の主軸を務めているというのは――

「あなたからみて、セルモスや、他の〈十傑〉の皆さんは、どのように映っているのですか」

頭のなかでは先ほどまでの思考に囚われながら、私はやや話頭を転じました。

「難しいことを訊くのだね。……セルモスくんについては、私と生きた時代が近いこともあって、思うところは多々あるよ。彼のデカダンスは、まあ、あの時代の体制に対する、一種のポーズだな。『食事も満足にできない状況で生きる人々に、清貧を説くのは残酷であり、侮辱にほかならない』――

――たしか、そういったことをセルモスくんは口にしたことがあるそうだ。賛同するよ。あの時代のプロテスタントは……福音主義は、どうにも、始末に負えないところがあった。おぞましいほど増長した資本主義と結びついて、労働者階級を圧迫した。十九世紀も終わりごろになると、英国は斜陽の時期をむかえたと聞いている。そうしたときに、反発のひとつの形として、彼のような作家があらわれたのには意義があるのだろう」

そういって、ディケンズは窓の外へと目を向けました。そこには、さっきまでと同じような人々の喧騒がひろがっていましたが、十九世紀のそれではなくなっていました。路上を行き交う人々の風体やら雰囲気やらが変化し、交通の主要手段も馬車から自動車へときりかわっていました。人の波は途絶えていません。スクリーンに映し出される風景が、いつしか、差しかえられていたかのような……、いいえ、二重になって映し出されていた風景のうち、過去のものが消え去って、新しいものだけがその輪郭を強めていくような、そんな、重なりあう幻影の生き死にを目の当たりにしました。そして、死にゆく風景、生き残る風景、そのどちらにも、常に貧困層、労働者階級の人々の姿がありました。まるで、彼らの暮らしぶりこそが、それらの風景の主題なのだと訴えるように。ディケンズは風景のなかにいる彼らを、ただ、じっと見つめていました。私には解しきれない、深い憐憫《れんびん》と共感の表情、そしてそれよりも印象的な、創作をいとなむ人間に特有の――他者の人生のなかから、なにがしかの創作の種子になるようなものは見つけられないか、といった類いの――貪欲な眼差しをたたえて。

ありふれた天才なら、他者のことを創作の材料としか見なさなくなるのかもしれませんが、ディケンズは、そうした観察眼とともに、人間的な情愛と理性を保って、いつの世にも貧困にあえぐ人々に寄りそう、人道主義の姿勢をつらぬいてきたのでした。

「外は、二十世紀ごろになったようだね。このころの作家で〈十傑〉に選出された者といえば、ラダガスト氏と、ウィラル氏か。両氏の著した小説の舞台は、どちらも、現実から乖離《かいり》されたところにある。にもかかわらず、ある程度、現実と同じような要素を取り入れているのは興味深い。おそらくはリアリティを出すためであろうし、人間という生き物が社会を構成すれば、それが架空であっても、ある程度は同じ場所へむかわざるをえない、方向性というものがあるのかもしれないな」

「中世までなら、何かへの信仰を基盤にした社会。近代以降なら、資本主義。もしくは社会主義」

「身も蓋もない云い方をしてしまえば、そうだ。まあ、そういったことのみを指して、云ったわけでもないのだけれど」

微苦笑しつつも、気分自体は害していない様子。ディケンズと私は、そのあとも〈文人十傑〉の誰かれについての話をしました。いずれも貴重で、含蓄のあるお話を彼からいただいたのですが、それも尽きると、ふいと、ディケンズのほうから新たな話題をふってきました。

「そういえば、日本の収容施設がそろそろ閉鎖されるらしい」

何気ない口調でした。

「…………本当ですか」

「ああ。きみは巡稿中、意図的にコンスタンスとの接触を避けているのだろう。彼女から聞いたよ。たしかな話だ。これで人類の標本が残されているのは、ここだけになる」

鉛の玉を飲みこんだような気持ちでした。

にわかには信じられませんでしたし、信じたとしても、その事実の重みに耐えられそうにありませんでした。日本の収容施設が閉鎖される。世界じゅう、どこを探しても、「人間」という標本が存在するのは、ここだけになる——

「それに伴《ともな》って、まだ廃棄されることのない日本人の作家が、ひとりか、ふたり、こちらへと招聘《しょうへい》されるらしい。なんでも、セルモスくんのほうから声をかけたらしい。きみも読んだことのある作品の作者だったと思うよ」

その説明を受け、私は、ますますわからなくなりました。これまでにも他国の小説家を〈終古の人籃〉に収容する事例はありました。が、そのすべては玲伎種の意向によるもので、一介の作家が、別の作家を呼び寄せる、などというケースは、これまでにありませんでした。

しかも、セルモスからの指名だといいます。指名されたのが具体的に誰なのかをディケンズに問いました。返ってきた答えは、私もよく知っている、日本文学には欠かせない作家の名前でした。

「場合によっては、彼が新たな〈文人十傑〉に選ばれるかもしれないな。誰かとの入れ替わりで」

私は曖昧にうなずきました。この館では、誰か、新しい作家が収容されるごとに〈文人十傑〉は選出し直されます。といっても、実際に入れ替わったことなど一度もありません。そうなる可能性があるというだけの話で、創設期からずっと、何万年ものあいだ、そのメンバーは固定されていました。

しかし今回、招き寄せられた作家であれば、もしかしたら、とも思うのです。その者は、現在の〈文人十傑〉のなかに加わっても、遜色のない作家といえました。

「何にせよ、こちらへやって来たら話してみてはどうだね。私にはどうも、今回の一件が、セルモスくんの迷いと関係があるように思えてならない。さっきの洞察よりもさらに不確かな、直観的なものにすぎないから、筋道立てて説明することはできないが――」

そこまでいって、ディケンズはまた野外へと視線を飛ばしました。変転しつづける風景。七つの道路が交差していました。その中央には日時計があります。道路の数よりひとつ少ない、六つの日時計が、円柱のモニュメントに取りつけられ、日々、そこを通りがかる人々に時刻を告げていました。セブン・ダイヤルズ。この風景の名称です。ロンドンの一画にある小さな交差点で、十八世紀から十九世紀にかけては、治安の悪い、犯罪者のたむろするエリアでした。このあたりはスラム街だったといってもいいでしょう。先ほどまで私たちが目撃してきた、あの労働者たちや、露店、屋台、売る者に買う者、めまぐるしく人の行き交う雑踏は、ありし日のセブン・ダイヤルズを投影したものです。困窮者の流れつく街角。犯罪と貧困の温床。しかしながら、ディケンズは、この交差点のことを愛しているのでした。時代を越えて変遷していくセブン・ダイヤルズの風景は、十八世紀、十九世紀、二十世紀、それ以降と、その時々でさまざまな顔を見せてくれます。一六九四年に建造された日時計のモニュメントは、治安の悪化を理由に一七七三年には取り壊され、ディケンズが生きていたころには存在していません。再建されたのは一九八九年。商業地区として再開発される交差点。二十一世紀には、ずいぶんと治安も回復し、きれいな店舗が建ちならぶようになりました。貧困は薄れゆき、犯罪も減少して、観光客が気安く通り抜けることのできる場所へと生まれ変わったのです。彼の人生には存在しなかった日時計のモニュメントに目をむけながら、ディケンズは物思いにふけっています。その横顔には、貧困の消失を祝うような、それでいて自身の知る「あのセブン・ダイヤルズ」とはちがうことを悲しむような、惜しむような、そんな郷愁と寂寥感が綯《ない》交《ま》ぜになった、屈折した表情が宿っていました。

私やディケンズが過ごしていたのは、十九世紀のロンドンです。あのころ、あんなにもいた労働者たちは、どこへ行ってしまったのでしょうか。窓の外。すでに二十一世紀にまで到達しているセブン・ダイヤルズの風景には、もはや、絵に描いたような貧者や労働者の姿はみられなくなっていました。完全に消えたわけではないのでしょう。この場からはいなくなったというだけのこと。ディケンズは、そうした人々の動き、世間の動向、社会背景のすべてを把握していました。ことロンドンに関しては、全能ではないにしろ、全知に近い立場にいるのです。そうでありながら、時おり、セブン・ダイヤルズで経営されている「ザ・クラウン」という名のパブに立ち寄って、お気に入りのエールを注文し、七つの道がまじわっている風景を眺めるのでした。

「ほんとうに、お好きなのですね」

そんな言葉が、思わず、口からこぼれ出ました。ディケンズは、ようやくこちらへと向きなおり、また、微苦笑してみせました。

「セブン・ダイヤルズのことが、かね？　――私は昔から、大勢の人々が行き交う場所が好きだった。そこにいるひとりひとりを観察して、その人生や、彼らの過去、未来について、想像をふくらませる。ロンドンは、そうしたことをするのに最高の街だった。思い入れのある場所はいくつもあるし、セブン・ダイヤルズも、そのひとつだ。子供のころからロンドンのあちこちを出歩き、各地にはびこる悪徳や貧困を目にしてきた。それらを怖れ、それらに反発し、一方で、それらに対する執着がめばえた。私のなかにある何かが揺り起こされ、それは、私に筆をとらせた。そうでなければ、私は生前、あれほどの小説たちを書けなかっただろう」

手元のグラスに目を落として、彼はそう語りました。黄金色の液体が減っていきます。一口、二口と、彼はグラスをかたむけて、エールを嚥下《えんか》すると、私と目をあわせ、話をつづけました。

「〈終古の人籃〉に来てからも、私は、ものを書きつづけたが、生前のそれにはおよばなかったな。自分自身でわかるよ。私はロンドンに心を奪われた小説家だ。だから、自分が生まれてくる前のロンドンのことも知りたかったし、自分が死んだあとのロンドンのことも知りたかった。そうすることで、生前のころとはまたちがう趣きの作品が書けると思っていたのだが……」

彼はそこで、一拍おいて、宣言しました。

「――きみの話に応じることにしよう。これは、私に与えられた、いい機会なのだと思う。〈異才混淆〉からは手を引こう」

そう告げられ、私は打ち震えました。

これまで断られつづけた申し出に、はじめて賛意を示してくれたのです。いえ、実際のところは、すでに結論が出ていたのでしょう。私の申し出はきっかけにすぎず、彼自身が、長い時間をかけて——数十年か、数百年か、それよりもさらに……という年数で——決意したのは、疑いようがありません。果てしのない思惟《しい》から抜け出てきたような声でした。

「思えば、〈異才混淆〉は、われわれに何をもたらしてくれたのだろう。たしかに共著はしやすくなった。だが、それだけだ。ほかの誰かと精神を共有したところで、私自身の精神が練磨されるわけではない。むしろ、よどむのだ。生前、ロンドンを歩きまわり、各地で起こっていることを肌で感じて、それを文章にしていたころのような熱は帯びなかった。私にとってはロンドンを散策すること以上に、私を執筆に駆り立てるものはなかった。だからこそ、この箱庭を所有し、訪れるようになったのだ」

ディケンズが、〈異才混淆〉に協力する見返りとして求めたもの。それが、このロンドンの箱庭でした。

テーブルに置ける程度の大きさです。ごくごく小さな民家の細部にいたるまで再現されている、超精密な、都市の模型。それがディケンズの部屋に保管されており、私たちはいま、その内部へと身を投じているのでした。

私たちが目にしているセブン・ダイヤルズも、入店している「ザ・クラウン」も、すべては、箱庭のなかのものでした。ディケンズが望めば、私たちは小人のように小さくなって、その箱庭のなかへと入っていけるのです。場所も、時代も、思いのままに調整できます。今回は、自動的に時代が流れていくことにして、セブン・ダイヤルズの変遷をスライド・ショーのように鑑賞することができました。ディケンズにとっては見納めになるのかもしれません。〈異才混淆〉から手を引くということは、この箱庭も手放してしまうことに他ならないのですから。

「本物のロンドンは滅び去ってしまったが、それを模したものならば、まだここにある。私は不死となり、永遠にロンドンをさまよい歩けるようになった。ここにはあの街で生まれた、すべての情景が詰め込まれている。切り裂きジャックの暗躍するホワイトチャペル。二十世紀末に建てられたロンドン・アイ。安酒だったがゆえに多くの人々を破滅に追いやった、ジン禍《か》。一六六六年のロンドン大火。……くりかえし開催されたオリンピック。歴代の王の戴冠式。事故で亡くなったダイアナ女史の葬儀。……私が望めばあらゆる時代の、あらゆるところを訪ねることができた。きみにも、しばしば同行してもらったね。そして、私にはなしえない、さまざまな体験をしてもらった。知りたかったのだ。上流階級の御令嬢が、下層社会の仕事や生活に触れたとき、どのような感想をいだくのか。それを聞かせてもらうのが何よりも楽しかったし、きみの話を参考にして、小説を書きもした。だが、結局、あのころのようにはいかなかった」

あのころ、というのは、自分が生きていたころ、というのを意味しているのでしょう。

ディケンズの視線につられ、外の景色をあらためて見ました。

「かつてのスラム街、セブン・ダイヤルズは、かくも美しい交差点へと生まれ変わった。ここだけではない。あのころ、スラムや貧民窟と呼ばれたところは、軒並み、ゆたかになっていった。カムデン・タウン。ショーディッチ。ブリック・レーン。ソーホー。いずれも私が魅了された場所だ。その地その地の行く末を知って、私の筆は、鈍ってしまった。貧困からの脱却はよろこぶべきことなのに、私にとっては、どのような形であれ各地の原風景が崩れてしまうことは、創作の妨げになったらしい。また、知りえぬことや、未知の部分があるからこそ、人は、執筆に駆り立てられる。私を魅了した地の行く末を知ったいま、私の心に宿る熱は、ひどく弱々しいものになってしまった」

「……原風景が崩れてしまったことで、作家としてのあなたは衰えた、ということなのでしょうか。創作のためにと願ったことが、裏目に出てしまった、と――」

「そうだな。この箱庭では、ロンドンの時間を好きなように動かせる。だが、時の流れのすべてを受けとめるには、私という器は小さかったのだろう。だからこそ決別することにしたのだ。〈異才混淆〉とも、この箱庭とも。その上で、窓の外にある美しい交差点の成立を、心からよろこべるようになりたいのだ」

そこまで云って、ディケンズは残りのエールを飲み干し、口を閉ざしました。

私は知っています。さらに時代がすすめば、セブン・ダイヤルズにはふたたび貧困と犯罪がおとずれ、スラム街へと逆戻りすることを。

ディケンズも知っているはずです。知っていながら、そのことには触れず、彼は話をしめくくったのでした。私も追及しませんでした。

夕闇がせまっていました。一時間とかからずに十七世紀から二十一世紀へと移り変わった交差点の光景は、どこかしら物悲しいものがありました。私は席を立ち、彼に別れを告げることにしました。箱庭から出て、巡稿を再開しなければなりません。

このあとは、クレアラのところへ向かうつもりです。いろいろと考えなければいけないことがあります。それにくわえて、先ほどの会話で知らされた、日本からの作家についても。気がかりでした。

私はディケンズの賛同に感謝しつつ「ザ・クラウン」から立ち去りました。去り際、いま一度セブン・ダイヤルズを確認するため、ふりかえると、そこにはもう日時計のモニュメントはありませんでした。道路が交差するだけの空虚な世界。七つの道がまじりあうそのさまは、〈異才混淆〉のありようを視覚化しているようにしか見えませんでした。……

第三章　痛苦《つうく》の質量《しつりょう》

なぜ、人間は血のつまったただの袋ではないのだろうか。

——フランツ・カフカ

17

いま、私の目の前には、十枚の肖像画があります。

〈文人十傑〉の面々が描かれたものです。一枚につき、ひとり。セルモス・ワイルドの美貌もあれば、バーバラ・バートンの年老いた笑みもあります。いずれも美しく、そこに描かれた彼らの内面が反映されているようで、心が、ざわめきます。ただ、チャールズ・ジョン・ボズ・ディケンズの絵だけはありません。あの日、セブン・ダイヤルズで彼と別れてから、およそ二年の歳月が流れました。そのあいだにディケンズは〈十傑〉から除外され、私はひとり、かつてセルモスが暮らしていた部屋に移り住むようになっていました。〈異才混淆〉は継続されています。ただし、小説の創作にかかわる素養だけでなく、互いの痛みや苦しみ、執筆にまつわる苦悩までをも混ぜあわせるような形で——

〈痛苦の質量〉。十九世紀にセルモスが著《あらわ》した小説の内容が、そのまま、〈異才混淆〉のありようと組み合わさって、この館で機能するようになりました。——いいえ、まだ実際に機能するかどうかは試されていません。これまでの二年あまりは、その準備のためについやされ、まともに創作も巡稿もできない状態にありました。これからなのです。これから私が、この十枚の肖像画をそれぞれの作家に差し出すことで、新たな〈異才混淆〉が動きはじめます。この方式は、セルモスがひそかに思い描いていたものらしく、今回、ついに、試験的におこなわれる運びとなりました。〈異才混淆〉に協力する見返りとして、はるか昔からそれを願っておきながら、いまのいままで実現させず、ずっと保留にしていたのは、おそらく日本から呼び寄せたあの人がいないうちは実行したくなかったからなのでしょう。ディケンズと入れかわりで〈文人十傑〉に加わった日本人作家、辻島衆《つじしましゅう》を執筆陣にむかえて、彼ら十人は、新たな小説に取りかかろうとしています。共著です。……結局、私は〈異才混淆〉による共著の活動を終わらせることはできず、それに助力する役回りを強いられています。が、それでもなお、最終的には彼らひとりひとりに個別の小説を——その不死の時間を締めくくるにふさわしい、遺作となりえる原稿を——書いてもらい、それを受けとって、この目で読むことを、あきらめたわけではありませんでした。セルモス・ワイルドという人間を、もとの、他の人間の精神に侵されていない、あのころの彼に戻すことを、あきらめてはいませんでした。そのために私は、クレアラと話しあって、今後、劇的に変化するであろうこの館での作家たちの動向に、深くかかわっていくことを決めたのです。

〈異才混淆〉を運用すべきか否か——

セルモスと私は、いまだに、この点においては対立していました。その答えが出るまでに、私と彼は、この先も不協和音を発するのでしょう。その音は次第に大きく、ゆがんだものになっていき、〈終古の人籃〉全体にひびきわたる、不快な雑音として知られるようになるのかもしれません。

そうした状況のなか、〈文人十傑〉がこれから共同で執筆するのは、玲伎種と、私たちの関係についてでした。玲伎種は、いかなる意図をもって私たちを標本にしているのか——、なぜ、人間という種に関心をよせ、私たちを、このような収容施設に押し込めているのか——、〈異才混淆〉に協力する見返りを、どうして、ああも全能であるかのように、どんな願いであっても完璧に応じてくれるのか——、そういったことを、たとえ事実にそくしておらずとも、作家の自由な発想と脚色によって、虚構化し、ひとつの物語にしようというものでした。

そう、虚構化です。

真実でなくてもいいのです。

じっさいの玲伎種がどうであれ、私たちにとって楽しめるフィクションであれば良いのです。〈十傑〉が率先してこれに取りくめば、それ以外の作家たちも惜しみなく筆をふるい、共著に名を連ねてくれるでしょう。

そして、この物語を書き上げるには、従来の〈異才混淆〉では機能が不足しているとの判断がなされました。それをおぎなうために、いま、私が、こうしています。絵画の鑑賞——〈異才混淆〉に、さらなる効果をもたらす、視覚化された苦悩の鑑賞——、この室内に飾られた十枚の肖像画は、まさに、そのことのために用意されているのでした。

十九世紀のロンドン。そこで多くの読者を魅了したセルモスの代表作、〈痛苦の質量〉という小説では、肖像画が、人々の心を惑わしました。それぞれの肖像画には、そこに描かれた人間の、この世界における苦しみの感じかた、痛みの激しさ、強さ、深さといったものが宿っていて、その肖像画を所有することで、持ち主にも同じような感受性をもたらしました。一方で、その苦しみのありようが深刻な人物であればあるほど、その肖像画は美しく、観る者の心を奪い、虜《とりこ》にして、数多の人生を狂わせてもいったのでした。まさしく、セルモス・ワイルドという作家の、その背徳的な作風を示した一篇です。この内容が今回、〈異才混淆〉にも転用されました。これには理由があります。

玲伎種というものを書くにあたって、まずは、私という人間を知ってもらわねばならなかったからです。
〈終古の人籃〉には、人類が滅亡するまでに発表された、数々の名作と、その書き手たちが保管されています。彼らは標本化され、不死となって、いつまでも終わることのない執筆活動を課せられています。きっと、玲伎種は、そういったことに一定の価値や意義を見いだしているのでしょう。人であれ、人を超越した存在であれ、知性を有するものには「物語」が必要で、だからこそ玲伎種はそのサンプルを欲するのでしょう。

では、私は？

――この館には、英国のそれを多数派とした小説家たちが逗留していますが、そこに属さない、例外が、ひとりだけいるのです。それが私です。十九世紀末に生まれ、特に何かを生みだすこともなく死んでいった、ごくありふれた女性、メアリ・カヴァンという人間だけは、ただの一篇の小説も世に出すことはなく、それでいながら〈終古の人籃〉に存在することを許されていました。巡稿者という肩書を与えられて――。けれども、私は生前、書物にかんする作業にたずさわったことはありません。作家でなかったのはいうまでもなく、なんらかの本や雑誌の制作にかかわる、編集者だったわけでもありません。一般人なのです。当時、どこにでもいたであろう、ひとりの女性でしかなかったはずなのに、どうして玲伎種は、私という人間を〈終古の人籃〉の巡稿者にしたのでしょうか。それについて考えること――玲伎種をテーマにすると決めた〈文人十傑〉が、それぞれに考察し、想像をふくらませ、たとえ作り話であっても（どうあれ、真実に辿りつくことなど、ないのです）、こうなのではないか、と小説内で語っていくことは、玲伎種というものの本質に迫る、いわば、糸口になるだろう、と、みなされるようになりました。つまり、作家ではない私がここにいるわけ、それを書くことが、ひいては、私という人間をあえて選んだ玲伎種の、その思惑をあばくことにもつながる、と認識されたのです。

私が何者なのかを知れば、玲伎種を書くうえでの、参考資料になります。

であるならば、私は、私に関するすべてを、作家たちに伝えなければなりません。

そのために必要だったのが、〈痛苦の質量〉でおこなわれていた、肖像画による交流なのです。

私は〈文人十傑〉の肖像画を所有しています。

その一方で、私自身を描いた肖像画は、〈文人十傑〉のうちの誰かが所有しています。それは作家の手から手へとわたっていき、最終的には全員が鑑賞することになるでしょう。私の内面を共有してもらえるのです。外的な要素だけでなく、内的な要素もふくめて私という人間を知ってもらわねば、核心には迫れず、よりよい小説を書くこともできないでしょうから。

それに併《あわ》せて、私の人生についてを述べた文章も、書簡の形式で、読んでもらうことになりました。全部で四通です。私の生きてきた時間を、絵と文章にして届けるのです。絵画からは、私の心的な感覚、精神のありよう、情緒のゆらめきなどを伝えることができるでしょう。書簡からは、私の人生に起こった出来事のすべてを伝えることができるでしょう。その双方を鑑賞してもらうことで、より切実に、私のことを理解してもらえたら、と思います。それによって各人の創作意欲を掻き立てられたなら、それに優るよろこびはありません。

その後、私はここに飾られている〈文人十傑〉の肖像画を、配らなければなりません。それぞれに本人の肖像画を送るのではなく、別の作家のものを、私の判断で、好きなように。

それがセルモスの望んだ〈異才混淆〉の新しい形でした。

彼には足りなかったのでしょうか。旧来の方式では、あくまで創作にのみかかわる精神的側面が抽出され、それが混ざりあうことによって複数の作家の完全なる調和と、そこから生じる共同制作を可能としていました。が、これから運用されるのは、一見、創作とは無関係に思える精神活動をも他者と分かちあうものでした。〈痛苦の質量〉という小説では、肖像画を媒介にして個々の人間の苦しみに対する感受性が取り換えられていきました。それを完全に再現するのです。

今回、セルモスは、共著するにあたって、その全体を構想するプロットを提出しませんでした。大まかな話の流れは存在しません。そのかわりに提案されたのが、この肖像画の交換です。自分自身のものではない肖像画を手にすることで、その相手の心のうちを知り、互いの絵を交換した者同士で、小説の原型となる下書きを書きます。そしてそれらを持ち寄って、あとでつなぎあわせる、という手法を採用したのです。

すなわち、〈文人十傑〉が、玲伎種をテーマにした草稿をそれぞれ自由に書き連ね、最後にはそれを合成する、というものなのでした。

これで上手くまとまるのかというと、まとまるわけがない、というのが正直な感想なのですが、そもそも今回は、まとまりのある作品にするつもりは微塵もないのでしょう。玲伎種について想起したこと。連想されたもの。そのイメージ。幻想、幻視。想像のなかでの超人類。それに関する、ありとあらゆる物語を錯綜させた世界を創ろうとしているのです。構造的には短篇連作に近いかもしれませんが、個々のエピソードが連関していないのなら、連作ならぬ、小説の散弾、弾雨というべきものかもしれません。

先述のとおり、私という人間が糸口になることでしょう。私の肖像画を観て、私の書簡を読んで、そこから着想したものを、そのまま書けばいい、とセルモスは云ったのだそうです。あまりの突飛な発言に、ほかの作家たちは動揺と困惑を隠せなかったようですが、この〈異才混淆〉の変革は、ほかならぬセルモス自身の願いを玲伎種が実現させたものであり、この実験的手法もまたその一環であり、新体制になって一作目まではその手法を継続する、との事実が周知されるにつれ、同意に至りました。こうして、〈痛苦の質量〉の内容が現実化したのです。

そして、誰にどの肖像画をわたすかは、この私にゆだねられることになりました。〈痛苦の質量〉でいえば、その役回りは、ティファレトです――神出鬼没の、人間たちに肖像画を与えてまわる、白いドレスの女――その超常的な存在を演じねばなりませんでした。これも巡稿者の仕事なのでしょうか。私の意思ひとつで、思いのままに、館の人間関係を左右できるほどの影響力をもってしまったことに、そのプレッシャーに、押し潰されそうです。ゴシック小説家、ソフィー・ウルストンと、SF小説家、ウィラル・スティーブンに、双方の肖像画を交換させ、互いの苦しみの世界を体験してもらうことさえ、できるのです。誰と誰を関わらせるのか。どの作家とどの作家の肖像画を取り換えるのか。そうした判断と、決定権を、私に一任したのも、セルモスの意向なのでした。彼のことがわかりません。私のもとには彼の肖像画も存在しています。それを私がどのようにあつかうのか、誰にわたすのかは彼にとっても未知数で、〈痛苦の質量〉の物語の、その影響を受ける側に、自分も立たされているというのに――

肖像画を交換した者らは、きっとその心理的な距離を、限りなく近づけることになるでしょう。他人とは思えぬほどの連帯感。共犯者意識。いえ、共被害者意識といったほうが適切でしょうか。それによって実現される創作上の共調を期待しているのかもしれません。そうであるなら、私にかかる責任は重大でした。肖像画をどう行きわたらせるか次第で、これから書き起こされる物語の内容と、その質が、大きく変化するのですから。作家同士にも相性というものがあるはずです。これまでにも述べてきたとおり、私は共著そのものに対して否定的な考えですが、それでも、彼らなら巧く創作できるだろうという組み合わせと、その逆は、感覚的には察していました。あるいは反発しあっても、認めあえずとも、その軋轢《あつれき》のなかから作品を生みだせそうな組み合わせも、ありえます。肖像画をいかに配るかについては、慎重に、かつ大胆に、彼らの創作が極限まで良くなるように検討して、決定しなければなりません。

とはいえ、それを実行に移すのは、まだ少し先のことでした。まずは〈文人十傑〉の全員に、私の肖像画と書簡を閲覧してもらい、それを理解してもらうところから始めなければなりません。ここからは私が送った書簡の内容を、全文、お見せしようと思います。私が終生、考えつづけたことや、悩みつづけたこと、短いながらも歩んできた人生の中身、その遍歴を、あますことなく露出します。それは肖像画から受ける印象とも連動しているでしょう。他者の意識に浸透する「印象」が、視覚的にも合致するような文章になることをめざしましたが、なにぶん、私は小説家ではないので、それにも限界があったことはお許しください。全部で四通。なかでも最初の、第一の書簡は、私がどんな人間だったのかということを告白する、魂の供物のようなものになりました。これを他人に読まれることに、狂わんばかりの羞恥を感じるのですが、この館にいる作家たちは皆、そのような煩悶を乗り越えて、この何倍もの羞恥や自嘲に耐えながら創作してきたのだと思うと、覚悟を決めることができました。無論、歴史的な作家のそれと比べれば、あまりにも稚拙で、低次元なものです。それでもこれが、この書簡に書かれていることが、私にとっての真実なのです。私の人生と、その内的真実を織りこんだ第一の書簡は、次のようなものでした。……

18　第一の書簡

人間として、まともな生き方ができたのかどうか、それにすら自信を持てないまま、私はその生涯を終えました。

十九世紀のイギリスに存在した下級貴族、カヴァン家の娘として生まれました。上に幾人もの兄や姉がおり、特に可愛がられたわけでも疎《うと》んじられたわけでもなく、ごく普通に、家族の一員として、接してもらいながら成長できたのだと思います。

後年、カヴァン家は没落しますが、それでも当時の人々のなかでは物質的にも経済的にも恵まれた人生を送ってこられたといえるでしょう。

だというのに、私は、没落前の上流階級としての暮らしにも、没落後の市井《しせい》の者としての暮らしにも、どうしても馴染めず、人間というものを理解できぬまま、自分自身の人生をないがしろにしてしまいました。

私には、わからなかったのです。人とは、どういった生き物で、何をするために生きていくものなのか――。

たとえば、没落前のカヴァン家は、他の貴族がそうしているように、社交界にかかわり、そこでの地位の向上をめざしていました。早春から夏にかけての社交期には、晩餐会や舞踏会に参加し、私も年頃になってからはそれらに出席して、母や姉の助言にしたがって多くの人々と交流しましたが、やはり自分だけが、そうした人間たちの交わる世界において、ひとり、場違いなような気がして、いたたまれなく、ろくに成果もあげられぬまま、取り残されていくような気持ちでいたのです。

幸福への願望が、うすいからなのでしょうか。

私は、世間一般が幸福、と羨《うらや》んでいるものには、まったく、心が惹かれないのです。富。いりません。権力。ぜんぜん。名声。とんでもない。配偶者。まさか。

幸せに対する執着が希薄なせいか、私は、いつからか自分のまわりにいる人たちが、この「幸せ」

に辿りつくため、あくせくと必死になっている事実に、驚きました。

皆、上のほうを見すえているのです。上昇志向。現状に満足せず、幸せになりたい、もっと自由に、もっと豊かに――と、みずからを高みに置こうとする、自己完成の生きざま。

私は、ひそかに戦慄をおぼえました。

それは、私だって、ささやかながらも「良いこと」があるのを願います。だけど私のそれは、まるで氷菓子のように時が経てばすぐに溶け、あきらめてしまえる程度のもので、夢、とも、欲望、とも呼べる他人のそれとは、あきらかにレベルの違うものでした。

特に男の人は、やれ勝っただの、敗けただのと、自分と誰かれをしょっちゅう比較して、それに勝ってはよろこび、敗ければ悔しがり、しかしそれっきりであきらめたわけではなく、さらにおのれを磨き、強くなって再度、挑戦していきます。――男の人の人生は、そのくりかえしのようにも思えるのです。そんなことをせず、自分も他人も、競争せずに仲良く生きていくことはできないのでしょうか。いえ、男の人にかぎらず、世の、多くの人たちは、それが自身の生にとって重要なことであるなら、臆さず、他の人々と争います。元来、人生そのものを戦いとして捉えているのかもしれません。それでもいい、それでもいいけれど、それらの戦いには果てがなく、どこまでも過熱し、ひろがっていって、……ひょっとしたら、そこから世界の不幸が起こっているのではないか、とさえ考えてしまうことがあるのです。

人間不信？　いいえ、ちがいます。

むしろ、私は人間を信じています。信じようと、しています。世界の不幸を起こすほどに激しい争いのできる、そんな人間の生きざまを、畏《おそ》れこそすれ、嫌悪したことはありませんでした。幸せになるために、他者と闘争できる能力――。きっと人間は、自分や、自分の大切な人のために戦うことのできる動物で、その攻撃性や闘争力は、おそろしい反面、尊くて、美しいとさえ感じさせるものなのです。対して私は、誰かと争わねばならない場面にあっても、引き下がってしまいます。ずるずると引き下がりつづけて、最終的に破滅することになるとわかっていても、それでも、本気で人とは争えずにいたのです。

幸せも、争うことも、自主的に望むことのできない私は、そうした能力の欠如した「別の動物」で、人間という動物の群れのなかに、誤って、まぎれこんでしまったのではないでしょうか。そうして、別の動物である私は、人間という生き物を間近で見てしまったがゆえに、恐怖し、理解できずにいるのに、その強さと美しさに憧れるようになったのだと思います。なんとかして、このおそろしくも美しい生き物に近づくことはできないだろうかと、そのことばかりを考えて、だけど何をどうしたらいいのかわからず、迷い、思いわずらっているうちに、私の人生は幕を閉じました。

どう、生きればよかったのでしょう？

私は。

弱い者は。

……存命中に知り合った、すべての人間が強かったわけではありません。なかには、私以上に争いごとを好まない、おとなしい人たちもいました。けれど、私も、そういった人たちも、生きるうえでの「安息の場」をみつけるのは困難で、どうしようもなく押し流されることがありました。私は、社会というところでの生き方を、いまだにわかっていません。世間というものが、まるで、理解できなかったのです。高みをめざして相争う人々の集まりは、力強くて巨大で、思いもおよばぬ絶対的なもののように感じられて――

——カヴァン家が没落したあと、私は、とある中産階級の女性と親しくなりましたが、その人が、ある日、

「私は、いつかこのゴミゴミとした街を抜け出して、世の中をひっくり返すくらい大きな存在になってやるの」

と夢を語ったのを聞き、愕然としたことがあります。

この人も——。

それまでは微塵もそうした野心を表に出さなかっただけに、慄《おのの》きました。彼女は悪くない、悪いのは人間としての生き方をわかっていない自分のほうなのだ、おかしいのは私だ、私が変、という自己批判で一杯で、うろたえながらも、みずからの額に「社会不適合者」の烙印を押し、彼女を飲み込んで競争しつづける世の中に、圧倒的な無力感をおぼえて、もう、それっきりでした。


あの日の彼女のように立ち上がることもできない、私のような脆弱《ぜいじゃく》の者は、いずれ世間という名の大きな手の平で、ぎゅっ、と握り潰されてしまいそうで、そうならぬよう、そうなってしまう日が一日でも遅くなるよう、息をひそめて暮らしました。いつも世の中というものに怯え、内罰的に生き、まともな自尊心を保てぬまま、自分を愛せなくなりました。

自己否定。自己虐待。

私は人間を信じていないわけでも、嫌悪しているわけでもありません。

ただ、怖いのです。自分を愛せない自分に、引け目を感じてしまうのです。

社会的に成功しうる、自分のことを信じて生きている人々が、そら恐ろしくて、たまりません。いえ、他の人たちだって、きっと、私なんかよりずっとずっと多くの、深刻な悩みを抱えているのでし

ょうから、私ひとりが思い悩んでいるような物言いは恐縮するばかりなのですが、――けれど、最終的にそういった苦悩に対して「大丈夫」「自分は間違っていない」と、おのれを肯定する答えを出せる人、それが私には不可解で、なぜ、そんな答えを出せるのか、神に啓示を求めるような気持ちで問いかけたくなる一方で、自分とはまるで違う生き物、喩《たと》えるなら意思疎通のいっさい不能な猛獣――その凶暴さすら魅力のひとつとなっている「人間」という名の猛獣――を前にしたときのように、おそろしく、ああ、自分もそうなりたい、大丈夫と胸を張って云いたい、と羨望にも似た敗北感をいだきながら、私は、死んでいったのです。

〈終古の人鑑〉で目覚めることがなければ、その死のあとには、何も残らなかったでしょう。いま、〈痛苦の質量〉をもとにして創られた肖像画から、私の苦悩を、偉大なる作家の皆さんにお伝えするため、より詳しく理解してもらうために、この書簡をしたためています。この状況だからこそ、問いかけたいことがあります。

教えてください。幸福とは、何なのでしょう？　幸せ、とは？

ほがらかに笑いながら、無意識に片足で誰かを蹴り落とし、いわゆる「明るく健全」に、日々を送っていくのが人間の幸福なら、蹴り落とされる側の人間に、安息の場はないのでしょうか。いえ、こんなことを訴えている私もきっと、無意識に片足で誰かを蹴り落としたことがあるはずです。そうした日々を送ることが幸福だと、そう捉えるのは、あまりに悲しいことではないでしょうか。

いま居る場所よりも、さらに「上」を望む、それが人間の生き方だとしたら、ヴィクトリア王朝期からの、資本主義の世の中こそが、その完成型なのかもしれません。上昇志向と競争原理は分かちがたく、人は、それらにしたがって生きていきます。栄光をつかむ者もいれば、挫折する者もいるなか、どうしてもその渦中に身を投じられない人たちは、部外者でいるしかないのでしょうか。

しかし、そうではなく、もっと心情的なところに幸福があるのなら。

もし、これまでに私が述べてきたことが、思いちがいも甚だしい、世迷言にすぎないのなら。それ

を指摘し、正してほしいのです。

たとえば、愛や、相互理解――

人類が滅びるまで、多くの作家は、幸せというものを、そのようなところに位置づけてきたように

思います。想いと想いが通じあう、そして愛しあう、それがもっとも人にとって大切で崇高なことな

らば、もしも、それによって、わずかながらにも人の心というものが救われるならば、家族への親愛

や、恋愛、友情、他者との融和といったものを感じることこそが、幸せへと通じる道になるのでしょ

うか。無条件の、ヒューマニズムの礼賛。思考停止の賜物でもあるかのような、人道主義のストーリ

ー。だけど世界には、そうした物語があふれるように存在し、読まれ、出版されてきました。それは、

人間が、ヒューマニズムを尊重し、そこに幸せを見いだしていたという、何よりの証明であったのか、

それとも、次のような理由によるものだったのか、私には判断がつきかねました。

ヒューマニズムをテーマにした物語は、商品として扱いやすいから――

ヒューマニズムをテーマにした物語は、お話としての体裁がよくなるから――

読み心地がよく、受け入れられやすく、物語としてまとめやすい、商品価値の見込めるもの。……

ヒューマニズムとは、そのような作品を量産するために利用される道具にすぎないのではないか、と

いう疑念もあって、この世にあふれる人間賛歌の物語の、その数量的な優勢が、そのまま人類の幸福

観の総意であるようにまでは思えませんでした。いったい、書き手は、心の底からヒューマニズムを

信奉していたのでしょうか。存外、そこまで深くは捉えておらず、ほかの作家もそうしているから、

共感をえやすいから、売り物になるから、物語とはそういうものだから、という、先人の開拓した創作の手法の枠のなかに安住して、そこから一歩も踏み出そうとしなかった結果、想いと想いの通じあうことが幸せだと位置づける物語が増えたのではないでしょうか。または、書き手自身はヒューマニズムを信奉していても、それは虚構のなかでしか成立せず、現実と乖離《かいり》していった結果、空想上のものとして尊重されるようになったのではないでしょうか。どうあれ、私には、わからなかったのです。想いと想いが通じあうということ、それはすばらしいことのように思えますが、ならば、相手の想いがどういったものなのか、それがわからないことには、私の、人間に対する恐怖心は、かえって強まっていくばかりだったのです。

　自分以外の誰かが何をどのように感じ、どんな想いにとらわれて生きているのか――、それを知ることは、できるのでしょうか。

　他者の心理の深奥など、別の者には絶対に知りえないことなのではないでしょうか。想いと想いは通じあったと、そう確信できる時はあるのでしょうか。それは錯覚にすぎず、それなのにその錯覚を幸福として生きていくのが、人間の在り方なのでしょうか。相手の想いの所在、内容、その根源、それらすべてを、どこまでも掘り下げて知りたいと願うのは、求めすぎている、愚かなことなのでしょうか。

「コウモリであるとは、どのようなことか」

　いつか、セルモスが私にむけて告げた言葉が、よみがえります。私にとっては人間という生き物も、コウモリという生き物も、何をどのように感じ、どんな想いにとらわれて生きているのか、まったくわからない、同一の謎でした。ものの感じ方も、想いのありようも、いっさい不明な、理解不能の生き物。……コウモリと人間を同一視するなんて無茶苦茶だと思われるかもしれませんが、誇張でなく、そのように感じられたのです。

争うことのできない動物。上昇志向のない動物。それが私なのだとすれば、やはり、コウモリとも人間とも異なる存在です。ちがう生き物が、ちがう生き物のことを理解しようとしても、そこには限界がありました。不老不死になったとて解決できない問題で、だから永遠に、人としての暮らしに溶けこむことは、できそうにありません。

人間であるとは、どのようなことなのでしょう。

どんなに愛しあっていても、想いが通じあったと信じていても、そこにある想いの中身を知りたくて、それを知るまでは幸福も闘争も、自分には夢のなかの、目が覚めたら消えてしまう宝石のようなものに感じられて、どうしてもそれを手にするのにためらってしまう、そんな私の性分は、ますます私自身を苦しめることになるのですが、それについては第二の書簡に——私の思考の、その馬鹿さ加減を、さらに告白している文書に——記述することにします。

私は、生涯、人間という生き物を畏怖しながら、その強さと美しさに憧れて、彼らの願っている幸福とは何か、なぜ人々は争ってまでそれを手にするのか、多くの物語のなかで賛美されている人間性とはどのようなものか、それらについてを考えて、自分自身の幸せからは遠ざかっていった、痴《し》れ者です。人のかたちをした不安です。

その肖像画を、皆さんに、お贈りします。

19

——……——……彼女の肖像画と、四通の書簡が、この館を狂わせることになる。

それまでも我々は〈異才混淆〉でつながっていたが、今後はより密接な連関を求められるだろう。それが、いつまでのことになるのかは知らないが。

紹介が遅れた。ロバート・ノーマンだ。憶えているだろうか。二十二世紀のミステリー作家として解説された男。自分自身をフィクション化し、虚構の世界へと逃げ込んだ男。〈文人十傑〉のひとりにして、実体をもたず、私以外の何者かが私のことを意識して筆を動かさねば、おのれの存在さえ実証できない者。それが私だ。シャーロック・ホームズや、エルキュール・ポアロと同等などとはとてもいえないが、それに近づくことによって、人は、どこまでのことを知っていれば別の人間を著述できるのか、その謎を解き明かそうとしている。まあ、この試みは早晩、失敗するだろうがね。ここ最近の館内の動乱のおかげで、私はそれに気づいてしまった。

今後しばらく、これまでの語り手であったメアリ・カヴァンに代わり、私が〈終古の人鑑〉の状況をお伝えする。本来ならば語り手など交代しないほうが良いのだが、メアリにとって最後の――正真正銘、これで最後になるだろう――巡稿がはじまってから終わるまでに、彼女本人が目撃していない場面、関与していない出来事が、いくつかあるのだ。それを補完せねばならない。また、メアリ・カヴァンという女性の肖像画と、それに添えられた四通の書簡への配慮もある。すでに一通めの書簡には目を通してくれたと思うが、あのような内的独白と、彼女の過去についてが大半を占める。その表層をなぞるだけなら、特に問題はなかろう。しかし、肖像画そのものから伝わってくる彼女の苦しみが、まるで自分のものであるかのように、我々の心へと浸透した。つまり、メアリが感じたのと同等の苦悩を、我々もまた味わったのだ。これはセルモス・ワイルドの小説、〈痛苦の質量〉の世界観に基づいた法則で、それが〈異才混淆〉の新たな形だというのなら、そこから逃れる術《すべ》はない。厄介なものである。

メアリの書簡は、内容が内容なだけに、立て続けに公開するのは躊躇《ためら》われる。四通それぞれにテーマや方向性、思考の側面などが若干異なるし、〈文人十傑〉全員がそれを読み、肖像画を鑑賞し終えるまでに起こった状況の変化にも触れておきたいからだ。なるべく時系列に沿って語りたいが、ある程度は話が前後するだろう。いつのまにか起こっていたこと、どちらが先だったのか判然としないこと、時系列を無視してでも取り上げたいことなどもある。それらすべてを俯瞰するには、この館に不在である——虚構であるがゆえに誰の視点にも依らず、またすべての者の視点を借りて情景描写することのできる——この私が、メアリの書簡と書簡のあいだに顔をのぞかせ、〈終古の人鑑〉の終焉のありさまを述べていくほうが理に適《かな》っているだろう。まあ、幕間劇のようなものだと思っていただきたい。最終的にはメアリに語り手の役が戻るはずなので、それまでの短い付きあいだ。

さて、まずは状況を整理しよう。

メアリ・カヴァンは、前回の巡稿にて〈異才混淆〉の解除を訴えた。我々はそれを断った（唯一、チャールズ・ジョン・ボズ・ディケンズのみが応じて、彼は個人的に退いた）。

ほどなくして、日本からやってきた作家、辻島衆が〈異才混淆〉に加入した。ディケンズの空いた席に座り、〈文人十傑〉にも選ばれたのだが、我々に協力する見返りとして彼が求めたものが、いま、この館で不穏な動きを見せつつある。これについては後述する。

その後、セルモス・ワイルドの提案により〈異才混淆〉に変革がもたらされた。〈痛苦の質量〉を現実に再現し、互いの肖像画と、そこに宿る苦痛を共有するシステム。それを利用して、我々は次回作に取りくむのだ。玲伎種とは何者か。どこから来たのか。なぜ人間の小説家を標本にするのか。そういった疑問に対して、事実に縛られず、作家の自由な発想によって物語化する。その前段階としてメアリ・カヴァンも〈異才混淆〉に招き入れ、彼女の生い立ちと苦悩の中身を知った。なぜ彼女が巡稿者に選ばれたのか、それを解き明かせば、創作の資料になるだろうから。ひいては、玲伎種そのものを知ることにもつながるだろうから。

メアリ・カヴァンの肖像画と書簡は、そのために用意された。彼女の容姿、印象、内面にひそむ苦しみの感性を宿らせた絵。彼女が生前、どのように生きたのかを赤裸々に吐露した、四通の書簡。それらを読み、鑑賞することで、我々は彼女の人生を追体験した。彼女の思考様式をトレースした。苦しみを共有した。想念の統合。自他の消失。そうした状態になってこそ得られる何かを手に入れ、我々の創作活動に役立てねばならない。

その意味で、メアリによる第一の書簡は、なかなかに興味深いものだった。他者の思索を書き記した文章など、それがいかに深刻なものであっても客観的には言葉の羅列、言語による一種の幻にすぎないのだが、〈異才混淆〉という現象の一環であるのなら話は別だ。客観性など崩れ去り、自己の問題として精神に根ざす。

メアリの肖像画は、昏《くら》く、重苦しい情調にあふれていた。

しかし、その昏さのなかから浮き上がってくる欲求めいたものも感じられた。

それを言語化したものが、第一の書簡と、第二の書簡だ。彼女の綴った四通の書簡のうち、前半の二通は、彼女の心中の迷走を主題にしている。ここで私があれこれと語るよりは、じっさいに読んでもらって各自に解釈したほうが良いだろう。我々は皆、そうした。そのうえで次の段階へと移ろうとしている。

ある日、館内の一室に〈文人十傑〉が集まり、話しあいをしたことがある。すでに全員がメアリの肖像画と書簡を見終えたあとだ。次回作の打ち合わせとでもいうのだろうか、しかしこういう機会は滅多にない。我々は〈異才混淆〉でつながっているし、わざわざ顔を合わさずとも執筆をすすめることができる。ただ今回は、その〈異才混淆〉自体が変更されたため、それに関する各々の意見を交換する企図もあった。無論、メアリという人物についても議論が交わされた。

「メアリさんがこういう人だとは思いませんでした」

児童文学作家、マーティン・バンダースナッチがそう感想を洩らした。

「気づいておらんかったのかね？　彼女は、この館で一番の奇人だぞ」

ファンタジー小説家、ラダガスト・サフィールドが応じる。

「……ラダガスト氏は、気づいておられたのですか。彼女が、あのような悩みを抱えていたことを」

マーティンの問いかけに、ラダガストは薄く笑みを浮かべ、しばし間《ま》をおいてから語りはじめた。

「いや、私は魔法使いではないからな。彼女が何を考えておるのかまでは見通せん。ただ、考えてもみたまえ。彼女だけは生前、作家ではなかった。作家ばかりが集められる〈終古の人籃〉で、作家ではない者がひとり、放り込まれた。普通ならその時点で自分を見失いそうなものだが——、彼女はおのれが異質な存在であることを認め、認めながらも本来の自分であり続けることを選んだ。簡単なことに思えて、なかなかできることではない。そういう意味で、とびきりの個性の持ち主だよ。それを奇人と表現したまでだ」

「ごく普通の人間に見えても、誰が何を考えているのかなんて、わからない」

ラダガストにつづいて、そのとなりに着席していたゴシック小説家、ソフィー・ウルストンが口をひらいた。

「極端な話、無二の親友も、長年連れ添った配偶者も、まるで見当違いに解釈しているかもしれない。しかも、それで何の不都合もなく、互いに互いを尊重しあいながら人生を終えることもある。いえ、そうである可能性のほうが高い。……人間同士ではね。玲伎種はどうかしら。彼らは私たちよりも高い次元での相互理解を達成している。その証拠が〈異才混淆〉。同じ玲伎種同士でならもちろん、おそらくは人間に対してもその精神活動を正しく把握できるのでしょう。そこまでを見通せる目を持っていたから、メアリ・カヴァンという女性を〈終古の人籃〉に呼び寄せたのかもしれない……」

「疑問は残りますね」

玲伎種とは何者か、という本題へ持っていこうとしたソフィーにむけて、疑義を唱えたのはホラー小説家、エド・ブラックウッドだった。

「メアリの苦悩がやや特徴的なのは認めますが、それにしたって全人類のなかから彼女ひとりを選出する理由にまではなりえない。彼女と同じようなことを考え、同じようなことで苦しんだ人間は、他にも大勢いたはずです。なんといっても人類の誕生から滅亡までに、何百億、何千億——いえ、何兆にもおよぶかもしれない人間が生まれては死んでいったのですから。メアリの主観的な世界が、際だって特別だった、というほどのものでもない」

「さすが……だ」

エドの話しぶりに、SF小説家、ウィラル・スティーブンが感嘆した。

「……それは、自分自身が遍在転生した実体験から……の、発言だろうか。つまり、メアリと同じような苦悩をかかえた人間にも転生したことがある、と……」

ウィラルの問いは、エドへの純粋な敬意と疑問で彩られていたが、それをある種の挑発と受けとったエドは、苦笑をまじえつつ応答した。

「残念ながら、すぐには思い出せません。少なくとも、ちょっと記憶を探った程度じゃ、出てきそうにないですね。印象の強いものや、直近に転生したものは、比較的、思い出しやすいんですが。それ以外となると……思い出すのに、時間がかかると思います」

エドは、普段、その精神のほとんどを別の人間へと転生させている。ただの転生ではなく、歴史上、ありとあらゆる人間に生まれ変わっていくもので、彼はその旅の途中にいるのだ。

遍在転生と呼ばれるそれは、すべての人間の人生を体験するまでは、終わらない。

彼は、いまはその旅から戻ってきている。エドが、エド自身として活動しているのは珍しいことだった。

「とはいえ、時間をかけるまでもなく、玲伎種に頼めば、そうした人間に転生したことがあるかどうか、すぐに割り出してくれるかもしれません。やってみますか？　俺は、どちらでも――」

「それにはおよばないわ」

ソフィーが答えた。「それに、あなたの認識には誤りがある。メアリは全人類から選ばれた、この世で唯一の巡稿者じゃない。ここ以外にも、玲伎種は世界じゅうに作家の収容施設を造った。その数だけ巡稿者もいた。それを考慮に入れれば、希少性は低くなる」

「ああ、それはそうですね。ただ俺がいいたかったのは、メアリが巡稿者に選ばれたのは、彼女の内面に関することではなく、その人間関係にあったのではないかということです」

「セルモスくんとの交流のことをいっているのかね」と、ラダガスト。

「ええ。第三の書簡からは、メアリとセルモスの惚気話《のろけばなし》を聞かされたようにも感じるんですが……」

「惚気話か。あれを、そのように云いあらわすのか、きみは」

渋い顔をして黙りこむラダガスト。代わって、ソフィーが発言した。

「高名な作家との付きあいがあったという理由なら、さっきあなたが否定したのと同じ論法で、メアリが選ばれることに必然性はない。彼女の他にも、高名な作家と付きあっていた人間は、いくらでも存在する。内面と同様、人間関係にも、選出されるほどの特別性は見いだせない」

「まあ……」エドは答えに窮した。ソフィーの反論を認めたも同然だった。

「私は、彼女のことを、ごく普通のやさしい女性だと思っていました」

絶妙のタイミングで、それまでの議論の雰囲気をやわらげるような声を発した者がいた。マーティンだ。

「何も察することのできなかった自分を愚かしく思います。こんなに悩んでいるのなら、私は……。いえ、何かができるとか、何かをしたいとか、そういうことを考えること自体、傲慢なのでしょうね」

やさしい、どこまでもメアリのことを案じているような声音《こわね》だった。他の作家は、メアリの苦悩そのものには多くを語らず、距離をおいた態度をとっている。彼らが薄情というわけではない。ただでさえ〈異才混淆〉の影響でメアリの心情を自分のことのように感じているのに、それについてなお言及すれば、メアリの苦しみの質量に呑みこまれて自己を消失する恐れすらある。状況的に、やむをえない防衛機制なのだ。

しかしマーティンだけは、そうではなかった。彼の場合、自己の保全よりも、メアリの苦しみに寄りそうことを優先した。かつての反出生主義者は、そのような気質の男だった。

「そういえば、クレアラ女史は、以前から彼女のことを私たちよりご存じでしたよね」

マーティンに声をかけられ、そこでようやく言葉を発した女性がいた。特定のジャンルに分類できない作家、クレアラ・エミリー・ウッズだ。

「そうね……」気だるげに、彼女は答える。「……あの四通の書簡に書かれていたことは、それを読む前から知っていた。昔、メアリ本人が話してくれたことがある」

「親しかったですものね」

「彼女と私は似ているのよ。さっきエドがいっていたように、ああいうことで悩む人間は、一定数、いるのでしょう」

マーティンの相槌を軽く受けて、クレアラはそう結んだ。自分とメアリは同類だと。

そして、同類ではあるが、まったくの同一ではないとも言外に伝えていた。

「……セルモスは、私以上に彼女のことを知っていた。その彼は、ここにいないけれど」

クレアラのいうとおり、セルモス・ワイルドは不在だった。さらにいえば、〈文人十傑〉のうち、恋愛小説家、バーバラ・バートンも欠席していた。すでに〈十傑〉ではなくなったチャールズ・ジョン・ボズ・ディケンズもいない。

私？　私は存在している。発言こそしないものの、そこに誰かがいるのなら、その者の意識と視点を借りて出現することができる。その者に私を著述する気があれば。

この会議の場にいた全員が、私になりえるのだ。

「だが……メアリの内面については、ここにいる者らの知るところになった……」

ウィラルが、おずおずと、しかし宣言するようにいった。

「あなたや、セルモスだけが知るところではなくなった。……それどころか、皆、メアリの肖像画から伸びてくる翳《かげ》に侵されつつある。これに、収拾をつけなければ……」

「ええ」

クレアラは同意した。それを受けて、ソフィーが話しはじめる。

「彼女の翳は、他我を認識できないという事実から生じているように思えるのだけれど、それを単なる哲学的な問題として片付けるべきじゃないとも思うのよ」

ソフィーは、そこで一息ついて、語を継いだ。「彼女の翳もふくめて、次の作品に……。物語として昇華しなければならないのでしょうね。私たちは医者でも哲学者でもなく、物書きなのだから――」


その場における会話は以降もつづいていくが、ひとまず描写を切り上げることにしよう。

なお、ディケンズと入れ替わりで〈文人十傑〉に加わった辻島衆も、そこに出席していた。彼は会議中、一言も発さなかった。まるで空気も同然で、存在感を示すような素振りすら見せなかった。

周囲の者も、彼が空気であらんとしていることを察したからか、あえて意見を求めるような真似はしなかった。彼は頬杖をつきながら微動だにしなかった。もの云わぬ、完全なる異物だった。

この異物が、〈終古の人鑑〉でどのような立場となり、いかなる行動をとったかについては、やはり後述したいと思う。

会議に顔を見せなかった者の、それぞれの欠席の理由について触れておく。

セルモスは、生来の怠惰《たいだ》さによるものと安易に決めつけてはならないだろう。今回の〈異才混淆〉の変更は、彼の願いによって叶えられたものだ。その願いの意図を、他の者から問い詰められる面倒をきらった――というのは、充分に考えられる。しかし、それだけではないはずだ。〈異才混淆〉を変更したということは、それによって得られる何らかの利益を、彼が求めていることも意味する。それが何なのかを考察し、見極めることこそ重要だと私は考えている。

次に、ディケンズ。自分はもう〈文人十傑〉ではないからと辞退した。筋は通っている。彼は〈異才混淆〉からも解き放たれ、完全に孤立していた。それでいながら創作意欲を取りもどしつつあるようで、最近は、自作の構想に専念しているようだ。

最後に、バーバラ。彼女が深刻だった。

メアリの肖像画と四通の書簡が、〈文人十傑〉に少なからぬ精神的影響をおよぼしたのは先に述べたとおりだが、なかでもバーバラが特に不安定になったのだ。

人間的情緒にあふれた人だった。愛情をそのまま擬人化したような女性だった。

彼女は、メアリ・カヴァンのことを娘のように可愛がっていた。だからこそ、そのメアリから剝き出しの心を突きつけられて、ショックを受けたのだろう。それはマーティンの動揺をはるかに上回るものだったに違いない。加えて、私が推察するに、第一の書簡でメアリが言及したヒューマニズムに関する一節が、彼女の作家的なスタンスを揺るがしたのではなかろうか。

すなわち、ヒューマニズムとは人類普遍の尊い価値観なのか、創作にともなう一種の付加価値にすぎないのか、という問いかけである。

私個人の論評は控えるが、いずれにせよ、ヒューマニズムが売り物になるというのは事実だろう。メアリの指摘どおり、商品価値はある。

それを完全なビジネスと割り切って、自己の信条や思想をいっさい投影させずに執筆活動にいそしむ作家も、あるいは存在するかもしれない。しかしバーバラ・バートンは、明らかにそういうタイプではなかった。ごく自然に、本心から、ヒューマニズムのすばらしさを訴えることのできる作家だった。彼女にとっては、人間への情愛が幸福につながるのは当然のことで、そこを疑うという発想すら持たなかったに違いない。また、そこを疑う人間がいるということにも思い至らなかったのではなかろうか。そしてその人物が、他でもない、娘のように接していたメアリ・カヴァンだったのだ。双方に悪意はなくとも、純粋な見解のちがいに、自身の作家性を否定されたような気持ちになっても、おかしくはない。〈異才混淆〉の心理的な影響力は絶大だ。言語による幻ではなく、自己の問題として精神に根づく――

かくて、バーバラは不安定になった。自室に閉じこもり、会議には出席しなかった。いまは、不安定ながらも復帰したようで、何かを書きはじめているらしい。

かえって創作意欲に火がついたのだろうといえば聞こえはいいが、その向から先が、本来の彼女のいた場所だとは限らない。

館内における綻《ほころ》びは、眼に見える形であらわれはじめていた。


では、語り手たる私は一時、退場して、このあたりで第二の書簡を公開することにしよう。

今後も不安定になる作家は増えていく。肖像画を「観る」、書簡を「読む」という行為で、メアリの苦しみをよりリアルに、実体験であるかのごとく感じる〈異才混淆〉。さらには、彼女以外の、〈文人十傑〉を描いた肖像画の鑑賞や、その交換もおこなわれるだろう。〈痛苦の質量〉の小説内の世界、さながらに。

余談ながら、いまここで語っている私、ロバート・ノーマンが、誰の手によってその意識を形成しているのかは、現時点では伏せておこう。じっさい、そこに大きな意味はない。誰であろうと私は私として出現するのだから。しかし、その法則、〈私〉という個の統一性すらも崩れるような事態が、今後、起こらないとも限らない。そのときに私は破滅するのだろう。

20 第二の書簡

この第二の書簡では、私自身の意識の流れのままに、途切れることなく、また記述する内容を抑制することもなく、その内面をさらけ出したいと思います。このため、読みにくく、意味のわかりにくいところもあるかもしれませんが、それこそが嘘偽りのない、私の苦悩の本質であり、内的独白でもあるのです。文学においてこうした試みは幾度となくおこなわれていますし、私がそれに倣《なら》うのも恐懼《きょうく》するばかりなのですが、肖像画に添える文章として、私というものを知ってもらうために、あえて、お伝えしたいと思います――

コウモリであるとはどのようなことか。

西暦一九七四年に発表された、意識の主観性に関する論文のタイトルです。

超音波を発して世界のありようを察知するというコウモリは、それを意識の上ではどのように感じているのか――視覚的にか、聴覚的にか、それとも人間には想像不能な、ひどく特殊な感じ方によって認識しているのか――、いくら調べたところで、解明することはできないと、その論文には書かれていました。事実、人類が滅亡するまで、コウモリがどのように世界を感じ、いかなる想いをいだいて活動していたのか、とうとうわからないままだったのです。

人間もまた、世界をどのように感じ、いかなる想いをいだいて生きているのか、私には不明瞭でした。肉体的には私と共通していても、意識的には隔絶した差があるように思え、どこまで自分を基準にして考えればいいのか、見当もつかなかったのです。何か、よろこばしいことがあったときに、その心はどのくらい歓喜にふるえるのでしょう。私と同じくらいでしょうか。何か不幸なことが起こったときに、その心はどれほど沈み、哀しみに暮れるのでしょう。私より昏いものになるのでしょうか。悲哀も、怒りも、憎しみも、愛情も――私のそれとは比較にならない、激しい感情と、強い想念が、人間の内部に渦巻いているのではないか、そう思うと、コウモリ以上に不可解な、未知の怪物と向かいあっている心境になって、戦々恐々、緊張、しどろもどろ、その怪物の意識のありようを探ろうとしただけで命を奪われかねない、そこまでの危険を感じているというのに、少しでも人間への理解を深めたいために、おそるおそるコミュニケーションを図る――という、常に、誰かと話すだけで心身が押し潰されそうな重圧のなか、必死に、平静をよそおって、どうにか普通の人間のふりをしつつ、日々を送ってきたのです。

私にとって、隣人は、絶対的な上位者でした。年下の者であれ、目下の者であれ、彼らの内側にどのような意識が宿っているのか、それがわからない限りは、私以上に深刻な苦悩をかかえている者のように思えて、そして、それを乗り越える強さを有しているように思えて、大げさでなく、畏怖と崇拝の気持ちがめばえ、その人にむかって、その場で、拝跪《はいき》したくなる衝動にかられるのです。階級による身分の差など、それに比べれば何の意味もない制度上のものでしかありません。私の周囲にいる人々は、皆、私よりも精神的に成熟していて（年配の方はもちろん、ほんの幼子のような年頃の相手にさえ、私は、そう感じるのです。この場合、成熟というよりも、素養の面で、幼子より劣っている、と感じます）、私の貴族としての立場などより価値のある意識をそなえているのでしょうから、それに敬意を払うのは当然で、また、そのような意識であればこそ、私が感じているよりもずっと苛烈な、生きる上での痛みを感じとり、その苦痛のなか、思考をめぐらせているに違いない、と信じてきました。痛みや苦しみは、思考を、彫琢《ちょうたく》するのだと思います。宝石を磨き上げるのと同様、人の内面も、そこに生じた苦悩が陰惨なものであればあるほど、研磨され、その深みと美しさが増していくように思われて、きっと、あらゆる人間のなかにある主観的な世界を、より豊饒《ほうじょう》なものにしていくのでしょう。対して、私のそれは石ころも同然です。研磨できるほどの苦痛をもちえず、かといって、他者の苦悩がどのようなものか推し量ることもできず、ただもう自分以外の主観的な世界に憧れ、叶うならそこへ足を踏み入れてみたいと願うしかありませんでした。

そうして辿りついた行為が、読書でした。

小説をはじめとする数々の物語には、人々の、主観的な世界がひろがっていました。人によって、こうも世界の見え方、感じ方がちがうのか、というほどに、多種多様なものが存在しており、そのひとつひとつに、私は魅了されました。たったひとりの人間からでも多くの物語が織りなされ、それが何百、何千、何万人もの作家たちによって多様化されていきます。明るい世界もあれば、昏い世界もありました。悲劇も、喜劇も、そのどちらともいえないものも。努力が報われる物語と、そうではない物語。憎悪よりも愛情が優越する物語と、その逆の物語。いずれにも、作者の精神が反映され、同時に、作者ではない人間にも読み解ける普遍性が授けられていました。だから私は、没頭したのです。私自身の意識からは決して創出されないもの、それに触れることで、間接的にしろ、自分以外の人間の内面を垣間見たような気がして、そこに私の求めているものがあるのではないかと夢想できたのです。耽読しました。時間の許すかぎり、多くの本に目を通して、多くの人間の、文字化された主観の世界を旅しました。

旅の途中で出逢う人々、すなわち、物語のなかで描かれる人間たちは、生々しくも、作者の意思と価値観が投影されており、それぞれの作品ごとにさまざまな思考や想いを見せてくれました。それが架空のものであっても、少なくとも、それを生みだした作者の内部にはそうした人物が存在し、その人物像が文章を通じて別の人間にも伝わっていくことに、なんとも不思議な感動をおぼえたものです。そして、私は、あらゆる物語に登場する、ほぼすべての人物に、ひれ伏し、隷属したくなるほどの畏敬の念をいだきました。実在するか否かは問題ではありません。彼らには生きていくのに充分な熱量が宿っていて、それは、物語で描写される言動から、光彩のように解き放たれているように感じます。一方で、その光彩が翳るときにも、強く美しいものが朽ちてゆくような退廃性が感じられ、やはり、私の心は惹きつけられたのです。光彩の翳り——それは、その人物のかかえる苦しみや悲しみ、痛み、不幸、負の面のもろもろです。人の持ちうる光彩と陰翳、その両面が、物語のなかでは表現され、その対象となっている架空の人物たちに、恋い焦がれました。……一般によくいわれる「恋」とはちがうのだと思います。私のその恋は、自分よりも優れた者に対する思慕、心酔のようなもので、たとえ迫害されようと、侮蔑されようと、それでも一心に尽くし、賛美する、いわば上位者にむけての敬愛にも等しいものでした。私は、いかに人間であるかという点で、あきらかに劣っており、上位者たる物語の登場人物に拝跪するとともに、彼らのことをさらに知りたい、より深いところまで理解し、その人間性を学ばせてほしい、とまで考えるようになっていったのです。

まばゆい光彩を解き放つ人々の内面には、何があるのでしょうか。その光彩を翳らせるほどの苦悩には、私の知りえぬ、苛烈な痛みがともなっているのではないでしょうか。私自身の人間性は、それらのなかにあって遜色のないものかどうか不安で、もしも、他の人ほどには（実在の人物も、架空の人物も、この「他の人」にふくまれます）、生きていく上での苦しみを味わえていないのなら、それだけでもう私は人間たりえないのではないか、とまで思いつめてしまうのです。たとえ他の人々と体のつくりは同じでも、心のありよう、精神活動の根幹に、どこか、致命的な欠陥があるせいで、人として充分な苦悩をいだけない——人として宿すべき光彩も陰翳も宿せない——ということが、何よりも私の胸中を刺しつらぬき、自己を否定する要因となっていました。

多くの物語には、心理描写というものがあります。一人称であっても、三人称であっても、特定の人物について、どこまでもその内面を掘り下げ、言及する内容は、私に甘美な幻想をもたらしました。まさに、人の心理の深奥にせまるための描写であり、その想いのほどを言語化できる技法。私が知りたくて知りたくて仕方のない、上位者の精神の美しさと、それを彫琢した苦悩のおそろしさを探求できる表現形式でしたから、読書中、そういった箇所に差しかかると、平時以上の熱情をもって、その心の揺らめきや、思考の流れを、追体験しました。しかし、ほとんどの場合、そこで明かされる苦悩の大半は、その物語のなかで収斂《しゅうれん》する、ストーリーを語る上で必要とされるものに限られ、物語の幕が閉じるまでには登場人物の努力や成長、またはなんらかの作用によって克服されてしまうか、克服されずとも作品そのものを破綻させるには至らないものとして語り終えられていました。つまりは物語のための都合よく剪定された苦悩、なのです。そこで表現される苦悩のあれこれは、そも、作者にとっては物語を構成する一要素にすぎず、それによって話を盛り上げたり、厚みや深みを増したりするために用意されるもので、それ以上の、作中では昇華しえぬ規模の苦しみ、痛みは、ほとんど、取り扱われることはなかったのでした。

もちろん、そうした苦悩自体をテーマにした物語も存在しますが、ごく少なく、私がかつて期待していた「探求」は、ある一定の領域でとどまり、そこから先の深層へは足を踏み入れるのが難しい状況となっていました。――ですから、幻想だったのです。心理描写は、ありのままの人間の苦悩すべてを汲み上げるものではなく、あくまで物語を創造するための技法のひとつにすぎないと悟り、かえって、人の心理の深奥など、別の者には絶対に知りえないことなのではないか、という疑いを強める結果になりました。それは私にとって、絶望と同義でした。

わからない、わからない、人の心は、わからないことだらけで、私はまるで無数の本と姦淫する気狂いのような人生を歩むしかなく、日夜、作家たちのこしらえた虚構の物語に精神を犯されて、みずからの心理をゆがめる被虐的な作業に酔い痴れているというのに、私のなかにある上位者への憧憬は、自分自身でも抑えきれぬ畸形《きけい》の恋のようなものになって、さらなる責めを求めるのです。満たされない、まだ足りない、と。人の心のその深淵の、もっとも深部にあるはずのものを、物語を通じて味わう、そんな読書体験をするまでは、きっと満たされはしないのでしょう。……私は社会的には貴族ですが、小説を読み、他者の主観の世界に溶けこんでいるあいだは、上位者たちのあやなす光彩と陰翳の美に敬服する、奴隷も同然の存在で、なお悪いことに、その奴隷は食事や自由を欲するのではなく、上位にいる人々の苦悩、それをこそ望んでいるようなのでした。

第一の書簡でお伝えしたとおり、私には、幸福を希求する心も、誰かと闘争する強さもなく、どのようなことが幸せであるのかさえ想像のつかない痴れ者なのですから、そんなおのれの内面の卑小さ、弱さ、愚昧《ぐまい》さを実感するほどに、きっと世界じゅうの人々は、私よりも重苦しい、地獄の業火のごとき苦しみと闘いながら生きているのだ、しかも、人々は、そうした苦しみを乗り越えて、なお生きていく意志を失わずにいる、ああ、私もそうでありたい、そうであれたなら、人として、より良きものになれるかもしれない、どうかどうか、その苦しみを、苦悩する感性を、私にも分け与えてほしい、などと乞い願うようになって、そのために読書をしては奴隷となり、古今東西、尽きることのない、小説家の創造してきた物語の世界を渡り歩いて、そこにある心象風景、架空の人物、非現実の出来事などに心を寄せてきましたが、それらをいくら巡っても、到達しえない領域があるということ、ただそのことを思い知らされ、いつか、どこかに、そこへと辿りつく道があるのではないか、そう信じながらも、奴隷の足で近づけば幻影か蜃気楼かのように薄らいでゆく、光彩も、陰翳も、苦悩も、私には手のとどかないもので、ただ、知ることができるのは、人々の生きることへの真摯なる姿勢、それのみでしたから、彼らが自殺せず、心中もせず、発狂することもなく、立派に人間としてふるまい続ける、その強さと美しさに圧倒されては、途方もない挫折感と劣等感、さらには、人々と同調して生きていけない罪悪感におそわれて、自己を、否定するしかなかったのです。

……自己否定する人間の心理、それについての一例として、この拙劣かつ醜悪な文章が認められれば幸いです。ここには、文字化された私の真実、懊悩《おうのう》、主観のいっさいが記載されてあります。おのれの内的世界の表明であるこれを読まれることに、消え入りたくなるほどの羞恥と恐怖を感じながらも、私自身の考えてきたこと、思ってきたことのすべてを、いま、ここで、告白しています。

西暦一八九〇年。この年に、とある小説が出版されました。現実で生きていくにはあまりに弱々しい私が、読書という、非現実の世界での旅をつづけるのにも絶望を感じはじめていたころ、それは、世に送りだされたのです。セルモス・ワイルド著、〈痛苦の質量〉——。当時のロンドンの人々を魅惑し、後世においては各国の文学に少なからぬ影響を与えた、その背徳の物語は、私自身にとっても悪夢のような幻想性をもって伝えられ、その後の運命をも決定づけてしまいました。何より、作者であるセルモス・ワイルドとの邂逅が、私の心を変容させていったのです。彼は、私の思い描く、絶対的な上位者そのものでした。未知の怪物、コウモリ以上にどんな意識を宿しているのか不明な、人間という生き物の集大成のような存在でした。

21

「十月十三日より、板橋区のとある病院にいる。来て、三日間、歯ぎしりして泣いてばかりいた。銅貨のふくしゅうだ。ここは、気ちがい病院なのだ」

辻島衆。愛と信頼を求めながらも救われなかった、自己破滅型の作家。

この〈終古の人鑑〉へとやってきた、最後の小説家である。彼は英国人ではなく、日本人だった。二十世紀、第二次世界大戦のころとほぼ時を同じくして創作活動に打ち込み、戦後、流行作家となった。その果てに愛人と入水《じゅすい》自殺し、三十八歳で人生の幕を下ろした。

彼のことを語るのがメアリでもクレアラでもなく、この私、ロバート・ノーマンであることに、いくばくかの決まりの悪さを感じている。もしも語り手がメアリであるなら、いますこし抒情的な紹介ができたかもしれない。私には無理だ。淡々と事実を述べていくことにしよう。

辻島は、日本の東北部の出身で、そこの大地主の六男坊として育った。若くして共産主義思想に染まり、その政治運動に熱を入れるも、自分自身は富豪の息子、打ち倒されるべきブルジョワ側の人間なのだという自覚から、挫折。当時、付きあいのあった女性と心中を図る。結果は女性だけが死亡し、辻島は生き残るというものだった。彼は起訴猶予処分となった。

それからは作家として生きはじめる。彼といえば暗くネガティヴな作品が多いと思われがちだが、そうしたものばかりでなく、日本の童話をユーモラスに解釈しなおした短篇小説集や、結核療養所での日々を前向きに受けとめて再起せんとする少年の物語、イエスへの愛ゆえに裏切らざるをえなかったイスカリオテのユダの心境を描写した一篇など、人間への深い洞察と愛情のこめられた作品を多数発表しており、その作風は多様性に富んでいる。とはいえ、戦後においては徐々に作品内容が暗くなっていき、既存の道徳観や社会の偽善性を攻撃する、反逆の意志の感じられるものを書き上げていく。その集大成が〈四つの落日〉だった。日本の没落貴族の家庭と、それにかかわる小説家の物語。主な登場人物は四名で、彼ら彼女らがそれぞれに滅びゆくさまを描き出している。〈四つの落日〉は空前のベストセラーとなった。辻島は一躍、時の人、流行作家として持てはやされ、その絶頂のなか、自殺する。遺作ともいえる彼の精神的な自叙伝、〈道化の亡骸《なきがら》〉は、虚実の入り交じった物語構成で、その人生における苦悩と求愛の日々を赤裸々に綴っている。これも話題作となり、辻島の死は、日本文学史上、伝説的なあつかいとなっている。

冒頭の一節は、〈道化の亡骸〉の原型となった散文詩からの引用である。主人公が（そして作者たる辻島衆が）、精神病院に収容されたときの心境、その失意のほどを表現している。彼は、創作を通じて人間を理解しようと苦闘しつづけ、されどその努力は誰からも理解されず、彼自身、人間だとも認められずに、世間から隔離された。狂人として。

……メアリの第二の書簡のあとに、なぜ、こうも長々と辻島衆について語ったかというと、似ているからだ。メアリの人生と、〈道化の亡骸〉の主人公の人生が。

〈道化の亡骸〉の主人公、いわゆるその小説の一人称である〈自分〉は、作者の辻島衆とほぼ同じ生い立ちで、内心、人間の営みというものを理解できずにいた。それを極度に恐れながらも、演技をすることで他者とのつながりを保とうとした。なんの演技か。道化である。大真面目な顔で冗談をいったり、おかしな行動をとったりすることで、周囲を笑わせ、無害な人間だと思わせる。そういう道化の役を、誰に強制されたわけでもなく、幼いころから自発的にやってきた。それによって、わずかなりとも生きるために。

メアリ・カヴァンの場合はどうだろうか。彼女もまた人間というものを理解できなかった。だから、読書を通じて人間の内的世界を旅して回った。その最深部に踏み込もうとした。手段がちがっただけなのだ。〈道化の亡骸〉の主人公は「道化」によって——。メアリは「読書」によって——。どうにかして自分以外の人間のことを知ろうとした。ヒトとしての命脈をつなごうとした。前者は破滅し、後者はそこまでには至らなかったが、一歩、間違えれば、メアリも同じような末路を辿っていただろう。その果てに待っているの　発狂か、精神病院か、自殺か、廃人になるかだ。むごたらしい現実だ。

〈道化の亡骸〉は、作者の実体験をもとに書かれているところもある。物語の終盤で〈自分〉が精神病院に送られるエピソードは、他ならぬ辻島衆が経験したことだ。当時、薬品中毒をわずらっていた彼は、それでも自己の内的真実のために創作活動にはげみ、その反動で私生活を犠牲にしていた。一日に何十本もの注射をして。返すあてもない借金を増やして。交遊関係を滅茶苦茶にして。……自己完成、自己実現のそれとは真逆の生き方をして、自分にしか書けない何かを書き上げようとしていた。周りの者は見かねて、ついに彼を精神病院へと送り込んだ。騙したも同然の、強制的な入院措置だった。

この出来事が、終生、辻島の心中に翳を落とすことになる。信頼していた師や友人にも〈自分〉は狂人だとしか思われていなかった。たとえ、それが小説を書くために必要なことだったとしても、〈自分〉以外の人々の目には、そうとは映っていなかった。単なる気狂い。支離滅裂な自己破壊。「小説を書きたいのなら襟を正して机にむかってペンだけを動かしていなさい」「それだけで充分です」「注射をしたり借金したり痛飲したり、自分を壊すような真似をする必要があるの？」「無いでしょう」「小説を書くのとは関係ないでしょう」という無理解——

はたして、メアリのやってきたことも、それに類するものだったのだろうか。無我夢中で乱読した日々。おのれの精神の生き死にをかけての読書。他者の生みだした物語の世界をわたり歩き、支配するのではなく、隷属するかのように受け入れていく。それでいながら、虚構のなかに住む人々の内面を、妥協なく読み解こうとする。そんな彼女のおこないは、幸運にも、辻島ほどには奇異に映らなかったろう。傍目《はため》には、ただ本を読みふける、ひとりの女性にすぎないのだから。

しかしながら、辻島が、自分にしか書けない何かを書こうとしたように、メアリも、自分にしか見つけられない何かを見つけようとしていたのではないか。単に読書するだけでは辿りつけない場所へと辿りつきたかったのではないか。どこまでも他者の心の内奥をのぞきこもうとする、その意志は、創作とは別種の、鬼気迫るものがあったように思えてならない。

読書は、ただ文字をなぞるだけのものではない。特にメアリは、人とは大きく感性が異なっていたのだ。ページをめくる際に覚悟を求められることもあっただろう。自分以外の人間のものの考え方、感じ方に触れて、その認識の差、意識のありようのちがいに、慄いたこともあったろう。一冊の本を読み終えるごとに、そこに書かれていたことを反芻《はんすう》し、自己のなかに吸収するまで、考えつづけ、悩みつづけ、ときには罪悪感にかられて、それでも理解しようと限界まで頭脳を働かせたはずだ。あるいは読書を中断し、嗚咽《おえつ》したり、呻吟したり、どうしようもないほどの他者との隔たりに慟哭《どうこく》しそうになって――……と、ここまで記述しておいて、私は私に起こった異変に気づく。

こんな文章を書くつもりではなかった。

頭のなかで書こうとしていたものと、いま、記述されているものが、一致していない。何が起こったというのだろう。精神医学でいうところの観念奔逸《かんねんほんいつ》か。自生思考《じせいしこう》か。おのれの書いた、さっきまでの文章を読みかえして、瞠目する。普段、こういう書き方を私はしない。推測に頼りすぎた感傷にひたることもない。いったい、何者の意思によるものか。私は虚構化したパーソナリティーだが、それを維持するためには、書き手の素養と協力が必要になる。その書き手が意図的に〈私〉を崩しにかかったのか。おかしくなったのは、「この出来事が、終生、辻島の心中に翳を落とすことになる」の一文からだ。そこから先は、自分が自分ではないようだった。

……実をいうと、こうなった原因には心当たりがある。あるが、それはひとまず置いておいて、話を戻すことにしよう。

メアリと、〈道化の亡骸〉の主人公（ほとんどの場合、辻島衆と同一視できる）の共通点の話だった。これ以上、多くは語らないが、共通点というのならメアリ以外にも該当する者はいる。

クレアラ・エミリー・ウッズは、辻島衆と同じく精神病院への入院経験がある。私の知るかぎり、経緯もほぼ同様だ。薬物中毒。精神錯乱。親しい人に連れられ、騙されて、強制的に入院。自殺未遂の多さでも、両者は類似するところがある。

セルモス・ワイルドも、辻島衆と共通点がある。両者とも一世を風靡《ふうび》した流行作家だ。破滅的な性格。長篇小説も書きこなすが、どちらかといえば掌篇から短篇、中篇までの小説を書くのが天才的に巧い。

セルモスと辻島は以前から連絡をとりあっていたようで、今回、〈終古の人鑑〉に辻島が呼ばれたのも、セルモスがそうなるよう働きかけたかららしい。だとすれば、何の理由があってセルモスは彼を招聘《しょうへい》したのか。前回の、会議を欠席した理由と併せて、考察したい点だ。

〈終古の人鑑〉にやってきてからの辻島衆は、うっかりするとその存在を見失いそうなほど無色透明だった。何も主張しない。何も為さない。徹底して他の作家との関わりをもたず、不干渉の立場をつらぬいている。記憶を失っているとか、廃人になっているとか、そういう態でもなく、瞳にはたしかに個人としての意思が宿っており、なんらかの心積もりがあって、そのような態度をとっているのだということはわかる。不機嫌そうだった。口には出さぬ苛立ちを抑えて、我々のことを観察しているかのようでもあった。

生前の破滅的な傾向はなりをひそめて……というよりも、彼とて、常に荒廃した生活のなかにいたわけではなく、おそらくは人生でもっとも安定していたころの状態に戻って、暮らしぶりは大人しく、ひとつだけわがままをいったとすれば、日本食を好み、ディシオン（この館の使用人たち）に、それを用意させていることくらいだった。窓の外にある雪景色を眺めながら、カラスミ、または湯豆腐を酒肴《さかな》にして、ウイスキーを飲んでいるところを、別の作家が目撃している。

このように、彼自身にはおそるべきところもなく、当初、極東の異国からやってくるというこの鬼才に身構えていた者らも、拍子抜けする思いで彼のことを迎えていた。新たな人間関係は発生しなかったし、軋轢も生じなかった。前回にもそのように比喩したが、館のなかに、もの云わぬ異物がひとつ、埋め込まれたような雰囲気だ。しかし、その彼が〈異才混淆〉に協力し、その見返りとして願ったものは、看過できぬ事態を引き起こした。

彼の願ったこと。それは、この館にいる小説家全員の、主観的な世界の現出である。

それまでは個々の作家のなかにしか存在しなかったものが、徐々に、現実化していくのだ。物語の舞台となった世界そのものも。登場人物も。それらが織りなす出来事も。何者かがそれを読んだときに印象的だった場面、光景、やりとり、会話、事件、それらいっさいが、この館と同化し、作家ごとの区別もなく、混ざりあう可能性がある。……いまはまだ、可能性の状態だ。孵化《ふか》する前の卵のごとく、いつ、どこで、どの作家のどのような要素が実体化するかは、わからない。ルイス・キャロル。マーティン・バンダースナッチ。彼らが夢想した、あの世界の一部が切り取られて、この館とつなぎ合わされる可能性もある。——いま、こうしているあいだにも、少女アリスや、三月ウサギ、帽子屋などが、そこの廊下を通りすぎていっても、不思議ではない。そして消えていく。発生も消滅も、完全なるアトランダム。再発することもあるだろう。ウィラル・スティーブンの理想とした〈第十八期人類〉。ソフィー・ウルストンの創造した〈名も無き怪物〉。エド・ブラックウッドが恐怖の象徴とした白いドレスの女性、〈ティファレト〉――。それらは皆、この館を訪れることもありうるし、その際には肉体をともなったものとして迫ってくるだろう。キャラクターのみならず、場所も、時間も、概念や物理法則すらも、ここで暮らす作家たちの想念に影響されて、改変されないとはいいきれない。辻島衆の願いを叶えたその日から、この館は、そういう可能性をはらんだ空間となったのだ。

虚構と現実の境目が、ひどく曖昧になった。純粋な文章から想起されるもの、幻影であったはずのものが、視えて、聴こえて、触われるようになる。かと思えば霧散する。きわめて不安定な状況にあるのだ。かつて、メアリが読書をすることで巡りゆくことのできた無数の世界が、無秩序に、集まってきている。この現状を、綺麗な表現でいいあらわすなら、原初の宇宙の混沌にも似ているとか、作家たちの内的世界の大統一だとか、いかようにも比喩できるが、実態は、人間の精神活動に興味を失いつつある玲伎種たちの、大いなる残務処理なのではなかろうか。もう彼らは終わらせたいのだ。標本化した作家の収容施設は、世界じゅうで、ここだけとなった。用済みとなったゴミを片づけるのと同じで、ホウキで我々と、我々の生みだした物語と、それを構成するヒトやらモノやらアイデアやらの精神的産物をすべて掃き集め、チリトリですくいあげて、あとはもう、どこかに持っていって処分すればいいだけの、流れ作業。いわば掃除だ。事後処理だ。研究が終わろうとしている標本にどこまでの価値があろうか。現在の〈終古の人籃〉は、その研究に見落としが無いかどうかをチェックする、最終段階に入った気がする。辻島衆からの願いごとが、ちょうど良くそれに適していたので、このような、すべての想念と物語とを混ぜあわせる大実験を断行し――いや、それはもう、面白半分でやっているにちがいない。玲伎種にとってはすでに調べ尽くしたものを、研究とも実験ともいえない悪ふざけによって使いつぶす、気まぐれで非生産的な行為だ――、せめて最後にもうひとつくらい、おもしろいものが見られたらと、こちらにむけて期待も半ばの眼差しでいるのではなかろうか。

以上は、あくまでも私の憶測にすぎない。どうであれ、玲伎種にはさしたる問題でもないのだろう。館内には不穏な空気が流れていた。辻島衆という存在自体には何の脅威性もなかったが、ただ彼の願ったこと、それのみが、冷然とした影響力をもちはじめている。表面上はこれまでどおりのところが多い。何かが発生したとしても、それは一時的、散発的なものにとどまっているが、そうした状況のなかで、どうしても見過ごせない、異質なイメージがあった。

狂女《きょうじょ》が、いるのだ——

それは氷の彫像であるかのように透き通っていて。血肉のかよった幻影であるかのように、生々しかった。作家を殺害して回っている。不死固定化処置を受けた我々を殺《あや》めるなど、道理に反したおこないである。だというのに、それを可能としている。じっさいに手にかけたところを目撃した者はいないし、おそらく直截には手を下していないだろうが、彼女が原因なのは間違いない。

その女は、銀製の大皿を所持していた。そこに載せられているものが何よりの証拠だった。生首だ。みずからが殺した作家の首を、そこに載せて、どこかへと持ち去っている。館内を、夢遊病者のように彷徨し、捕まえようとしても、薄れて、消えてしまう。作家の首ごと。

何度も出現しては、消滅している。その頻度は高い。かならず誰かを殺すとも決まっておらず、ただ現われ、ただ消えていくこともある。ひと言も発しはしないし、表情も動かさない。どこか物憂げな面相のまま、ひとり、たたずみ、無軌道に歩いてゆく。超然としていた。神秘的な美しさがあった。はじめはエド・ブラックウッドの著したホラー小説の主役、白いドレスの女の、〈ティファレト〉なのかと思ったが、そうではないのは明白だった。いや、もしかしたら〈ティファレト〉のキャラクター性も取りこんで、相互に影響しあって成立しているのかもしれないが、少なくとも、主体となっているのは別物だった。彼女はヒトのかたちをした厄災だ。まだ〈文人十傑〉にまで迫ってきていないが、今後もそうだという保証はない。

この狂女も、この館にいる何者かの主観的な世界から現われたのだろうか。だとしたら、それは誰の主観によるものか。手がかりは各作家の来歴、作風、過去作の内容などである。彼らの作品のなかに、こういった狂女が登場する物語があるかどうかを調べればいい。……が、それをせずとも答えは出ている。セルモス・ワイルドだ。そして狂女のモデルとなっているのは、メアリ・カヴァンである。あの狂女はメアリとそっくりだ。風貌も、雰囲気も。そのかんばせはメアリに酷似していて、肖像画のそれとも一致している。

館の地下には牢獄が発生していた。もとから地下自体は存在していたが、そこに牢など無かったはずなのに——、その周辺であの狂女がよく出没するという。その因果関係には連想されるものがあった。

なぜ辻島衆は、自分には何の得にもならない、あのような願いを叶えさせたのだろうか。〈終古の人籃〉への招聘に応じたのだろうか。

愛人との入水自殺。死んだあとにも玲伎種によって復元されて、意識はよみがえり、死ぬに死ねない標本として何万年も保管された。

彼の遺書には「小説を書くのがいやになったから死ぬのです」と書かれていた。

——そんな人物とセルモスとのあいだに、どんなやりとりがあったのか。

それらの考察をどこまで出来るかは知れないが、いずれにせよメアリによる第三の書簡を公開したあとにしよう。彼女の過去を知れば、あの狂女のルーツについても見えてくるものがあるはずだ。彼女がどのように生き、何を想って時間を積み重ねてきたのか、それを彼女自身の独白から解き明かしていくことにしよう——

22　第三の書簡

……第一と第二の書簡で記述した、私の意識、その主観的な内容については、一生涯、肉親にも友人にも打ち明けることなく、秘匿されてきました。

人生の前半期には暖衣飽食に事欠かぬ上流階級の暮らしを享受し、後半期においても、没落したとはいえ、すぐに生活が立ち行かなくなるほどの立場ではなかった私の、内面的な苦悩など、世間からしてみれば取るに足らないものに思えたからです。

今日か明日、生きるか死ぬかという瀬戸際に立たされている下層社会の人々は、ロンドンの街角に、あふれていました。飢えという根源的な苦しみ。お金や仕事を得られないという、生命の存亡に直結する苦しみ。その他、いわれなき暴力、虐待、不和、不衛生、孤独、迫害、病気、老い、貧窮、いろいろな犯罪の被害――それらに比べれば、私のなかにある昏迷《こんめい》など、その発生源となる意識さえ消えてしまえば（つまり、私が死んでしまえば）二度と浮上することのない、泡沫《うたかた》のようなもので、それについてわずかなりとも「苦しい」などと口にしようものなら、よくそんなことが云えたものだと万人から指弾され、……その先、どうなるかは、これをお読みになっている皆様の想像にゆだねますが（おそらく、そういう人間に対してどのように接するかも、人によってかなりの相違があるのでしょう）、ともかく、他の人々の感じている苦痛は、私のそれを凌駕《りょうが》する、はるかに過酷なものなのだから、口にしてはいけない、他の人々を侮辱することにもなりかねない、私に苦痛を語る資格はないと、そう思い込み、絶対に、黙秘すべき事項だと信じて、おくびにも出さなかったのです。

――ですので、私という人間、メアリ・カヴァンという一個人は、傍目には、おとなしい人物、なんの変哲もない、ごく普通の女、その程度の認識しかされてこなかったはずですし、私自身もそうであることを願って生き、死を迎えることになったのでした。そういう意味で、私は嘘つきだったのです。ほんとうの私は、人間不信ならぬ人間恐怖症をわずらい、また、自尊心ならぬ、他尊心《たそんしん》とでもいうべき、他者崇拝の心理——すべての他者は絶対的に私よりも優秀で、私よりも深刻な苦悩と、それを克服する強さを有している、という強迫観念にも似た想い——をかかえて、生活してきましたが、私の嘘、あたかも普通の人間かのようにふるまうその演技が、つつがなく、うまくいっていたのなら、これまでに告白してきたすべての苦悩は、露見することもないまま、墓のなかまで持っていけたのだと思います。

ある意味で、本当のことを何も話さない、不誠実な人間だったといえるでしょう。

しかし、それは他の人にも当てはまることだと私は考えていました。

誰も、積極的には、自身の苦悩について語ろうとはしません。周囲の人がわかるのは、その者の外面的な要素だけで、内面に何が秘められているかは、それこそ脳を摘出しても、解き明かすことはできないでしょう。嘘、演技、黙秘、自己欺瞞《ぎまん》、それらによって、その者の本質は覆い隠されます。私がそうしていたように、他の人間も、自分のなかにある真実を秘匿しているとは考えられないでしょうか。秘匿していないと考えるほうが非現実的ではないでしょうか。

一見、粗暴な人間も、軽佻浮薄《けいちょうふはく》な人間も、なにか深い考えがあった上で、そのようにふるまっているように思えるのです。粗暴であったなら周囲を委縮させることができる——、軽佻浮薄であったなら周囲に警戒されずに済む——、まさか、そのようにまでは考えてはいないでしょうけれども、人間の精神の複雑さと、その虚偽性を信じれば、世界でもっとも愚かに思える人物や、周囲から見下され、軽蔑されている人物こそが、軽蔑する側よりも美しく彫琢された思索の深みを持つ、賢者や聖人である、ということも充分にありえると思えますし、そう考えると、誰も彼も軽蔑することのできない、敬服すべき上位存在に感じられて、先に述べた、他者崇拝の心理へと陥るようになったのです。私が普通の女をよそおっていたのと同様、他の人々もまた、ごく普通の人間をよそおい、その内に秘めたる苦悩と、主観的な真実を、生涯、誰にも見せずに、ひた隠しにしつつ生きて、死んでいくのだろうと、そう信じてきました。

そうした認識——人と人は、互いの苦しみを共有できないという世界観——を破壊し、物語にしたのが、一八九〇年に発表された〈痛苦の質量〉です。

本来は秘匿され、認知不能なはずの他者の苦悩、その苦痛のほどを、肖像画という目にみえる形にして、共有し、交換していくというストーリー。そこで描写される多くの人々の狂態と惨劇は、私がこれまでに読破してきたどの小説よりも退廃性に満ちていました。定量化された苦悩。比較することが可能となったヒトの心のゆがみ。その末に犠牲となる、ヒロインと主人公。冒瀆的ともいえるその内容に、当時の英国は熱狂し、私もまた多大なる影響を受けました。

〈痛苦の質量〉が、私の積年の苦悩を解きほぐす、その最終回答になったわけではありません。この作品においても個々の登場人物の心奥は剪定されており、深さという意味では、私が到達したいと願っている領域にまでは達していませんでした。しかし、広さという意味では、そこで描かれている苦痛の多様性はすばらしく、上流階級、中産階級、労働者階級、それ未満の、それぞれの境遇での苦しみをありありと活写し、しかもそれらに序列をつけるという、大それたことをやってのけていたのです。私がこれまで引け目に感じていた、下層社会の人々の飢えの苦しみ、生死に直結する苦しみより、食うに困らぬ上流階級の漠然とした不安、抽象的な苦悩のほうが、なお痛切であるというケースも語られて、私はそれに驚き、既存の道徳観や判断基準に真っ向から否を唱えるこの作品の、その意志のごときものに、何か、別の世界に呑みこまれていくような異質感をおぼえ、何度も何度も、くりかえし読み返すほど、魅入られたのです。

そして、その作者であるセルモス・ワイルドにも、魅入られることになりました。

十九世紀末の社交界。〈痛苦の質量〉の評価によって一躍時の人となった彼は、ロンドンにいる誰からも強く意識され、また、ロンドンにいる誰とも容易に付き合える立場にいました。彼が望めば、それがどのような者であろうと親交を結ぶことができ、その交遊関係は際限なくひろがっていったのです。彼は享楽的で、多情で、芸術と美のために浪費することをはばからず、きらびやかな社交界においても一際かがやく存在でありながら、どこか――、そんな自分もふくめた、人間という生き物自体を冷笑する、厭世的な気配もただよわせていました。

その彼が、私と関係をもつようになったのは、私の兄、ジュード・カヴァンが美しかったからだといえるでしょう。

私には三人の兄がおり、ジュードは一番歳の近い兄として私のことを可愛がってくれました。彼は詩人となって、それなりに成功し、社交界にも顔を出していたのですが、そこでセルモスと親しくなったらしく、その交遊の一環として私も引き合わされたのです。初対面でのセルモスの印象は、怖い人、でした。もっとも、私はどんな人間にも過剰な恐怖心をいだくのですが、セルモスに対するそれは、他の人とはちがう、〈痛苦の質量〉を読んだときと同様の、異質感をともなっていました。セルモスのほうは私に対し、さしたる興味もない様子で、ジュードと芸術談義をしたり、ふたりでどこかへ遊びに出かけたりと、そのような付き合いをつづけていました。やがて、ジュードはロンドンの一画に個人的な仕事場をもつようになり、家を出て、一人暮らしをするようになりました。そこにセルモスが入り浸る時期もあったようで、要するに、通常の友人同士の付き合いを超え、互いを性愛の対象とみなすような関係にまで発展しているのを、私は察しましたし、受け入れるようにもなっていったのです。

　セルモスは両性愛者でした。異性も同性も、自分が美しいと感じた者には分け隔てなく接し、彼ら、あるいは彼女らとの逢瀬を愉しんでいるようでした。表立っているのは女性遍歴のほうで、有名な女優や令嬢を籠絡《ろうらく》しては、その浮き名を流していましたが、その裏で男性とも通じあっており、ある意味では異性間の恋愛よりも親密な関係性を、私の兄とも、築いていたようなのでした。

　それについて、私は特に大きなショックは受けませんでした。当時の英国の倫理観からすると、たしかに許されざることではありましたが、個人的には、誰と誰が愛しあっても、憎みあっても、それを為しえる人々の想いの強さに畏怖はすれど、道義的に間違っているか否かなど、当事者が合意していれば棄却してもかまわない問題のように思えたのです。それよりも、一般的な道理にそむいてまで何かを実行できる人間の意志の力に驚嘆し、私もそうであれたなら――と願うことのほうが、多いくらいでした。

　ある日、私は兄に頼まれて、彼の仕事場の留守番を任されました。急用でどうしても出かけなければならないが、もしかしたらセルモスが訪問するかもしれないから、自分が帰ってくるまで引き止めておいてほしい、とのことでした。私は了承し、その仕事場で兄の詩集などを読みながら時間をつぶしましました。はたして、セルモスはやってきました。まだ兄は帰ってきておらず、私は彼を招き入れ、ふたり、第三者を交えずに談話する機会をえたのです。

　このとき、私は思いきって、彼の著した〈痛苦の質量〉を愛読していることや、その感想、疑問、何より、私自身の苦悩についてを彼に述べました。自分でも、なぜこのとき、こんなにも普通の人間のように彼と話せたのか、不思議に思えるほどの行動力でした。けっして一大決心をしたわけでも、魔がさしたわけでもなかったのです。

目の前にいるセルモスへの恐怖心と崇拝心が強すぎて、感覚が麻痺してしまったのかもしれません。そのため、かえって素直になり、ほとんど白紙の頭脳のまま、おのれの心の裡を話せるような精神状態になっていたのではないでしょうか。いま、まさに自分にむけて襲いかからんとしている未知の怪物に、鼻先まで近寄られ、緊張が極限まで達した瞬間、なぜか恐怖心から解放されて、その怪物にひしと抱きつくような行動。私にとってのそれが、苦悩の告白だったのだと思います。

そう、私はその生涯において肉親にも友人にも自己の苦しみを打ち明けはしませんでしたが、ただひとり、敬愛する作家に対しては、絶対的な存在に身も心もささげるような気持ちで、それを果たしていたのです。……第一と第二の書簡で記述した内容、そのほぼすべてを、セルモスには伝えたと記憶しています。当時の彼からの返答は、

「お前という情欲の塊《かたまり》を中心にして、なにか、書けるかもしれないな」

というものでした。それ以上、特に感想はないらしく、彼は口を閉ざしてしまいました。私としては、もっと具体的なお話や、助言とまではいかないまでも、なんらかの訓示めいたものをいただけると予期していたのですが、他には何も、ありませんでした。気まずくて、恥ずかしくて、沈黙につつまれた仕事場で、兄が帰ってくるまで、顔を伏せることになりました。

情欲の塊。それがセルモスの、私に対する人物評のようでした。辞書で引けば、情欲とは、性的な欲求、または世俗的な欲望とあります。自分では、まるで、そうであるような気がしません。私は、彼からはそう思われるほど、欲深いのでしょうか。

なんにせよ、私からの告白を聞いたセルモスは、それまでとは打って変わって私に関心を持つようになりました。その日以降、機会を見つけては、さまざまな場所へと私を連れ出すようになったので

す。といっても、他の女性たちとの交際のように、恋愛関係へと発展したわけではありません。彼の、淫らな女性遍歴に名を列《つら》ねたわけではなく、さながら街中で珍獣を見つけたから、それを飼い、散歩させているとでもいった風な、人間とペットの関係に近い、主と従の明確な間柄ではなかったかと、当時をふりかえって、そう思うのです。

あのころのセルモスは気まぐれで、捉えどころがなく、不定期に貧者になることすらありました。小説を執筆するために必要なことなのか、ロンドンの貧困地域であるイーストエンドの某所に隠れ家を所有し、そこを拠点にして、まったく別の人物として活動することがあったのです。バンベリーという偽名をもちいて、職にあぶれた労働者くずれの男を演じる、仮面的な生活。そのなかで得られた経験や人脈が、〈痛苦の質量〉を創作するのに役立ったのは間違いないでしょう。普段は奇抜なほどに華美なファッションを心がける彼が、あえて下層社会に身をおくとき、その衣服は薄汚れたものになりました。

「読書以外で、疑似的な人生を送らせてやろう」

そういわれて、私は時おり、セルモスの仮面的な生活に参加しました。私は外泊を許されていないので、日中のみではあったものの、彼とともにイーストエンドの街角を歩くようになりました。あるときは夫婦として、またあるときには兄妹として、その配役を忠実にこなしましたが、本当のところは夫婦でも兄妹でもない、そういった関係のなかで育《はぐく》まれる愛情とも無縁な、一組の飼い主とペットがいるだけでした。しかし、それで良かったのです。その後、セルモスの作家としての知名度が高まるにつれ、この活動には無理が生じてくるのですが、そうなるまでは仮初《かりそめ》の関係に溺れることができました。私にはそれで充分でしたし、溺れているあいだは、このまま沈んでしまってもいいという気持ちになることさえありました。

この活動から、下層社会の人々の暮らしぶりの、そのすべてを知ったとは口が裂けてもいえません。が、その一端を実体験で、もしくは現地にいる人々との対話を通じて、思い知らされ、限りない哀しみとやるせなさを募らせる結果となりました。それは元来の私の、人間への恐怖心や崇拝心を払拭するものではなく、より一層、強めるものに他なりませんでした。

「お前は、自分以外の人間すべてが、自分よりも優れた者に感じるといっていたな」

ある日、セルモスが私に問いかけてきました。「どうだ。ここにいる者たちも、お前にとって、絶対的な上位者なのか」

「はい」私は、ためらわずに首肯しました。「ホワイトチャペルの救貧院の前を通りかかったとき、ある光景を見かけました。……」

セルモスの問いに答えるだけでなく、その根拠となる、ひとつの思い出を語りました。

粗末な食事と寝床を得られるかわりに、重労働が課せられる——そんな救貧院に入るくらいなら、死を選ぶ、と答える人は大勢いたのですが、その一方で、老いにも死の恐怖にも勝てず、利用せざるをえなくなった人々が、列となって並んでいました。そのときの話です。

「……近くで、馬車に乗り込むのに四苦八苦していた子供がいたんです。体が小さすぎて、うまく登れなくて。私が手伝おうとする前に、並んでいた老人のひとりが、列から抜け出してきました。そして、その子供を抱え上げ、馬車に乗せてあげたんです。その老人は、もう、元の場所には戻れません。列の最後尾に回るしかないのですが、救貧院には定員があるから、きっとあの人は除外されてしまうでしょう。私はそれを見ていました。……老人は、見返りがほしくて子供を助けたわけではないんです。その子もまた貧しい身の上なのを承知の上で、自分にとって一ペンスの得にもならないことを知った上で、それでも列から抜け出たんです。そのときの老人の心情について思うと、私は——。あのときに見た、あの光景。あれを実現させたものが何なのか、私はそれを知りたいんです」

「ただの善意だ」

セルモスは吐き捨てるように答えました。私の述懐など、道端に転がるゴミも同然と、足で踏みにじるような気配がしました。

「それだけのことだ。それ以上の価値を求めるな。こまかい言葉に置き換えようとするから、そこに迷いこむことになる」

「…………」

「わからないうちは、いくらでも苦しむといい」

そう云って話を打ち切ったセルモスに、私は何も云いかえすことができませんでした。私と彼とで、人間という生き物をどう捉えているのか、その認識に差があるのは明白でした。ですが私たちは、それについて直接の議論を交わすことはなく、ただ粛々と仮面的な生活を送りました。セルモスが何を意図していたかは、わかりません。議論についても、してはならないという取り決めがあったわけでなく、自然と、そうなっていました。ふとしたことで互いの人間観、人生観の断片がまろび出て、それを受けとめる、といった程度のやりとりに終始していたような気がします。

セルモスが連れ出してくれた場所は、イーストエンドの一画だけではありませんでした。その他にも、阿片窟、パブ、即興演劇が開催される古書店、ネズミが何匹イヌに殺戮されるかを賭けるギャンブル、法外な代金を請求する衣裳店、なにがしかの動物の肉を焼く路上売店、歴史的偉人との交霊会、東洋の芸術品（の贋作《がんさく》）を展示する下宿、錬金術師のための個人医院、迷路のように入り組んだエリアを道案内してくれる町工場、誰が撮影したのか不明な写真を大量に飾っている廃墟など、ロンドンにはこんなにも奇妙な小世界が内包されていたのかと驚かされるものばかりで、そのことごとくに私の心はふるえました。イーストエンドのような貧困地域とは真逆の世界にもたびたび足をむけ、その落差についていけなくなったときもあります。とりわけ、紳士たちの集まる社交クラブは、その活動内容や会員の顔ぶれによって千差万別でした。そのいくつかに私は出入りしました。

無数のガラクタを寄せあつめ、そこから、いかに人を表現できるかを競う、人形愛好家たちのクラブ。

キリスト教と共産主義を分析することで第三の思想を生みだそうとしているクラブ。

吸血鬼や狼男の実在を信じ、ソフィー・ウルストンとは何者だったのかを調査するクラブ。

未完成の作品を持ちよって、自分以外の者の手で完成させる、芸術家たちのクラブ。

それぞれの爵位や地位を無作為に入れ替えて、それによる人間関係の変化を愉しむクラブ。

――いずれも、そのクラブ内でのみ、おこなわれている催しです。基本的に外部に漏れることはありませんし、セルモスの手引きがなければ、私も一生、これらのクラブの内情を知ることはなかったでしょう。通常、社交クラブに女性は加盟できません。セルモスの紹介だったから特例として認められたり、秘密裏に女性も受け入れているクラブだったから参加できたりと、私のあつかいは例外的なものでした。先ほど挙げたクラブは、そうしたケースに該当したものです。

イーストエンドにしろ、ロンドンの各地にある小世界にしろ、さらには社交クラブにしろ、そこには必ず、人がいました。そこに属する人々と出逢って、そのたびに底知れぬ恐怖にさいなまれながら、人というものを知りたくて、知りたくて、内心、決死の覚悟で、彼らと接していったのでした。皆が皆、どこかしらで私にはない長所や美点を持っていました。人は、互いに尊敬したり、されたり、軽蔑しあったりして生きていくのだそうですが、私には「尊敬」を通りこした「畏敬」の念しか他者に抱けず、誰かを見下すなんて、一度たりとも胸に去来したことがありませんでした。聖人ぶっているわけでなく、あまりに自己否定が過ぎるからか、心底、そのようにしか思えなかったのです。

「……誰かが不意に見せる強さや優しさ、悪意や暴力といったものには、私などでは及びもつかない見識と思慮がふくまれているように感じて――」

セルモスにこのことを伝えようと、私なりに言葉を選んで説明してみたことがあります。

返ってきたのは、嘲笑だけでした。

彼こそ、私にとって最大の恐怖であり、謎めいた人物の筆頭でした。

彼の生き方は、上流社会も、下層社会も、その狭間にある中流社会も、何もかもを味わい尽くそうとするものでした。望めば、いくらでも優雅な暮らしを送れるのに、わざわざ別人になってまでイースエンドに潜入する行動力。それでいながら厭世的な面もあって、世のすべてをあざけるような態度を崩すことはありません。私からみれば、一種、矛盾している、虚無的な情熱の持ち主で、まるで創作活動をつづけながらゆっくりと自殺している、いえ、自殺のさなかの手慰《てなぐさ》みとして創作をしている、といった印象が拭えないほどの難解さをそなえていました。彼への恐怖心は薄れることなく、いや増す一方で、どのような半生を送れば彼のような人格が生まれるのか、作家としての彼が誕生したのか、それへの関心が抑えがたいものになっていくのを感じました。他の誰よりもわからないからこそ、理解したくて、たまらなくなったのです。あの人のなかには、どのような世界がひろがっているのでしょう。そこに苦悩はあるのでしょうか。どのような苦しみを感じつつ物事を考えているのでしょう。その内容は私にも理解できるものでしょうか。……あの人には何を問いかけても、ろくに相手にされず、見下されたり嘲笑されたりするばかりでしたが、突き放されればされるほど、セルモス・ワイルドという作家への興味と、畏怖の気持ちが強まっていき、その著作も、作風も、もっと云ってしまえば彼の精神そのものも、余すところなく知りぬきたい、理解できるまで探求しつづけたい、と大それたことを夢想するようになったのです。別の云い方をすれば、彼という作家に魅入られた、ということになるのでしょう――

一八九〇年の〈痛苦の質量〉を皮切りに、セルモスの作品は英国の文壇を席巻しました。小説では短篇と中篇の傑作を次々と発表し、それと並行して童話や戯曲も手がけていきました。〈置き忘れた扇〉、〈退屈な女〉、〈理想の結婚〉、〈アーネストは誰か〉の四作は、セルモス・ワイルドによる戯曲の「四大喜劇」と称されています。すべて舞台化され、大変な人気を博しました。童話では〈しあわせな王子〉という一篇が、その後、何百年にもわたって読まれる名作になりました。セルモスの作家としての活動期間は七年ほどでしたが、そのあいだは燃えさかる炎のように烈しく、美しく、おのが才能を世間に知らしめていったのです。流行作家。時代の寵児。そのような名声が高まるなか、私生活では、先に述べたイーストエンドでの二重生活や、私をあちこちに連れ回す遊び、各界の著名人や恋人との交際、淫蕩などにも耽《ふけ》っていたわけですから、そのふるまいの多彩さは際立っていたといえるでしょう。

華やかな創作活動の陰で、私は飼い馴らされていました。彼の気がむけば散歩に連れ出され、その行き先に応じて思いのままにあつかわれました。肉体的に危険なことより精神的に追いつめられることのほうが多く、意図的にそれをしてくることもあったほどです。イーストエンドでは隣人の不幸や窮状に巻き込まれることもあれば、巻き込まれずに見殺しにすることもありました。セルモスの手配で、マッチを製造する工場に短期就労したことがあります。数年後、そこで仲良くなった女性と再会しました。彼女の下あごの骨は、マッチにふくまれる黄リンの毒素によって半ば以上が壊死《えし》していました。とある社交クラブで、私とはまるで価値観の異なる紳士に論戦を挑むよう、セルモスに強制されたことがあります。完全に論破されるまで醜態をさらし、かつ、その経緯や主張する内容がセルモスの指示による愚かなものだったので、そこでは常に侮辱されるようになりました。それでも彼から出席するようにいわれれば、前回以上の侮辱を受けるためにそのクラブへと足をむけました……――

他にも挙げれば切りがありませんが、こういった出来事をくりかえすことで、私がどんな反応を見せるか、どんな苦しみ方をするのか、その様子をつぶさに観察しているようでした。彼にしてみれば、私という人間もまた小説や戯曲を執筆する上での資料の一部だったのかもしれません。言葉を解し、痛めつければ何らかの応《こた》えを返してくる、ヒトのかたちをした参考資料。……とはいえ、一般的な女性の心理を研究するために私を飼っていたわけではなかったのでしょう。彼と、このような関係になった発端を考えれば、セルモスが私に求めているものがそれではないことがわかります。自己を否定する、卑屈なものの考え方をする女の、その内面を暴きたて、そこから得たものを自身の創作物に活かせはしないかと目論《もくろ》んでいたのではないでしょうか。そこまではなくとも、私の苦しむさまを見て、インスピレーションを得ようとしていたのかもしれません。事実、私が苦しめば苦しむほど、彼の筆の運びは速くなっていきました。私の苦悩と彼の執筆速度は連動しており、私が思い悩んでいる時期に書き上げた彼の作品は、冴えわたって、それがたとえば「四大喜劇」と呼ばれるようなものになったのです。あの四作も、〈しあわせな王子〉も、思い返してみれば、私が衰弱するほどに苦しんでいたころに創作されました。それが偶然でないのなら、私の苦痛はいくらかでも彼の作品に影響をもたらしていたのでしょうか。

ふたりが生きているあいだ、セルモスはゆっくりと自殺していくかのような芸術活動に耽り、私はその活動の根底にある彼の心を探ろうとしましたが、結局のところ、心を解き明かされていったのは私のほうだったのです。不遜で、冷酷で、はかりしれなくて、まぎれもなく私の上位者だった人――。どんなに近くにいても、その思考の断片さえ読みとれず、私はこの人の心を知る側でも探求する側でもなく、知られる側、探求される側なのだと思い知りました。彼に翻弄されているときは、そのおこないの意味や狙いを考えつづけ、不安になり、けれども自分よりはるかに優れた者からの指示、意向にしたがうことに、どこか安堵の気持ちをおぼえてもいたのでした。

告白します。あのころの私は、この安堵に、ある種のよろこびを見いだしていました。無能な私を、愚かな私を、真っ向から否定し、壊してくれる、絶対的な上位者が実在することのよろこび。それまでは虚像のように私の主観を介さねば存在しなかったものが、実体となって出現したのがセルモスでした。彼は私を圧しました。自分で自分を否定するより、あの人から否定されるほうが痛切に感じられ、そこから生まれる苦しみや安らぎに私は陶酔したのです。もしも、その時間を永遠にできたのなら――、どんなにか私は、満たされて、おのれの人生を燃やし尽くすことができたでしょう。自己完成。上昇志向。そういった幸せの概念からは遠のいても、この人の作品の礎《いしずえ》になれれば、それでかまわないと思いました。彼の才能に従属するよろこびと、下降志向に囚われて、私はただ寄りそうように生きていきました。

そうした日々のなか、セルモスの仕事場に、二枚の絵画が届けられました。

一枚は、壮麗な宮殿で、王の前、官能的な舞踏を披露している女性の絵。

もう一枚は、銀の大皿に、男の生首をのせ、それを持ち運んでいる女性の絵。

……同じ画家による二連作のようで、絵のなかの女性も同一人物でした。

その女性は、ぞっとするほどの美貌を誇っていました。

「これはお前だよ」

絵を見せてくれたセルモスが、私にそう告げました。

そのとき。直感的に、この女性が何者なのかを悟りました。サロメです。新約聖書の挿話にて語られる、預言者の首を欲した娘――。セルモスは、それが私なのだといいました。同一視している、ということなのでしょう。

「あなたには、私がサロメに見えているのですか」

「前にもいっただろう。お前は、情欲の塊だと」

彼はいつかの、私に対する人物評を口にしました。それを聞き、ますます困惑する私に、さらなる言葉が浴びせられました。

「それから、こうもいったはずだ。お前を中心にして、なにかを書くと」

嘘をついているようには聞こえませんでした。

セルモス・ワイルドは、この世紀末の天才は、本気で私を、そして私と重ね合わせているサロメを題材に、なんらかの作品を生みだそうとしていました。混乱と、恐怖と、疑問が、渦巻きました。なぜ私なのか。どのように認識すれば、私とサロメが同じなどという結論に至るのか。なるべく人の目につかず、ごく普通の人間として一生を終えたいと願っている私が、流行作家の手にかかって物語の登場人物にされてしまうことへの恐怖。それを訴えても聞き届けてはもらえないだろうという諦め。さまざまな想いが私の胸に去来しましたが、もっとも強く、私が知りたいと思ったのは、ひどく単純なことでした。

何が、彼をそうさせるのか。

何に駆り立てられて、彼はそれを執筆しようとするのか。

その創作意欲の根源、向かう先、求めるもの、エネルギーの量、意識のありように、かつてないほどの興味が湧きました。いままでも謎めいてはいましたが、今回は輪をかけて理解不能で、だからこそ私は惹きつけられたのです。彼への恐怖心も、崇拝心も、従属するよろこびも、依然として私のなかにありましたが、それらを凌駕してなお荒れ狂うほどの「知りたい」という欲求がこみ上げてきました。すでにもう、私は知る側ではなく、知られる側なのだと、そう自覚したというのに——

セルモスは私とサロメをモデルにした小説を書くため、この二枚の絵画を購入したのだそうです。それらは室内に飾られ、彼の表現せんとする世界観の創造に寄与しました。そして、そうなってからも私は彼のもとを離れませんでした。ロンドン巡りも、イーストエンドでの二重生活も、これまで通りに、その創作活動とともにありました。仮にどこかの時点で解放されても、みずからの意志で彼に付き従っていたでしょう。

しかし、徐々に破局のときは近づいていたのです。気づかぬうちに歯車がずれていくのと同様、彼との生活にもほころびが生じて、それを元に戻すことは叶いませんでした。セルモスは確かに、文学史にその名を残す傑物でしたが、多情さゆえに不幸を招きよせ、私もそれにあらがう術《すべ》をもってはいませんでした。結局、私＝サロメを題材にした作品も完成することなく、世に送りだされずに終わったのですが、なぜそうなったのか、そのあいだに何があったのか、それについては最後の、第四の書簡にてお伝えすることにします。

23

サロメ。ヘロディアの娘——

新約聖書の挿話である。当時、律法では許されていなかった再婚をしたヘロディアは、それを非難する聖人、洗礼者ヨハネを亡きものとするため、自分の娘を利用した。その娘の名がサロメである。

ヘロディアは、多情かつ残忍な女性だった。彼女は古代イスラエルの領主、ヘロデ・アンティパスの妻であったが、それ以前は彼の兄の妻でもあった。つまり、兄とは離婚し、その弟と結婚しなおしたのだ。死別したのならともかく、存命中にその兄弟と再婚することは、当時、認められていなかった。これを厳しく非難したのが、古代ユダヤの預言者、ヨハネである。

ヨハネは、ナザレのイエスにも洗礼をほどこしたほどの大人物だ。民衆からの支持も厚く、聖人としての力をそなえていた。ヘロディアは自分のことを非難したヨハネを恨み、夫のヘロデにいって彼を処刑するように求めた。ヘロデは、ヨハネを捕まえ、投獄こそしたものの、処刑まではしなかった。畏れたからだ。ヨハネの聖人としての力を。

ヨハネを殺してほしいのに殺してはくれない夫に業を煮やしたヘロディアは、一計を案じる。夫の誕生日を祝う宴席で、自分の娘、サロメに、舞いを披露させたのだ。その美しさに心を奪われたヘロデは、「どんな褒美でもとらせよう」と口にする。

「ならば、ヨハネの首を頂戴したく思います」

それがサロメの答えだった。

無論、ヘロディアにそう云えと吹きこまれたのである。ヘロディアは、こうなることを予期していた。

前夫とのあいだに生まれた子供、それがサロメだった。ヘロデにとっては義娘であり、姪にあたる。かねてより彼女のことを憎からず思っていたヘロデではあったが、この要望にはたじろいだ。心底、聖人としてのヨハネを畏れていたし、彼を殺すことにも迷いがあった。しかし「どんな褒美でも」と云ってしまった手前、それを撤回するわけにもいかない。

結局、この要望は叶えられた。

牢獄に閉じ込められていたヨハネは、その夜のうちにヘロデの命によって斬首され、その首が、銀の皿に載せられて運ばれてきた。サロメはそれを受けとって、母のもとへと届けにいったという。ものも云わぬヨハネの首。それを載せた皿を持ち去るサロメ。おのれを非難した者の死を確認するヘロディア。母と、娘と、犠牲になった聖人の一部が、そこにはあった。

——これが新約聖書のなかで語られている、サロメにまつわるエピソードだ。ただし、サロメという名前自体は、新約聖書には記されていない。その背景を同じくする「ユダヤ古代誌」という歴史書の内容に取材している。

いま、〈終古の人籃〉で出没している狂女の正体は、まぎれもなくサロメであろう。メアリの第三の書簡では、サロメを題材にして執筆をはじめるセルモス・ワイルドについて述べられている。サロメは創作のモチーフとして有名である。セルモスに限らず、この女性を芸術作品に反映させようとした作家は数知れない。絵画の世界では中世から前近代まで、そしてしばらくの間をおいて、十九世紀末の、いわゆる世紀末芸術運動にて、彼女の絵が盛んに描かれた。ほとんどの場合、銀の皿に洗礼者ヨハネの首を載せ、それを持っているサロメの姿が描かれている。

文芸の世界ではどうかというと、絵画のそれよりも数は少ない。やはり映像的なインパクトに重きがあるエピソードなので、あらためて物語化するのは困難なのだろう。原典が新約聖書の挿話であるし、彼女について知りたければ、それをそのまま読めばよい、ということにもなりかねない。物語としてオリジナルを超えるか、オリジナルとはまた違った魅力のある読み物にまで昇華しなければ、わざわざ創る意味がない——、そう考えて、この題材から逃避した小説家も少なくないはずだ。サロメの伝承は、新約聖書の時点でほぼ完成されている。それを創りなおすとするなら、その完成品を破壊できるほど神懸かった才能によらなければならない。壊して、潰して、ひとたびは失って、そこからなお原典以上にすばらしいものとして甦らせることのできる、それほどの才能が――、それほどの卓抜した世界観が必要なのだ。

そして、セルモス・ワイルドなら、それができるはずだった。彼ほどの世界観の持ち主であれば、独自の観点と美意識から、退廃の文学の極みのような作品を書き上げることができたろう。その可能性はあった。だが、成しえなかったのだ。

十九世紀末。まさに世紀末芸術運動の渦中にいたセルモスが、サロメという女性を元にどんな物語を織りなさんとしたのか、個人的には興味が尽きないが、それは完成しなかったらしい。

この経緯についてはメアリによる第四の書簡にて綴られているので、ここでは多くを語らないでおこう。ともかく、セルモスは、サロメに関する創作は未完のままで亡くなってしまった。……もしも、あのとき。セルモスがその心中にあるものをすべて、書き出していたのなら。聖書関連の創作分野において、文芸の新たな地平が切り拓かれていたかもしれない。サロメという文学的題材は、より広範に受容されて、そこからさまざまな感性が芽吹き、より豊饒《ほうじょう》な物語を生みだせる土壌がはぐくまれていたかもしれない。そう考えると、実にもったいなく、惜しいことをしたものだと、やりきれない気持ちになる。

では、今現在、この館のいたるところで目撃されているサロメは、何者なのだろうか。簡単だ。彼女はこれまでに書かれた創作物ではなく、これから書かれる創作物のなかから出現している。

辻島衆が願ったこととは、そういうことなのだ。

この館にいる小説家全員の、主観的な世界の現出――それは、過去の作品にさかのぼるだけでなく、未来のほうにも手を伸ばす。十九世紀末にセルモスが書くはずだったもの。最後まで書かれずに、何万年も放棄されていたもの。それをいま、セルモスがふたたび書き上げようとしているなら、〈終古の人鑑〉にあの狂女が現われるのも、その狂女のかんばせがメアリと瓜二つなのも、納得がいく。あれは、あの女は、あの作家にしか創造できないものだ。いくら〈異才混淆〉でつながっていようと、創作にかかわる資質を共有しようと、私、ロバート・ノーマンの筆力では永遠に生みだすことはできない。だからこそ、館内で無慈悲に我々の命を奪ってまわる彼女の冷酷さ、美しさが、まばゆく見える。

作家が過去に書いた作品はもとより、現在進行形で構想しているものも実体化する。この法則は、セルモスだけでなく、他の者にも適用されるだろう。だとすれば、我々がこれから取りかかろうとしている共著、「玲伎種とは何なのか」という物語についても、その影響を受けないはずがない。我々はそれを完成させることができるだろうか。セルモスに参加する意思はあるのだろうか。他の作家の言によれば、彼とは連絡がとれなくなったらしい。この館にいるのはたしかだろうが、居場所が杳《よう》として知れないそうだ。私は思う。いずれ、地下に発生した牢獄に、姿を見せるのではなかろうかと。彼が本気でサロメの話を書く気でいるなら、そこを訪れずにはいられないだろうと。

地下の様子を見にいった者らの話によると、いまのところはそこでセルモスは発見されていないらしい。牢獄のなかにも、誰もいない。ただ、その周辺では、しばしばサロメが現われ、消えていく……。

一方、メアリ・カヴァンについても語っておこう。書簡のなかの彼女ではなく、〈終古の人鑑〉にいる、今現在のメアリのことである。

彼女は、大きく変転した館の内情に、動揺していた。サロメの出現により、不老不死だったはずの人間が死に、消えていくという事態に、心を痛めていた。

……が、それで終わるような女でもなかった。

第一と第二の書簡で自分の弱さを吐露した彼女ではあるが、私から見れば、彼女ほどおそろしい女はいない。一度、自分でやると決めたことは、どんなに苦しくとも最後までやり抜こうとする意志の力を秘めているように思える。もっとも彼女の場合、その力の方向性がつねに後ろ向きで、自分自身を攻撃することに集中していたから、ああまで自己の価値を低める苦悩をかかえるようになったのだろう。また、「どんなに苦しくとも」という点で、一種のマゾヒストでもあるのだろう。セルモスは「情欲の塊」と評したが、私なら彼女のことをどう表現しようか。

まあ、どう表現しようと彼女のやったことに変わりはない。辻島衆が願いを叶えたあと、しばらくしてから、彼女もまた自分自身の願いを叶えた。保留中だったクレアラ・エミリー・ウッズの願いのぶんを使って。

この館にいる小説家全員の、その願いに終局をもたらすこと。メアリが願ったのは、それだった。それぞれの作家が〈異才混淆〉に協力する見返りとして叶えた願い。その結末を、彼女は引き出そうというのだ。どのような形であれ願いに終局がおとずれれば、我々は〈異才混淆〉から解き放たれ、共著ではなく、個々の小説に取り組めるようになる――少なくとも、そのような環境はととのえられる。それが目的らしかった。

どうやら、まだ諦めてはいなかったらしい。

以前、メアリから〈異才混淆〉の解除を求められたことがある。私は反対した。それはすなわち、私自身の存在を抹消することにも等しいからだ。交渉は長引いたが、折りあうことはなかった。私は現状維持を支持した。

だが、願いに終局がおとずれるのなら、それを拒む理由もなかった。私の場合、「虚構の人物は、いかにして他者に宿りうるのか」という謎さえ解ければ、もはやこの存在のありように執着する必要はない。消滅してもいい。〈異才混淆〉にも、共著を書くことにも未練はなかった。メアリが期待しているのは、そういったことなのだろう。

聞けば、あのディケンズも、自身の願いに終局を見いだしたため、〈異才混淆〉とは手を切ったのだそうだ。英国最大の国民作家、ディケンズの離脱という前例がある以上、個々の作家にそれぞれの願いの終局をもたらせば、おのずと自身の創作に立ち返る――、そうメアリが考えても、おかしくはない。そしてそれは、あながち的外れな方針でもないだろう。

「遺作を書くつもりで執筆していただくことはできませんか」

「いまいちど、あなただけの、あなたにしか書けないものを、書いてほしいのです」

「私は見届けたいのです。あなたの最期を飾るのにふさわしい作品が生みだされるのを。不死であることを忘れてください。どうかご自身の最期を意識してください――」

……メアリと話しあったときの、いくつかの彼女の言葉を回想する。あのときは、私が別の者の手によって著述され、それとメアリが会話するという、奇妙なやりとりになった。

それぞれの作家の願いの果てにあるものを見たい。見届けたい。――それはもう〈異才混淆〉の問題とは無関係な、彼女個人の欲求だったのではなかろうか。そういった熱情のようなものがメアリのなかで激しく湧き立っているように感じた。彼女の言葉は、我々が死を目前にして書き上げる渾身の一作を読ませてほしい、と訴えているようにも聞こえる。私は内心、恐怖していた。巡稿者といえども、そこまでのものを求める残酷さが彼女にはある。命とひきかえにして創作してほしい、と切望するエゴがその心中にある――

玲伎種は、メアリ・カヴァンの願いを成就させた。形式上はクレアラからの願いということで、それは認められたのだ。ただし、即座に実現されるものではない。それぞれの願いが、もっとも「そうであるべき」かたちで終局を迎えるよう、そのために必要な時間はかかると通達されたのだ。メアリはそれを了承した。

玲伎種が口にする「時間」ほど、あてにならないものも無いだろう。が、そう遠くはないはずだ。現在の館の状勢、玲伎種がこの研究を終わらせたがっていること、サロメの動向などを鑑みるに、すべてが履行される日は遠からずやってくると私は確信している。

現時点でも終局の予兆を感じさせるものはある。たとえば、児童文学者、マーティン・バンダースナッチは、自身の著作の影響で生まれてこなかった子供たちに対し、その誕生の意志を問いかけているが、そろそろそれを完了させようとしている。何十億人もの意識とのコミュニケーションで、いつ終わるとも知れなかった作業。それが、メアリの願いが叶えられてからは、猛烈なスピードですすんでいったのだ。マーティン本人にそうした変化の自覚はない。まるで、退屈な映像作品を早送りして、結末だけを観ようとしているようなあつかいだった。

同様に、ホラー小説家、エド・ブラックウッドも、遍在転生を終了させようとしている。この世に生まれた全人類への転生――、マーティン以上に時間がかかるはずのそれも、やはり映像作品の早送りよろしく、悲しいほどに高速ですすめられていった。玲伎種はきっと見飽きたのだろう。標準の速度で観るほどの価値はないと判断されたのかもしれない。

SF小説家、ウィラル・スティーブンは、〈第十八期人類へと至る道〉の改稿作業を終わらせつつある。その無謬《むびゅう》性に応じて、宇宙に拡散される人類のエッセンス、いつか我々が復活するための〈種子〉の量が決定される。ウィラルはそれを覚悟の上で、いよいよ完成させようというのだ。

その他の作家たちにも、なんらかの事態の変化や、個人的な事情に転機があったらしい。これまでとは異なる一面を見せることが多くなった。私自身にも心当たりがある。前回、まるで自分が書いたのではないような文章を、辻島衆に関する一節で垣間見せたが、ああいった忘我の状態による執筆が、たびたび起こるようになった（実をいうと今回のこの文章にもそうした箇所が複数あるのだが、本筋とは無縁だし、どこがそれなのかも伏せておく）。もう限界なのだろう。「虚構の人物は、いかにして他者に宿りうるのか」という問いへの答え。それを先延ばしにしてきた報いかもしれない。

ただ、そうした自己の消滅にかかわる恐怖よりも、作家全員におのれの願いを波及させていくメアリ・カヴァンという一個人に、より強い恐怖を感じていた。彼女は、自分で思っているよりも、よほどおそろしい女性である。いま、彼女は、〈痛苦の質量〉になぞらえて用意された我々〈文人十傑〉の肖像画を所有している。セルモスの書いた小説にあわせて、誰と誰の肖像画を交換させるか、思案している。それについても実行に移すのだろう。迷いながらも、その意志の力で全《まっと》うするのだろう。迷い、苦しみ、悩みつづけた人間のくだす決断こそが、何よりもするどい刃になることがあるのを、私は知っている。メアリ・カヴァンが苦悩している時間とは、その刃を研いでいる時間なのだと私は解釈している――

24　第四の書簡

最後となるこの第四の書簡で語ることは、私にとって言葉にするのも容易ではない、つらい出来事の連続です。私に全能のごとき文筆の妙《みよう》があれば、それは、いくらでも言葉にはできるのでしょうけれど、たとえそうしたところであの時代へ戻ることはできず、取り返しがつくわけでもなく、悔悟と自責の念をいたずらに強めるだけなのですから、なるべくそうした感傷をおさえて綴っていきたいと思います。

精力的に創作活動をこなしつづけるセルモスは、新約聖書の挿話に登場する女性、サロメというものに取材して、新たな小説の執筆に取りかかりました。当初、戯曲にするか小説にするかで迷っていた彼ですが、最終的には小説にすると決意したようです。

同時期、イーストエンドでの二重生活に終止符が打たれました。セルモスの作家としての日々が多忙をきわめ、それをする時間が取れなくなったこと、彼の知名度の向上ゆえに、いくら文芸の世界とは無縁のイーストエンドであっても正体を隠すのが難しくなったこと、彼の隠れ家の契約問題にいざこざが生じたらしいこと（私はこの件には関与しておらず、蚊帳《かや》の外でした）などの理由により、彼のもうひとつの顔は死滅せざるをえなくなったのです。このことは私が思っている以上に、セルモスの心を乱しました。華やかな社交生活を送る一方で、労働者くずれのバンベリーとして下層社会に身をひたすことが、どういうわけか彼の精神の安定に寄与していたのかもしれません。執筆速度は衰え、筆が鈍りました。作家業への専念が、かえって彼の創作活動の妨げになったかのように。文中の言葉の選びかたや組み合わせには輝きが失われ、それまでの彼の作品にはあったはずの独特の気配、繊細さ、文字表現の豊かさから醸される薫香が、漂わなくなってしまったのです。

彼自身、それを自覚しているのか、何度もリライトをくりかえすようになりました。しかし、それでもまだ、このときにはわずかな瑕疵《かし》だったといえるでしょう。ほとんどの読者からすれば、それは在って無きがごとき劣化なのでした。天高くそびえる峰の標高が、ほんのわずかに低くなっただけで、はるか下から見上げる者にとっては、その違いにさえ気づかぬほどの枯凋《こちょう》だったに違いありません。しかし、セルモス自身はそんな自分を許せなかったようです。おのれの文才の欠落をおぎなうため、イーストエンドのそれとはまた別のところから創作の刺激をえようとしました。有《あ》り体《てい》にいえば、恋人を増やしたのです。

これまでにも多くの浮き名を流してきた彼ですが、彼には彼の流儀があって、双方にとって後腐れのない付きあいになるよう心がけているようでした。スマートに別れることのできる相手を優先的に選び、周囲の人間関係も計算に入れた立ち回りを演じていました。その基準をゆるめ、同時に付きあう人間の数を増やしていったのです。

そうなると、ひとりひとりのために使える時間は、必然的に減ってしまいます。イーストエンドでの二重生活がなくなって、そのぶんの時間を恋愛にふりむけたとしても、すべての交際相手がそれで満足するとはならず、さらには自分以外にも交際している者がいると知ると、独占したい、自分のために時間を使ってほしい、という欲求にとらわれ、それが複数、セルモスを中心として展開されていったのですから、末期にはもう目もあてられないような状況になっていったのでした。

私もセルモスの恋人だと間違えられ、刃物をむけられたことがあります。そのまま刺されていれば、あるいは、その後に起こる出来事に変化をもたらし、むしろ良い方向へと軌道修正されていたのかもしれません。どちらが良かったかはわかりません。徐々に歯車がずれていく感覚。サロメを主題にした小説は、何度も書きなおされ、完成する兆しはありませんでした。

こうした日々のなか、ひとつの事件がありました。セルモスが猥褻《わいせつ》罪で訴えられたのです。猥褻罪……といっても暴行をしたとか卑猥な創作をしたとかではなく、男色家である疑いをかけられ、それが真実であるならば罪に問われるという、そういった倫理観のもとで裁かれる法廷へと引きずり出されたのです。

ヴィクトリア王朝期において、同性愛は認められていませんでした。資本主義と帝国主義が正しいとされていた当時、国民の子孫繁栄につながらぬ同性愛者は有害とみなされ、罰せられることすらあったのです。セルモスのような文化人であってもそれは例外ではありません。正確には彼は両性愛者なのですが、恋愛の対象に男性がふくまれるという一点で、世間ではその区別もつけず、罪に問いました。

この裁判を企てたのは大貴族のJでした。

Jは、自分の息子とセルモスが交際していることを知り、激怒しました。どうにかしてセルモスを陥れたいと思ったのでしょう。同時に、自分の息子にまで醜聞がおよぶことは恐れました。純粋に息子のためを思ってか、家の名誉を守るためかは、わかりません。高度な政治工作が為されたらしく、Jの息子とのことは秘匿されたまま、それ以外の男性との関係を理由にセルモスは出廷する運びとなりました。Jは、人を雇って、セルモスの過去の恋愛遍歴から、彼の不利になりそうな相手を見つけ出しました。そして買収して、証言台に立たせたのです。

そのなかには、私の兄もいました――

ジュード・カヴァン。私とセルモスが出逢う、そのきっかけとなった家族。このころには、すでにセルモスとは別れていました。一方で、私がいつまでもセルモスのそばから離れないでいるのも知っていました。

そのことについて、兄がどのように想っていたかは判然としません。表面上は、兄と妹として、それまでと変わりのない交流をしていたと思います。住む家は別々になりましたが、同じロンドンで暮らす者同士、顔をあわせる機会はたびたびありました。優しい兄でした。子供のころと同じ笑顔のまま接してくれていました。

その兄が、証言台で、セルモスとの関係を全面的に認めました。さらには、それまでに見せたことのない嘆きと怨恨の表情で、セルモスのことを悪《あ》しざまに非難したのです。次々に相手の立場を悪くする証言をおこないました。舌鋒するどく、かつての恋人を社会的に殺そうとしました。後にも先にも、あんな兄は、見たことがありませんでした。

――兄に対する、云い尽くしようのない罪悪感は、いまも消えぬまま胸に残っています。

罪悪感をいだくことさえ傲慢であるようにも感じます。兄は、ほんとうに、微塵もそんな様子を見せてこなかったのです。私が特別、人の心の機微に疎《うと》いというのもありますが、私に悟られぬようにすることが、兄の、兄にとっての、最後のプライドだったのではないでしょうか。あの証言台に立ったのは、単に買収されたからではなかったのです。

双方にとって後腐れのない付きあいを――というセルモスの流儀は、少なくとも私と兄の一件に関しては例外だった、ということになるのでしょう。また、Jという危険人物がいるにもかかわらず、その息子に手を出したのも、セルモスらしからぬ軽率さでした。人間関係には充分に配慮していたのに、文才に翳りが差してからは、どこかで箍《たが》がはずれたかのごとく遊びはじめました。多くの地雷が埋め込まれた地面の上を、ほんの戯れでさまよい歩くような、そんな刹那的な意志がありました。そうした彼のおこないのすべてを、私はそばで見ていました。

有罪の判決が出ました。懲役二年。重労働の刑でした。この結果は当時の社交界を揺るがしました。文壇の巨星墜つ――、そう新聞などではセンセーショナルに報じられ、彼の著作は店頭から消えて無くなりました。退廃と享楽を愛する唯美主義の天才作家は、何人もの男をたぶらかして辱《はずかし》めた、罪深き男色家として、転落していったのです。

兄は、こうなることを望んでいたのでしょうか。――それを確認する機会はありませんでした。カヴァン家は兄を勘当し、放逐しました。当然、それだけでおさまるはずもなく、カヴァン家自体も貴族社会から弾《はじ》きだされ、没落していきました。大貴族のJが各方面に働きかけて、カヴァン家が失墜するよう工作していたのもあったでしょう。はじめからそのつもりで兄を買収したに違いありませんし、Jと比べて下級の貴族にすぎなかったカヴァン家は、それに抗することもできませんでした。

私はというと、勘当こそされなかったものの、セルモスとの交流のいっさいを禁止されました。ある意味では兄よりも特殊な関係であったことの、その内情すべてを両親が把握していたわけではありませんし、こうなるまでは気鋭の作家との交流に乗り気ですらあったのですが、今後は罪人との接触すら許さないという態度で、私のことを管理するようになったのです。

別の用件で外出するにしても、かならず誰かを帯同させるようになりました。自由はなく、それは没落してからもつづきました。つねに監視されているため、言葉どおり、セルモスとはまったく会えなくなったのです。

これが何かの小説ならば。物語のなかの出来事ならば、もう一波乱、または美しい別離の場面があってしかるべきでしょう。けれど、ドラマチックなことは何もなく、奇跡的な展開で救われることもなく、ただ無常、一度ならず監視を切りぬけてあの人のもとへ駆けつけようとしたけれど、ことごとく失敗し、そのたびに家族から叱られ、戒《いまし》められ、もうどうしたら良いのかわからず、身投げするにも似た覚悟で両親に直談判し、彼に会いたいと訴えましたが、それでも状況は変わらなくて、あの人にまともな別れの言葉ひとつ告げられずに、離れ離れになったのでした。

……あの人は、いくつかの刑務所を転々とし、出所してからもロンドンには居場所がなく、国外へと出て、流浪の日々を送ったのだと聞いています。一時期はフランスで再起を図ろうとしていたようですが、うまくいかず、体を弱らせていって、最後には脳髄膜炎で死亡したのだそうです。ゆっくりと自殺するかのように創作活動をしてきた男の、それが終焉でした。

後追い自殺。ふと脳裏に、その言葉がよぎりましたが、やめました。そんなことをせずとも、そう遠くないうちに自分も死ぬことがわかっていたからです。セルモスが出所する直前に、私は病に臥《ふ》しました。脊髄の病気でした。あの人が自由の身になったのとすれ違うかのように、今度は私が、肉体的にも会いに行く能力を欠いてしまったのです。我が身を起こすことすら叶わぬ日々。手術をしましたが、回復せず、予感どおり、セルモスの死後一月《ひとつき》も経たないうちに、私も息を引きとりました。もう人間を恐怖したり崇拝したりせずにすむ――そんな安心が、セルモスを失った悲しみと混在して、私の最期の意識を彩りました。

セルモスと離れてから死に至るまで、幸運にも私の手元に残ったものがありました。

〈サロメ〉の草稿です。

彼が収監される混乱のさなか、その仕事場から持ち出してきたものです。一応、本人からの了承はえています。裁判がはじまる前、仕事場でふたり、資料の整理をしていたときのことです。ここにあるものを手放さねばならないとしたら、見知らぬ者に処分されるよりは、お前に預けておいたほうがましだ、といったことを、何気ないふうに口にしたことがありました。

「有罪になることを覚悟しているのですか」

「まさか」

彼は笑いました。自分のことも世間のことも心底あざけるような笑いでした。

「今回の件にかぎらず、の話だ。将来にわたって、いつ私が気まぐれを起こすかは知れない。ある日、突然、小説を書くのがいやになって、何もかも残したまま、どこかに立ち去るかもしれない。そうなったときにも破棄のされかたというものがある。それだけの話だ」

私も、セルモスも、まだこのときには私の兄が証言台に立つなどとは思ってもいませんでした。無罪になることを前提に日々を送っていました。

だけどそれは表面上のことで、彼のなかにはさまざまな想いが錯綜していたのではないでしょうか。態度とは裏腹に、おのれが獄囚の人となることを望んですらいたのかもしれません。とうとう、私には理解することはできませんでした。彼の書いたもの。創造した物語だけが、あの人のかつての才能を証明するものとして後世に残っています。

後世に残らなかった唯一の作品、〈サロメ〉は、私とともに眠りにつきました。作者と私以外、誰の目に触れることもなく、まとまりのない下書きの段階で、死蔵されることになったのです。その断片からでも、彼の苦心のほどがうかがえます。セルモスは、サロメという女性の内面を深めようとしました。なぜ洗礼者ヨハネの首を求めたのか——。原典では彼女の母、ヘロディアが、ヨハネのことを恨んでいたからということになっています。サロメはあくまで母の殺意を実現するための道具的な存在で、それ以上のものではなかったのです。

そこから脱却するには、原典の世界観を粉々に破壊する必要がありました。サロメに新たなる生命を宿らせるための再創造。セルモスが取り組んでいたのは、いわば、そういうことでした。

筆の速かったはずの彼が終生、書きあぐね、完成にまで至らなかったものです。ただ、下書きを読むかぎり、大筋はできているようでした。……そこには、母親のいうとおりに動くサロメはいませんでした。彼女は、みずからの意志で、洗礼者ヨハネの首を求めたのです。理由は何か。ヨハネへの関心、異常なまでの執着でした——

セルモスによる草稿では、サロメは、義父にあたるヘロデに言い寄られており、そこから逃れつつも、別の男への想いを募らせていきました。城の地下に幽閉されている聖人、ヨハネです。地下から聞こえてくる彼の声に導かれ、いざなわれ、牢の番人を懐柔して、彼と出逢ったことが、すべてのはじまりだったのです。

サロメにとってヨハネは未知の存在でした。まったく理解のおよばぬ偉人との邂逅。その印象、風貌、所作、思想、発言の内容に、彼女は衝撃を受けました。

これまでは領主の娘として、なんの不自由もなく暮らしてきた彼女です。だからこそ神と清貧の世界に生きるヨハネに、焦がれるほどの探求心が芽生えました。もっと彼のことを知りたいと願い、夜ごと、牢の格子ごしに会話することを試みました。

ヨハネは、そんなサロメのことを拒絶しました。彼は原典どおり、サロメの母の不実な結婚を非難したために投獄されていました。彼にとってサロメは、糾弾すべき女の娘でしかなかったのです。

互いに通じあわぬ想い。サロメはヨハネを深く知ろうと接近しますが、ヨハネはサロメに心を開かず、彼女へと辛辣《しんらつ》な言葉を浴びせます。ふたりが打ち解けあうことは永遠にありませんでした。牢獄の内と外で交わされる言葉が結びつくことはありません。そこに籠《こ》められた気持ちが相手に届くこともありません。不毛な交流は毎晩、くりかえされて、両者のあいだに横たわる深淵の暗さ、底知れなさを、まざまざと映しだしていきました。相互理解——そんなものは、ふたりのあいだには生まれませんでした。

しかし、それゆえにサロメは魅了されたのです。自分とはまったく別の世界で生きているヨハネの考えること、思いわずらっていることを、ほんの少しでも感じとるため、息をひそめ、耳をかたむけました。彼女には聖人の言葉の意味するところを理解することはできなかったでしょう。聖人の思惟《しい》の深さ、偉大さに、恐怖せんばかりの感動をおぼえたこともあったでしょう。やがてそれは畏怖の念となって、サロメの魂を縛りつけたのではないでしょうか。ヨハネからの辛辣な言葉すら、そのときの彼女には甘美なものに感じられたかも知れません。

どんなに心をささげても、身を尽くしても、あの人に近づくことはできない――そう悟ったサロメは、あるひとつのことを決意しました。以前から言い寄ってきていた義父の要望に応え、七枚のヴェールをまとった姿で、舞いを披露したのです。

それは見る者すべての心を奪う、美しくも妖しい舞踏でした。

きらびやかに渦を巻くヴェール。官能的な揺らめき。サロメの少女としての一面と、淫靡《いんび》な一面が、ヴェールのひらめくたびに、移ろいでいきます。穢《けが》れなき少女であるかと思えば、魔性の女のように。狂的な女かと思えば、理知に長じた才女のように。ヴェールが彼女の顔をさえぎり、体を隠して、ふたたび露わになったとき、それまでとは裏腹の一面を垣間見せる――そんな幻惑の舞いを、踊ってみせたのです。

義父であり領主でもあるヘロデは魅せられました。事前に「どんな褒美でもとらせよう」と約束していたため、サロメに、何を望むのかと訊ねました。

「ヨハネの首を頂戴したく思います」

それが彼女の答えでした。

困惑するヘロデ。ほかの褒美ではどうか、望むなら領地の半分でもくれてやる、と提示するものの、サロメの意志は変わりません。根負けしたヘロデは、やむなく、ヨハネの処刑を実行しました。斬り落とされたヨハネの首が、銀の皿に載せられてサロメのもとへ届けられると、彼女は、愛おしげにそれに触れて、いくつもの想いの言葉を囁きました。そしてヨハネの唇に――すでに事切れている聖人の生首に――みずからの唇を重ね合わせ、口づけをしたのです。

恍惚の時間はそう長くはつづきませんでした。これを見ていたヘロデは、サロメという女の異常性に取り乱し、兵士たちに命じて、彼女をも殺してしまいます。その場で絶命したサロメは、それでも最後までヨハネの首からは手を放さなかったということです――

――以上がセルモス・ワイルドによって書かれた〈サロメ〉の草稿です。このように語ると、そのほとんどが完成しているように聞こえますが、細部は詰められておらず、特に心理描写については下書きが無数に書き起こされてなお定まらないという、収拾のつかない状態になっています。原典と比べ、サロメという女性の内面に焦点があてられ、心と心が通じあわないがゆえに凶行におよぶその精神のありようを浮き彫りにせねばなりませんでした。サロメはなぜヨハネを殺すことに決めたのか。彼に口づけをしたのか。最後に囁いた想いの言葉とは何か。それらをどこまでも追求し、セルモスにしか表現しえない世界観のもと、耽美に、背徳的に、まとめあげる必要があったのです。

ゆえに、彼の生きているうちには決定稿には至りませんでした。死して、幾星霜を経て、〈終古の人籃〉に来てからも、彼はこの作品に手をつけることはありませんでした。私も意図的に話題にするのを避けました。いまさら、なのです。彼は彼で新しいものを書きたいでしょうし、いつまでも過去に囚われて創作するのは、あまりにも哀しいことのような気がしました。あの人にとっては、おのれの凋落を象徴する一作でもあったでしょう。それを思い出させてしまうことに、どれだけの意味があるというのか――

……だというのに、私は私の人生を語るこの書簡において、こんなにも多くの分量を割いて、この作品について触れています。かつてセルモスは、私とサロメを同じものだとみなしました。それがどうしてなのかは、いまもこの胸の奥、切なる想いの湧き出てくるところで、澱《おり》のようなものになって、よどみつづけています。――情欲の塊。そう呼ばれて、その真意をはかりかねて、彼のそばで彼の創作活動を目の当たりにしていた、あのころ。私には決して成しえぬ表現の世界で生きるあの人の、その手によって再創造された女性は美しくて、妖しくて、悩み多くて、おそろしくて。それに私が重なるというだけでも分不相応な発想ですが、もし、そうだとするのなら、彼女もまた情欲とともに生きた存在だったのでしょうか。それは男女の愛や恋といった言葉に集約されるものなのでしょうか。それ以外の何かがともなうものだったのでしょうか。考えるほどにわからなくて、いつしか私は〈サロメ〉という作品が埋没していくのを感じながら、それにまつわる思い出が薄れてゆくのを受け入れて、追想する時間も少なくなって、無理に甦らせようとすることもなく、そっと哀悼し、そこから離れていったのです。

玲伎種は残酷な知性体です。セルモスをはじめ、数多の作家たちを標本にして終わることのない創作活動に挑ませています。死ぬことはできません。人間であることを辞めることはできません。書くために、人間であるからこそ書けるものを書かせるために、忘れ去られようとしていた過去も、このような私の想いすらも復元し、そこから何かが創られるのを待っています。セルモス・ワイルドは〈異才混淆〉による共著を達成するため、その中心人物となりました。すべての作家が連携して超巨篇を著すほうが良いのか、それぞれが個々の世界観のもと、孤立しつつも互いを照らしだす星々のごとき作品群を創出したほうが良かったのか、これまでずっと判断を下せずにいました。私の意思はともかく、どのような形であれ、皆さんが玲伎種についての物語を紡ぐのなら、私という凡愚がいかにして生きたのか、なにゆえに玲伎種に選ばれ、〈終古の人籃〉に呼ばれることになったのか、それを解き明かすため（あるいは、解明できなくとも、フィクションとしての物語を成立させる一要素、原案にしてもらうため）、これまでに綴ってきた四通の書簡が、なんらかの参考になれば幸いです。いまはただ、あの人にも、ほかの作家の皆さんにも、最高のものを書いてほしいという願いがあるだけです。人類の終焉を飾るにふさわしい、人の、人による作品を——私がその「人」にふくまれるかは甚《はなは》だ自信はありませんが——、手がけてほしいという気持ちから、冗長で拙劣ながらも、剝き出しの私の心を文章化したものを贈らせていただきました。永遠に保管されて行き場をなくした標本の、それを閉じ込めた施設のなかで、私たちに何ができるでしょうか。創作のために使える無限の時間をえるかわりに、私たちは、有限であることの可能性を失ってしまいました。ならば、せめて、かつては有限であったことを胸にいだきながら、それに殉じることで新たなものを生みだせはしないでしょうか。たとえ肉体は死せずとも、創作の過程においてその精神が死することはあるかもしれません。死んで、それとひきかえに生まれてくるものがあるのなら——

人が、人として死んで。物語が、物語として語り尽くされる。永劫の時のなかに、そんな通過点があるのなら。たとえその後にも世界が終古に在ろうとも、私はそこで果てたいと思います。いつか、標本となったすべての作家たちが筆をおくことのできる、その機会がおとずれることを祈って、この書簡を締めくくりたいと思います。……

第四章　閉鎖世界の平穏《アサイラム・ピース》

人間は邪悪なものであると考えるのは罪である。だが、たいていの場合、間違ってはいない。

——ヘンリー・ルイス・メンケン

I

「駄目です。何を書いても、ばかばかしくって、そうして、ただもう、悲しくって仕様が無いんだ。いのちの黄昏《たそがれ》。芸術の黄昏。人類の黄昏。それも、キザだね」

「ユトリロ」

私は、ほとんど無意識にそれを言った。

「ああ、ユトリロ。まだ生きていやがるらしいね。アルコールの亡者。死骸だね。最近十年間のあいつの絵は、へんに俗っぽくて、みな駄目」

「ユトリロだけじゃないんでしょう？　他《ほか》のマイスターたちも全部、……」

「そう、衰弱。しかし、新しい芽も、芽のままで衰弱しているのです。霜。フロスト。世界中に時ならぬ霜が降りたみたいなのです」

……――その一節を拾い読みして、私はしずかに本を閉じた。あの娘《こ》が愛読している小説のひとつだ。終盤、語り手である貴族の女性が、想い人たる小説家と再会した場面。あの娘自身も貴族であったことを考えると、なんだか皮肉に感じられる。

皮肉といえば、会話の内容もまさにそうだ。いのちの黄昏。芸術の黄昏。人類の黄昏。いまはユトリロをはじめ、当時のマイスターたちの、誰もが生き残っていない。彼らの生きていた時代からは八十万年以上が経過している。この終末では文字どおり人類は黄昏《たそが》れており、玲伎種によって管理された標本である私たちしか、人間は存在しない。そして、その私たちもまた研究用に使い潰される。実質的に人類はすでに滅亡しているのだ。

新しい芽は、もはや誕生しない。衰弱するための母体すら喪失している。衰退を通り越して空虚となっている人の群れの幻影に、私は何を見いだそうとしているのだろう。死んだ者は創作できない。永遠に死なない者も創作はできない。人は死ぬ、というごく自然なことさえ禁じられたこの施設で、いかなる物語が生まれるというのか。有限であることを放棄させられた私たちは何を為し、閉じゆくこの世の夢のなかで、何を残せるというのだろう。

《……無数の夢が渦巻いている。私にはもう何が本当で何が本当でないのか区別することができない。まばゆい鉱物の洞窟に閉じ込められた光のような夢。熱く重い夢。氷河期の夢。頭の中の機械のような夢。何もない壁と異様に小さなグラスの底に沈殿した苦い薬に挟まれてベッドに横になったまま、私は夢を思い出そうとする。……》

かつて、生前の私が記述した文章の連なりだ。私のいまいるこの世界も、本当かどうか区別のできない夢の一種にすぎないのかもしれない。そうであればいい。いや、そうであればいいとも思うし、そうであってくれるなとも思う。意識を保つということは苦しみを持続させるということで、それは自主的な、おのれへの拷問をくりかえすことに他ならない。生とは不可分の自虐に苛《さいな》まれ、覚醒するかぎりは途切れぬ精神の呵責《かしやく》に蝕《むしば》まれる。その苦しみの見返りとして与えられるものは、あまりにも乏しい。それでも私は、見つけることができたのだ。

壁には、あの娘の肖像画が飾られている。ひどく暗鬱で弱々しく、だからこそ見る者の心をとらえて離さない美を誇る女性の絵——そこから伝わってくる神々《こうごう》しいまでの痛みと苦悩の質量に、私は云いようもない親近感をおぼえる。完全に同一化できたわけではない。私とあの娘とでは、この世界の見方、解釈の仕方、他者との関わり方などで、異なっている点がいくつもある。それでもその魂のありように愛おしさを抑えきれないのは、きっと私のほうが彼女の苦しみ方に憧れているからなのだろう。

《この世界のどこかに敵がいる。執念深く容赦のない敵が。でも、私はその名を知らない。顔も知らない。これを書いている今、彼がこの部屋に入ってきても、私には、それが当の敵だとはまったくわからないだろう。……》

私が敵と表現したそれを、あの娘は、なんと表現するだろう。聖人だろうか。絶対的な上位者だろうか。ともかくも、それに対しておのれのほうに非があるのだと裁定するだろう。私が表現するところの〈敵〉に頭《こうべ》を垂れ、膝をつき、拝跪《はいき》するという態度をとるのだ。それは紛れもない屈服であり、敗北だ。けれども、みずからの意思によって敗北していくあの娘の憐れな生き方に、私は狂おしいまでの親愛を感じる。不幸と敗北は分かちがたい。そのふたつに挟まれながら、あの娘は、自分以外のすべての人間が自分よりも優れている——などという狂った世界観を、大切に大切に、胸に抱《いだ》きつづけてきたのだ。

もう充分なはずだ。私たちは筆をおかねばならない。書けなくなった物書きを、いつまでも机に向かわせておくだなんて、ばかげている。

窓の外を眺める。私が生きていたころには存在しなかったロンドン・アイの廃墟が風化し、砂山のそれのように崩れ落ちていく雪景色がみえた。なんの感慨もない。似たような光景ならば見飽きるほどに見てきたのだから。霜。フロスト。さっき読んだ小説のなかでは、世界中に時ならぬ霜が降りたみたいだといっていた。それを比喩的表現としてではなく、物質的にも実現させてしまったのが、いまの、この終極だった。

あの娘の肖像画は、私以外の作家には劇物となる。いや、もうひとり、セルモス・ワイルドと、私以外には——というべきか。過去、彼女との直接対話によってその内面に触れたことのある私とセルモスは、その裡《うち》にある痛苦の質量を受けとめる心構えができていた。しかし、なんの前触れもなくこの肖像画をわたされ、鑑賞することになったら、どうだろう。これは劇物だ。セルモス・ワイルドの代表作〈痛苦の質量〉が、現実にもおこなわれるということの危うさ、それを、他の作家たちは理解していない。だが、それはそれでかまわない。問題は、どうすればあの娘にとって最良の結末を迎えられるか、だ。私がこの施設にいるのは、そのためだけだといってもいい。肖像画に添えられた、四通の書簡。その文面の最後には、あの娘らしい悲壮さにみちた、私たちへの嘆願が記されていた。その願いを叶えてやりたいとは思うけれども、それにも限界があるだろう。私は肖像画を持ち運ぶ。自室の壁からそれを取り外し、次にそれを観るべき者の部屋へと移していく。しばらくして、私は再訪するだろう。そして、また別の部屋へと運び去るだろう。〈文人十傑〉の全員が鑑賞し終わるまで、この作業をくりかえす。これは私自身が、すすんで引き受けた仕事だ。効率性や公平性を考えるなら、受けとった側の人間が、順番にこの役目を請け負えばいい。個々の手間や負担も平等になる。しかし私は、そのやり方をしりぞけた。おそらくは耐えられないだろうから。あの娘の肖像画を鑑賞し、四通もの書簡を読んだあとでは、他の作家のもとをおとずれる気力など残っていないだろうから。

そういうわけで、私はこの絵の運搬係を担うこととなった。各部屋へと持ち運ぶ際、それを迎え入れ、手放していく各人の様子をつぶさに観察することができた。それなりに会話することもあったし、互いがまとわせている表現者としての気配、その表層でうごめく触覚のごときものが錯綜することもあった。私はこれまで意図的に他《た》の作家との接触を避けてきた。無論、彼らの作品は読破している。この機に彼らの心性や作家性を、作品からでなく、当人から、直截にうかがい知ることができたのは収穫だったと思う。

なかでも、もっとも印象的だったのは、あの男だった。透明人間。

私が入室し、挨拶もせずに荷物をテーブルにおくと、向こうもいっさい挨拶せず、私のかたわらにまで近寄って、乱暴な手つきでその梱包を解いたのだった。なかから出てきた肖像画をみるなり、こうつぶやいた。

「案の定か」

その言葉の意味するところを察していた私は、――正確には、すでに読んでいたために知っていた私は、特に問いただすこともなく、先をうながすような返事をした。

「このために、セルモスはあなたのことを呼んだのかしら」

透明人間からの返答はない。かまわず、私は語を継いだ。

「〈痛苦の質量〉と〈道化の亡骸《なきがら》〉。……あの二冊は、どちらも絵画が、話のなかで重要な価値をもつ。もちろん、それは単なる偶然の一致でしょう。けれど、あとから、こじつけることは出来る。セルモスにとっては、あなたの思い描いた画風こそが、この娘を表現するのに必要な、理想の手法だったのでしょうね」

そばにたたずんで、私もその絵を見下ろした。

もう何度も目にした、陰惨というだけでは足りないほどの異質な美。その画風は、いま、私の横にいるこの男の想念によって織りなされたのだ。もっと云えば、その由来は現実の印象派の画家たちにまでさかのぼることができるだろうが、虚構の世界でこの趣向をより高次に結実させたのは、まちがいなく彼だった。

透明人間の正体。それは日本から渡英してきた小説家、辻島衆だった。

彼は小説を書かない。何もしない。亡霊のように、ただ、この館にいる。この館にいることだけが、おのれの仕事だとでもいうように。

だから私は、この男を透明人間だと認識している。彼自身もそれで異存はないだろう。

視線を肖像画から離し、室内を一瞥した。小奇麗なものだ。生活感の欠片《かけら》もない。私はゆっくりと移動して、さして使われてもいないであろうソファに身をしずめた。

「なんてことない女にみえたな」

何気ない口調で、透明人間はそういった。視線は、いまだ絵のほうにそそがれている。

絵のモデルになった女性と、この男は、すでに面識があった。特にこれといった深いかかわりのないものだが、女性のほうは、彼の愛読者でもあったために、いま少し距離を近づけられないか、思いあぐねている様子だった。私はどうにかしてやりたかった。

「そうね。なんてことない女よ。そして私の、大切な恋人」

私は、どこかしら挑発的なニュアンスをふくめてそう答えた。自然と、恋人という言葉が、自分の口からまろび出たのが、うれしかった。

それを耳にした直後、男は、ようやく絵から意識を引き剝がした。私のほうへと顔をむけ、何もいわずに、数秒、瞠目した。「恋人か。いたのか。……それは夢だったんじゃないのか」

「読んでくれているのね、私の小説も」

「渡英する前に、数冊だけ」

「光栄だわ」

私は微笑んだ。

ペンネームを変えてから書いた、第一作。私みずからの入院生活を虚構化した、連作短篇集。その作品全体をあらわす、象徴的な一文があった。混じり気のない孤独の表現。

《私には友人が、恋人がいた。それは夢だった》

II

人間ほどすばらしい存在はない、とバーバラ・バートンは信じてきた。

彼女自身が人間として生きた二十一世紀においても、標本として生まれ変わったこの終末においても、それは彼女の生命を彩る基本理念として脈動していた。

人類が滅亡するまでに、途方もない数の、人間を賛美する物語が生みだされた。バーバラはそれらを素直に受けとめ、ヒューマニズムの崇高さに胸を打たれて、自分もまた物語を紡ぐ側に、つまり、小説家になることを志した。愛。人間への愛。男女の愛。同性愛。さまざまな恋愛。家族愛。友愛。そのどれもが幸福への道標として機能すると思っていたし、それは万人に共通する普遍の真理だとも認識していた。彼女はその生涯を通じ、人のもちうるすべての形質の愛情を表現し尽くした——とまではいかずとも、物語を介して、愛の尊さを人々にひろめる、増幅器のような役割を果たしてきた。

一方で、その増幅器の効果がおよばない領域があることも知っていた。

背徳的な物語の書き手であったセルモス・ワイルド。不条理と狂想があらゆるものを無惨にゆがめていく小説の著者、クレアラ・エミリー・ウッズ。その気になればいくらでも芸術的に完成された作品を生みだせたのに、最終的には自己の真実に殉じて自殺を遂げた辻島衆。そういった、バーバラが書き為さんとしているものとは真逆の世界観を有する、破滅型の作家たち。そして、それら作家たちの小説に没頭し、熱烈に支持する、けっして少なくはない数の読者たち。彼らに愛は届かない、……純正の愛は届かない、と訂正すべきだろうか。痛みや哀しみや恐れを、疑いを、ときとして憎しみをともなわずにはいられない。この世には、愛を愛のまま受けとめられず、別の何かへと変質させなければ感受できない人々がいる、ということを、バーバラは知識としては心得ていた。

けれどもそれは、多少の誇張をまじえて云っている、いわばポーズなのだろうとも解釈していた。人間ほどすばらしい存在はない。愛ほど尊いものはない。そう信じてきた。

《無条件の、ヒューマニズムの礼賛。思考停止の賜物《たまもの》でもあるかのような、人道主義のストーリー》

書簡に記されていた文章が脳裏をかすめる。それは、記述者である女性の声をともなっていた。

《だけど世界には、そうした物語があふれるように存在し、読まれ、出版されてきました。それは、人間が、ヒューマニズムを尊重し、そこに幸せを見いだしていたという、何よりの証明であったのか、それとも、……》

それとも？　バーバラにはそうした思考の展開がなかった。その先に記された文章に、彼女はふるえた。

《私には、わからなかったのです。人とは、どういった生き物で、何をするために生きていくものなのか――》

幸せになるため。そのはずだ。だけど、ああ、この女性は、幸せというものさえ、うまく理解できておらずにいる。

《想いと想いは通じあったと、そう確信できる時はあるのでしょうか。それは錯覚にすぎず、それなのにその錯覚を幸福として生きていくのが、人間の在り方なのでしょうか》

バーバラは、この部屋に新たに飾られた肖像画へと目をむけた。そこには、いま幻聴として聞こえてくる声の主と同じ姿があった。狂えるくらいに美しい、わが子のように接してきた女性の絵。

《人間であるとは、どのようなことなのでしょう》

絵を観つづけながら、バーバラは沈黙する。

答えられない。答えようがない。そういったことは誰かが誰かに教え諭すことではなく、それぞれの人生のなかで、それぞれが感じとっていくものだから。それをも察せず、一心に問いかけてくる彼女の魂が、痛ましくて、たまらない。

苦しみが伝わってくる。彼女がどれほど傷つきやすい、剥き出しの繊細な感性でいたのか、わがことのように染み入ってくる。

もうポーズだなんて解釈はできない。誇張どころか、むしろ控えめな表現であったとすら思える、痛苦の質量。これまでに自分の書いてきたものを否定するつもりは毛頭ないが、この世界には愛の表現に加えて、それとは相容れない何か、その何かの表現が、たしかに必要なのだと思わせてくれる、あえかな痛哭《つうこく》――

ノックの音がした。

応対した。ウィラル・スティーブンだった。相談があるという。普段は交流をもたないふたりが、その日、時間を忘れて語りあうこととなった。ウィラルの相談事に、バーバラは明確な助言を与えることができなかったが、ウィラルもそれは知っての上で、ただ胸のうちを聞いてもらいたくて訪問したのだろうことはよくわかった。

彼の吃音《きつおん》は、彼の描く壮大な物語とは裏腹に、ほんの些細なことでも大切なものなら拾い上げようという細やかさにみちていて、むしろ耳に心地よかった。


その日の夜、もうひとりの来訪者があった。今度はノックの音がしなかった。いつのまにかバーバラの部屋のなかにやって来て、おずおずと、そこの主人の様子をうかがっていた。

「あなたが、昼間きたあの人を困らせた犯人かしら、お嬢さん」

バーバラは微笑み、こころよく迎え入れた。

それは本来、生まれてこなかったはずの子供のひとり。ある児童文学作家の願いによって仮初《かりそめ》の生命《いのち》を宿すことのできた存在。

名をパレアナという。

うっすらと透きとおった全身からはバーバラを気遣うような気配がただよってくる。髪の長い、可憐な雰囲気の少女ではあったが、声を発することはない。もとより、その顔には目も口もない。ゆえに、表情が形成されようはずもないのに、それでもその少女が不安げに顔を曇らせているのが、わかるような気がした。

「私のことを心配してくれているの？　やさしいのね……」

じっさい、バーバラが消沈していることは〈終古の人籃〉で噂になっていた。あんなに生き生きとして華やかだった彼女が、〈異才混淆〉の刷新によって、たかが一枚の肖像画と、四通の書簡によって、部屋にこもりきりになるほどのショックを受けている。その事実に、いささか不穏なものを感じている作家たちが、〈文人十傑〉の他にも、大勢いるのだ。

この少女、パレアナも、そうなのだろう。

彼女はこの館で「よかった探し」というゲームをしている。どんなに不幸で絶望的な状況でも「よかった」と思えるものを見つけだそうというゲーム。それをおこなううえで、バーバラのことは、見過ごせなかったのだろう。

「私は大丈夫よ。少しね、考えごとをしているだけ」

小さな来訪者をソファへといざなって、彼女自身もそこへと座る。すぐそばで感じる、いたいけな体軀の所作が、わずかにバーバラの心をなごませた。

「最近、自分の娘《むすめ》のように思っていた子が、胸のうちを明かしてくれたの。それが、私の思っていたものよりも深刻で……、ええ、そう、誰にだって悩みはあるもの、それは当然のことだけれど……、人間とは何なのかなんて、おいそれとは答えられないし、私自身、わかっていなかったのかもしれない。突き詰めれば、歴史上、わかっていた人なんて、存在しないのでしょうね。それならいっそ、その問題自体を忘れてしまえばいいのに、あの子はかたくなに、それにこだわろうとする。……いいえ、その問題から、どうしても逃げられないでいる……」

パレアナにむかってというよりは、ひとりごとを口にするように、バーバラは述懐した。

いままでも、肖像画から伝わってくる、苦悩の感性。それはバーバラの世界観にはなかった痛みをもたらしていたが、それを拒みもせず、彼女は、血のつながりのない「娘《むすめ》」のため、いかにすれば痛みを克服できるか、それについてをずっと自室にこもって考えていた。しかし、その思索すら、まともにできずにいた。

「生きていくのに、ここまで、苦しまなければならないことなんて、ない。なのにあの子ったら——

「あの子が苦しまないですむ世界を、創ってあげたい……

「それがたとえ、小説のなかの、虚構のものであっても。

「でも、これまでの私が書く小説の作風じゃ、それはできそうにないの……

「私はね。私は――

「私は、人間のことを畏れている人間をも、愛せるようになりたい」

パレアナは、心のない人形のように、ただそこにいた。バーバラがその髪の毛にそっと触れる。少女は、されるがままでいた。髪をほぐされながら、じっとバーバラの話を聞いている。

髪の毛を梳《と》いていく。一房、また一房と、いたわるように、つづけていく。その髪の毛と「娘」の心を重ねているかのように、丁寧に、無心に――

そうして。なぜか、伝わってきた。

壁に飾られた肖像画のそれのように。波及したのは、まず何よりもバーバラを助けたい、慰めたい、という気持ち。そして、この館にいるすべての作家への好奇心と親愛の情、とりわけマーティンへの思慕、さらにはウィラルへの同情心と、そこから生じる使命感。

それらすべてを織り合わせた末に生まれたのであろう、新たなことに挑戦する恐れと、それを上回る意志の力だった。

バーバラは驚いていた。暫時《ざんじ》、声を失っていた。肖像画からの影響を中和するとまではいかずとも、いくぶん、そこからの苦しみをやわらげる効能が、パレアナの決意にはふくまれていた。

「……そう、あなたはそんなことを考えていたの……」

伝わってきたイメージの荒波から浮き上がり、現実の空間を見返すと、パレアナが、そのつるりとした面相をまっすぐにバーバラへとむけていた。

これまでは、マーティンでなければパレアナとは意思疎通ができないとされてきた。だが、彼ほどしっかりとした疎通ではないにしろ、たしかに伝わってくるものがあったのだ。

昼間、ウィラルのいっていたことは本当だったのだと実感した。

「それが、あなたがこの館で見つけた『よかった』なのね」

行き場のない、どうしようもない気持ちがバーバラを衝き動かし、目の前の小さな少女を包み込むようにして、抱きしめた。

「マーティンにもウィラルにもまだ伝えていないのね？　マーティンとは喧嘩することになるかもって？　そうね、はじめのうちはそうなるかもしれない。でも、最後にはきっと許してくれるわ。わかってくれるはずよ、彼なら、きっと――

「それにね、子供はいつか親元から離れていくものなのよ。そのときには互いに反発して、喧嘩して、そのあと和解するのは、まあ、通過儀礼みたいなものだから。

「私はあなたの味方よ」

その場でおこなわれているやりとりを、いかに形容すればよいのだろう。

なんの事情も知らぬ者が冷酷に観測してしまえば、ただ、ひとりごとをつぶやきながら、もの云わぬ人形のような、半透明の亡霊のような、そんな何かを抱きしめる老女の狂態。そのようにもみえるだろう。とうとう頭がおかしくなったのかと思われかねない、奇妙な有様だったが、その場にいる老女と少女にとっては真剣だった。侵されることのない、しずかな交流だった。

「ねえ……

「あなたは、世界にどれだけの苦しみがあるのか、それを前もって知っていながら、それでも生まれてくることを選んだのよね……

「ありがとう」

その老女は泣いていた。悲しみに暮れてのそれではなく、嬉し涙、というのとも、すこし異なる。ロマンスの女王。英国最後の貴婦人。世間からそのように形容され、またそうであることに恥じない立ち居振る舞いをしてきた恋愛小説家、バーバラ・バートンらしい、愛と情熱に彩られた笑みを浮かべつつ、その目尻から涙がにじみ出てくるのを抑えられないでいる。

「あなたはあなた自身のために生まれたのであって、私のためにではないというのはわかっている。でも、ありがとうと、いわせて。いま、ここに存在してくれていて、私はほんとうに慰められたの」

抱きしめられた少女のほうには、涙を流すための目すら無い。そのため、まったく同一の反応を示して、相手と同調する術《すべ》をもたない。

ただひとつ、単純な動作として、抱きしめ返した。女王からの寵愛に応えるように。

――――――……

――それから、いくらかの月日が流れ、バーバラのもとにウィラルとパレアナの両名が、そろって訪問していた。

壁にはもう、あのときの肖像画は飾られていない。かわりに、別の小説家の肖像画が設置され、〈文人十傑〉は新たな小説の執筆にとりかかっている。その合間を縫っての会合だった。

「そう……。ついに、玲伎種からも認められたのね」

「貴女には、感謝している。……今日は、そのお礼に……」

「私は何もしていないわ。あなたたちからは、もらってばかり」

たおやかに頬杖をついて、バーバラはすこし悪戯っぽい笑みを浮かべた。「マーティン、寂しがっているんじゃない？」

早川書房の新刊案内　2023 1

〒101-0046 東京都千代田区神田多町2-2　電話03-3252-3111

https://www.hayakawa-online.co.jp　● 表示の価格は税込価格です。

(eb) と表記のある作品は電子書籍版も発売。Kindle/楽天 kobo/Reader™ Store ほかにて配信

＊発売日は地域によって変わる場合があります。　＊価格は変更になる場合があります。

第10回ハヤカワSFコンテスト大賞受賞作

標本作家

小川楽喜《おがわらくよし》

西暦80万2700年。人類滅亡後、高等知的生命体「玲伎種」は人類の文化を研究するために、収容施設〈終古の人籃〉で標本化した数多の作家たちに小説を執筆させ続けていた。不老不死の肉体と、願いを一つ叶えることを見返りとして――人類未踏の仮想文学史ＳＦ！

四六判上製　定価2530円［24日発売］(eb1月)

◎ 選考委員からの評価

「自分に能力があればこういうものを書きたい」と思わせる内容だった
――神林長平

創作の価値とは何か、なぜそれをしなければならないのか。結末の美しさは他を圧していた
――小川一水

冒頭から監視者がなぜ存在するのかの謎を提示し、小説家たちの新たな取り組みを匂わす。引っ張り方に隙がなかった
――菅 浩江

早川書房の最新刊

2023 1

●表示の価格は税込価格です。
＊価格は変更になる場合があります。
＊発売日は地域によって変わる場合があります。

スティーヴン・キング、ジョー・ヒルをはじめ、ホラー界のレジェンドたちが
激賞する衝撃の英国幻想文学大賞受賞作

ニードレス通りの果ての家

カトリオナ・ウォード／中谷友紀子訳

eb1月

暗い森の家に住む男。過去に囚われた女。レコーダーに吹き込まれた声の主。様々な語りが反響する物語は、秘密が明かされる度にその相貌を変え、恐るべき真相へ至る。巨匠S・キングらが激賞。異常な展開が読者を打ちのめす、英国幻想文学大賞受賞の傑作ホラー

四六判上製　定価3080円［24日発売］

行動経済学の泰斗が、
悪いナッジ＝「スラッジ」を解説

スラッジ

キャス・R・サンスティーン／土方奈美訳

eb1月

ナッジとは、より良い行動を促すことであったが、スラッジとは、理性的な意思決定を妨げるような「悪いナッジ」を表す。ビザの申請や年金給付などの場面で、申請者にとって合理的な選択を阻むものが生じるのはなぜか。スラッジ発生の仕組みと削減について解説

四六判並製　定価2420円［24日発売］

『利己的な遺伝子』『神は妄想である』
著者のイラストつき科学読本。

ドーキンスが語る飛翔全史

カラーページ

1月

生物が何億年にもわたって、また人類が何世紀にもわたって、どのように重力に逆らい、空へ飛び立ってきたのか。史上最大の飛ぶ鳥

全米図書賞翻訳部門受賞！
フランスと韓国にルーツを持つスイス人著者による越境文学

ソクチョの冬

エリザ・スア・デュサパン／原 正人訳

eb1月

冬になると旅行客がほとんどやって来ない避暑地、ソクチョの小さな旅館でわたしは働いている。ある日、フランス人のバンドデシネ作家が旅館にやって来る。彼の中に、わたしは未だ見ぬフランス人の父と父の国への憧憬を重ねるが——。男女の一期一会を描く長篇

四六判上製　定価2640円［24日発売］

『わたしたちが光の速さで進めないなら』
著者による長篇第一作

地球の果ての温室で

キム・チョヨプ／カン・バンファ訳

eb1月

謎の蔓草モスバナの異常繁殖地を調査する植物学者のアヨンは、そこで青い光が見えたという噂に心惹かれる。幼い日に不思議な老婆の温室で見た記憶と一致したからだ。アヨンはモスバナの正体を追ううち、かつての世界的大厄災時代を生き抜いた女性の存在を知る

四六判並製　定価2200円［24日発売］

日本推理作家協会賞&本格ミステリ大賞
受賞作家による《時代劇》小説

大江戸奇巌城

eb1月

学問好きのちせ、男装の浅茅、阿蘭陀人と遊女の間に生まれたアフネス、お家騒動から逃れた喜火姫、武術に優れた野風——少女たちは徳川12代将軍・家慶が治める御世に偶然出逢った。やがて五人は、摩訶不思議な計画で世界統一を目論む存在と対峙することに!!

全世界150万部突破！

『カンバセーションズ・ウィズ・フレンズ』著者による
アイルランド発の恋愛小説

ノーマル・ピープル

サリー・ルーニー／山崎まどか訳

eb1月

マリアンは、お手伝いの息子のコネルとは幼馴染。惹かれ合い、周囲に内緒で付き合い始めるが、高校卒業前に別れてしまう。だが同じ大学に通うことになり――。劣等感や社会格差、すれ違いで引き裂かれた男女の恋愛の機微を描く、全世界150万部超の傑作長篇小説

四六判並製　定価2860円［絶賛発売中］

大好評のヴィクトリアンSFミステリ、待望の第2弾

〈新☆ハヤカワ・SF・シリーズ〉

メアリ・ジキルと怪物淑女たちの欧州旅行　Iウィーン篇

シオドラ・ゴス／原島文世訳

eb1月

ヴィクトリア朝ロンドンで暮らすメアリ・ジキルら、特異な能力をもつ〝モンスター娘〟こと〈アテナ・クラブ〉の令嬢たちに、ヴァン・ヘルシング教授の娘ルシンダから救助を求める手紙が届く。彼女たちは一路ウィーンへ！　大陸で繰り広げられる華麗な大冒険。

ポケット判　定価2640円［24日発売］

本年度アメリカ探偵作家クラブ賞（エドガー賞）最優秀新人賞受賞作

HPB1987

鹿狩りの季節

エリン・フラナガン／矢島真理訳

eb1月

一九八五年、ネブラスカ州ガンスラム。鹿狩りの季節に少女が失踪した。血の付いたトラックに乗っていたことから知的障害のある青年ハルに容疑が。彼の養父母は無実を証明するため事件の調査を始めるが、その背後には小さな村の複雑すぎる人間関係が隠されていた……。

ポケット判　定価2420円［絶賛発売中］

『ファイト・クラブ』原作者、
3年ぶりの新刊邦訳がついに

ンヴェンション・オブ・サウンド

ャック・パラニューク／池田真紀子訳

全世界の人々が同時に発する悲鳴」の録音を目指すハリウッドの
響技師ミッツィ、児童ポルノサイトで行方不明の娘を探し続ける
ォスター。２人の狂妄が陰謀の国アメリカに最悪の事件を起こす
―『ファイト・クラブ』の著者が2020年代の世界へと捧げる爆弾

四六判並製　定価2420円［24日発売］　eb1月

1世紀の最良の一冊」（英ガーディアン紙）
されてきた女性たちの声で戦争を語り直す、傑作歴史小説！

女たちの沈黙

パット・バーカー／北村みちよ訳

ュルネソスの王妃ブリセイスは、敗戦後、奴隷となった。その主
は、家族と同胞を滅ぼした英雄アキレウス。彼女に与えられた選択
支は、服従か死か。だが、彼女が選んだのは――。英国の戦争文学
の旗手が、黙殺されてきた女たちの声で『イリアス』を語り直す。

四六判上製　定価3960円［絶賛発売中］　eb1月

SF2393

…英雄ローダン・シリーズ680

ヴィーロ宙航士の帰郷

ヴルチェク&フェルトホフ／嶋田洋一訳

プシ定数の正常化により〝エスタルトゥの奇蹟〟が消滅しつつあるなか、イジャルコルは十二銀河に新秩序を樹立すべく奮闘するが!?

定価８５８円[絶賛発売中]

SF2394

宇宙英雄ローダン・シリーズ681

アンクラム・プロジェクト

クルト・マール／林 啓子訳

故郷銀河へ戻る手がかりを求めて、ブルーの恒星アンクラムに到着したローダンは、宇宙保安パトロール部隊に捕らえられてしまう！

定価８５８円[24日発売]

SF2395

『パラサイト 半地下の家族』監督ポン・ジュノによる映画化決定

ミッキー7

エドワード・アシュトン／大谷真弓訳

eb1月

宇宙開発で危険な仕事をこなすために生み出された使い捨て人間《エクスペンダブル》ミッキー。すでに六度の死を経験した彼の身に思いがけないことが!?

定価１２１０円[24日発売]

JA1541

究極のミリタリー文明論SF第3弾

工作艦明石の孤独 3

林 譲治

eb1月

セラエノ星系の人類が新たな文明を模索する一方、工作艦明石の椎名ラパーナは知性体イビスとのファーストコンタクトを展開する。

定価１０７８円[24日発売]

JA1542

怪異探検シリーズ、ふたりの佳境

裏世界ピクニック8 共犯者の終り

宮澤伊織

eb1月

裏世界を通じて出逢った紙越空魚と仁科鳥子のふたり。因縁の冴月の危機が去ったいま、空魚は向き合わなければいけない感情がある

定価８３６円[24日発売]

NV1504

2月公開。ティモシー・シャラメ主演映画原作

ボーンズ・アンド・オール

カミーユ・デアンジェリス／川野靖子訳

eb1月

好きになった相手を食べ殺してしまう16歳の孤独な少女は、父親を捜す旅に出て同類の少年に出会う。衝撃のカニバリズム・ロマンス。

定価１０５６円[24日発売]

HM500-1

過去と未来を行き来する本格サスペンス

すべての罪は沼地に眠る

ステイシー・ウィリンガム／大谷瑠璃子訳

eb1月

クロエが12歳の夏、父はルイジアナ州の湿地で6人の少女を殺した。20年後、同じ手口の連続殺人事件が起きる。模倣犯の目的とは？

定価１７８２円[絶賛発売中]

詐欺師の娘の最後の戦いを描く傑作青春ミステリ

詐欺師の母親の元でノーラは何度も

「ああ……。それは、もう……」

「溺愛していたものね。いまのうちに思いっきり甘えておくといいわ。残された時間の許すかぎり」

パレアナが、バーバラに近づいて、その腰に抱きついた。私じゃなくてマーティンによ、という言葉を飲み込み、座ったままのバーバラが、その少女の髪を梳く。あの夜のときのように。

「話、は、変わる、が……」

途切れ途切れに、いいにくそうに、ウィラルが切り出した。

「あの、肖像画や……四通の書簡、のこと、だが……。メアリは、けっして……、貴女のことを、批判するつもりで……あのような文章を、書いたのでは、ない……と、思う。だから、貴女は……、その……」

どもりながら、つっかえながら、それでも懸命に言葉をしぼり出そうとするウィラルに、バーバラは、心のこもった手製のプレゼントを受けとる直前のような気持ちになる。

「……メアリは、ほんとうに、貴女のことを、慕っている。それは、間違いないと思う……」

「わかっているわ」

気品にあふれた首肯とともに、彼女は、英国最後の貴婦人としての風格を保ったまま、ウィラルからの贈り物を受けとった。読書のときに人間のすばらしさを、愛の尊さを、いつも、素直な心で感じていたのと同じように。愛を愛のまま受けとめられる人間の、それが最低限の務めなのだと自覚して。

「あの子が私を傷つけるつもりじゃなかったのは、誰より私が知っているの。そして、そのうえで私は宣言するわ。無条件の、ヒューマニズムの礼賛。思考停止の賜物でもあるかのような、人道主義のストーリー。……終生、それを書きつづけてきたのが、この私、バーバラ・バートンよ。これは厭味とか、卑屈とか、そういうのじゃなくてね。そうであった私自身のことを、なにより、誇りに思っているの」

そういって、女王は優美に破顔した。

「でも、人間には、そういう小説だけじゃあ足りないってことも、痛感したわ。愛に照らされた、その光の外側で生きる人たちもいる……」

立ち上がって、本棚から一冊の本を取り出す。巻末のほうへとページをめくっていく。

その表紙には〈道化の亡骸〉と記されていた。

「この機会にね、〈痛苦の質量〉も、〈道化の亡骸〉も、私なりに精読したの。どちらもすばらしい作品だった。でも、特に心に残ったのは、〈道化の亡骸〉のエピローグの、ここよ」

該当のページをみつけ、バーバラはそこの音読をはじめた。

この小説のプロローグとエピローグには、本篇の主人公とは別の語り手がいた。

そして、その語り手と言葉を交わす人物の、何気なく洩らしたひとことが、この作品の最後をしめくくっていた。語り手が立ち寄った、とある喫茶店のマダム。彼女が口にした、胸の裡《うち》。最後の一行の、そのひとこと。

バーバラは、まるでその人になりきっているかのように、心をこめて、音読した。

それが終わると、本来の自分の口調をとりもどして、

「私にとってはね——」

サイドテーブルに本をおき、ゆっくりとパレアナのもとに歩み寄る。その頭を、ふたたび、愛おしげに撫ではじめる。

「——私にとっては、パレアナも、メアリも、そう、まるで、神様みたいな、いい子なのよ」

それは、さっき読み上げた小説の、マダムのそれと、ほとんど同じ台詞だった。

「〈道化の亡骸〉の主人公や、この子、パレアナ。それに、メアリが神様だとするなら、悪魔は、いったい誰なんでしょうね」

慈《いつく》しむような目で、パレアナを、そして、ここにはいない精神的な娘を、包み込もうとしているような気配、しかし、であると同時に、それが達成されずに終わるだろうことも、すでに悟っているみたいな、儚《はかな》げな印象だった。

「……バーバラ、その、なんというか……」ウィラルが語りかけた。「人が、人に、してやれることには、限界が……ある、と、思うのだ。貴女も、メアリも、そのあたりの、ことを……ことに……、強く、責任、を、感じすぎている、ように、思える……。かかえこみすぎている、というか……」

「ええ、そうね」バーバラはうなずいた。「あなたのいうとおりよ、ウィラル。でも、こんな私にもできることが、まだあるように思うの」

そう答える女王の背中からは、やはり、儚さが拭えない。

「想いと想いが通じあうことで私は幸せを感じるけれど。その光のなかで生きていられると、思えるけれど。そうではない人たちがいるのなら、もう、光のない世界を創っちゃえばいいのよ」

儚さの印象が強まっていく。その毅然とした態度とは裏腹に、ふくれあがっていく。

「あの子は、心を通わせられる人間のいないところへ行ったほうが、幸せになれるのかもね」

創作のための何らかのアイデア、暗示、比喩、とみなすには、あまりに不穏なバーバラの発言だった。ウィラルは、どこかうすら寒いものを感じて、数歩、彼女から後ずさった。

そういえば、もうすぐ百年目になる。この女性と、その夫が再会する、記念の年。〈文人十傑〉全員でのぞむ新たな小説の、その下書きがすすめられるとともに、バーバラにとって最愛の人との百年ぶりの逢瀬が、間近にせまっていた。

III

《私には友人が、恋人がいた。それは夢だった》

当時の私はすべてを失っていた。それでも待ちつづける日々を送っていた。この館は、〈終古の人鑑〉は、あのときのサナトリウムとよく似ている。何もかもが清潔で残酷な空間のなか、どこにも行けない人々が、どこにも行かぬまま、停滞している。

「ほかには何を?」

目の前の透明人間は、私の著作を数冊読んだという。つと興味が湧いて、なんとなく訊ねてみた。

「あれが良かったな。お前の最終作。世界じゅうが凍りついていく……」

「ああ、〈無知の情景〉」

私はタイトルを補足した。

もうひとつの終末を描いた物語だ。文学史的には、私がほぼはじめて脚光を浴びた作品だといえるだろう。一応、代表作ということにもなっている。あの娘《こ》も何度も読みかえしてくれた。

「一人称なのに、視点が遊離しているのが、おもしろい」

「あなたの国にもそういうのはあるじゃない。たとえば、〈限りなく透明に近いブルー〉」

「ああ、まあな」

口寂しくなったのか、透明人間は近くの棚から煙草をとりだして、マッチを擦り、火をつけた。

「あんなもん、よく知ってたな」

「あなたのほしがってた賞を、あっさり受賞してたっけ」

「ふん」

紫煙がただよう。肖像画をわたすという用件は済んだのだから、私はもう退出してもいい。退出しろと命じられても仕方がない。だがこの部屋の主人は、そういったことを要求せず、私がここに居残ろうが居残るまいが、どちらでもかまわないといった態でいる。煙草を愉しみながら、会話がしたいのなら相手になろうという気配すらみせている。

私はその誘いに乗った。

「で、そのなんてことない女のことなんだけど、あの娘は、あなたの小説の熱心な読者よ。別に賞なんか、もらわなくたって良かったじゃない。それとは関係なしに、あなたの作品は日本の文学に欠かせないものとなった。さらには、国内にとどまらず、海外にも読者を増やしていった。あなたの死後、あなたの作品は、ずっと読まれつづけてきた……」

「そんなのは、ここにいる連中、皆《みな》、そうだろ」

「それはそうだけれど、たとえば自分の人生観や生き方を根底から変えてしまうかもしれない、それなのに読まずにはいられない、そういう向き合い方をされている作家が、はたして、どれだけいるのかしら。あなたはその代表格なのよ、アルコールの亡者さん」

私が言葉をならべていくほどに、その男は不機嫌になっていった。特に、最後のひとことは、おのれの小説から引用された意趣返しなのだと察して、苛立ったようだ。

私は追撃した。「あなたの作品群は前期、中期、後期と区分されるけど、あの娘はそのどれもが好きで、でも、強いて挙げるなら後期の作品のいくつかが胸にせまるそうよ。もっと、かまってあげたら？　こんな時代に生き残っている、貴重なファンなんだから」

「あの男からもそういわれた」

深い溜め息とともに吐き出された言葉。その顔には恨み言をいいたげな色がにじみ出ていた。

「あの男って、セルモスのことかしら」

「ああ」

「それは渡英する前の話よね。手紙で依頼されたことなのでしょう、いえ、事によれば脅迫――」

「ぜんぶ答えなきゃならんのか。もうすこし理解力のある女と思っていたが」

「へえ」

私は追及を切り上げた。そう――。さっき判明した事実と、いまの返答の仕方だけでも、じゅうぶんに参考になる。私のなかで組み上がっていくものがあった。

「お前のほうはどうなんだ」彼は反撃に転じた。「その女はお前の恋人なんだろう」

「そうね。けど恋人といっても、文字どおりの意味じゃない。セルモスがあの娘のことをあなたに託そうとしたのなら、私は身を引くことになると思うわ」

と、物分かりのよさを示しながら、間をおいて、こうも付け加えた。「ただ、断言するけど、そうはならないでしょうね」

予言めいた私の話しぶりに、男は言葉を返さない。しかし、物問《ものと》いたげな顔をして、じっと、こちらを見返していた。その視線を私は無視した。

もういい。だいたいわかった。私は強引にこの話題を打ち切ることにした。そして、まったく関係のない話を彼に振った。向こうもそれに応じ、その後《ご》しばらく、私たちは文学談義ともいえない、くだらない雑談で時間をつぶすことになった。それにもそろそろ限界がおとずれようとしたときに、私のほうから、別れを告げることにした。

「しばらくしたら、肖像画を回収しに来るわ。いつがいい?」

「いつでも」

「じゃあ、私の判断で」

とはいったものの、どう判断をくだすかまでは決めていなかった。肖像画のうけわたしは彼で最後となる。この部屋にこの画風の肖像画があるということ自体、彼にとっては痛烈な皮肉になっていることだろう。ならば、可能なかぎりその期間を引きのばすのも、悪い考えとは思えなかった。

「ああ、それから」

私はもうひとつの用件を思いだした。

「あの娘の書いた書簡よ。四通、あるから」

机に差し出したそれを、なんの感情も宿っていなさそうな目で見下ろす透明人間。それを確認して、私はその部屋から退出した。

この日本人作家とまともに言葉を交わしたのは、この、肖像画をわたしたときと、それを回収したとき、そして、そのしばらくあとに立ち話をしたときの、都合、三回きりである。格別、私たちのあいだに親交があったというほどのことでもない。しかし、互いがまとわせている表現者としての気配、その表層でうごめく触覚のごときものが密接にからみあう、濃密なひとときが、たしかに存在した。

Ⅳ

「うるさい音を片づけにいかないか」

そのひとことが告げられてから、どれだけの日々が経っただろうか。

〈終古の人鑑〉の本館から出てくる人影が、ふたつ、あった。

遍在転生を実行していたホラー作家、エド・ブラックウッド。

生まれてこなかった子供たちへの問いかけと、その再生を求めた児童文学作家、マーティン・バンダースナッチ。

彼らふたりだった。すでに両名とも、自分自身の願いは成就している。すなわち、エドは、地球上に生まれては死んでいった、すべての人間へと転生し、その人生を、まっとうし尽くしている。マーティンは、おのれの著作の影響で、生まれてくるはずだったのに生まれなかった子供たちへの問いかけを済ませ、誕生することを望む子供たちを全員、保護し終えている。おのおのの願いを叶えて、やるべきことをやり終えたふたりは、もはや、創作活動以外に、することはない。……周囲からはそう思われていたし、彼ら自身もそれを自覚していたが、ひとつ、障害が発生していた。それを取り除かないかぎりは、どうにも作業に集中できそうにないので、館の外にまで出てきたわけだった。

はじめにその異変に気づいたのは、エドのほうだった。

遍在転生による魂の旅路も、そろそろ終着点に近づきつつあったころ、ある人間の意識から別の人間の意識へと移り変わるときに、そして、エド自身の意識をとりもどすときに、それは聞こえてきたのだ。

何かと何かが、ぶつかる音。硬い、無機質な、小さな鉄の塊のようなものを、どこかに打ちつける、そんな鈍い音が、ほんの幽《かす》かに聞こえてきたのだ。

それはエドが長年かかえてきた恐怖の根源である「私はなぜ〈私〉なのか」という疑問すら、その疑問を解くための情熱すら萎《な》えさせるような、空疎な音だった。何もかもに価値を見いだしてはおらぬ、それを聞いた者にも同じ想いをいだかせる、寒々しい音だった。

誰かの人生を体験するたびに、聞こえてくる頻度は上がっていく。あまりにも幽かな音なので、いったい、なんの音なのかも判断できない。

遍在転生を完遂してからも、エドはこの音に悩まされた。さらに悪いことに、彼は、何万年もつづけてきた遍在転生自体、無残な失敗に終わったと認識していた。これは玲伎種の側にも不手際がある──遍在転生はもう一度、やり直すことになるだろう──それはそれとして、ことあるごとに去来する不快な音を、どうにかしなければならない。

まずは音の発生源を突きとめることにした。幻聴なのだとしたら、発生源など外界に存在しないのは明白だ。しかし、エドにはどうしてもそうとは思えなかった。どこかに存在するはずだ。そして、その音の出処《でどころ》を探しあて、しかるべき手段をもって取り除けば、もう二度と聞こえてはこないだろう。そういう根拠のない確信に動かされていた。

と同時に、仲間を見つけることにも手を尽くした。自分と同じ音で苦しんでいる者が、ほかにいないか、奇異の目でみられることもかまわず、ほうぼうに訊ねてまわった。はたして、それに該当する者はいた。マーティン・バンダースナッチ。彼もまた、エドにやや遅れて、この音に取り憑かれた者らしかった。

「うるさい音を片づけにいかないか」

マーティンの私室をたずねて、どうぞと開かれた扉ごしにそう告げたのが、彼らふたりの探索行のはじまりだった。

〈終古の人籃〉には無数の庭園が折りたたまれている。この国の伝統たるイングリッシュ・ガーデンは無論のこと、フランス式庭園、イタリア式庭園、ペルシャ式庭園、さらには欧州の整形庭園とは思想の段階から異質な、中国式や日本式の庭園もそなわっている。

それらが多重に折りたたまれており、訪問する人間の性質や嗜好、潜在的な欲求に応じて、もっともふさわしい庭園がその場に出現する。雪煙《ゆきけむり》につつまれ不明瞭な視界の向こう側、いつしかそこに広がっている。特に何かを求めずとも自動的に最適な空間を提供してくれるのだ。一方で、訪問者が具体的に指定するのなら、つまり、どこかの庭園を思い起こすなら、その、望みどおりの場所へといざなってくれる。多少の距離と時間は要するかもしれない。そこに至るまでに、ほかの庭園を横切り、寄《よ》る辺《べ》のない雪道をさまようことになるかもしれない。それでも、訪問者が真に望んでいるのなら、〈終古の人鑑〉に保存されたどんな庭園にでも、たどりつけるようになっている。

こうした技術は、いうまでもなく玲伎種が開発したものだ。平時は、一定の期間が経つごとに折りたたまれた庭園のいずれかが不規則に現出し、それが館の周囲に配置されていく。たゆたうように溶け込んで、束の間、実態をともなう風景として定着する。しばらくすれば、蜃気楼さながらに薄れて、消えて、空白にもどる。そしてまた別の庭園が姿をあらわす――……〈終古の人鑑〉の庭園環境は、つねに流動的でありつつ、永久《とこしえ》に朽ちることのない、人間の美意識の集合なのだ。

「人間の好みがわからないから適当に詰め込みました、というのが透けて見える仕事ぶりだ」

エドが冷淡に批判した。

マーティンとふたり、庭園のなかを散策している。

彼らの寝起きする館内では、音の発生源は見つからなかった。いますこし厳密にいうなら、音の発生源は一箇所にとどまっておらず、館内のあちこちを移動したあと、現在は館の外へと出ていってしまったことが判明した。

当初、幽かに聞こえていただけのあの音は、ふたりが探しあてることを意識しはじめてから、どの方向から聞こえてくるのか、どのくらい近いのか、遠いのか、その程度のことならば、なんとなく感じとれるようになっていた。もっとも、科学的な裏付けがあるわけではない。ふたりの直感でしかない。その直感はしかし、ふたりとも同じように音のする方向を察知したし、音の発生源の移動先で意見が食いちがうこともなかった。そもそも非科学的な現象を相手にしているのだ。自分たちの勘を頼りにしてはいけないという法もない。

ゆえに、現在は館の外に移動している——というのも、ふたりの思い込みでしかない。ないのだが、もうひとつ、手がかりになりそうな情報があった。それがサロメに関することだ。

「サロメの伝承に、そういう音についての記述ってあったかな」

エドと肩をならべながら、マーティンがそう問いかけた。

「いや、ないだろう」

素っ気なくエドは答えた。新約聖書にて聖人の首を求めた狂気の踊り子、サロメ。館内に出没した彼女の——〈終古の人鑑〉はもはや実在の存在のみならず、仮構の存在もあまねく受け入れ、両者が混ざりあった状態で成り立つようになった——その出没した時刻や場所と、彼らが追跡している〝音〟の聞こえた時刻や方向とが、単なる偶然とは思えないほど、一致したのだ。

ふたりは知らない。なぜ、サロメとその音が重なりあっているのか。同時刻、同位置に、それぞれが発生しては消えていくのか。知らないままに、解き明かせぬままに、とにかく一方を捕捉すれば、もう一方にも迫ることができるのではないか、という思いで、この庭園にまで足を踏み入れているのだ。

ここしばらく、サロメがこの庭園で目撃されているという。それは、音の発生源が館外へ移動したという彼らの直感とも符合するものだった。

「そういえば、きみは、遍在転生を完了したんだよね。じゃあ、サロメにもなったことが……、彼女に生まれ変わったことが、あるんじゃないのか。あの音とどういう関係があるのか、いまだにはっきり見えてこないけど、この探索の鍵になるかもしれないから、思い出してほしい」

重大なことに気がついたという昂ぶりを隠せない表情で、マーティンは同行者に訴えかけた。

それに対し、訴えかけられた側の回答は、冷ややかなものだった。

「……残念ながら、例の音は、サロメとして生きていたころには、一度も、耳にしたことがないな」

ふたりは、さまざまな動物にかたどられた草木が左右にならぶ道を歩いていた。

こういったものは、トピアリーと呼ばれている。常緑樹や低木を刈り込んで、任意のかたちに整えなおしたものだ。ここではセイヨウイチイという植物が中心になって構成されている。個々の生命が身じろぎもしない、緑色の動物園――、造園技術によっては、きわめて緻密に生物や物体を模倣することも可能で、また、それらの陳列が旺盛なのも、十七世紀ごろまでのイングリッシュ・ガーデンの特徴のひとつだった。一時期、自然風景主義の者らから批判されることもあったが、人類がその知性を失う衰亡期にいたるまで、英国人はトピアリーという造園文化を保持してきた。

白い光が舞う。いまも雪はしんしんと降っている。緑色の動物たちが、白く染め上げられていく。いくつもの動物が雪化粧をほどこされるなか、エドは、実物よりもずっと大きなコウモリに目をとめて、立ち止まり、物憂げな表情でそれを眺めはじめた。

「サロメか。つまらない女だったよ。母親のいいなり。操り人形も同然の、意志薄弱の女。顔がよくて踊るのが巧いだけの人間だった。新約聖書に記されている挿話すら、かなりの脚色がなされていると思うぜ。じっさいは、……」

エドはそこで言葉をつまらせて、云うか、云うまいか、しばし迷った挙げ句、どうやら沈黙に徹することに決めたようだった。「……まあ、云わぬが華、だな」

「セルモスは、それを翻案しようとした」

マーティンもその場に立ち止まり、エドの背中へと声をかけた。

「ああ、あの書簡に記されていた内容だな。そうだ。俺はセルモスにも転生したことがある。だからこそ云えるが、あのまま書き上げていたら、現実のサロメとはまったく異なる、むしろ正反対の気質をもつ、情欲の塊みたいな女になっていただろう。しかしそれは完成しなかった。生みだされなかったんだ」

「これは、いつかメアリが云っていたことなんだけど――」マーティンは、記憶と、それをいいあらわすための言葉をたぐりよせるため、しばらく間をあけた。そして云った。

「創作という、事実とは異なる解釈をすることが、私たちに残された最後の抵抗ではないでしょうか、と――、そう云われたことがある」

「ご高説、痛み入るねえ」

コウモリを眺めるのに飽きたのか、エドは大きく肩をすくめて、これからすすむ道の前方へと目をむけた。マーティンを通じて届けられたメアリの言葉に、心から感心したふうでもないし、軽蔑したふうでもない。ただ、この場から立ち去るための一歩を踏み出したときに、ひとこと、付け加えた。

「あいつ、何様のつもりだよ」

翠色《すいしょく》にあやなされた刺繍のなかを歩く。とうに滅びた人類の、その大いなる美意識のなかへと没入する。そこで愛《め》でられているのは草花の共演だ。ローズガーデン。キッチンガーデン。ロックガーデン。ノットガーデン。――それらひとつひとつを目の当たりにし、互いに感想を口にすることもなく通り過ぎていった。翠色に純白がいろどられる。白光《びゃっこう》のごとき雪は絶え間なく降りつづけている。吐く息も白く、目に映る半分の領域も白く、その白さは肌を刺すほどに鋭利で。美しいと形容したくなるほど純粋な冷気のなか、ふたりは、あの女がもっとも愛する庭園へとつづく道を歩いていた。

「それにしても、どうして僕たちにしか聞こえないんだろう。どうして僕たちにだけ、あの音が聞こえるんだろう」

道中、マーティンがそうつぶやいた。同行者の回答を期待していない声色だ。

「もしかしたら、俺たちだけじゃないのかもしれないぜ」

意外にも、同行者は回答してくれた。のみならず、みずからの見解も述べていく。

「正確には、まずは俺たちに聞こえてきた、というだけかもしれん。いずれ、ほかの連中にも波及していく。どんどん聞こえるやつが増えていって、やがては――」

その後は、あえて語ろうとはしないエドの素振りに、マーティンも追及しようとはしなかった。顔を伏せる。ややあって、顔を持ち上げ、首をめぐらせ、翠色よりも白の割合が増えていく周囲の景色に、目をほそめる。

「――だとしたら、せめて、パレアナ……、あの子らが、この館にいるあいだは、何事もなければばいいんだけど……。仮初でもいい、束の間の平穏が、つづくなら……」

今度こそ、エドにむかって云ったのではない、自分自身への発言だった。だというのに、今回もエドはそれを拾い上げ、会話を続行した。

「正しいと思うぜ」

「え」

「反出生主義。あの考えは、正しい」

どこか神託にも似た、それはエドからの保証だった。事実、神託そのものだったのかもしれない。

「生まれてこなけりゃ良かったんだよ、誰も彼も。そうすれば被害者も加害者もいない。完全に平等だ。全員、こんな無残な、意識の檻に閉じ込められることもなかった――」

「……きみは、遍在転生の実行者だから、反出生主義には否定的だと思っていたよ」

そう云いつつも、どこか納得したような顔のマーティンだった。遍在転生は、この世に誕生したありとあらゆる人間へと生まれ変わる事象である。いわば、反出生主義のそれとは真逆のおこないを延々とつづける苦行だ。その実行者から、誰も彼も生まれてこなければ良かった、などと云われたのだ。

「否定などしていないさ。思想的にはお前のほうが絶対的に正しくて、そして、俺は思想的に正しくないことを、正しくないのだと自覚しながら、ずっと赤の他人に転生してきたんだ。……」

「ひねくれているね」

「お前が素直すぎるだけだな」

互いを評しながら雪道をすすむ。視野の果てに、桜の木々にかこまれた池のある庭園がみえてくる。そこが次の目的地だった。

「だが、お前はわざわざ生まれてこなかった人間どもに語りかけて、挙げ句、甦ったガキどもを飼育するなんていう愚行をやりはじめた。幻滅したよ。……多くの人間にとって、生きていくには、楽観的な方向の勘違いが必要だ。自分の人生はきっとうまくいく、いやなことや不幸なことが起こったとしても、ゆくゆくは光が差し込んでくるだろう……などという勘違いがな。狂っている。その認識はまちがいなく狂っていて、現実を冷静に受けとめきれていない」

マーティンの思想の変化に対し、批判めいたことを口にする。その後、エドは語りはじめた。

「まあ、それはそれでかまわないんだ。生きるつもりがあるなら適度に狂っていなければならない。それも、楽観的な方向にな。……俺は知っている。遍在転生で体験した、大半の人間は、そういう勘違いをしていられたからこそ、何十年と、年老いるまで、生き延びることができたんだ。人生に必要なのは、勘違いする余地のない現実じゃなく、勘違いをさせてくれそうな物語なのさ」

そこで歩くのをやめて、やや後方にいたマーティンへとふりかえる。「お前はその物語を、あのガキどもに提供してやれるのか？」

マーティンも立ち止まった。ふたりのあいだに冷気以外の、何か、いいあらわしがたい強張《こわば》りのようなものが発生した。が、すぐにそれは解きほぐされた。マーティンが微笑んだのだ。

「今日は、ずいぶんと饒舌なんだね」

微笑みは、微苦笑へと変化する。「心配いらないよ。僕が用意するまでもなく……あの子らは、自分たちで、その物語を見つけたみたいだから」

「へえ」

エドが口元だけをゆがめる。特段感じ入ったふうでもないその態度にも、マーティンは気を悪くしなかった。ふたたび歩きだす。桜の庭園は、もうそこまでせまっていた。

この距離からでもわかる。銀色の桜吹雪。雪白の桜嵐《はなあらし》。白と淡紅《あわべに》の色彩が入り乱れて、ふたりのことを迎え入れようとしている。

そこで、いままでよりも明瞭に――

より近くから、はっきりと。

その音は、ひびいてきた。

エドも、マーティンも、あえてそのことを口にしない。言及すれば、その事実をより確固たるものにしてしまう気がして、躊躇《ためら》われたのだ。何かと何かが、ぶつかる音。硬い、無機質な、小さな鉄の塊のようなものを、どこかに打ちつける、そんな――

庭園に到着した。

先におとずれていた者がいた。

心をどこかに置き忘れてきたかのように、無心に、桜の木を見上げている。ふたりのことに気づきもしない。忘れてきたというなら、それは美貌以外のすべてもだろう。全身をめぐる血流も。鼓動も。実体も。知性も。生命すらも。その者の内側には何も無い。ただ神格的な美貌のみがその場に溶け込んで、桜と雪による景観の幽遠《ゆうえん》さを際立たせていた。サロメだ。聖書の深潭《しんたん》から抜け出てきた狂女の幻影。そう、かつてはその可能性しかありえなかった。だが〈終古の人鑑〉においては、もうひとつ、別人の彼女が存在しうるのだ。美への狂熱。退廃趣味。残忍で狡猾《こうかつ》。怠惰《たいだ》。高慢――……十九世紀の英国の、唯美主義の小説家。あの小説家の原稿から、出現したとしか考えられない、その翳りにみちた容姿のどこに、ほかの解釈を許す余地があるというのだろう。あの天才の表現力が活かされていないなどといえるのだろう。

音が聴こえる――

聞こえる、ではなく、聴こえる、だった。サロメと遭遇してから、あの音にはどこか音楽的な風合いがともなうようになっていた。それでいて空疎でもある。エドとマーティンは、ほとんど同時に悟った。この音の発生源はわからずとも、これがいったい何をしている音なのか、それを悟ったのだ。これは金槌だ。金槌で、どこかに、釘を打ちつけている音なのだ。それが自分たちの脳裏で鳴りひびいている。サロメがサロメであるのだと確信したときと同様、いやそれ以上の絶対の自信をもって、それが金槌の音であるのだとも直感した。

視界にはサロメ。聖書のそれよりも濃密な死の気配を帯びる女の肢体。それは揺らめいて、桜の舞い散るに応じてその身を薄れさせ、やがて、消えていった。その間際、ふたりのほうへとふりむき、くちびるを動かしたようにもみえた。

耳朶《じだ》には、いくたびも打ちつけられる、金槌の音。それは不思議にも、消え去る女の幽美《ゆうび》さをさらに引き立てる効果があるように思われて、一方、自分たちの創作意欲や生きるための適度な狂気といったものまで削ぎ落とされていくように感ぜられて、――


その日のふたりの記憶は、そこで途絶している。


あれから、どのようにして館へ帰ってきたのかも憶えていない。ふたりはすでに探索を打ち切っていた。音の発生源を特定して排除するという目的は達せられなかった。そのための気力すら、もはや無い。

サロメとあの音の関連性も、どうでもよくなっていた。彼らふたりは、外面的には、自分たちになんの変化も起こっていない風にふるまっている。しかし内面的には、もう元のふたりには戻れなくなっている。

あの音に、幻聴に、支配されつづけていた。そしてその運命を受け入れ、音が聴こえてくるにまかせることにしたのだ。もうすこし前向きな云い方をすれば、慣れた、という表現でまとめることもできる。日常生活に支障は出なくなった。

しかし、創作活動の上では、どうなるかはわからない。

以後、エド・ブラックウッドは、遍在転生の不完全さを玲伎種に訴え、その善後策を講じることになる。

マーティン・バンダースナッチは、パレアナをはじめとした子供たちとの別離を余儀なくされ、そのための準備をすすめることになる。

ふたりとも、音に蝕まれていた。

V

《私には友人が、恋人がいた。それは夢だった》

セルモス・ワイルドが行方不明になった。館のどこを探しても彼の姿はない。そして、それと入れ替わるようにサロメが出現しはじめた。ただ姿をみせ、何もしないこともあれば、遭遇した小説家を殺害することもある。直接手をくだしてはいないのかもしれない。誰もその殺害現場を目撃したわけではないが、聖書の記述どおり、被害者はその首を奪われ、首なしの死体になっているところを、すべてが終わったあとに、別の者によって発見されるのだ。

「あのサロメは、セルモスが書いたサロメじゃない」

それがメアリ・カヴァンの見解だった。彼女がしたためた四通の書簡を読めば、セルモス・ワイルドが聖書の挿話を題材にとって、サロメを小説化しようとしていたのは明白だった。そして現在、〈終古の人籃〉では、小説家の主観的な世界が野放図に現出するという、実在と虚構、正史と偽史、現実と架空の物語が入り混じる、ひじょうに不安定な状況におちいっている。そうであるならば、いま私たちの命をおびやかしているサロメは、ほかでもない、どこかへ行方知れずになったセルモス・ワイルドの記述によるものとしか考えられないのだが、それをメアリは否定したのだ。

「……正確には、あのセルモスが書いたわりには、魅力に欠けているの。私が読んだ下書きの原稿――草稿の段階であっても、サロメはもっともっと、おそろしく、美しい存在だった。……」

そう説明するのだ。彼女はそのとき、私の目の前にいた。その顔に浮かぶのは、セルモスが行方不明になったことによる不安と哀しみ、絶望、その一方で、この館に現われるようになったサロメの、小説家を殺してまわる非道への反発と傷心のほか、その程度の存在でしかない現在のサロメへの、やり場のない不満と失望感、すこしでもおのれの理想に近づけさせたい欲求があって、それを無理やり胸の奥底で押し殺しているような、そんな病的な心理が渦巻いているようにみえるのだった。

そうした彼女の主張に耳をかたむけていた私は、頭のなかでその論理と感情の流れを読みとり、整理する。

ようするに彼女は、こう訴えているのだ。セルモスの文学的才能は、あれしきのものではない、と。

「私は反対だわ」

私は知っていた。メアリ・カヴァンが玲伎種に願ったことは、ふたつ、ある。

ひとつは、この館にいる者なら誰もが知っている。すべての作家の願いに終局をもたらすこと。それによって、すべての作家を〈異才混淆〉から解放させるために。

もうひとつは、私が、私だけが知っている。それは、生前の彼女が、セルモス・ワイルドから譲り受けていたという、〈サロメ〉の草稿――それを取りもどすために、過去へと、すなわち十九世紀のロンドンへと、さかのぼること。

ふたつめの願いは、完全にルール外だ。玲伎種がそれを叶える義務はない。なぜなら、小説家の願いを叶えるのは、あくまで〈異才混淆〉に協力する報酬であり、見返りとしてだからだ。メアリは小説家ではない。何も望むことのなかった私のぶんの願いをメアリがかわりに使ったとしても、ひとつめの願いの時点で終わり。それに加えて、ふたつめの願いを叶えてやる道理が、玲伎種の側にはない。

メアリは土下座した。

玲伎種、コンスタンスにむかって。私の見ている前で。白昼、館の廊下にて、取り合おうとはしないコンスタンスの進路を妨害するようにして、彼女はその場にひざまずいた。両膝をつけて、その小さく可憐な身体をおりたたみ、背中をまるめ、頭を廊下の床面にしっかと押しつけて、請願したのだ。

英国に土下座という概念はない。これは彼女のよく知る極東の島国、日本における、謝罪や嘆願のときの作法らしい。玲伎種であるコンスタンスも、それにかんする知識があろうと、なかろうと、メアリがそのときした行為がどういう意味をもつものなのか、察することはできたろう。

いくつもの、もはや罰とさえいえるルールを課して、コンスタンスはメアリの願いを叶えることにした。

これもひとつの実験にはなるだろうと思い直したのか、コンスタンスを通じて玲伎種の研究機関全体も、メアリのそれを特例措置として許可したのだ。

決死の、プライドをかなぐり捨てた行為だった。彼女はもともと自尊心が薄い。自分以外の人間はすべて自分よりも優れているなどという世界観をもつ女性だ。請願する相手が人類の上位存在たる玲伎種ではなく、たとえ同じ人間であっても、きっと、そうしただろう。道端の石ころにすら、同じように土下座しただろう。

私の反対を押し切ってまで、彼女は、それを欲したのだ。そうまでして、過去に失った小説家の原稿を、取りもどそうとしたのだ。

ふたつめの願いのことを、なぜ私しか知らないのか？　それは、十九世紀のロンドンへと旅立ったその翌日に、彼女はこの館に帰ってきたからだ。しかし彼女自身の体感時間にすれば、それはおよそ百六十万年ぶんの時間に相当する。

玲伎種は、彼女が過去へと遡行する際に、ほんの一瞬のタイムワープすら認めなかった。それを全面的に禁止した。

つまり、タイムマシンのようなものを使って、瞬間的に十九世紀のロンドンへと飛び立つわけではなく、一日一日、一秒一秒、時間を巻きもどしていくように、彼女の時間の流れだけが逆行して、未来から過去へとすすんでいくのだ。そうして目的の時代の、目的の場所にたどり着いたら、原稿を回収し、今度は本来の時間の流れに身をまかせ、この終末の世界にまで帰ってくる。たったひとりで。

十九世紀から現在まで、八十万年以上の歳月が経っている。往復で、百六十万年ぶんの時間旅行になる。

たったひとつの作品の、その下書きを――草稿を取りもどす、ただそれだけのために、それを強いられたのだ。

「読みたいの」

彼女は、私に告白してくれた。「最後の書簡ではあんなことを書いていたけれど、やっぱり、諦めきれていなかったみたい。あの人がどういう動機で、いま、あの作品を書き直そうとしているのか――、〈異才混淆〉を新しいシステムにしてまで、いままで一番大きな共著を作ろうとしているのに、それとは裏腹に、個人的な創作活動もはじめるなんて……、わからないけど、……あの人の考えていることがわかったことなんて、私には一度もないけれど、……もしも、いま、あの人が〈サロメ〉を書きあぐねているというなら、昔ほどの筆の冴えで小説を書けていないというなら、それを書くのに必要なものを、あの人に届けたい。私に出来ることは、それくらいなの。私に出来る、一番のことは、きっとそれなの。

「あの人は書いている。きっとどこかで、書いてくれている。ほんとうなら、すぐにその場に駆けつけて、あの人のそばにいて、創作のお手伝いをしたい。逢いたくて逢いたくてたまらないけど、それよりも何よりも、〈サロメ〉をいい作品にするために必要なものを、私は手に入れなくちゃいけない――」

私はただ、黙って聞いていた。

メアリも私もそうだが、〈終古の人籃〉でよみがえった人間は、その身ひとつで蘇生される。その者がどんなに大切にしていたものでも、それは手放している状態で復活する。――だから、いまの彼女の手元には、サロメの草稿は存在しない。それゆえに何をしてでも取りもどすつもりでいるのだ。

私以外の、ほかの作家の認識からすれば、ほんの一日、外出して、ふらりと戻ってきた――という程度の不在期間でしかないだろう。だが、じっさいには、百六十万年の孤独を味わうことになる。

「あの草稿さえ読み返せば、あの人はきっと、昔の調子をとりもどしてくれる。あの人があの人にもどれる。そう信じている……

「届けなくちゃいけない。あの人に、届けなくては――」

私への相談の最後には、その言葉をばかり、彼女はくりかえしていたように思う。その様子が痛ましくて、狂えるくらいに哀れで、いたたまれなくなった。もう、何をどう云ったところで、説得はできそうにない。彼女はかならず実行するだろう。

「私はあの原稿を預かっていただけなの。返さなくちゃ――」

創作活動にうちこむ作家のもとへ、それに必要な資料を送り届ける。……それは巡稿者の、基本的な仕事ではあるだろう。彼女は巡稿者たらんとしていた。

いまのサロメは完全ではない。十九世紀にまばゆいほどの光彩をはなった、全盛期のセルモス・ワイルドの作品ではない。いまだその水準に達していないのなら、なんとしても復活してもらわねばならない。そのためにこの娘は、永遠にも等しい時間をひとりで生きると決めたのだ。

玲伎種から課せられたルールや条件は、ほかにも、いくつかある。

まず不死固定化処置の強化だ。私たちが標本として生きることになった忌まわしい処置だが、それはあくまで創作活動をおこなううえでの最低限の不死性を付与するものだった。百万年を超える超長期間内に起こるであろう地球環境の変化、心身の劣化、さまざまな外圧や突発性のアクシデント等への耐性を、超人的なレベルにまで高めねばならなかった。加えて、因果律の調整。十九世紀のロンンにたどりつくまでは、メアリ・カヴァンの時間だけが逆行する。それに起因する事象の反転や時空の乱れを修繕する必要があった。基本的にメアリは、目の前で起こるすべての出来事に深くかかわることができない。物事を良き方向へとみちびく努力は、ことごとく無駄に終わるだろう。また、その時代時代に出逢うであろう人間の認識をゆがめる作用も付与された。メアリ・カヴァンという人物が不老不死だと露見せぬよう、彼女にかんする記憶や忘却のいっさいを、玲伎種の都合のいいように改《かい》竄《ざん》できるようにしたのだ。これによって、メアリがこの時間旅行で新たに出逢った人々から愛される可能性はなくなった。

そして最後に、その時代時代に起こるであろう深刻な不幸や厄災が、彼女の身にふりかかるよう、彼女の運命をゆがめた。……玲伎種は、たしかにメアリの願いを叶えはしたが、よほどこの特例措置に思うところがあったのか、その代償には多大なものを要求しているようだった。まるで、用済みになった実験体を無意味にいたぶって、どこまで乱暴にあつかえば壊れるのか、それを試しているように。

ともかく、こうした効果のいっさいが、彼女の心身とその人生に影響をおよぼすよう、形のあるものとして刻みつけられた。そう、それは彼女の片腕の上部に、ほどこされた。

《……それは母斑《あざ》だった。乾きかけたインクでなぞったかのような薄いあざ。一見しただけでは、皮膚の下の毛細血管の網目としか思えなかったが、目を近づけて仔細に眺めると、精緻な紋様を刻んだメダルに似ていることがわかった。鋭い棘《とげ》が連なる環と、その環に囲まれた、とてもやわらかな小さな形――たぶん、薔薇だ。……》

私には見憶えがあった。いや、それを書いた記憶があった。生前に私が発表した掌篇小説のひとつ。そのなかで描写した、ある人物の母斑をそのまま、デザインとして採用している。私ははじめて玲伎種というものに殺意をいだいた。どこまでメアリを、そして私たちの創作物を侮辱すれば気が済むのか――

「いいの」

薔薇の形をした侮辱を腕に刻みつけられたメアリは、それでもやさしく微笑んでいた。「クレアラ、ごめんなさい。――あなたのほうがショックよね。でも、どうか、こらえてほしいの。私は耐えられるし、むしろ、これを見ればあなたの作品のことを思い出せるから、嬉しいくらいだわ」

彼女のその言葉を聞いた私は、この世から小説というものがひとつ残らず消え去ればいい、と発作的に思った。

玲伎種は云う。この時間旅行によって百六十万年生きたという過去、そしてその記憶は、メアリ・カヴァンのなかには残らない。彼女の帰還時、それは玲伎種によって回収され、メアリが死ぬことになるまで（標本として廃棄されるまで）よみがえることはない。廃棄される直前に、その百六十万年ぶんの記憶を返却する。といっても、すべての記憶がよみがえるわけではないだろう。あまりにも膨大な情報のため、本人にとってもっとも重要な記憶が優先的によみがえってくるはずだ。そしてそれは、記憶の想起というよりも、幻覚というかたちで再現されるかもしれない――

こうした玲伎種からの（伝わってきたイメージの集積から読みとれる）説明に、メアリは「それでかまいません」と即答した。

過去と記憶の双方を失うということは、自分がこの時間旅行を望んだことも、それを成し遂げたことも、自分自身で認識する手段が失われる、ということだ。メアリは帰還後、おのれが記憶喪失になったという自覚すらもてないだろう。標本として捨てられるときによみがえってくるという記憶は、皮肉なことに、実体験から生じた記憶としてではなく、彼女にとっては幻覚や妄想の一種として認識されることとだろう。

人間ひとりの精神に、百六十万年の記憶は重すぎる――というのが、玲伎種の側の云い分だった。嘘だ。と、私は直感的に思った。私たち人間には想像することさえできないが、絶対に何か、別の理由があって回収されるのだ。モルモットにいちいち実験の目的や背景の説明をする人間の研究者がいるだろうか？　これはきっと、そういうたぐいの話なのだ。

「――その三冊で、いいのね」

「ええ」

「暗くて不健康な小説ばかり」

「そうね」

メアリは愛おしそうに、それらの本の背表紙を指でなぞっていた。

「ねえクレアラ、いつかあなたが云っていたわよね。生きていくには、そんなに多くの本は必要ない。気に入ったものが手元に三冊あればいい、って。あのときは、私ならとても三冊じゃ耐えられないって思っていたけれど」

それらの本にむけられた彼女の眼差しは、どこにでもいる、本好きの女性のそれでしかなかった。

「まさかその私のほうが、そのルールのもとで本を読むことになるなんて、不思議なものよね。……」

彼女が旅立つ前にした会話だ。首尾よく〈サロメ〉の草稿を回収し、ふたたび八十万年の時を経てこの館に帰ってくるまでのルール。それについても、彼女は即答で了承した。

八十万年という時のなか、人類がその文明と命脈を維持していたのは、ごくわずかな期間にすぎない。その後、入れ替わるようにして地球を支配することになった玲伎種によって、まどろみにも似た安寧と停滞の時代がつづいている。

そのまどろみの時代に、滅亡した人類を限定的に復活させる〈終古の人籃〉が創立されるのだが、メアリ・カヴァンはすぐにその施設へと帰ってきてはならない。なぜなら、対消滅《ついしょうめつ》が発生するからだ。〈サロメ〉の草稿を取りもどすための時間旅行に旅立つ前の、もうひとりのメアリ・カヴァンがそこにいるからだ。同じ時間、同じ場所に、同じ人物が存在すると、対消滅という現象が発生する。それは玲伎種でさえも制御できない大惨事を引き起こす原因となる。これを回避するために、メアリ・カヴァンは、もうひとりの自分が時間旅行に旅立つまで、どこかに待機しなければならない。具体的には、〈終古の人籃〉の周辺に群立している、ロンドンの廃墟のなかで暮らすことになるだろう。飲食不要、睡眠不要、いかなる寒冷にも耐えられるほど強化された彼女なら、全標本中《ぜんひょうほんちゅう》、もっとも完璧に近い不死性を与えられた彼女なら、それは可能である。ただし、可能というだけで、苦痛からは逃れられない。廃墟のなかで暮らす数万年のうちに、いくども朽ち果てた建物の崩落に巻き込まれ、そのたびに苦痛を感じることだろう。

「原稿は……、紙製の原稿は、無事に保管できるでしょうか」

そんな自分の運命よりも、取りもどす予定の原稿の無事を一番に心配するのが、メアリ・カヴァンという女性だった。

コーティングをほどこす、と玲伎種は答えた。メアリに刻まれた母斑には、彼女がそれだと認識した原稿を永久に保存できる、コーティング処理の作用が付与されていた。それを利用すればいいと教えられた。また、モルモットに対する気まぐれにも近い温情のつもりなのか、玲伎種は、メアリにこの時間旅行に持って行ける本を三冊まで許し、それにもコーティング処理をほどこすことを認めた。

彼女は、次の三冊を選んだ。

セルモス・ワイルド著、〈痛苦の質量〉。

辻島衆著、〈道化の亡骸〉。

……そして私、クレアラ・エミリー・ウッズ著、〈無知の情景〉。

いずれも文庫本だった。彼女が何度も何度も、それこそ擦り切れるほどに読み返している愛読書だ。それらを手にとって愛でている彼女の姿を前にして、私は、かける言葉をみつけられないでいた。

「読書ができる」

きっと独り言なのだろう、私にむけてでもない、無意識からの、何気ないつぶやきだった。

ほんとうに嬉しげな、その横顔と独り言に、私は何をいいかえすことができたろうか。そんな言葉は、残酷さは、もちあわせていなかった。

「あのサロメは、まだサロメになりきれていないの」


——旅立つ日の朝、旅支度をすすめている彼女の背中に、私は声をかけた。

「あなた、どうかしてるわ」

「……うん。不条理と狂想の小説を書いていた人から、そんなふうに正気を疑われるのは、光栄なことよ」

私には背をむけたまま、メアリはそう答えた。この書痴《しょち》は、ふたつめの願いを、セルモス当人を見つけることでも、サロメの凶行を阻止することでもなく、十九世紀に置き去りにしてしまった〈サロメ〉の草稿を手に入れることに使ったのだ。そういうところに彼女の本質が垣間見える。

そしてそれをセルモスに送り届けるのだという。どうかしている。それが実行可能であると捉えているところが、特に。トランクケースへと衣類を詰め込んでいる彼女の印象は、どこかの誰かがいったとおり、なんてことのない女のはずなのに。

「あの人にいま逢っても、無意味だと思う。彼の意志は変えられないし、〈サロメ〉を書くな——だなんて、口が裂けてもいえないもの。だって、私も書いてほしいのだから」

「そのせいで、ほかの小説家がサロメの被害に遭っても？　殺されても？

「記憶については？　セルモスのためにそれだけのことをしても、その過去自体、なかったことにされるのよ。そういう決断をしたという記憶もふくめて、ぜんぶ忘れてしまうのよ。

「その時代時代で起こるであろう不幸や厄災がふりかかる。誰からも愛されない。そういう運命のもとに過去へとさかのぼる。理不尽だと思わない？　寂しすぎると思わない？

「こんなにも侮辱されて、玲伎種の玩具にされて、なんとも思わないの？」

私はいいつのった。結論は変わらないことを、すでに知っていながら。そうせずにはおられなかった。

「……聖書でも、セルモスの小説でも、本来のサロメが欲したのは聖人ヨハネの首だけよ。きっといまのサロメは、不具合を起こしているんだと思う。草稿さえあの人にわたすことができれば、きっと、ヨハネ以外の首を奪うなんてことは、しなくなる。これは館で起こっている悲劇を食い止めるための、一番合理的な方法でもあるの……

「心配しなくても、翌日には帰ってくるから」

この館に残っている者からすれば翌日だろうが、あなたにとっては、そうではないでしょう。……よっぽど、その反論をしたくなったが、すべてを理解したうえで、彼女はそう宣言しているのだ。百六十万年ぶんの「読みたい」という情欲をかかえて、彼女は旅立つのだ。そして帰ってくるのだ。もう、かける言葉はなかった。トランクケースを片手に、ゆっくりと〈終古の人籃〉の正面ゲートをくぐり抜けていくその影を、私はただ見送った。

彼女の肖像画のことを思い出す。それを〈文人十傑〉のもとに持ち運ぶ間際、外の景色をぼんやりと眺めていたことを思い出す。なんの感慨もない、などという度し難いことを考えていた自分を呪いたいと思った。あそこには、もうひとりのメアリ・カヴァンがずっと存在していたのだ。そうであるとも知らずに、私は彼女の苦悩のみを愛でていた。あのロンドンの廃墟のなかで、崩れゆく無数の建築物のなかで、ひとりきりで何千年も、何万年も、ただただ自分の尊敬する作家のために、わたすべきものをわたしたいがために、ひっそりと暮らしている者がいたのだ――

《……一緒にいる限り、どんなことが起こっても問題ではない。どんな状況になっても、私たちがお互いを誤解したり、お互いを傷つけたり、お互いを不当に扱ったりすることなど、絶対にありえない……》

そう思える友人が、恋人が、私にはいたはずだった。それは夢だった。私は生前でも、この館に来てからも、ずっと待ちつづけていた。もう一度、そんな相手を見つけることができるだろうかと、さまよいつづけた人生だった。私にとって、メアリ・カヴァンとは何だったのだろうか。私はメアリ・カヴァンという人物に、いったい何を求めていたのだろうか。あの娘はこれから、百六十万年ぶんの夢をみる。そして私は、ここに残って、とうに見飽きた終末の夢をみる。互いに交わることのない、痛みのともなった夢を。

私には友人が、恋人がいた。それは夢だった。

Ⅵ

「さながら〈名も無き怪物〉ね」と、ソフィーはひとりごちた。

それがメアリの肖像画と、彼女からの四通の書簡を目にしたあとの、偽らざる感想だった。

メアリと、〈名も無き怪物〉――。どちらも人間社会から疎外され、孤独のうちに生きてきた者だ。

人ならざる魂の物語を紡いだのが、ソフィー・ウルストンの代表作、〈現代のプロメテウス〉である。その物語では〈名も無き怪物〉という人造人間が、なぜ自分は生みだされたのか、なんのために生きればいいのか、そういったことに苦悩し、善良であることを望みながらも自分を創った人間に対して深い憎しみと殺意をいだかざるをえなくなっていく。この小説にはさまざまな要素が織り込まれているが、孤独がテーマのひとつになっていた。人間とは何か。なぜ自分は人間ではないのか。人間のなかで生きていくには、いったい、どうすればいいのか——それが〈名も無き怪物〉の、苦悩の淵《えん》源《げん》だった。

メアリ・カヴァンは人間である。……人間ではあるのだが、どうしても、ソフィーには、〈名も無き怪物〉と重なってしまうところがあるように感じられる。彼女の場合は精神的な疎外、精神的な孤独だったといえよう。人間として生まれていながら、同じ生き物であるはずの人間とのあいだに、埋めようのない孤立感をいだいて生きてきた、そのような者が、どれだけいただろうか。それを考えると、きっと彼女はそこまで特別なのではなく、いかなる時代においても、一定数はいたのだろうと思える。おそらく、彼女は、そのような孤立感、自分が人間であるという自信すらもてずに寄る辺なく生きて、——まさに〈名も無き怪物〉と同じように——やるせない想いを胸のうちに秘めて死んでいった、一部の人間たちの、代弁者であり、代表者なのだ。

いつか、ラダガストと交わした会話のことを思い出す。

ふたりで館の、ある談話室《ドローイング・ルーム》へ赴いたときのことだ。夕刻ごろ、そこは無人となっていた。日によっても、時間帯によっても、利用者の数は異なる。ゼロのときもあれば、妙に出入りの激しいときもある。その日は前者のようだった。

「そういえば、ここに偶然、五～六名ほど集まったときに、仮定の話で盛り上がったことがあったな。おのおのが、もし玲伎種に、いまとは別のことを願うなら、それはどんな内容になるのか？　という、たしか、そんな話題だったはずだ」

「その場にはエドとウィラルもいたわね。エドは身長を伸ばしたい、ウィラルは賢い犬を飼いたい、だったかしら」

「そうだったかな。だが、まあ、ふたりとも、あまり真剣には考えていない様子だったが。そして、きみは……」

そこまで云って、ラダガストは、おのれの失言に気がついた。先のふたりとは対照的に、ソフィーのそれは、おいそれと触れてはならない、切実なものだったからだ。

「私は、自分の家族を取りもどすこと。家族を復活させて、一緒に暮らすこと」

「ああ……」

「子供が五人、いたの」

談話室の内装は豪奢なものだった。ソフィーが告げる過去の出来事を、より心寂《うらさび》しいものへと彩ってゆく、いたずらに装飾された空間だった。

彼女は、ラダガストの車椅子を談話室の一番居心地のいいところで停止させた。みずからも、それと向かいあえる位置のソファへと腰をおろす。

「そのうち、ちゃんと大人にまで育ったのは、たったのひとり。だから、ね……。本気でそれを願うことも、考えたわ。でも、この館で永遠に一緒にいるだなんて、ぞっとしない。こんなおそろしい時の流れのなかに、閉じ込めたくはない。……私より先に、それに近いことを願ったバーバラがどうなってしまったかも、この目で見てきたしね」

「それで、いまの願いになったわけだ」

先ほどの失言に、すこしでも責任をとるためでもあるのだろう。

深い理解の色をたたえた顔で、ラダガストは彼女をみた。

「そう。家族を愛する女性としてではなく、小説家としての願いのほうを優先させた。これも作家の悲劇というのかしら」

ひどい女でしょう、と同意を求めるようにして、ソフィーは微笑んだ。

美談のように語ってはいるが、どう云い繕おうと、そこには作家の業がある。ふたつの願いを秤《はかり》にかけて、創作にまつわる探求心のほうに手をのばした。真に家族のことを思いやるのなら、あるいは、願いの仕方を工夫すれば、べつのかたちの終着点があったかもしれない。もしくは、いっそ何も願わないことで、家族への気持ちのほうを尊重したと証明してもよかった。――しかし、彼女はそれをしなかった。

「いや。わかるよ。私も、……」

遠い過去を思いかえしているのか、ラダガストは目をほそめた。そして声が途切れた。

ふたりで、しばし、沈黙をもてあました。

作家であること。作家でありつづけるために、彼らの人生から、その手から、こぼれ落ちていったものは、数知れない。

「無理に言葉にしてくれなくてもいいわ」

ソフィーには充分に伝わっていた。生前、互いに活動した時代はずれている。本来はこうした会話自体、成立しないはずだ。この聡明な幻想の作家と出逢えたことが、この館での最大の収穫だったかもしれない。ソフィーの微笑みは自虐の檻から抜け出して、ささやかながらも自分と同じ表現者へのいたわりと感謝の色を帯びはじめた。「ありがとう」

五人の子供のうち、ただひとりだけでも成長し、その息子夫婦とともに余生を過ごせたのだから、〈名も無き怪物〉やメアリ・カヴァンに比べれば、救われたところがあったと、そういえるのだろうか。暴論だ。ソフィー・ウルストンという女性は、一度はそこに存在するとたしかめたことのある温もりを、死別によって、手放さねばならなかった。そういう経験を、いくども、くりかえしてきた。もし孤独というものに血液がかよっているのなら、彼女はそれを他者の内面にもそそぎこむことのできる、心臓のような存在だった。心臓が救われているか否かを判断できる見識が、人に、そなわっているだろうか。

〈終古の人籃〉でめざめた彼女が、ふたたび脈を打ちはじめた心臓として血液をめぐらせる。引き離されたものを取りもどせる機会をえたというのに、それを望まず、一個の小説家として新たなものを求めつづけているところに意味があり、また哀しみがある。これからは孤独を余儀なくされたのではなく、孤独であることをみずからに課したともいえるのだから。

彼女はいま、かつての自分が創作した〈名も無き怪物〉に、何をしてやれるだろうか。その肖像画から〈名も無き怪物〉に近しいものを感じたメアリ・カヴァンに、何をしてやれるだろうか。吸血鬼や狼男、人造人間を超越する、新たな異形、恐怖の象徴の誕生を見届けることで、それは啓示されるのだろうか。彼女は求めている。このおそろしい時の流れのなかに閉じ込めてもなんら気に病むことのない、孤独も、永遠も、玲伎種がもたらす不条理すらも破壊してしまえる、感動的なまでに美しい魔の誕生を。

そうしたソフィーのもとからメアリの肖像画が持ち去られ、しばらくしたのち、ラダガストと彼女はふたたび、れいの談話室へと足をむけた。

先におとずれていた者がいた。

心ここにあらずといった風情で、ソファに半身を横たわらせ、片手でひろげた文庫本に目をとおしているようだった。読みふけっているというよりは、もう飽きるほどに読み返した内容を再確認しつつ、それにまつわる事柄を想起したり思索したりしている、という気配があった。

「辻島くんか」

ラダガストが呼びかけた。辻島と呼ばれた男は、声のしたほうを一瞥し、特に挨拶をするでもなく、ふたりの入室を受け入れた。いや、歓迎も拒絶もしなかった、といったほうが適切か。

「すこし、話でもしないかね。きみは寡黙だから、いまだにひととなりをつかみきれておらんのだよ」

言葉とともに笑いかける。元来、ラダガストは社交的な性格である。すぐに人の輪の中心になれるバーバラほどの天稟《てんぴん》はないが、初対面の者に接するのを苦にしない気さくさと、豊富な知識で相手をよろこばせる話術を兼ねそなえていた。そういう人柄だったからこそ、あらゆる時代の幻想作家たちとの対談をこなしてこられたのだろう。

話しかけられた辻島のほうは、みるからに乗り気ではない様子ではあったが、自分のそれより相当に年嵩《としかさ》にみえる外見、さらには、世界的にベストセラーとなった〈第一の音楽の物語〉の著者であることを尊重する気にでもなったのか、居住まいをただして、一応は対話するかまえをみせた。みせただけで、熱意には、はなはだ欠けていた。

ラダガストがどのような話題をもちかけても、空返事と、生返事の、くりかえし。「ええ……」「はぁ……」「まぁ……」という意味のない相槌で、その場をしのごうとするのみだった。もし、礼儀にうるさい人物がこの場をとおりかかったら、辻島のあまりの不実ぶりに腹を立て、胸倉をつかみあげるくらいの行動には出たかもしれない。

同席していたソフィーは、ずっとラダガストの車椅子の背後で立っていた。この機を逃すまいと語りかける老作家に悪意がないのは明白だし、そんな彼に強く出られないでいる辻島は、いかにもな小心者だった。この談話室では久方ぶりの、なかなかの趣向だと感じていた。

辻島が、一度、助けを求めるような情けない顔で、彼女のことを見上げた。

ソフィーは無視した。

あからさまな舌打ちが聞こえた。ソフィーに聞こえるように、意図的に、音を大きくした舌打ちだった。

……思っていた以上に子供っぽい人なのだな、と驚いて、ソフィーは辻島のほうを見返した。彼はすでに顔をそむけており、うつむき加減で、ぶつぶつと、何か小声の、文句をつぶやいていた。小心者のうえに、卑怯者。器の小ささにかけては世界有数の作家ではないかと、ソフィーはそう思った。

「こっちの生活には馴染めたかね？　……日本の収容施設では、どんな生活を？」

どこまでも、それが厚意からなのだと伝わってくる温和な声音で、ラダガストは辻島に問いかけた。この会話の困窮は、みずからの不手際なのだと詫びるように。

ついに観念したのか、あるいは腹をくくったのか、辻島は、それが溜め息などではない、むしろ気合いを入れるためのものらしい大きな息を吐き出すと、うんと唸って、捨て鉢になったかのような勢いで、応答した。

「井伏鱒二《いぶせますじ》。織田作之助《おださくのすけ》」

「うむ？」

唐突に切り出された、ふたつの言葉。どうやら日本人のものらしい名前の羅列に、ラダガストは虚をつかれた。

「ご存じ？」

「井伏鱒二は聞いたことがある。すこし思い出す時間をくれないか」

ラダガストは断わりを入れて、しばし黙想した。「……うむ、思い出した。〈山椒魚《さんしょううお》〉を書いた御仁だ。それから、原爆症の悲劇を――題名はなんだったか……」

「〈黒い雨〉」

「そうだ、それだ。たしか、じっさいの被爆者の日記を下敷きにしたという。〈山椒魚〉も、〈黒い雨〉も、どちらもすばらしい作品だった」

「川端康成は」

「もちろん、知っている」

「谷崎潤一郎」

「知っている」

「宮沢賢治」

「知っている」

「織田作之助は？」

幾人かを経由して、はじめに出した名前を、あらためて問いかけた。

「……――すまない、その人のことは知らない。日本では高名な作家なのかね？」

そう問いかけられたときの辻島の表情を、ソフィーはいいあらわすことができない。のみならず、書きあらわせといわれても、不可能だと答えるだろう。人とはこんなにも複雑な、けっして寄りそうことのできない情動の数々を、一度に表出させることのできる生き物だったのか、と、戦慄したほどだ。

　しかし、その表情は数秒のうちに消えてなくなった。あとに残ったのは、諦観と、愚かなことを期待していたおのれに対する、自虐的な笑みだった。

「まあ、そうだろうな」

　辻島は笑ったあと、吐き捨てるように告げた。「いなかったよ、施設には」

「………」

「織田くんはいなかった。いなかったんだ」

　もう、それはすでに何万年も前から承知しているはずなのに、今日あらたにその事実を嚙みしめようというのか、自身にいいきかせるかのごとく、くりかえした。「三島とか、そこらへんは、いたんだがな」

「さっきから、いったい何の話を……」

「日本の施設のことを知りたかったんだろう。それを教えてやってるんだ」

　目上の者に対するには、あまりにも横柄な口調だったが、有無をいわさぬ、さっきまでの小心者ぶりが嘘のような迫力があった。

「それぞれの国の、才能のある作家をよみがえらせる、なんてお題目で、俺たちのことを起こしておきながら。井伏さんも、織田くんも、そこにはいなかった。ふざけていやがる」

　その剣呑《けんのん》さはラダガストにむけられたものではない。ここにはいない玲伎種、否、それよりも深刻な、人間も玲伎種もそこに在るのだと認識してしまう、意識という精神活動そのものを唾棄している、そんな烈《はげ》しさがあった。

　ソフィーは内心、〈名も無き怪物〉と、それを創造してしまった人間とが再会した山小屋での場面のことを思い出していた。

しばらく、不自然な間《ま》があった。その場にいる三人とも、それぞれの理由で沈黙をつらぬいていた。

やがて、辻島が口をひらく。

「だが、まあ、これでよかったんだ。こんなところへ呼び出される惨状に比べりゃ、よっぽど――

「あのふたりのためには――」

その後もなにやら口にしてはいたが、生来の小心者の気質がもどってきたのか、聞きとれぬほどの声で、ぶつくさと言葉をもてあそぶものになっていった。

「その本は」

と、ラダガストが話題をかえようとした。どうにかして、この窮状を立てなおそうとする意図があった。

言葉では答えずに、辻島はその文庫本の表紙を相手にみせた。そこには〈夜ふけと梅の花〉なるタイトルが記載されていた。

「よかったら、貸してくれないかね。日本文学を勉強しなおす、いいきっかけになるかもしれない」

辻島はやはり何も答えず、ただ動作でもってそれに応じた。

テーブルにその本をおき、みずからは退室するそぶりをみせた。

ラダガストもソフィーも、無理に引きとめようとはせず、彼が出ていくのを見送った。

「結局、何をいおうとしていたのかしら」

閉じられた扉をみつめながら、ソフィーがそう洩らした。

「おそらく、辻島くん――彼がその才能を認めていた作家たちが、日本の収容施設にはいなかったのだろう。すなわち、玲伎種には選ばれなかったということだ。それは彼らの才能の否定につながる。

それに対して、不満と憤《いきどお》りを感じている」

「ああ……」と、ソフィーが得心した。「そういうことって、あるわよね。玲伎種がよみがえらせる小説家の条件って、どういうものなのか、いまだによくわからないときがある。才能や功績からみて、この人は蘇生されているだろう、と思《おぼ》しき人物が、なぜか蘇生されていなかったり、かと思えば、文学史的にはささいな足跡しか残していない人物が、どうしてか優先的に蘇生されていたりもする。人間のそれとは異なる、彼ら独特の基準があるのでしょうね。そして、その選考基準から、井伏と織田という人がはずれた」

川端、谷崎、宮沢、三島――

そうした者らは順当に選抜されたはずだ。ラダガストはさっきのやりとりを思いかえし、あれは、こちらをリトマス試験紙にするためのものだったのだ、と了解した。特に気分を害しはしなかった。

「あの口ぶりからすると、才能を認めていただけでなく、生前、親しかったのだろうな。標本として生きることになる今生《こんじょう》での暮らしは、せめて、旧知の仲と再会でもしなければやり切れない、ということもあるだろう。しかし、再会することも叶わなかった――」

「自分の生きたそれとはかけ離れた時代の人間であろうと、見知らぬ相手であろうと、そこで新たに出逢った作家たちと親しくなる気がなければ、ずっと孤独なままでしょうね。いえ、仮に、新たな友をえたとしても、すでに失った元々の誰かのかわりにはならない」

ソフィーの言葉を耳にしながら、ラダガストは、テーブルにおかれた〈夜ふけと梅の花〉を手にとった。なんとなくページをめくって、目次に〈山椒魚〉の文字があるのをみて、頬をゆるませる。

「すべての作家が、誰ひとりとして欠けることなく集合したのだとしたら――……」

車椅子のなか、わずかに身じろぎし、彼はそれについて考える。天井を仰ぎ見て、そこには存在しない、だが、はるか遠くにはあるかもしれない何かへと手をのばそうとする、そのような表情になっていく。この世界を織りなしている時の流れと空間のひろがり、それらいっさいに身をささげても本望だという、殉教者のごとき意思が、その目には宿っていた。

「――それこそ幻想だな。物語を愛する、すべての者にとっての夢想だ。国という区切りもない。英国だの、日本だの、そういった垣根を越えて、別の国の、あの作家と語らいたい、あの作家とも議論したい、そういったことを、ここでの長い生活のなかで、いくども考えたことがあるよ。あれはいつだったか……、そうだ、私の発意《はつい》ではなかった。メアリから、もたらされたものだった。彼女の夢なのだろうな。あらゆる国の、あらゆる時代から、さまざまな作家が集まる祝宴のようなものを催せたら……と、そんな話を聞かされたことがある。読書好きの人間なら、それは、心おどる光景になるだろう。無論、私もその光景の一部として存在したい。辻島くんも、辻島くんが慕っているそのふたりも、そこにいればいい――」

「そのなかにディケンズもいたら、絶対、途中から朗読会をはじめようとするわね」

「それはそれでかまわんだろう。まあ、しょせん、叶わぬ夢だ。ここ以外の収容施設は、とっくに閉鎖されてしまっている。ここもそう永くはもつまい。人類はすでに滅んだのだし、我らはその精神活動の補遺《ほい》をさせてもらっているにすぎん。なんとも物寂しいものだな」

「西日が差し込んできたわ。カーテンを閉めておく？」

「このままでかまわんよ。どうせすぐに沈む。それまでは光の変化を愉しみたい」

そう答えつつ、史上もっとも偉大だとされた幻想作家は、手元の文庫本に目を落とした。

この作家の作品を読みかえすのは久々のことだった。たしかに日本の施設には姿をみせなかったのだろう。玲伎種には選ばれなかったのだろう。しかし、人間が文章というものに価値を見いだすかぎり、かつての誰かが書き残したものと触れあう機会は失われない。いかほどの歳月が過ぎようとも。

特に印象深かった作品から読みすすめていく。ディケンズのように巧く朗読はできないので、黙読で、じっくりと、味わうように。


山椒魚は悲しんだ。

彼は彼の棲家である岩屋から外へ出てみようとしたのであるが、頭が出口につかえて外に出ることができなかったのである。今は最早、彼にとって永遠の棲家である岩屋は、出入口のところがそんなに狭かった。そして、ほの暗かった。……


談話室からテラスへとつづくガラス戸のそばにたたずんで、そこからみえる夕景にソフィーは目をほそめた。ガラスの向こう側では、雪におおわれたロンドンの廃墟が燃え上がるかのように薄暮《はくぼ》の洗礼をうけている。〈終古の人籃〉という名の永遠の棲家にも、赤みがかったその光が差し込まれ、やがてそのなかにいる人々の情感をも染め上げて、暫時《ざんじ》、終末のほの暗さのことを忘れさせた。

VII

あの娘は、あの娘のままだった——

私にとってはたった一日、あの娘にとっては、はかりしれぬほどの長大な歳月の末に、そのときはやってきた。〈終古の人籃〉をとりかこむロンドンの廃墟のなか、その人影はあらわれて、一歩一歩、正面ゲートのほうへと近づいてくる。私は夜明け前からゲート近くの敷地に椅子をしつらえて、そこに坐りながら廃墟の朽ちていくさまを眺めつづけた。こんなにも真摯に何かが滅びゆくところを心に刻みつけたのははじめてのことだった。私はただ待ちつづけた。感動的な再会とはいえなかった。人影を視認する前も、視認してからも、視認するまでもなくその身をこの腕でかき抱いてからも、私たちふたりの頭上から雪がやむことはない。この雪は何のために降っているのだろうか。すでに途絶えた文明の残り火に想いを馳せる雪だろうか。滅亡した人類への鎮魂の雪だろうか。そうした感傷をいっさい受けつけぬ、物理的な現象としてのみの雪だろうか。私は、私たちがそこでかわした言葉の詳細をおぼえてはいない。自分が彼女にかけた言葉の中身をおぼえてはいない。ただ、彼女のほうから「クレアラ……、クレアラ……」と小さく、あえぐようにくりかえされる呼びかけの声が、私の心の深奥にまで響きわたって、それにどう呼応すべきかもわからず、そう、よりかかってくる彼女の、その存在の重みを抱きとめることしかできない、おのれの身の冷たさを呪った。

あの娘のままだった。

それは、不死固定化処置をうけた彼女の肉体的な側面のみをさしていっているのではない。百六十万年。それだけの時を生きたのなら、なんらかの悟りや、超越的な思想への到達、精神の変容などがあってもおかしくはない。いや、そこまではいかずとも、人間的な成長、または堕落、達観、荒廃などがあろうはずなのに、それもない。彼女はどこまでいっても苦悩する人間のままだった。この館から出て帰ってくるまでに、数えきれぬほどの不幸や厄災を一身にうけてきたはずなのに、この世界を憎むことも、諦念して受け入れることもせず、ただ理解しようとしつづけて、わからない、わからない、と、ずっと傷《いた》めつけられてきたのだ。神にはいたれなかった。超人にもなれなかった。人間は人間のままだった。

「人は人に影響を与えることもできず、また、人から影響を受けることもできない」と、生前の辻島衆が、なにかの作品でそう書いていたのを読んだことがある。それが真実だとするなら、われわれ小説家はこれまで何を書いてきたというのだろう。われわれがこれまで書いてきたものといえば、人は人に影響を与えることもでき、また、人から影響を受けることもできる、そのことを前提にして生じる物語ばかりではなかっただろうか。真に現実と向きあうなら、その向きあった先から何かを見いだすなら、むしろその逆、辻島のいうとおり、相互に影響を与えあうことのない人間の孤立性をこそ語るべきだったのではないだろうか。メアリ・カヴァンは、私と別れてから再会するまでに、誰ひとりとして人に影響を与えることもできず、また、人から影響を受けることもできなかったのだと、そう思わざるをえない。それは玲伎種の定めたルールとは別のところで成立している、純粋な原理、そして、限界のようなものに感ぜられた。

一方で、そうした彼女の変わらなさに、私は内心、安堵してもいた。メアリがメアリのままでいてくれたことに、そう、私の常用するドラッグ、〈愉悦の質量〉に縋《すが》ったとき以上のよろこびをおぼえてもいるのだ。彼女は強くならなかった。変貌を遂げなかった。悩むこと、苦しむことを、やめようとはしなかった。そこに光明を見いだそうとする私は、やはり愚かであると同時に忌まわしい存在でもあるのだろう。彼女の苦悩は私の玩弄物《がんろうぶつ》ではない。そのことを理解し、その罪深さを思い知っているというのに、なお、その苦悩の美しさに惹きつけられ、愛でていたい、所有したい、永久に鑑賞していたいという欲求にあらがえないでいる。あの肖像画は私の願望の結晶だった。あれを他の作家に差し出さねばならない、その口惜《くちお》しさ、あれを持ち運んでいるときの私がいかに耐えがたい想いでいたのか、それもやはり私しか知らない。

どうあれ、彼女がこの時間旅行で悟ったことなど何もなく、何もわからず、何も変わらないままだったのは事実だ。変わったことがあるとすれば、それは〈サロメ〉の草稿を無事入手し、この終末に持ち帰ってきたことだろう。それは小包のかたちでまとめられていた。膨大な量になるはずの原稿の束を、玲伎種にあらかじめ教えられていた方式で積み上げると、彼女に刻まれた母斑の作用なのか、コーティングされ、さらには女性ひとりが脇にかかえて携行できるサイズにまで縮小されたという。いや、時間旅行の帰路となる八十万年のあいだ、メアリは、ずっとそれを大事にかかえていたのだろう。喪失したこともあったかもしれない。そのたびに探しまわり、見つけだし、取りもどしては人類社会のついえたあとに来る、この日のためにたずさえてきたのだ。〈終古の人籃〉に帰還してからも、もはや無意識なのか、その小包を失くすまい、失くすまい、けして失くしはすまい、と、片時も手放そうとはしなかった。

そうして、彼女は、セルモス・ワイルドの部屋へとむかった。かつての〈異才混淆〉の中枢であった一階のそこではなく、新たにもうけられた、二階の、他の作家と同じ待遇の部屋だ。きっと不在だろう。彼が行方不明になってからというもの、そこはもぬけの殻となっていた。だが、玲伎種のコンスタンスがいうには、そこで原稿のうけわたしが可能だという。メアリは疑うこともなくその指示にしたがった。私も付き添いたかったが、もしセルモスが戻ってきて、ふたりの時間を邪魔することになったら、と考えると、忍びないものを感じ、身をひいた。私は端役だ。おのれの分《ぶ》はわきまえているつもりだった。

うけわたしには成功したらしい。

――らしい、というのは、私がその場におらず、伝聞のみで知ったという意味と、メアリ自身も直接には手わたしできなかったという、二重の意味がこめられている。彼女は入室してしばらく、〈サロメ〉の草稿のつまった小包を胸にかかえ、ソファに坐り、おとなしく待ちつづけた。そのさまは主人の帰りを待つ小犬のそれに近かったろう。やがて時計の針がどれだけ巡ったか、彼女は、意識が遠のいていくのを感じたという。ほんのわずかな、まどろみのとき——あとで確認すると、五分も経過しておらぬほどの、軽微な、自己の喪失——そのあいだに、胸にかき抱いていたはずの小包はなくなっていたそうだ。かわりに、サインが残されていた。そう、郵便物のうけとりを証明するのと同じ、その受領のサインにはセルモス・ワイルドと記載されていた。彼の筆跡だった。見間違うはずがない。メアリ・カヴァンが彼の筆跡を見間違うはずがない。そのサインをみて、彼女は、あれが彼の手にわたったのだと確信した。気配はなかったが、まどろんでいる最中《さなか》、サインをしている彼の手元と、声もかけずに退室していくその背中をみたような気がする、というのだ。幻だ。そんなあやふやな、感覚的なものにすがって、それで納得してしまえる彼女の理性を疑った。だが、哀しいことに、真実でもあるのだろう。現実のほうが仮構で、幻のほうが真実なのだ。すべては玲伎種が用意したこの箱庭で、どこまでの現実性にわれわれは依拠することができるというのか。彼らがその気になれば、いかようにもわれわれを騙《かた》ることができるだろう。そう思いつつ、存外、彼らは、こういった幻はみせてこないのではないかとも思う。彼らの嗜虐性は、いかなるときでも大味で、スケールが大きく、人間への無知と無理解から生じるものだった。セルモス・ワイルドの幻をみせてメアリを惑わせる、などという、そんな、取るにたらない追いつめ方はしてこないという、逆説的な信頼感が、また私にもあった。

セルモスが残していった受領のサインには、ごくささやかなメッセージ・カードも添えられていた。そこには「Thanks.」という、一語のみが記されていた。これも彼の筆跡だ。百六十万年にもおよぶ、果てしのない資料収集をした巡稿者に対する、それが、あの作家からの報酬だった。

あの透明人間から、メアリの肖像画を回収することにした。タイミングは私に一任されていたのだから、文句はいわせない。

入室すると、その男はウイスキーを水割りにして飲んでいた。まだ、自分を失うほどには酔っていないらしい。

「あの四通の書簡、読んだんでしょう」

「ああ」

「どう思った？」

「文体が、俺の書いたものに似ていると思った。それくらいだな」

「へえ」

内容には触れないつもりだ。わかりやすい。

「まあ、あなたの作品が好きなんだから、影響は受けているのでしょうね」私は受け答えしながら、杜撰《ずさん》に飾られている肖像画を壁からとりはずした。「文体の感染は、よくあることだもの。私たちプロですら影響されることがある。そうでしょう？」

同意を求めつつ、この話題にさほどの関心を示そうとせず、また、肖像画を片づける作業を手伝おうともしない辻島の怠惰《たいだ》ぶりに辟易《へきえき》した。

「私、思うのだけれど、〈道化の亡骸〉の主人公を女性にしたら、たぶん、あんな感じの文体になるんじゃないかしら」

失笑が聞こえた。たちの悪い冗談だと思われたらしい。

私は追撃の手をゆるめなかった。

「女性一人称の、告白体《こくはくたい》」と、その言葉を、口にした。「あなたが、もっとも得意としていた文体よね。あなた自身は男性なのに、まるで本物の女性が書いているようだ、と絶賛されたこともある――。その文体で、妙齢の夫人や、女生徒、下女、それに……貴族の、娘。さまざまな女性になりきった。ねえ、あなたの心には女が棲んでいるの？」

私は問いかけた。一時、作業の手をとめて、ふりむき、相手の顔をみつめながら。

こちらに目をあわせようともせず、ウイスキーを呷《あお》っている男がいた。

これは見え透いたお追従《ついしょう》の言葉などではない。たしかにこの辻島衆という小説家は、女性の一人称にかけては傑出した表現力を有している。全世界に視野をひろげても比類がない、といってもいいだろう。さらにいえば、その内面を吐露する、告白のような描写にいたると、まるで自分の痛みや苦しみのすべてを代弁してもらっているかのような、そんな錯覚におちいり、共犯者意識ならぬ共被害者意識らしきものにとらわれ、作中の登場人物、読者、作者、それらの境界が溶けだしていって、文章のなかにある思考の流れに、物語のなりゆきに、おのれのすべてをゆだねてしまう、そんな一体感にひたれるのだ。彼の諸作品に目をとおして、それに酔いしれずにいられた者が、いったい、どれほどいただろうか。

「文体の妙《みょう》など、すべて、読者へのサーヴィスだよ」

ひどくつまらなさそうに、頬杖をついて、辻島が答えた。「サーヴィスすべき読者など、もう、この世にはいないがね」

「いるじゃない。まだ、ひとり」

「お前もしつこいな」

苛立ちのまじった声で応じる彼にむけ、私は微苦笑を浮かべた。「女性と深くかかわるのは、もうやめたのね。生前にいろいろあったのだし、わからなくもないわ。でも、それでも、自分にとっての最後の読者がこの国にいることを知って、興味をおさえられなかった。セルモスがどう伝えたかは知らないけれど、そんなに慕う者がいるなら、逢ってはみようかと気まぐれをおこした。そんなところかしら。〈四つの落日〉のときのように、あの書簡をもとにして、何かを書こうって気は、もうないんでしょう？」

「――――」辻島はなにも答えなかった。私から顔をそむけ、窓の外の景色をみつめている。

彼を流行作家に押し上げた作品である〈四つの落日〉は、没落した貴族と、その一族にかかわることになった小説家が、それぞれに滅んでいく物語だ。それは、ある女性の日記をもとに執筆された。

メアリの書簡がそのように使われる心配はないだろう。

「ただ、あなたが渡英した目的はそれだけじゃない。あなたは玲伎種のことを恨んでいるはずよ。せっかく死ねたのに、わざわざ起こされて、しかもそこには必要なものがそろっていなかった。これで恨まないわけがない」

辻島は微動だにしない。こちらが一方的にしゃべりつづけるしかない。

「私はこれまで、玲伎種のことなんてどうでもよくて、あいつらのことをくだらない連中だとしか思っていなかったけれど、最近、本気で憎むようになったの。どんなにささやかなかたちでも、意趣返しできるのなら最高ね。もう少し早ければ、あなたとセルモスの悪だくみに協力してたかもしれない」

そこでようやく、辻島がふたたび私のことをみた。物問いたげな顔をむけている。今回も私は黙秘することで、回答する意思がないことを伝えた。

「憎むのは、お前のお気に入りのあの女が、いま寝込んでいるのと関係あるのか」

表情だけではたりぬと思ったのか、あえて口に出して問いかけてくる。私は手をとめていた作業を再開し、テーブルにおいた肖像画の梱包を仕上げていく。

仕上がるとほぼ同時に、口をひらく。

「百六十万年生きた女性の、一人称」

「なに？」

「もし、百六十万年も生きた女性の一人称を書けといわれたら、あなた、書ける？」

「なんだそれは」

「なんでしょうね。たぶん、あなたの知りたがっていることよ」

いつでも肖像画を運び出せるようにした私は、壁にもたれかかって、さっき辻島がしていたのと同じように窓の外へと意識をむける。見飽きるほどに目に映してきたロンドンの廃墟。あそこに、もう、私の恋人はいない――

世界でもっとも優れた女性一人称の書き手ならば、いまのメアリの心情すら書きこなすことができるのだろうか。叙述しえるのだろうか。

「狂っているというのは、あながち大げさな評判でもないんだな。もういいから、出ていってくれねえかな。酒が不味くなる一方だ」

私は辻島をみた。辻島も私をみた。

視線が交錯した。

彼の要求にしたがうことにした。

「ねえ。私たち、どちらも、周りから人間として正常じゃないと判断されて、どこかの何かに閉じ込められた経験があるわよね。あなたはどうだったか知らないけれど、私はあなたと話せてよかったと思っている。貴重な体験だったわ。できれば、もう一度くらいは、話す機会をつくりたいわね」

辻島はもうこちらをみてもいなかった。何がそんなにおもしろいのか、ウィスキーの入ったグラスを、ゆらゆら、揺らしつづけている。メアリの肖像画はこれですべての役目を果たした。〈文人十傑〉の各部屋をめぐり、彼ら全員に鑑賞され、そこにある彼女の痛苦を、質量のともなうかたちで伝えた。私はそれを回収し、いままた、この部屋から立ち去ろうとしている。

立ち去ったあとに何が待っているのか、薄々、予見できていながら、それと心中するつもりでいた。

VIII

薔薇の母斑が褪せていく。薄れていく。

それはメアリ・カヴァンの片腕に永らく染みこんで、彼女に不幸と厄災をもたらした。のみならず、〈サロメ〉の草稿をこの館へと持ち帰るための、さまざまな恩恵を彼女に与えもした。その呪いと祝福の双方を、いま、失おうとしている。彼女自身の記憶を道連れにして。

セルモス・ワイルドに草稿をわたし終えたあと、メアリは高熱を発して倒れた。不死の者がそのような病におかされるなど、本来ならありえない。だが、これは、約定されたことだった。不死性の強化。因果律の調整。周囲の人間への認識補正。そういった効果によって緩和されていた時間干渉のゆがみの反動が、最後の最後に、やってきたのだ。時間旅行に出発する前の母斑は、その肌にうっすらと浮かび上がる、ごく薄いものだったのに、帰還した直後にはどす黒く濁って、この世の悪意を凝縮したかのような漆黒の薔薇の刻印となっていた。それがいま、ゆっくりと、だが確実に薄れていっている。それは母斑による保護の消失を意味していた。

永遠の時を旅するための術《すべ》を手放すとともに、これまでに旅してきた時間の重みをあらためて思い知る、その具体的なペナルティーが高熱であるらしかった。母斑が完全に消え去るまでは耐えつづけねばならない。それまでは彼女は何もできなくなるだろう。

といっても、特別な治療は何も要らなかった。症状としては単なる高熱と変わらない。衰弱し、熱にうかされることはあっても、後遺症が残ったり死にいたったりすることはない、と、コンスタンスは請け合った。私はメアリをかかえて彼女の自室まで連れていき、ベッドに寝かせ、可能なかぎり看病することにした。一度、辻島衆から肖像画の回収をするとき以外は、そのそばから離れることはなかった。

薔薇の母斑はにじんで、褪せて、そのまま朽ちゆくのかと思えば、不気味に生気をとりもどすこともある。一時的にその濃さを回復し、ヒトの認識しうる時間の流れを惑乱する。いびつに濃淡が変調するそのさまは、この終末と、かつての十九世紀を往還《おうかん》したメアリの旅路を象徴してもいるのだろうか。黒い薔薇の変容に応じて、メアリは熱にうかされ、あえぎつづけた。その身には耐えかねるのであろう時の積みかさねの反動に、苦悶の声をあげた。

薔薇が消え去り、この熱がひけば、彼女は百六十万年ぶんの記憶を失う。そこには〈サロメ〉の草稿を取りもどした記憶も、それを実行せんとした意志も、そもそもの決意さえ、ふくまれる。ようするに、過去そのものを失うのだ。メアリは、サロメに狂わされる前のメアリに逆戻りする。そうなった彼女が何を望むのか――、なおセルモスの単独作品にこだわるのか、私たちの共著に助力するのか、――と自問してはみたが、それはわかりきっていることに思えて、熟慮を放棄した。それよりも、セルモスが昔の原稿を手に入れたことで、館に出没するあのサロメがいかに変化するのか、そちらのほうが気がかりだった。

幾日もの昏睡状態がつづき、母斑も徐々にではあるがその濃さとかたちを風化させ、いよいよその薔薇が枯れ果てんとする間際、彼女が、われをとりもどす時間があった。そのときに私は、すこし会話をこころみた。

「どう、気分は。悪くない？」

「うん。……ありがとう……」

激烈なる熱病から一時《いっとき》なりとも脱した彼女は、このうえなく憔悴《しょうすい》した身であるはずなのに、こちらが驚くほどよくとおる声で応答してくれた。「私は……、何をしていたんだっけ――」

「夢をみていたのよ」

友人のいる夢。恋人のいる夢。それにひたりつづけて罪を犯したのは、私たちふたりのうち、どちらであったのだろう。現実もそうであれたならと待ちつづけ、おのれに都合のよい解釈をすることで相手の苦しみの中身を書き換えた、その罪を背負うべきは、彼女のほうではなく、私のほうだ。

《……一緒にいる限り、どんなことが起こっても問題ではない。どんな状況になっても、私たちがお互いを誤解したり、お互いを傷つけたり、お互いを不当に扱ったりすることなど、絶対にありえない……》

不意に、私が生前に執筆した小説の一節を思いだす。いまとなっては皮肉でしかないその文面の毒々しさに、自死するよりも痛切な悲嘆の念にかられ、嗚咽《おえつ》しそうになった。

「ねえ」

声がふるえそうになるのを必死にこらえながら、私は問いかけた。

「あなたにとって、セルモス・ワイルドって何」

メアリはしばし、童女のように私の顔をみかえした。無垢な、この世の悪も汚《けが》れもおぞましさも、何も知らず、それらいっさいに触れたこともないような、そんな表情を浮かべていた。

やがてうすく笑って、こう答えた。

「〈終古の人鑑〉にいる、大切な作家のひとりよ。――」

「そうじゃない。私がききたいのは、そういうことじゃない。わかるでしょう」

悲しみは怒りに変わりつつあった。それが道理のとおらぬものであるのを知りながら。私はいったい、玲伎種を憎んでいるのだろうか。目の前の、誰にでも土下座ができるこの女のことを憎んでいるのだろうか。私自身を憎んでいるのだろうか。

ほんの数秒、不自然な間《ま》があった。

私の求める真《しん》のところを了解し、彼女は、答えを訂正した。だがそれは、熱病の余波によるものか、意味のまとまらない、ともすれば狂人のうわごとにしか聞こえない、書きそこねた散文詩のような発言の連続だった。

「私に……苦しみを、与えてくれる人、よ……。とても大切な、苦しみを……

「ほかの人はやさしいから、その怖さを隠してくれるけど、あの人は、ずっと人間としてのおそろしさを、そのまま、私にぶつけてくれた……、私には、それが……

「何よりも……

「残忍で……狡猾で……怠惰で。高慢なのに、陰鬱で――。気まぐれ。淫蕩。……冷酷で、不誠実――

「欠点だらけで……魅力的な……おそろしい人……

「あの人は、人間なの。

「どうしようもないくらいに、人間なの。

「私にとって、永遠に不可解な、人間……」

耳にしていて、私は彼女と目をあわせておられず、顔をそむけることになった。彼女は途切れ途切れに語りつづける。おそらく正常な判断力のもとにつむぎだされた言葉ではない。意識の混濁した状態で吐露した、魂の希求。執筆という行為をともなわない、女性一人称の、告白体。その憫然《びんぜん》たる告白の内容を心にとどめておけるのは、もはや、私をおいてほかにいない。告白した本人さえ知りえぬ、かくも美しい一人称の妙を胸に、私はこれからの破滅へと身を投じる。作家の本懐だった。

「ねえ……」

ベッドに横たわる彼女へと、再度、視線をむける。汗に濡れた髪の毛を撫でながら、そうされて嬉しげに微笑むかんばせに言葉をおくる。あとひとつだけ、教えてもらいたいことがあった。

「あなたにとって――」

あなたにとって、私って何。

それを口にしようとして、寸前で、とどまった。問いかけるまでもない、と悟ったからだ。この娘が私に対してどんな答えをかえそうとも、私にとってのこの娘がどういう存在なのか、いま、このときに気がついた。そう、それがわかったのは、彼女の髪に触れている、まさにこのときだった。この先、お互いを誤解したり、お互いを傷つけたり、お互いを不当に扱ったりすることがあったとしても、けして揺らぐことはない。私が書くことで生《せい》の痛苦から逃れようとしたのなら、彼女は、読もうとすることで、生の痛苦に寄りそわんとしてきたのだ。書くことと読むこと、それぞれの尊さは分かちがたく、両者を隔てて価値を貶《おとし》めることに、どんな意味があるというのだろう。

それについて想いをめぐらせていると、途中まで出かかった問いのかたちが、無意識に、別のものへと変化していた。

「──あなたにとって、小説家って何」

答えはかえってこなかった。無視されたわけではない。すでに、ひとときの覚醒からは切り離され、深い眠りにおちていたのだ。この問い自体、彼女の耳にとどいていたのか、いなかったのか、判然としない。ベッドにしずむその身は弱々しく、心音がいつ途絶えてもおかしくはないほどであったが、発熱による衰弱からは脱しつつあるようだった。消えかかった薔薇の母斑が、それを証明している。

この薔薇が完全に枯れたとき。そのときに彼女はよみがえる。セルモスのために途方もない時間を生きた彼女を犠牲にして。私は、夢から醒めた彼女と、それについてを語らない。その過去についてを教えない。思い出してもらうための努力は、いっさい、しないつもりだ。それでいい。〈サロメ〉に魅入られる前の、ありし日の彼女が帰ってきて、その彼女が私たちの行く末を見届けることのほうが、ふさわしいと思えるから。その彼女が、いかなる選択をしようと、私は手を差し伸べることだろう。もうすぐ薔薇は散る。彼女のもとから消え去った記憶は玲伎種に回収される。彼らのことを憎みはしても、それにかんしてはあらがうことに意義はないのだと判断し、私は、薔薇の母斑が朽ちるのを待ちつづけた。


夜明け前に、あの透明人間と出逢った。それが彼と私との、最後の逢瀬となった。

そこが館のどこであったのか、定かではない。いつ、どのようにして、何を思ってそこへと赴いたのか、それらもよく憶えていない。もう一度同じ場所へ行けといわれても、はっきりした意識のある状態では、さまようことになるだろう。意識があるとも無いともいえぬ、半覚醒の状態だったからこそ、私はそこへと赴けたのだと思う。

おそらくは最上階の、どことも知れぬ一室から移動した先にある、バルコニーだった。夜の闇につつまれながらも、そこには、一面の雪景色がひろがっているはずだった。光は乏しく、音もきこえず、身を切るような冷気だけが滞《とどこお》って、館そのものが凍っているかのようだった。

彼はそのバルコニーでひとり、暗がりを我が身とでもしているかのごとき風情で、煙草をふかしていた。手すりに身をよせて頬杖をつき、顔はまだ確認できないが、きっと、つまらなさそうに、ここからみえる景色を眺めているのだろう。私はその背中に近づいて、声をかけた。

「あれから、いろいろと考えたのだけど――」

男は反応しない。ふりかえりもせず、手すりの向こうにある雪と闇の世界を見据えている。紫煙を吐き出しながら。

「〈異才混淆〉に協力する見返りに、あなたが、ああいうことを願ったのって……、全部、なかったことにしたかったからよね？」

私の声だけが染みわたっていく。この場によどむ闇のなかへと。

「この館にいる、すべての作家の、主観的な世界の現出。――なぜ、あなたが、そんなことを願ったのか。はじめのうちは、わからなかった。あなたにとっては何の利益もないのだから。けれど、何かを手に入れるためではなく、すべてを破壊するためなら、腑に落ちる。あなたって、小説を書くのがいやになったから死んだのでしょう。そんな人が生産的な願いをするわけがない。そして、あんなことを願ってしまえば、最終的にどうなるかは目にみえている。作家たちの内的世界の大統一？　そんなものはないわ。成立するわけがない。やってくるのは、ただの破滅。ただの終わり。そんなことは、あなたも、セルモスも、わかっていたはずよ」

語りながら、私自身が体験した、誰かの主観的な世界のことを思いかえしていた。館に見え隠れする、不穏な存在の気配。エドやマーティンが聴いたという、金槌の音を、私も耳にした。懐中時計を手に走り去るウサギと、それを追いかける少女の影をみた。自分をつくった人間を捜しつづける〈名も無き怪物〉とすれちがった——。

ほんの一部にすぎない。私以外の者が体験した事例も考慮すれば、さらなる数にのぼるだろう。この館ではすでに無数の物語が現実のものとして生みだされている。それらすべてをつなぎあわせて統一するなど、ましてや、ひとつの作品におさめることなど、できようはずもない。それは創作上のことにとどまらず、この終末のありようにおいても、同様のことがいえた。

「それを知りつつも、いえ、知っているからこそ、セルモス・ワイルドは、辻島衆という作家をこの国に呼びよせた。メアリのこともあったのでしょうけど、本命はこっち。なぜなら……」

そこで一拍おいて、私は告げた。

「玲伎種への願いは、その者の、心からの願望でないと、叶わないから」

告げたあと、私は彼の横にならんだ。ふたりで手すりによりかかって、薄闇のなかにある廃墟の風景を眺めることにした。

「建前の願いだったり、偽りの願いだったりしたら、すげなく却下される。玲伎種に見抜かれる。だから、この館で成就した願いは、どれもが、その者の本心から求めたものなのよ。……きっとセルモスは、あなたならそれを願えると、そう睨んだのでしょうね。じっさい、それは叶えられた。あなたは滅びを求めていた」

となりにいる辻島は黙ったままだ。こちらが一方的にしゃべりつづけるしかない。

「あなたとセルモスは似ているわ。滅びゆく何かから新たな何かを見いだそうとしている。でも、どうなのかしら。他の者への相談もなく、あなたたちだけの判断で、そんなことをするなんて……」

辻島は短くなった煙草を手すりで揉み消し、新たな煙草へと火をつけた。数秒、そこだけが明るくなる。

私の言葉をさえぎって、ようやく、男が口をきいた。「この館に来てから、しばらくのあいだ、お前らのことを観察していたが、存外、そうでもなさそうなので、ちょっと驚いている」

「てっきり皆《みんな》、死にたがっているものと思っていたが」

「思っていたより、皆《みな》、思い残したことがあるみたいだな。……正確には、思い残したことがある、と、そう信じていたい何かがまだどこかにある、といったところか」

「セルモスからは、なんて伝えられていたの」

「特には。俺が勝手にそうだと思い込んでいた。まあ、約束はした。いや、させられた、か」

どんな約束だったかは、もはや触れまい。察しがつくし、いまさら、くつがえせるわけでもない。

彼の口から吐き出された大量の煙が、冷気とまざりあって、こちらへとただよってくる。私は仕草で、自分も一本ほしいと訴えた。辻島はそれに応じた。

火をつけてもらったあと、不意に、謎めいた問いかけがきこえた。辻島がこちらへと顔をむけず、独り言をつぶやくような感じで、こういった。

「生きていく力が、どういうものか、知っているか」

私が何か答える前に、彼自身が、すぐにその答えを口にした。「途中でみるのがいやになった活動写真を、おしまいまで、見ている勇気だ」

そう告げて、彼は紫煙を深く吸い込んだ。私も煙草を口にくわえ、遠くをみやる。私は普段、喫煙しない。久々の煙の味を堪能しつつ、辻島の死生観に思考をめぐらせた。

「どんなに長生きしても、せいぜい百年かそこらで、その活動写真は終わる。映写機が停止するからな。だが、ここの映写機は、いつまで経っても停止しない。活動写真を永久に映しつづける。だったら、もう、自分たちの手でぶち壊すしかねえじゃねえか」

　その発言の終わり際には、粗野な口調になっていた。それまでひた隠しにされていた透明人間の感情が、にじみ出ている。さらには、こうも云い放った。

「壊れっちまえばいいんだよ。映写機も、それをつくった連中も——」

　私は煙草をくゆらせながら、辻島衆という作家の利己的な破滅願望を受けとめていた。同意するかどうかはともかく、彼のいわんとしていることはよくわかった。やろうとしていることも。きっと映写機は壊せるだろう、しかし、それをつくった連中——それが玲伎種のことをさしているのなら——には、どうやったところで、とどきはしない。彼の恨みは、自己破滅による毒牙は、その喉元へとまではとどかない。玲伎種は、辻島の願いを実現させたらどうなるか、それも織り込んだうえで叶えたのだから。

　それとも彼は、玲伎種のことではない、もっと宿命的で概念的な何かのことをさして、そういっているのだろうか。

「あと、どのくらい保《も》つのかしらね」

　しばしの静寂のあと、私はやや話頭をかえて問いかけた。この平穏なる館での暮らしの、その余命について。

「知らんよ」

　あとはもう、なるようにしかならん——とでもいいたげな雰囲気が、彼の全身から発せられていた。自分で願っておきながら、子供より無責任なその態度に、いっそ愛おしささえおぼえる。

「残念ね」

そろそろ語るべき話題も尽きようとしていた。私は最後に、あの男について触れておくことにした。十九世紀の英国に生まれた、唯美主義の小説家。美と退廃、人のもつ弱さ、苦悩を愛し、そしてまた、メアリ・カヴァンという女性からもっとも愛された、物語の紡ぎ手。

「人間って、つくづく矛盾した生き物だって、そう思うわ。セルモス――彼ね、あなたとそんな約束を取り交わしておきながら、いま、ごく個人的な執筆活動をしているの。さまざまなものや、いろいろな人たちを、巻き添えにしたというのにね。あなたと同様、すべてを破壊することを望んでいるはずなのにね」

いつしか、この場をおおう闇が薄れてきていることに、私は気づいていた。脳裏には真っ黒な花弁の散る情景が浮かんでいる。闇が薄れていくそのさまは、すでに消えてしまったあの娘の薔薇の母斑を思い起こさせた。

夜が終わりを告げようとしている。

「彼はいま、何を考えているのかしら。新作じゃなくて、過去の作品に固執する――それは、ある種の作家にとって、無様ともいえるほどの創作態度よ。それを押してなお書こうとするのは、もうこの機会にしかおとずれない何かがあるからでしょうね。そして書き上げたら、どうなるのか、彼自身、知りたがっているのかも――」

「書き上がるとは決まってないだろ」

辻島が指摘した。無粋だが、核心をついた問題ではあった。そう。作家の執筆するものが、かならず形あるものとして認識されるとは限らない。

空が、すこしずつ、ゆっくりとではあるが、白《しら》みはじめていた。薄明がおとずれつつある。作家が、人が、どれだけ衰退しようとも、いまだ自然だけは衰退してはおらぬようだった。

私は煙草を揉み消した。その部分だけ、手すりが汚れていく。私にはやはり、煙より、ドラッグのほうが、性《しょう》にあっているみたいだった。

「そうね。完成しないおそれもある。どちらにしろ、それを待つしかないわ」

「……だが、もう、遅いな。黄昏だ」

「いいえ、朝よ。――……」

それまでは暗夜のなかに眠っていたロンドンの廃墟の、その全容が、明るみのもとにさらされた。無人の廃墟。ほんのしばらく前までは、たったひとりの人間をそのなかに閉じ込めて、素知《そし》らぬふりをしていた廃墟。私は、愛おしさと憎しみとを織り交ぜた視線で、その光景をみつめる。人は死ぬ、というごく自然なことさえ禁じられた、絶望的に平穏な時間の果てに、この夜明けをむかえることで、私たちは何かを変えることができるのだろうか。いつまで人は、夜明けや夕暮れの、その美しさに心を奪われ、それが人のためにささげられていると、そう思い込むことができるのだろう。

煙が浮遊していた。辻島の吐いた煙――、それが黎明の空に溶けていって、私たちふたりの逢瀬に、幕を下ろした。

「駄目です。何を書いても、ばかばかしくって、そうして、ただもう、悲しくって仕様が無いんだ。いのちの黄昏《たそがれ》。芸術の黄昏。人類の黄昏。それも、キザだね」

「人は人に影響を与えることもできず、また、人から影響を受けることもできない」

「生きていく力。いやになってしまった活動写真を、おしまいまで、見ている勇気」

辻島衆が残した、数々の言葉。それらが私の精神に染み込んでいく。その言葉のいくつかは、すでに生前の彼の作品のなかにおさめられているものだった。あのとき、彼とともにむかえた夜明けの、その終わり際になされた会話、あれにも原典となるものがあった。〈四つの落日〉だ。没落した日本の貴族と、その一族にかかわることになった小説家が、それぞれに滅んでいく物語。メアリ・カヴァンが愛した物語の、そのひとつ。

〈痛苦の質量〉、〈道化の亡骸〉、〈無知の情景〉という三冊の本をたずさえて時間旅行に出かけたことのある彼女だが、じつは、そのうちの一冊は、表題作だけでなく、もうひとつ、他の作品も所収していた。

辻島衆の、後期の作品群を代表する、ふたつの傑作。

メアリが選んだものは、その両方をおさめた分厚い文庫本で、そういったことに詳しくない玲伎種の目をかいくぐり、「三冊の本」というルールを守りつつも、じっさいに読むことのできる小説の数をそれよりも増やす、ちょっとした小細工をしていた。かわいい詐術だった。他愛のない奸智だった。玲伎種が彼女に課したルールの重さを思えば、この程度の謀略をもちいることに、なんの罪があろう。

だから彼女は、百六十万年のあいだ、〈道化の亡骸〉も、〈四つの落日〉も、そのどちらも読みかえすことができた。そして私もまた同じ本を所有し、それらの物語に親しんだ。そのおかげで、あのとき、辻島から振られた台詞の意図を察し、うまく切り返すことができたのだ。

「だが、もう、遅いな。黄昏だ」

「いいえ、朝よ」

この受け答えは、〈四つの落日〉のなかで交わされた会話を、ほぼそのまま、なぞったものだ。小説内の会話の再現に、なんの意味があるのか——といわれれば、何も、ないだろう。けれど、あのときは、それをすることが何よりも自然で、価値のあることのように感じられた。現実でそうするのが自然な状況など、なかなか起こりうるものではない。辻島は、いまならそれが出来ると悟って、それを口にし、私はそれに応えることが出来た。それで充分だった。

いのちの黄昏。芸術の黄昏。人類の黄昏。不感症でもないかぎり、それはたしかに〈終古の人鑑〉で感じられ、衰微していく人類の、その頽《くずお》れていくさまを鑑賞することができる。〈四つの落日〉で書きおこされた場面よりも切実に、私たちの問題として差し迫ってくる。

けれども。

あのときの辻島との会話を思いかえして、私はどこか、逆説的な想念へといざなわれている。ほんとうに、黄昏だけなのだろうか。黄昏だけしか、感じられないでいるのだろうか。人の感性は、そこまで限定され、終わりを余儀なくされるものでしかなかったのだろうか。

《……無数の夢が渦巻いている。私にはもう何が本当で何が本当でないのか区別することができない。まばゆい鉱物の洞窟に閉じ込められた光のような夢。熱く重い夢。氷河期の夢。頭の中の機械のような夢。何もない壁と異様に小さなグラスの底に沈殿した苦い薬に挟まれてベッドに横になったまま、私は夢を思い出そうとする。……》

終末の夢。黄昏の夢。友人が、恋人がいたはずの夢。それらに翻弄され、惑溺し、引き離されては吸い寄せられ、何もなかったはずの壁にはあの娘の肖像画が飾られた。異様に小さなグラスの底に沈殿したものは綺麗に洗い流されて、新たな何かがそそぎこまれるのを待っている。私はもはやそれぞれの夢と本当の出来事とを区別する行為をあきらめ、いまも渦巻く無数の夢のなかから最善の、もっとも尊いものをすくい上げようとしている。そう、無数の夢は渦巻きつづける。私の意識が途絶するその間際まで。

「あなたにとって、小説家って何」

あの娘へと投げかけて、答えてはくれなかった問い。あの娘の意識もまた永久につづく活動写真のなかに取り込まれている。ひととき、そこから抜け出して、ありえたかもしれない別の夢へと心を溶け込ませる。映写機はまだ壊れていない。きっと、それが壊れるころには、彼女が体験したこと、読書によって感じてきたこと、何もかもがスクリーンにあふれかえる、意識の終極をむかえることだろう。まもなく夢は閉じゆく。私と彼女はそのときが来るまで、かろうじて、ふたり、同時に存在している。

いま、メアリ・カヴァンは、百六十万年の呪縛から解き放たれて、〈文人十傑〉が新たに取りくむべき大巨篇の小説の、その執筆の下準備をすすめている。新たな〈異才混淆〉を運用するため、十人の作家たちの肖像画の組み合わせを検討している。

断言する。彼女がどのような組み合わせを考案しようと、それによる犠牲者はかならず発生する。私たちはこれから、ひとりずつ、筆をおくことになるのだ。

そして彼女は、そのたびに悲嘆にくれるだろう。今後、彼女が何かを語るときには、あえてそのことには触れないかもしれない。だが、語られておらずとも、その陰でそれを、その作家の不在を、辞去を、悼み、涙しているにちがいないのだ。そのことを忘れないでほしい。

彼女は人間のことが怖いという。

生前はセルモス・ワイルドに飼い馴らされる日々だった。〈終古の人籃〉に来てからは、あらゆる時代の、あらゆる作家から、いいように使われて、そんなあつかいを受けながらも彼らひとりひとりのことを深く愛し、その作品をよく読み、すこしでも理解しようと努める日々を送ってきた。彼女にとって恐怖することと愛することは同義だ。そんなに怖いのなら逃げ出せばいい、という助言は、なんの意味もなさない。逃げ出してしまえば、愛せなくなるのだから。

そういう彼女だからこそ、私もまた彼女のことを愛した。無数に渦巻く夢のなかから、読むことに生涯をささげた女性の幻影をつみとって、書くことに生涯をささげた者たちの世界へと招き入れた。書くことと読むこと、それぞれの尊さは分かちがたく、両者を隔てて価値を貶《おとし》めることに、どんな意味があるというのだろう。

薔薇は散った。彼女の記憶はそれとともに消え去り、夢も、ひとつ、またひとつと、その色彩を失いながら閉じていっている。

映写機は回りつづけている。

異様に小さなグラスの底に沈殿したものは綺麗に洗い流されて、新たな何かがそそぎこまれるのを待っている。

私には友人が、恋人がいる。それは、閉じゆくこの夢のなかでなら、真実だといえた。

第五章　異《い》才《さい》混淆《こんこう》

人間であるとは、どのようなことか。

――メアリ・カヴァン

25

過日において、〈異才混淆〉の主幹をになう十人の作家たちの肖像画が、巡稿者メアリ・カヴァンから届けられた。それぞれが本人のものを手にしたわけでなく、自分とは別の作家の肖像画を所有し、その相手と向きあうこととなった。絵画鑑賞という意味のみならず、執筆活動という面においても。Aという作家はBという作家の絵を所持し、Bという作家はAという作家の絵を所持する――そういった関係性を築くことによって、互いが内包してきた苦悩の重さを伝えあい、この世界における何を苦しいと感じてきたのか、何に苦しめられてきたのか、それを理解しあうことができる――その結果、彼らは分かちがたいほどの一体感のもと、新たな創作、次回作の構想について打ち合わせることができるのだ。

この現象は、〈痛苦の質量〉という小説の内容をなぞっている。あの作品でも人間の精神的な痛みを定量化し、それを視覚的に観測・鑑賞するための肖像画がとりあつかわれていた。はじめのうちはティファレトなる正体不明の女によって個々の絵が行き交っていたが、やがて人々のあいだでより美しい絵画を観たい、他者の感じている苦しみの世界を体験したい、という欲求が高まり、組織化され、肖像画の交換を支援する社交クラブまで設立される事態におよんだ。そこからは急転直下、人間たち自身の意志によって、破局を迎えることになったのだが、我々の場合はどうであろうか。〈異才混淆〉の新たな形として導入された、この〈痛苦の質量〉方式は、うまく機能するのだろうか。その効果のほどには疑問がある。これを提唱したセルモスの狙いは、どこにあるのだろうか。

とまれ、彼の希望どおりのものが実施された。前段階として提供されたメアリの肖像画と書簡はすでに回収され、メアリ自身の判断によって我々の肖像画が各人に割り振られた。内訳は次のとおりである。


恋愛小説家、バーバラ・バートンと、ファンタジー小説家、ラダガスト・サフィールド。

SF小説家、ウィラル・スティーブンと、児童文学者、マーティン・バンダースナッチ。

ゴシック小説家、ソフィー・ウルストンと、ホラー小説家、エド・ブラックウッド。

ミステリー小説家、ロバート・ノーマンと、日本人作家、辻島衆。

分類不能な小説家、クレアラ・エミリー・ウッズと、十九世紀末の流行作家、セルモス・ワイルド。


——という、二人一組の、五組が生みだされた。各組ごとに互いの肖像画が交換されている。その五組がそれぞれに、これから執筆する小説の下書きに臨むのだ。そして最後にはそれらの草稿をつなぎあわせ、ひとつの物語として融合させる——。迂遠なやりかただと思う。おそらく、うまくはいかないだろう。肖像画の交換相手は、下書き段階のパートナーであり、互いの苦しみの世界を知り抜いた、無二の理解者だ。私であれば、その相手は辻島衆になる。彼の肖像画は、私のことを著述している作家のもとに預けられ、それを通して、鑑賞されることになった。ぎょっとするほど陰惨でありながらも美術的な趣きのある絵だった。どこかでこれを観たような気がする、否、観たことはなくても、このイメージを、頭のなかで思い描いたことがある、――と自分の記憶を探っていったら、思い出した。〈道化の亡骸《なきがら》〉だ。辻島衆が自殺する前に完成させた小説のなかに、これと同じものが存在した。たしか、主人公が自画像を描くエピソードである。従来のオーソドックスな描き方をやめ、人間に対する恐怖心、それゆえの「怖いもの見たさ」を極限まで突き詰めていった末に、化け物と呼ぶにふさわしいものへと変貌する人間のありようを幻視して、それをそのまま描き写す、そういった技法のもとに、主人公は、自画像を描いたのだ。それは怖気《おぞけ》のするほど陰惨な絵になった。自分自身の正体がそこにあると感じた主人公は、その絵を押入れの奥に隠して、ほとんど誰にも見せないまま封印した、という話の流れだった。そこで語られた自画像と、いま、私の目の前にある肖像画は、その印象が、奇妙に一致する。作中の主人公はまだ少年で、その作者である辻島衆は、四十歳手前の中年男性である。それだけの年齢差があるのに、私の受けた印象は、ぴったりと重なるのである。

〈道化の亡骸〉では、それを「お化けの絵」とか「地獄の馬の絵」と呼称していたように思う。まさにその喩《たと》えのとおりだと感じられる肖像画が、辻島衆のそれだった。いや、彼のものだけではない。他の〈文人十傑〉の肖像画もそうだろうし、メアリ・カヴァンの肖像画にも、それに通ずるものは感じられた。これらすべての絵は玲伎種が用意したものだが、彼らが〈道化の亡骸〉のエピソードを参考にしたかどうかは不明である。〈道化の亡骸〉の主人公の弁によれば、かつて、印象派と呼ばれた西洋の画家たちも、人間に恐怖し、傷めつけられ、おびやかされた挙げ句、自己の主観において人間のおそろしさ、美しさ、醜さなどを再創造していたのだということだ。一般的な芸術論はさておき、少なくともこの小説では、それが真実であるかのように語られている。ゴッホの自画像も「お化けの絵」と解釈されており、そこから主人公は着想をえて、陰惨な自画像を描くことになったのだ。

私は推考する。セルモス・ワイルドは、〈道化の亡骸〉における絵画のイメージを〈異才混淆〉に反映させるために、辻島衆をこの館に招いたのではないか。辻島衆という作家がやって来るまでは、自身の願いを保留にし、ずっと待ちつづけたのではなかろうか。そして、いよいよ実行に移したということは、すべての条件がそろったということだ。辻島衆の到来。メアリ・カヴァンによる肖像画の分配。それによって再現される〈痛苦の質量〉の世界——。彼は最終的に、何を求めているのだろうか。何を手に入れようとしているのだろうか。

まだ答えは導きだせないだろう。あるいは、永遠に確たる真実には到達しえないのかもしれない。だとしても、私なりに納得のできる解釈がどこかにあるはずと信じて、この館の観測を、いま少し、つづけることにする。

肖像画そのものの所感はここまでにして、各組の状況について語っていこう。

五組に分かれたからといって、それぞれの関係が断絶するわけではない。互いの進捗状況は確認しあえた。まずはバーバラ・バートンと、ラダガスト・サフィールドの組である。両者とも年長者だ。恋愛小説家と、ファンタジー作家。彼らがもっとも早期に小説の下書き作業に入った。特にバーバラ。彼女はメアリ・カヴァンの肖像画と書簡を観たあと、塞ぎこんでいた時期があった。その後、しばらくして、執筆活動を再開したのだが、塞ぎこむ前と後とで、あきらかにその作風が変わってしまった。どのように変わったのか。恋愛を否認するようになった。恋愛を否認する恋愛小説家になった。……もう少し噛み砕いていうと、想いと想いが通じあうことをテーマにした恋愛、それが彼女の得意とする世界観であったが、それとは反対の、想いと想いが通じあわないことで幸福になれる、そういう世界観の小説を書くようになったのだ。どこまでいっても相手の胸のうちがわからず、わからないがゆえに生じる種々の問題、または無反応に、人々はたゆたう。それは愛にも恋にも発展しない。成就しない。すれちがって、それだけで終わることもあれば、互いを誤解し、誤解したまま、最後まで話がすすむこともある。登場人物たちは、まじわらない。想いを伝える、それがまっすぐ伝わる、それによって相手が変化する、物語が進展する、そういったことは起こらない。物語は停滞したままで、冷たく、静謐《せいひつ》な無理解のもと、それぞれが軽蔑、憧憬、恐怖、崇拝、神格化、もろもろの誤解から生まれる感情を持ちより、それで世界を構成してしまう。それが心地よいと思える人々、そこに苦しみを感じない人々が存在する小説。そういったものを書きはじめたのだ――

バーバラが執筆したとは思えぬほど、人の持ちうる愛情に懐疑的な内容になった。これまでの自分を捨て去るかのような小説になった。なぜこんな方針転換をしたのか。まずはメアリ・カヴァンのためだろう。

メアリの書簡を読んで、自分の表現してきたヒューマニズムの世界が、すべての人々にとっての幸福のイメージにはつながらないと悟った彼女は、想いと想いが通じあわないことで苦しむ人々のため、そうした非ヒューマニズムの世界でも救いのある物語を紡ごうとしたのだ。相互理解の上に成り立つ幸せがあるのなら、相互無理解の上に成り立つ幸せもあるはずだと――。これも、一種の転向小説というものなのだろうか。作品数、発行部数、販売部数、そのすべてで世界記録を樹立したロマンスの女王が、おのれの矜持《きょうじ》を捨ててまで新奇な世界の構築に挑戦した。それほどにメアリへの愛情が深かったのだ。わが娘のように可愛がり、自身の知りえぬところで苦しみつづけてきたその娘を、どうにかして、癒したかったのだ。結局、この人は、どこまで行っても愛情をそのエネルギーの源泉としているのだろう。自身の愛情では救えない人間がいることを知って、それならばと、その愛情を捨てる優しささえ有していた。

ただ、メアリだけのためかというと、そうではない。何万年もかけて夫に自分の気持ちを伝えられなかったことへの清算の意味もあるのだろう。そしてまた、パートナーとなったラダガスト・サフィールドへの心遣いでもある。バーバラは知っていた。ラダガストの肖像画を通じて、彼が、いかに深く絶望しているかを知っていた。彼の代表作の舞台、〈はざまにて沈まざりし地〉の、その設定を忘却してしまった嘆き。代表作の続篇、〈第二の音楽の物語〉を完成させられないのではないかという不安。後世のファンタジー作家との対話を通じて創造した架空の世界が、世間には受け入れられなかったという事実。評価されずに埋もれていくファンタジー作家たち。重厚すぎる設定はいらない、奇抜すぎる世界はいらないといわれ、淘汰され、一掃されていく架空の世界の物語。それを映しだすスクリーン……

想いが伝わらないというのなら。伝えても、報われないというのなら。伝わらないこと、報われないことにこそ幸せを見いだせる精神構造を持てばいい。そんな感性を有する人間に生まれ変わればいい。……通常の、それまでバーバラが信じてきた幸福観を、反転させるのだ。そうなって、はじめて癒される人たちもいる。幸福観の反転した人間たちを描きだす物語では、誰も彼もが相手のことを理解できず、その理解できない状況を、よろこびとして受け入れている、――そんな世界観の小説を書くことで、彼女は、メアリやラダガストに尽くそうとした。また、そこに玲伎種の目的があるのだとも解釈した。玲伎種とは何者なのか。それは、愛や相互理解によって幸せになれる者が大多数を占めていた人類に、変革をもたらす者らだ。冷静に現実を見わたせば、想いが通じあうことなど、稀である。通じあわずに行き違ったり、通じあったと錯覚したりして人生に幕を下ろすことのほうが、圧倒的に多い。ならば。もういっそ、そちらのほうに幸せを求めたほうが効率的なのではないか。最大多数の最大幸福。全人類の感受性をそのように変革してしまえば、きっと、旧時代より、幸せになれる人間は増えるだろう。――それがロマンスの女王の導きだした答えだった。

バーバラの解釈によれば、人類は、いちどは滅びるが、やがて玲伎種の超文明によって復活する。そのときには、かつての人類とは幸福観の反転した知的種族となっている。メアリ・カヴァンは、そのためのサンプルとして選ばれたのだという。何よりもまず最初に、彼女に幸せになってもらいたいという、バーバラ個人の希望的観測もふくめて。

……私はここまでを知って、バーバラ・バートンという女性に底知れぬものを感じた。あくまでも虚構だ。これが事実ではなく、彼女自身がそうであってほしいと構想したフィクションの物語であるのは、誰よりもバーバラ本人が承知している。絵空事であるには違いないが、その絵空事は、なんと物悲しい艶やかさに包まれているのだろう。英国最後の貴婦人が見た夢。絢爛豪華で、しかし、人間への愛情を殺さねば見られなかった夢。その小説の世界観は、論理の破綻や、自己矛盾も多い。だが、それを上回る、人間への悲しみと艶やかさに彩られていた。

一方で、ラダガスト・サフィールドはどうしていたかというと、彼もまた肖像画に触発されて新たな構想を練っていた。彼はファンタジー作家である。架空の世界の創造者である。その最大の成果たる〈はざまにて沈まざりし地〉の設定を散逸して、苦しんでいた。さまざまな手段を講じて取り戻そうとしたし、それ以上に、新たな設定を生みだそうともしていた。忘却した過去のそれよりもすばらしいものにせねばならない、という想いもあった。失ったぶんだけ、より価値の高いものに思えて、理想化され、その水準を超えることは、彼をもってしても容易ならざるものがあった。悠久の時が流れた。

バーバラ・バートンの肖像画を目にしたとき、すべてを吹っ切ることができた。

いつまでも、どうしても――。夫にむけて、感謝の気持ちを口にできなかったバーバラの苦悩。――伝えたところで、甦った夫は、一週間後には自壊する運命にあるのだ。相手に送った感謝もろとも、結果的にはその最期を、つらくさせてしまうだけではないか。毎回、そうした想いがバーバラを縛って、それを口にすることを躊躇《ためら》わせていた。その苦しみを、ラダガストは肖像画から感じとっていた。だから、そうした者が救われるような世界があってもいいと思い、〈はざまにて沈まざりし地〉を、そのように創りなおした。

それが具体的にどのような世界になったかは、私が語るより、メアリの視点から表現してもらったほうがいいだろう。彼女は巡稿している。バーバラとラダガスト、ふたりのもとへと向かい、その小説の下書きを読もうとしている。

ラダガストの再創造した〈はざまにて沈まざりし地〉は、この〈終古の人籃〉と溶けあいつつあった。辻島衆の願い、すべての作家の主観的な世界の現出が、適用されたのだ。

これにより、ラダガストのなかにあった架空の世界が、現実化した。そこにメアリが訪れる。そのときの一部始終を、彼女自身の言葉によって伝えてもらうことにしよう——

26

〈終古の人籃〉の内部に建造された室内庭園。大規模な、三階ぶんの高さを吹き抜けにした空間には、いくつものテーブルと椅子が設置され、そのすべてにティーセットが並べられています。天井と壁面のほとんどがガラス張り。外は極寒の積雪気候だというのに、内側は、春を思わせる小世界で。太陽のそれを完全に再現した人工の陽射しはうららかで、かつての草花を甦らせた温室建築は、人類最後の植物園としての機能も果たしています。バーバラの心のようにおおらかで暖かなその庭園は、何百人もの人々を招き入れて、すぐにでもパーティーを開催できそうな気配にありました。けれど、そこに出席しているのは、私もふくめて、たった三人だけなのでした。

「もうここも、そう永くはないのかもしれないわね」

私の目の前に、紅茶が差しだされました。バーバラ・バートンが手ずから淹《い》れてくれたものです。私と、彼女と、ラダガストと。この三人で催される茶会でした。

予定では、もうひとり、ここへとやって来ることになっていて、それまでのあいだ、私たちは会話する機会に恵まれました。バーバラは、自分とラダガストのぶんの紅茶も淹れて、そっと私のほうに微笑みかけます。

「あなたからのお手紙、読んだわ。……いってくれればよかったのに、なんて、無神経なことは、いえないわね。普通、打ち明けられないわ、あそこまでの根源的な悩みは。あれを書くのには、勇気がいったでしょう。あれを私たちに贈るのも、読まれるのも——。作家でも、なかなか出来ることじゃない」

そう語りかけるバーバラの表情は、慈《いつく》しみにあふれていました。「ねえ、いまでも人間のことが怖い？」

「はい……」私は正直に答えました。真正面から私の苦悩と向きあってくれる彼女への、それがせめてもの返礼だと思ったからです。彼女は「人間のことが」といいましたが、そこには「私のことも」というニュアンスも、暗にふくまれていました。それを察した上で、やはり私は、肯定したのです。

しかし、私のいう恐怖とは、ただひたすらに怖い、という類いのものでなく、畏怖、上位の者への畏敬、憧憬がともなうものであって、けっして忌避しているわけでも、嫌悪しているわけでもないのです。それをバーバラにはわかってほしくて、言葉を継ぎ足そうとしたのですけど、何も出てきませんでした。ただじっと彼女を見つめることとなりました。

私の人間恐怖には、私以外の人間への敬愛や崇拝の念が、かならずあります。

特にバーバラに対しては、崇拝の気持ちが強いのです。今回、彼女の作った小説の下書きを読ませてもらって、その作風の変化におどろきましたが、内容の質の高さは、やはりバーバラ・バートンの名に恥じぬものでした。ロマンスのまったく存在しない世界観であっても、これほどのものを書ける――、彼女という作家の偉大さ、奥の深さに、あらためて敬服したのです。

バーバラは、そうした私の心情を汲《く》んでくれたのか、ふたたび笑みを浮かべました。

「いいのよ。安易に人のことをわかったつもりでいるより、わからないものをわからないと認めて、ずっと苦しみつづけてきたあなたは、どれだけ尊いものでしょう。私はね。次回作には、そういう人たちが安らげる物語を書きたいの。残念ながら、私には、あなたのような感性はもてないし、本当の意味で幸福の何たるかを伝えることもできない。私だってわからないもの、幸福の本質なんて。だけど……物語のなかで、それらしく描写して――なんて、そんな云い方をするのも悲しいけどね――、玲伎種がいることにも、〈終古の人籃〉に来たことにも、不死の果てにこういう創作の機会をえられたことにも、すべてに意味があったのだと思いながら、終わりのときを迎えられたら、と考えているの」

「私は反対なんだがね」と、別の声がしました。それまで黙っていたラダガスト・サフィールドのものです。「せっかく創りなおした〈はざまにて沈まざりし地〉の出る幕がない。きみが来るまでは、そのことで彼女と協議しておったのだよ。耳を澄ましてみたまえ。辻島くんの叶えた願いによって、私のその世界が、現実化していることがわかるだろう」

いわれたとおり、私は耳を澄ましてみました。意識を集中すると、かすかに聴こえてきます。壮麗なる楽団が演奏しているかのような、美しい管弦楽曲――

「――ヒトの心と、脳という器官が、密接な関係にあることは、昔から知られていた。だからバーバラは、自分の脳のなかに夫の脳の一部を取りこみ、夫との同一化をはかろうとしていた。……そんな彼女のおこないが、私にはとても痛ましく感じられた」

車椅子を軋《きし》ませながら、ラダガストが、臆することもなく。バーバラ本人を前にして、そう語りました。バーバラは微笑んだままでです。

「もともと〈はざまにて沈まざりし地〉は、唯一の絶対的な神が、音楽によって創造した世界だ。創世のころより奏でられた、神の音楽が、鳴りやむまでの物語。それが私の代表作、〈第一の音楽の物語〉だ。神による音楽が終焉し、これからは人間をはじめとした地上の種族による、地上の種族のための音楽が演奏される。それが私の未完の続篇、〈第二の音楽の物語〉になるのだが……、では、その音楽とは、どのようなものなのか」

ラダガストは目をつむり、頬杖をつき、しばらくのあいだ沈黙しました。私と同じように、彼自身も耳を澄まし、どこからか聴こえてくる楽曲に耳をかたむけているようでした。

「人の心の在《あ》り処《か》を、その想いの所在を、脳ではなく、世界全体に流れている音楽と結びつけられる世界。それが私の再創造した〈はざまにて沈まざりし地〉だ。そのような世界であれば、脳という器官に惑わされることはなくなる。まあ、生きているあいだは、脳、または心臓に、人の心というものが在ってもかまわない。だが、死ねば、人の想いとか意識とか、魂といったものは、世界全体に流れている音楽の一部として取り込まれる――。音色が増える、音節が増える、旋律が増える、楽曲が増える、それらを奏でる楽器が増える。弦楽器も、管楽器も、それ以外も、何もかもが無限に増えていくオーケストラのごとく。その世界の住人は、耳を澄まし、意識を集中すれば、いつでもそれを聴くことができる。親しかった者、愛しい人の想いが、音楽を通じて、伝わってくる。また、自分自身の手でそれを演奏することで、想いを伝えることもできる。……〈第二の音楽の物語〉とは、そのようなものなのだ。それまでは想いをうまく伝えられなかった地上の種族のために。言語というツールでは届けようにも届けられなかったものを、別の媒体に置き換えることで、伝達を可能にし、彼らを癒すために。その音楽は生みだされ、奏でられつづけるのだ」

滔々《とうとう》と語るラダガストの弁に、引き込まれました。小説の下書きはバーバラ、ラダガストの双方とも、この茶会がはじまる前に、読ませてもらいました。ですから内容を知ってはいたのですが、本人の口から語られると、さらに感興をそそられるものとして私の脳裏に迫ってきました。きっと彼ならば書き上げるでしょう。脳と心がどのようなメカニズムで結びついているのか、それは人類が滅亡するまで、ついに解明できなかったことです。現実ではなく虚構に救いを求めるというなら、脳という物質に固執せず、別のモノに心が宿ると考えてもいいのではないでしょうか。それが音楽であるというのは、読み手にとっても、書き手にとっても、魅力的な世界観になるように思えました。

耳にとどく管弦楽曲は、いまや、はっきりと伝わってきています。いままでに聴いたことのない、荘厳にして華麗なる音楽。現実の作曲家たちが創造してきたクラシック音楽に勝るとも劣らない、すばらしき音のひびきの乱舞。

「でも、それだと、同じことの繰り返しになりかねないのよ」

それをさえぎったのは、バーバラの声でした。「言語でも音楽でも、やっぱり伝わらない、伝えきれないっていう人たちはあらわれると思うの。だから根本から変えないと――」

「そのあたりの調整をしたいのだ。私とあなたは、下書き段階でのパートナーなのだから」

ふたりが語りあう、そのさまを、私は見つめていました。バーバラの下書きは、想いと想いが通じあわないこと、それを前提にして幸福をめざすものでした。ラダガストの下書きは、脳や言語といった概念から解放され、音楽によって想いを伝えあう内容でした。たしかに、このままでは、合作することは難しいでしょう。先ほどラダガストが「反対」と述べたのは、そうした事情を勘案したからに他なりません。

しかしどちらも、互いのことを思いやって作られた設定なのだと思います。特にラダガストは、夫の脳と自分の脳を混ぜるという狂気的な所業に耽《ふけ》っていたバーバラのために、おのれの全財産ともいえる〈はざまにて沈まざりし地〉の設定を一新し、再創造するという行為にまでおよんだのです。しかも、今回、それを〈文人十傑〉全員による共著の下書きとして提出しました。彼個人の作品がどうなるかはわかりませんが、場合によっては、この共著を〈第二の音楽の物語〉として発表することになってもかまわない、というほどの決意をもって、創作に臨んでいるのかもしれません。

「ええ、私にも聴こえているわ。とっても、すてきな音楽よ。だけど、そんな、……そういう形で、あの人の想いを受けとめるだなんて……」

「いいや、こうなる運命だったのだよ。私の主観的な世界が、こうして現実化したのも、おそらくは天の配剤というものだ。――そろそろ、約束の時間なのではないかね」

論議のなか、腕時計に視線をおとすラダガスト。一方のバーバラは、落ち着きがなくなっていきました。

「ここに……ルイスさんが、いらっしゃるのですよね」

私は確認しました。この茶会には、もうひとり、参加する予定の者がいました。

ルイス・バートン。生前のバーバラの夫。百年ごとに復元され、その一週間後に、自動的に破棄される存在。

「ええ。あれから、ちょうど百年め。こういうときに機会が重なるのは、巡り合わせなのかしらねえ。

だけど、私はもう、伝えられないままでも……」

「ともかく、逢ってみるといい。きみにも音楽は聴こえておるのだろう？　伝えられずとも、一週間後には、彼もその音楽の一部になっていることだろう。それで、きみの心に、何か届くものがあれば……、そのときに、もういちど論じ合おうではないか」

バーバラは、死亡するまでの数年間、認知症および寝たきりの状態となっていました。それを献身的に介護してくれたのが、夫のルイスなのです。彼との再会を条件に、バーバラは〈異才混淆〉に協力しました。

百年ごとにバーバラのもとへ訪れるルイス。けれどその実態は、玲伎種によって都合よく量産される、スワンプマン――本人そっくりであっても本人ではない、完全なコピー人間――なのです。それでもバーバラはかまわずに、彼に対して、愛をもって接しました。

ただ、それゆえに、想いを伝えるのは難しくて。作風を変化させたのも、別の形での彼との交流を模索しているからかもしれません。そこに、ラダガストの提案がありました。〈はざまにて沈まざりし地〉の設定が現実化しているいま、想いを音楽として受けとめてみてはどうか、と。

文章だけで理解するのではなく、それを体験してみることで、想いの伝達が言語よりも円滑になるかどうか、試してみればいいと持ちかけたのです。それは、このふたりによる小説の下書きに、どう決着をつけるかの試金石にもなるでしょう。

すでに待ち合わせの約束は済ませてあります。今日、この日、この時間に。

ここで再会を果たせるよう、玲伎種が、取りはからってくれています。

庭園の東側、ガラス張りの壁面の外では、かつてのロンドンの建築物が生まれては崩壊していく、億万の廃墟の雪景色がひろがっていました。内側は、草木の坩堝《るつぼ》です。外の世界では枯死するであろう旧時代の植物のサンプルが保管・展示されています。そのなかから、人影が浮かびました。それがゆっくりと、こちらに近づいてきます。近づくほどに明瞭になっていくその影の輪郭は、男性のものではありませんでした。

私でした。

――私に酷似した、銀の皿をもつ、女のかたちをした刃物でした。サロメ。〈はざまにて沈まざりし地〉が現実化したのと同様、セルモス・ワイルドの未発表作品から現実化した、狂気の女性――凍りついたかのように、私たちは動けませんでした。バーバラも。ラダガストも。ただじっと、彼女がここまでやってくるのを凝視しています。

さっきから耳に聴こえてくる管弦楽曲のなかに、不快な、異音ともいうべきものが混じりはじめました。まるで楽曲の流れを無視しているその音は、どだい、楽器から発されているものではありません。私がイメージしたのは金槌です。金槌で、どこかの釘を打っている音――勢いよく打ちつけるのではなく、作業的に、淡々と、一定のリズムと力で、何度も、何度も――、本来なら弦楽器や管楽器など、ほかの音に埋もれて消えるはずなのに、そうはならず、妙にはっきりと、その音だけが耳に残って、反響します。無機質で、冷淡で、何もかもが色褪せてゆく、厭世的な音でした。

視界が暗転しました。

一時的な停電になったように。私は数秒、何も見えなくなり、次に視力を取りもどしたときには、視力以外のすべてを奪われていました。元の明るさになった世界。そこには、もうバーバラもラダガストもいません。さっきまでは彼らであったはずの、胴体が、その頭部を失って、ふらついているだけでした。

私のすぐそばに、サロメがいて。

しずかに、たたずみ、こちらに微笑みかけています。両手には銀の皿。それを、ささげもつ恰好で。

バーバラとラダガストの頭部が、載せられていて。

「あば、あばばばババばババばババ、ババババババ……」

という、うめき声が聴こえてきました。

視力のほかに、聴力も復活したようですが、こんなものは聴きたくありませんでした。それは彼らの頭部からではなく、胴体から聴こえてきました。発声する器官もないのに、どうやってそれを生みだしているというのでしょう。しかし、たしかに、首のなくなった体のほうから、聴こえてくるのです。首の切断面から噴出するのは血液ですが、まったく量が足りません。本当なら、もっと勢いよく、周囲を染め上げるほどの血流がわきでてもいいはずなのに、ぴゅるり、ぴゅるりと、枯渇する前の噴水にも似て、断続的に、飛び散っては、それとは別のタイミングで、うめき声を発しているのでした。

サロメの掲げるふたりの頭部は、その両目を閉じ、安らかに眠っているようでした。それだけに、胴体のありさまが見苦しく感じられます。血の出るリズムと、さっきからの金槌の音が、不思議な具合に同調します。どこかに不可視の金槌があって、それが打ち下ろされるたび、ふたりの体から血があふれでる、そんな物理法則があるかのように。

「し、ア、わ、セ、に、…なっ、テ、ね……」

バーバラの、体のほうから。

そんなふうに、うめき声が、意味のある言葉になって、私の耳に届きました。

偶然なのかもしれません。たまたま、そういうふうに聴こえたのかもしれません。けれども、バーバラが最期の最期に、私にむけてそう伝えたのだとしたら、それは、どんなにか——

「ぼくらの、せかい、かん、を、ばかに、する、なんて、ゆるさないんだぞぉ……」

と、今度は、ラダガストの体から。

バーバラのそれよりも、わかりやすい、人語としてのものが。

私にむけてというよりは、世界そのもの、後世のファンタジー作家たちの幻想を受け入れなかった、社会全体に対して、訴えているような響きがありました。まるで、小さな子供が、拗《す》ねているような云いまわしで。

バーバラの体も、ラダガストの体も、そこから先、いっさいの反応を示さなくなりました。うめき声は途絶えました。流血も止まりました。首をなくしたそれらは、最初からそうであったかのように——そう展示されると決められていた、前衛芸術のオブジェか何かのように——その場で、沈黙しています。ラダガストは車椅子に座ったまま。バーバラは、夫がやって来たのだと勘違いして、彼を迎えようと、立ち上がったままの姿で。

いまはただ、金槌の音だけがつづいています。

サロメが立ち去っていきます。私と同じ顔をしたものが。最高級の料理をどこかへ運ぼうとする侍女のような雰囲気で、皿を、ささげもって。そこには、ふたりの偉大な作家の頭部が並べられていて。この庭園の出口へと、無感動に、向かっていきます。

私は、何もできなくて。

呼び止めることも、追いすがって足止めすることも叶わずに。見送ってしまいました。

サロメは消えました。扉がひとりでに開き、彼女が通りすぎたあと、また、閉じました。

……ついさっきまで、私たちは、今後の創作について語りあっていました。意見の食い違いこそあったものの、有意義な時間だったはずです。それなのに。バーバラは夫と再会して、そこから何かが進展したかもしれないのに。ラダガストの〈第二の音楽の物語〉が、ようやく執筆されたかもしれないのに。それらを無視して、あの女が、途中で終わらせてしまいました。私だけが取り残されました。

バーバラとラダガスト、ふたりによる小説の下書きは、まとめられることもないまま、テーブルの上に放置されています。〈はざまにて沈まざりし地〉が現実化したことで、聴こえてくるようになった管弦楽曲——そこに混じる金槌の音、それに影響されてか、絢爛《けんらん》で華やかだった音調が、崩れ、暗く、いびつな音楽へと変わっていきました。各楽器の演奏も不安定になり、時おり、不協和音も発生します。だというのに、それを不快とは感じさせない、何か、人の感性を狂わせる魔力も宿っているように思えて。その旋律に心をゆだね、音のひびきに酔っていたいと願ってしまうのです。

ラダガストが設定したように、この音楽が、人の心の集積だというなら。そこにバーバラの着想も、混ざり込んだのではないでしょうか。

想いと想いが通じあわなくても、それを心地良いものと感じられる人々が存在する世界。それが、バーバラが新たに書こうとした小説でした。その内容と、いま、私が耳にしている不安定な音楽は、そのありようが一致していて——、もし彼女が生きていれば、書きえたかもしれない、その新しい作風の読後感を、反映しているかのようでした。

27

——バーバラとラダガストが死んだ。サロメという非現実に殺された。この報せは、またたくまに館全体に波及して、他の作家たちに恐慌をもたらした——……かというと、そこまでの事態には陥らなかった。身近に死をもたらす存在がいるとわかっていても、私をふくめ、そこから逃げ出そうとする者はいなかった。なぜか。どうしようもないからだ。標本である我々に逃げ場などない。〈終古の人鑑〉というこの収容施設以外に、どこへ行けというのか。外界は、氷雪に閉ざされた寒冷地帯だ。そこに飛びこんでも、生存自体はできるかもしれない。我々は不老不死なのだから、どんなに寒くとも、食糧がなくとも、永遠の命を宿した肉体はそれにも耐え、物理的には存続することは可能だろう。しかし、苦痛をともなわないわけではない。けっして死には至らない凍え。けっして死には至らない飢え。それらに、永久に、さいなまれることになる。また、〈終古の人鑑〉から離れれば、人間的な生活は望めなくなる。曲がりなりにも文化的な営みができるのは、我々が標本であることを受け入れているからだ。その暮らしを放棄してまで存在しつづけたいかというと、答えは否だった。

サロメに対する危機意識が低いのは、我々が精神的に摩耗しているから、というのもある。ここにいる者、皆、生きることに飽いている。おのれの意識を継続させることの意味が薄らいでいる。バーバラとラダガスト以前にも、サロメに襲われ、殺害された作家たちはいた。そのときの反応もごく薄いものだった。被害者が〈文人十傑〉になったところで、いよいよ深刻に対処する、ということにはならないのだろう。

我々は不死であるのに、サロメは、それを無視して殺害できる。本来、不死固定化処置を受けた者は、首と胴が切り離されようと、なお自我を保ち、ふたたび結合すれば甦るか、結合されずとも、どちらか一方のほうに欠損した部位が自然発生し、その人物としての同一性を取りもどして、再活動しはじめる。が、サロメの手にかかった者は、そうはならない。そのような再生機能を発揮できず、ずっと停止したままになる。これについて現在、玲伎種は何の対応もとっていない。とる気もないのだろう。閉鎖の宣言こそされていないが、実質的には見捨てているも同然の状況だった。我々の末路がどうなるのか、どこかで予想しあってでもいるのだろうか。

ラダガストの主観的な世界は、彼の死後にも継続された。すなわち、〈はざまにて沈まざりし地〉

という架空の世界で流れていた音楽は、この〈終古の人籃〉にも現実のものとして流れつづけている。つねに聴こえてくるわけでなく、それに意識を集中させると、耳に届く。以前は壮大かつ絢爛たる音調だったが、いまは、ひどく物憂げな、いつ破綻してもおかしくはない音調になった。……いや、私がそうと感じていないだけで、すでに破綻しているのかもしれない。どちらにせよ、それを不快とは思わず、心地よく感じている自分がいた。メアリの推測したように、あるいはバーバラの新たな作風が反映されたのかもしれない。個々の音が調和せずとも感動できる音楽。それは、個々の人間の心が調和せずとも幸福へと至れる物語の、象徴ではないだろうか。しかし――、ラダガストやバーバラがあのような世界観を提示していなければ、このような私の説明は、幻聴を耳にした狂人のたわごとと、どれほどの違いがあるというのだろう。

この音楽については、もうひとつ、付記しておかねばならないことがある。金槌の音だ。演奏のなかに時おり混ざるそれは、どこか遠くで、釘を打っているように聴こえる。これには何か由来があるのだろうと調べてみたら、案の定、すぐにわかった。辻島衆の創作物だ。彼の短篇小説である。ある男が、兵隊になって、終戦をむかえる。当時の日本は降伏をし、男もそれにともなって死のうとする。自殺することで敗戦を受け入れようとするのだが、そのとき、兵舎のほうから、かすかに聴こえてくる音があった。金槌で釘を打つ音――それを耳にしたとたん、死をも決意した男の軍国主義は洗い流され、彼は自殺をとりやめて、荷物をまとめ、さっさと帰郷してしまう。

金槌の音自体には、なんの理由づけもされていない。ただ男が、その音をきっかけにして軍国主義から抜け出しただけだ。が、話は、これで終わらなかった。帰郷したあとも、それは幻聴となって、男の生活のさまざまな局面にあらわれた。何かに取りくもうとするたび、あの金槌の音が聴こえてきて、男の気力を萎《な》えさせる。小説を書こうとしても。仕事に打ち込もうとしても。ある女性に片想いをしても。労働者のデモを見て、政治運動に触発されそうになっても。スポーツに励もうとしても。いつ、いかなるときにおいても、男が何事かへの情熱を燃やそうとすれば、金槌の音が耳にひびいて、そのとたん、やる気をなくしてしまうのだ。

果てには、ほとんど金槌の音が聴こえない時間はないというくらい、頻繁に、聴こえてきて、もはや何をすることもできなくなる。狂うことさえ、それに必要な熱量を欠いてしまう。追いつめられた男は、最後の頼みと、みずからの尊敬する小説家のもとへ、手紙を送る。この幻聴をとめるには、どうすればいいのでしょう、と。後日、その小説家からの返信が届いて、この短篇小説は幕を閉じる。

……しかし結局、この男が最終的にどうなったかについては語られていない。実に奇怪な小説だった。

この作品で述べられている金槌の音と、いま、我々が耳にしている金槌の音は、まず間違いなく同一のものだろう。我々は精神が摩耗しているからか、作中の男ほどには大きな影響は受けていない。それでも徐々に侵蝕し、我々の行く末をより昏く、虚無的なものへと変えていく気配のようなものは感じた。この館にいる、すべての作家の、主観的な世界の現出――、それが辻島衆の願ったことである。これには無論、彼自身の創作物もふくまれている。〈異才混淆〉で運用されはじめた肖像画にしても、彼の作品のエピソードが反映されている可能性が高い。あの、「お化けの絵」と呼称されている画風のものだ。セルモス・ワイルドの、サロメ。ラダガスト・サフィールドの、〈第二の音楽〉。バーバラ・バートンの、新たなる幸福観。そして辻島衆の「お化けの絵」や、金槌の音の幻聴。どれもこれもが現実化し、それぞれに関連しあって、この館のなかで沈殿していく――

〈異才混淆〉による共著の進捗状況について語ろう。

バーバラ、ラダガストの次に、小説の下書きにとりかかったのはウィラル・スティーブンと、マーティン・バンダースナッチの組である。SF小説家と、児童文学者。アプローチの仕方こそ違えど、どちらも人類そのものの未来に想いを馳せ、それを物語にした作家だ。彼らふたりが〈異才混淆〉に協力する見返りとして求めた願いは、終局をむかえた。それがきっかけとなり、小説の下書き作業に移行できたともいえる。

ウィラルは〈第十八期人類へと至る道〉の改稿作業を完了させた。途中、原型をとどめぬほどにストーリーもSF的設定も改変されたが、メアリ・カヴァンの願いが成就されてからは、原点回帰するかのように元の作品内容を取りもどしていった。つまり、誤謬《ごびゅう》が多くなった。ウィラルはハードSF作家ではない。発想の新奇性と、壮大な語り口で、読者を魅了するタイプのSF作家だ。彼の願いは、滅亡した人類が復活するための情報の拡散である。それがどれほどの規模でおこなわれるかは、〈第十八期人類へと至る道〉の無謬性にかかっている。作中の科学考証の間違いが少なければ少ないほど、宇宙に散布できる、人類復活のための情報量は多くなる。にも拘《かかわ》らず、なぜ彼は、それにさからうような作品内容に戻していったのか。これには、マーティンのほうの事情にも触れなければならない。

マーティンは、生まれてはこなかった子供たちへの問いかけを完遂した。結果、この世に「存在すること」を選んだ子供たちは、四十二人となった。あらかじめ世界に渦巻いている苦しみの量や質を知らされた上で、その数字になった、ということだ。マーティンはたったひとりで数十億というヒトの意思と交流した。そのうちの四十二人――、メアリ・カヴァンの願いが成就されてからは、加速度を増して、処理されていった。さながら結末だけを観るために早送りされる映像媒体のように。

四十二人の子供たちは、〈終古の人籃〉において多くの小説家たちと関わっていった。もちろん、彼らがもっとも慕ったのはマーティン・バンダースナッチその人だが、それ以外にも子供ゆえの好奇心によって接していき、交遊関係をひろめていったのだ。

といっても、普通の子供たちではない。光の粒子によって構成された彼ら彼女らは、ほとんど幽霊のような存在で、うっすらと透き通っており、しゃべることはできず、その顔には目も口もない。作成途中の人形のような外見なので不気味に思ってしまうのが本当だろうが、彼ら彼女らに邪念がないのは明白だった。むしろ無垢な心で近づいてくるので、次第に作家たちとの距離は縮まっていった。

はじめのうち、マーティンしか意思疎通できなかったが、適性のある作家たちは、この光の粒子の子供たちとわずかながらも心を通わせることができるようになり、そのなかにはウィラルもいた。おそらくはマーティンに次いで、子供たちからの人気が高かったのではないだろうか。彼ら彼女らはウィラルのSF小説を読みふけった。子供には難しい内容に思われるが、どうも、彼ら彼女らの知能は見た目よりずっと高いらしく、しかも日々、その知性は学習と経験の積み重ねによって向上しているようだった。

子供たちのなかに、パレアナという名の少女がいた。六〜七歳ほどの、ロングヘアーの女子だ。立場的に、子供たちのリーダーをつとめているようだった。

パレアナは、ほかの子以上にマーティンのことを慕っていた。同時にまたウィラルのことも気遣っているようだった。彼女は〈第十八期人類へと至る道〉の愛読者だったが、その改稿作業には否定的でもあった。あとでマーティンから聞いたところによると、「どんどんつまらなくなっている……」と不満を洩らしていたらしい。そのため、ウィラルがなぜこの改稿作業をしなければならないかをパレアナに説明したことがあったそうだ。人類が復活するための情報の拡散――、その情報の量を増やすための改稿作業――、この話を聞いたパレアナは、これまで以上にマーティンとウィラルのあいだを行き来し、両者との意思疎通をすすめ、ついには、ひとつの提案をするようになった。

情報の量にはこだわらなくていいから、ウィラルは、自分の書きたいように書けばいい。そのかわり、情報の記録先には自分たちを使ってほしい、と――

宇宙に人類の情報を拡散するといっても、その情報を、どこに記録してから散布するのかは定められていなかった。昔の人類がやったように金属板やレコード盤に刻みつけるのか。否。より強固で、生きる意志に満ちたものに記録せねばならない。それにふさわしいのは自分たちだ、と主張したのだ。

これはパレアナだけでなく、四十二人の子供たち全員が話しあって決めたことらしい。彼らは自立をこころざしたのだ。〈終古の人籃〉から旅立って、未知なる宇宙を駆けめぐり、いつか人類が復活するにふさわしい惑星を見つけたなら、そこに降り立って、人類再生の礎《いしずえ》になる、と。

これを聞いたマーティンは、猛反対した。そんなことをさせるために子供たちを迎え入れたわけではない、なぜそうも苦難の道を突き進もうとするのか、と戒《いまし》めた。パレアナは反論した。玲伎種によって情報の量的な制限が課せられているなら、質的に高める必要がある。自分たちが最高の記録先になってみせる。そうすれば、ウィラルは自由に小説を書けるし、自分たちも、新たな人類社会の礎になれる。それが自分のやってきた「よかった探し」の答えなのだと。

そう訴えられて、マーティンは二の句を継げなくなった。彼は児童文学で反出生主義をテーマにしてきた作家だ。だが、世界に苦しみがあるのを知っていながら、それでも生まれてくることを望んだこの四十二人の子供たちは、もっとも反出生主義の思想からは遠い位置にいる。きっと、どんなにつらく険しい道であろうと、ひとたび行くと決めたのなら、ものともせずに歩きつづける力と勇気をそなえているのだろう。……最後には、マーティンはパレアナたちの意思を尊重し、彼ら彼女らに人類の情報をゆだね、宇宙へ旅立つことを認めた。そうなってからは、物事は急速にすすめられていった。

ある夜。〈終古の人籃〉の上空にオーロラが出現した。私はここで何万年と生きてきて、そのようなものを見たのは、はじめてだった。ウィラルだけは経験があるらしい。かつて、自分の願いを告白したときに、玲伎種に連れられ、地球から離れたことがあるという。その体験があったからこそ、彼は愚直に改稿作業に取りくめたのだろう。

人類の情報を散布する〈種子〉となった人間たちは、このオーロラにつつまれて、はるか高みへと舞い上がり、大気圏を抜け、宇宙にまで到達するという。空想科学的、超科学的というよりは、なんともファンタジー的な趣向のものだった。玲伎種は、ウィラルにSF小説としての緻密性を求めておきながら、自分たちはこのような、おとぎ話もかくやという手段をもってして対処しようとする。これまでの、ほかの願いを叶えたという実績がなければ騙されたと思うだろうし、じっさい、これに関しては騙されているのかもしれない。確認のしようがないからだ。真に宇宙へ到達したかどうか、人類再誕のための星々をめぐる旅に至れたかどうか、我々にはそれを知る術はない。ウィラルとマーティンのふたりは、そうである可能性に賭けるしかないのだ。

館の外、白雪におおわれた庭園のなかに並ぶ四十二人の子供たち。玲伎種のコンスタンスが、彼ら彼女らに触れると、その肉体に変化が生じた。成長しはじめたのだ。それまでは皆、六〜七歳ほどの容姿だったのが、みるみるうちに大きくなって、十四歳の見た目になった。十三歳でも、十五歳でもなく、どういうわけか、十四歳に感じられた。

いま、コンスタンスが触れたのは、彼ら彼女らに人類の情報を記録させるためだった。それが肉体にも反映されたのだろう。人類全体の、種としての精神年齢は、十四歳程度にすぎない、と比喩した作品があったように思う。調べてみたが、該当する小説は見つからなかったので、私の記憶違いかもしれないが。

パレアナは別れ際に、マーティンのことを抱きしめた。それは母親が子供に対してそうするような所作だった。天から伸びてくるオーロラの幕の、その末端が、地上にまで近づいてくる。最後に名残り惜しげに、ふりかえって、パレアナはかるく手をふった。彼女たち四十二人はオーロラのなかに溶けこんでいった。おぼろげな輪郭のみが影となって、オーロラのなかを上昇し、見上げるほどの高さに至れば、夜空と同化し、やがて、見えなくなった。ほどなくして、オーロラそのものも消滅した。

パレアナは宇宙の果てに飛び立った先でも「よかった探し」をつづけるのだろうか。ともかく、こうしてウィラルとマーティン、両者の願いは終局をむかえた。彼らは、これらの出来事がすべて終わってから、新たな小説の下書きにとりかかった。それゆえに、その内容は、ある種、感傷的なものになっている。それをメアリが読むことになる。

ウィラルも、マーティンも、かの子供たちがどうなったのか、どこか宇宙の彼方で人類社会の復活をなしえたかどうか、それを夢想して、共著にしようとした。また、これに併せて、玲伎種やメアリの存在理由についても迫ろうとした。

彼らがどのような物語を織りなそうとしたのか。それによって〈終古の人鑑〉に何がもたらされたのか。誰よりもそれを間近で見たメアリから伝えてもらわねばならないだろう。

28

その巨大な異物は、ネオ・オメラスと名づけられました。

〈終古の人鑑〉の上空に突如として出現したそれは、直径にして二〇メートルを超える、浮遊する球体です。それが館の屋根の一部を破壊し、そのまま、接近してきました。

もしその球体を惑星だとみなすなら、それは館にとっての異物ではなく、この宇宙にとっての極小の星……ということになるでしょう。ウィラルとマーティンの創作から現実化した星、それがネオ・

オメラスなのです。なんという皮肉。その名称には、戒めの意味も込められているのかもしれません。オメラスという名の理想郷は、かつてフィクションのものとして存在していました。英国文学のそれではありません。米国の、とある女性作家の掌篇小説を由来としています。人類にとっての理想郷。たったひとりの、最小限の犠牲者によって成り立つ理想郷。それの生まれ変わりであるという自覚が、きっと、この惑星にはあるのでしょう。

ネオ・オメラスは、館を完全には押し潰していません。屋根の一部を破壊し、急接近したものの、その後は距離をとりなおすかのようにやや離れて、館の上空で浮遊しつづけています。作家たちの多くは避難しました。特に、三階の該当箇所にいた者らは、別の居住エリアへと移住し、この異常事態の推移を見守っています。死亡者や怪我人は発生していません。もっとも、不死固定化処置を受けた私たちは、ごく一部の例外を除いて、死ぬことも、壊れることも、許されてはいないのですが。

屋根が破壊されたことで、外気が流れこんでくるようになりました。寒冷化を防ぐため、館の使用人たち——ディシオンが、破壊された区域を封鎖しました。ネオ・オメラスとぶつかったところは、この館にとって、破棄されるべき空間となったのです。しかしながら、その空間に居座り、執筆活動をつづける作家が、ふたり、いました。ウィラルとマーティンです。半壊した部屋のなか、机をならべ、筆をふるいつづけていました。

彼らは、彼ら自身が生みだした惑星と運命を共にするつもりのようでした。あの星の行く末を、見届けようとしています。それは観測することによってか、著述することによってなのか——、私は特別の許可をえて、巡稿者として、彼らのフォローとその作業のバックアップにつとめていました。ネオ・オメラスの動向を警戒するためでもあります。

「まさか……この自分が、フェッセンデンになるとは、……思って、いなかった……」

ウィラルがそう洩らしました。SF小説の愛好家ならば誰もが知っているであろう、有名な作品からの引用です。フェッセンデンという狂った科学者が作りだした、ミニチュア・サイズの人工的な宇宙。そこに誕生した無数の星々や、そのなかで生きている極小の知的生命体は、生みの親であるフェッセンデンの思うがままにされていました。いま、この館の上空に出現したネオ・オメラスも、本質的にはそれと同様のものでした。ウィラルとマーティンの想念によって現実化した、人工的で、疑似的な、スモール・サイズの惑星です。その意味で、ウィラルは自分がフェッセンデンになった、と述べたのでしょう。

想念の現実化であるがゆえに、ネオ・オメラスの真実は、ふたりの執筆活動に左右されます。彼らが原稿に書きこむ内容が、そのまま、頭上の、直径二〇メートルの球体にも反映されるのです。そして彼らは、このネオ・オメラスこそが、宇宙へと旅立っていったパレアナら四十二人の子供たちのたどりついた先、人類社会の復活した惑星だと認識していました。そのための物語を創作していました。

無論、それは彼らの想像の産物にすぎません。現実のパレアナたちがどうなったか、それは誰にもわかりません。彼らの願望、希望的観測がかたちとなったのがネオ・オメラスであり、それについて考えることは仮想の、そうであってほしいと願う彼らの夢物語でしかないのです。

しかしそれが、彼らにとっての次回作の原案となるのでした。〈文人十傑〉全員で共著する、新たな小説の下書きとして提出する予定のものでした。私にはそれを止めることはできません。

「パレアナは、〈しあわせな王子〉という童話が好きだった」

ウィラルと机を並べているマーティンが、そう述懐しました。「彼女はいっていたよ。いつか、どこかの星に降り立つことができたなら、そこに〈しあわせな王子〉の像を建てるのだと。彼女は聡《さと》く、優しい子だった。僕が反出生主義で本当に伝えたかったことを理解してくれていた。その上で、〈しあわせな王子〉という童話も愛していた。ああ、何度も何度も、読み聞かせてほしいと、せがまれたっけ。……彼女が新たな人類社会の礎となったとき、その像にはどんな役目が与えられるのか。そのアイデアを聞かせてもらったことがある。僕は、彼女のその構想を、いま、こうして書き起こしているにすぎないんだ……」

〈しあわせな王子〉は、セルモス・ワイルドが生前に著《あらわ》した童話です。ある街のなかに建てられた王子の像は、はじめ、金銀財宝で飾られた立派なものでしたが、その街で暮らしている不幸な人々のため、おのれの財産を少しずつ分け与えていき、最後には、何ひとつとして価値のあるものを持たない、ぼろぼろの、みすぼらしい像になってしまうという話です。そうなった王子の像は撤去され、溶鉱炉で溶かされてしまいますが、鉛でできた心臓だけは溶けずに残って、それは天国へと召し上げられました。心臓に宿っていた王子の魂は、彼のことを手伝ったツバメの魂とともに、天国でいつまでも幸せになったというラストシーンで結ばれています。自己犠牲の悲しさと美しさを訴える寓話でした。

「メアリ。どうか、きみにも確認してほしい。屋根をなくした館の向こう、あの夜に見たオーロラを凝固させたかのような天体があるだろう。そこにネオ・オメラスの実態がある。パレアナの建てた王子の像がある――。ふりあおげば、視えるはずだ」

マーティンにいわれたとおり、私は空を見上げました。あざやかな色彩のグラデーションを描きながら、それを球状に固めた物体は、たしかにあの夜、あの子たちが宇宙に旅立ったときのオーロラを彷彿とさせます。それが、ゆっくりと自転しつつ、こちらを睥睨《へいげい》しているのです。臆さずに目を凝らすと、肉眼では視認できないはずの微細なところまで、その球体の表面を観察することができました。まるで望遠鏡を、いえ、顕微鏡を通して見つめているように――。おそらく、それは幻視という現象なのでしょう。すわ、神のごとき視点をえた私は、さらにネオ・オメラスの環境を知るために、その映像を拡大していきました。地球のそれとよく似た諸大陸と海洋。各地にはSF小説で描写されるような、空想科学的で、かつ美しい景観の大都市が、いくつも、いくつも存在しました。そして、どの都市においても、どこか神聖さを感じさせる広大な公園が設置され、その中央に〈しあわせな王子〉の像が建てられています。パレアナの宣言していたとおりに。

時おり、その像に人間が近寄って、手をかざすことがありました。しばらくそうしていると、ふっと、その人間は消えるのです。煙のように消え去って、二度とふたたび現われることはありません。ネオ・オメラスで復活したらしい人類社会の、ほかの事象については、SF小説を読みなれた者からすれば理解できる範疇《はんちゅう》のものが多いのですが、この一件だけは、観察していても、よくわかりませんでした。

「あの像には、どんな機能がそなわっているのですか」

幻視した状態のまま、私は、マーティンに問いかけました。

「うん。あれはね、人間であらねばならないことから、解放されているんだ」

彼も私と同じところを見つめ、幻視しているようでした。「ネオ・オメラスに反出生主義はない。僕がやってきたような、生まれてくる前の子供たちに問いかける技術も確立されていない。だったら、もう、生まれてきた後に、自分という存在をどういったものにするか、自分で決めてもらうしかない。これからも人間として存在するのか、人間ではないものとして存在するのか——。後者を選んだとして、自殺ではないよ。人間という在り方から解放されるだけで、別の、なんらかのかたちで、世界に存在し、関与しつづけるんだからね」

「たとえば、建築物」と、ウィラルが例を挙げてくれました。「たとえば、天然資源。植物、動物、鉱物——。何百年とそこに根をはる大樹や、永遠にかがやく宝石にもなれる。無機物なら、機械、コンピュータ、玩具、楽器、自動車などの乗り物、調度品、……その他、思いつくかぎりのすべて。無形のものなら、神話、伝承、詩歌など。誰かの頭脳にひらめきをもたらすアイデアにさえ。雨や風、虹、流星などの、自然現象にも。美しい風景、夜の深み、湖の清らかさという、抽象的なものにも……」

「——総じて、共通しているのは、自分以外の誰かのためになる、利他的なリソースとして機能し、存在する、ということだよ。ネオ・オメラスで暮らす人々は、人間ではなくなったヒトたちが協力・貢献してくれたおかげで、その文明を発展させたところが大きい」

ウィラルの例示を受け、マーティンがまとめてくれました。利他的なリソース。〈しあわせな王子〉の像を飾っていた財宝の数々。……私のなかで、つながるものがありました。

「その人がそれを望めば、広大な田園にもなれるだろう。星座にだってなれる。新たな学問それ自体になって、人類に叡智《えいち》をもたらした者もいる。新しい言葉や、概念。思想。言語。誰かを感動させたくて、心に思い描いた夕焼けになった者も。誰かの命を救うため、特効薬やワクチンになった者もいる。モノがもっとよく切れるようにと、世界に存在する刃物の切れ味そのものになった者もいる。ひとたび、彼らがそうなれば、それは世界全体に波及して、同じ現象は同じようにあつかわれるようになる」

「二十世紀に書かれた、オメラスという理想郷では、……」

ウィラルが、あの星の由来となった作品について、つぶやきました。「……たったひとりの子供が犠牲になることで、その平和と、豊かさを、維持していた。……しかしネオ・オメラスでは、誰がどのようなかたちで世界の犠牲になるかは、各自の判断に任される。……強制は、されない。自主的にそれを望む者にしか、もたらされない。誰もが……いつでも、自己を犠牲にして世界を……豊かなるものにできるし、……犠牲にならず、その恩恵を享受することも、できる。一生、恩恵を受ける側の、人間でありつづけることも可能だ。……そのほうが、多数派だろう。……しかし、かならず、人間以外のものになろうとする者たちは、現われる――」

「なぜですか」ほとんど反射的に、私は質問していました。

「きみのような人がいるからだよ、メアリ」

答えたのは、マーティン。その声は、哀憐《あいれん》と敬仰《けいぎょう》のあいだで揺れるものでした。

「人間であるとはどのようなことか――。それに悩み、苦しみつづけるような生き方は、しなくてもいい。きっと大多数は、そんなことに悩むこともないだろう。けれど、パレアナは知っていた。〈終古の人鑑〉で、そういう人たちもいることを、知っていた。メアリ、きみや、クレアラや、辻島さんも……。あなたがたのような感性の持ち主は、時代が移り変わろうとも、けっして、いなくはならない。どうしても人間であることに苦しみを感じるなら。そこに違和感や息苦しさをおぼえるのなら。……そんな人たちにまで、人間でありつづけろ、と強いるよりは、別の道を示すことができたら……と、あの子は、そう願った。それを可能にする社会が、ネオ・オメラスなんだ」

「……ひとりの人間であるよりも、一冊の本でありたいと願う者が、なかには、いるかもしれない……」とウィラル。「そうした者のために、〈しあわせな王子〉の像がある。……あれに触れれば、人間は、別のものへと再構成される。その場では消えたように見えるが……あの星のどこかで……別の存在として、作りなおされている。……精神的にも、変容する……。ヒトにはヒトの意識があって、本には本の意識がある。……〈しあわせな王子〉は、そのすべてを教えてくれる。万物の意識のありようのなかで、自分にとって、もっとも居心地のよいものを選べばいい……」

「――あなたの書いた〈第十八期人類へと至る道〉にも、それに近い概念がありましたよね。けれど、あれは、人間の精神の集合体でした。それにかぎらず、生物である必要さえなく、この世の何もかもに精神的な側面があるということでしょうか」

「ああ」

ウィラルは、こともなげに答えました。

それは創作上の、あくまで小説内の設定としての肯定だと思われますが、いまの返事には、それ以上の厳粛さも秘められているように感じました。

「お話を聞くかぎり、かなりファンタジー色が強いのですね。SF的な解釈や設定はあるのですか」

私がそう訊ねると、ウィラルは困ったような表情になり、その隣りにいたマーティンは、肩をふるわせ、うつむきました。

「……もともと、これはパレアナの願望にくわえて、ラダガストとバーバラの下書きからも着想をえている。ラダガストの〈第二の音楽〉は……、人の心が……その想いが、脳以外のものにも宿る、というアイデアだった。その考えを発展させて、音楽だけでなく、あらゆるものに意識を転移させる〈しあわせな王子〉の機能になった。……バーバラも、そう。想いが通じあわないことで幸せになれる世界。……それを、より具体的にしたのが、ネオ・オメラスの社会システムだ。人と、人ではなくなった存在が、精神的な交流を介さずとも、ゆたかな世界を形作っていく……。天然資源も、学問も、自然現象も、建築物も……、それらは人類にとって有益なものになるだろう。それらになった者たちも、人間とは異なる立場から関わっていく。世界はどんどん複雑に、豊潤なものになる。たとえ、心が通いあっていなくとも。……そういう発想が先にあって……科学的な考証は……」

気のせいか、うつむいたマーティンの肩のふるえが、大きくなっていました。

「〈しあわせな王子〉に触れた人間の肉体は、原子分解され、再構成される。精神は……」

少し間をおいて、「スカラー波で説明しようとしたら、ほかの作家たちから批判された」こらえきれなくなったのか、マーティンが顔を上げ、笑いだしました。しかしそれは嘲笑のたぐいではありませんでした。

「パレアナの、つたない思いつきを、一緒にかたちにしてくれて、ありがとうございます。でも、そのせいで、SF小説としては無茶苦茶なものになっちゃいましたね。ああ、だけど、それでこそウィラルさんだと思うんですよ。これは皮肉じゃありません。ずっとあなたは、あなたらしくない仕事を、つづけてきましたから。ええ、いまのほうが、はるかに大胆で、魅力的です」

最大の好意を示すかのように、笑っていました。私にむけ、「改稿作業中にね、パレアナからもいわれたそうだよ。『ほんとうは、こんなものは書きたくないんでしょう?』って。それでようやく吹っ切れたそうなんだ」――と、内緒話を打ち明けるように、いたずらっぽく、話してくれました。

ウィラル・スティーブンは長年、人類復活のために科学考証を最優先した創作をつづけてきました。しかし、それは彼の作家性とは乖離《かいり》したものでした。本心では、人類全体のことより、おのれ個人の表現したいことを優先したかったのではないでしょうか。作家としてのエゴ、それを理知と善意で抑えつけてきた彼が、やっと本来の姿にもどった、ということのようでした。

「……ともかく、そういうことだ。まあ、どうにかして、まとめるつもりでいる。……それよりも、最大の問題は……、ほかのところにある……」

「僕たちが書いているのは物語だから、設定だけを作って、それで良しということにはならない。ちゃんと話を終わらせないと。物語のラストをどうするかで、揉めているんだ」

「もしこの作品を、共著にするなら――」私は指摘しました。「――玲伎種とは何者か、という本来のテーマにも触れないと」

「うん。それについても考えてある。ネオ・オメラスで復活した人類のことは、便宜上、第十九期人類と呼んでいる。ウィラルさんの作品の続篇という位置づけにもしたいから。第十九期人類は、自分たちのうち、ごく一部の者らが、人間以外の存在へと置き換わっていく事実を、知っている。そうした人々の犠牲の上で自分たちの暮らしが成り立っていることを、知っている。犠牲になるのもならないのも自己選択なのだから、そこに罪悪感をおぼえる必要はない……というのは理屈にすぎなくて、やっぱり、心に引っかかりを感じる者たちはいる。だからって、自分もまた犠牲になろうとは思わない。人間でありつづけたいが、人間ではなくなった者らに対して、どうしてそうなったのか、それを考えることをやめられない。割り切ることもできない。やがて、この社会のありかたに疑問をいだき、ネオ・オメラスという惑星から立ち去った人々がいる——それが第二十期人類、すなわち、玲伎種だ」

マーティンはそう結論づけました。「……彼らが、この時代のこの地球へもどってきたことは、いくらでも説明がつけられる。タイムパラドクス。時間旅行。円環状の物語構造。……メアリを巡稿者に選んだのは、人間以外のものになろうとする人間の心理を研究する、そのサンプルが必要だったからだろう。理想郷から、みずからの意志で出ていった者ら。すべてが完全だった第十九期人類と、決別した人々。……きっと玲伎種は、かつての自分たちがそうであったということすら忘れた、第二十期人類の、成れの果てだ」

「……原典になった小説と、同じストーリーなんですね。意図的にそうしている、のですよね」

私の問いかけに、マーティンは首肯しました。

「あの作品は、僕にとっても忘れがたいものだった。反出生主義の引き合いに出されることもある。社会の繁栄のため、大多数の幸福のために、たったひとりの子供が不幸になってもいいのか。犠牲者を見過ごしてもいいのか。ネオ・オメラスはそれを克服したつもりであっても、本質は変わらないのだと思う。パレアナには悪いけど……あの星から立ち去る者は、きっと、いるんだ。オメラスという理想郷は、やっぱり、オメラスでしか、ありえないんだ」

　そういって彼は空をあおぎ、ふたたび、かの星を幻視しはじめました。あそこに降り立った四十二人の子供たち――〈種子〉となった第一世代は、人間として、生きる意志に満ちていたのでしょう。けれど、その末裔がどうなるかまでは未知数です。私のような感性の持ち主は、いつの世にもいる、とマーティンはいいました。そのような存在をふくめて構成される社会に疑念をもって、あの星から出立する者も、現われるのでしょうか。

　二十世紀に書かれた、オメラスという架空の都市にまつわる物語と。いま、この終末に書かれようとしている、ネオ・オメラスという架空の星の物語。マーティンは、それらに類似した結末を与えようとしていました。

「先ほど、ラストについては揉めていると聞きましたが……」

「ああ、ウィラルさんは、僕とはまた違った終わり方を構想しているんだ。もっと壮大で、全宇宙規模の――」

　そこまで云って、マーティンの言葉が途切れました。幻視していたから。幻視した世界の果てに、何か、驚くべきものを見つけたから。それに動揺して、言葉を失った、という風情でした。

「……なんだ……、あれは……」

　隣りにいたウィラルも、同じく幻視したまま、硬直しています。いやな予感がして、私もネオ・オメラスのほうへと目をむけました。細密化されていく世界。拡大される映像。――ついさっきまで、きらびやかな財宝で飾られていた〈しあわせな王子〉の像が、壊れていました。一体ではありません。

世界じゅう、どこを見渡しても、すべての都市において、王子の像が破損しているのです。

原典どおりの末路。人の手による、美しい装飾はいっさい剝ぎ取られて、ぼろぼろの、みすぼらしい肉体をさらしていました。それだけでなく。端正なかんばせをほこるその頭部が切り飛ばされて、無惨にも、地面に転がっていました。斬首刑にあった罪人のごとく。

それでも彫像なので、首から下は倒れずに立っているのが、かえってその印象を陰惨なものにしています。首を失くした王子の像。尊厳はけがされ、博愛と自己犠牲の心は踏みにじられ、遺棄される直前の、ただの石くれのカタマリのように、台無しにされてしまいました。この像を、こんなにも傷つけたのは、誰か。――いわずとも、わかっていました。顕微鏡をのぞきこんで視た新人類の社会は、きれいで、高邁《こうまい》で、理不尽な犠牲者のいない、ゆたかなものだけれど、そうした世の中をおりなす人々の、その有象無象のなかに、彼女がいました。サロメです。私と目が合いました。微笑みかけられます。

雑踏にまぎれて歩くサロメ――。周囲の者は特に気にするでもなく、それを受け入れています。高度に発展した科学文明の、その大都市のメインストリートに溶けこんでいます。群集の一部として。私とまったく同じ顔のままで。ああ、――――。ウィラルが苦心して作りあげた設定も、マーティンが夢にまでみた子供らの行く末も、パレアナの純粋な願いも、何もかもが崩れ去ろうとしています。極小の星にまぎれこんだ、極小の殺意。それが、ふたたび狂女のかたちとなって、牙を剝こうとしています。

「なぜだ。……そこから先の執筆は、まだ、していない。ラスト付近じゃないか。そもそも、あんな女性がいるだなんて、描写していないいっ、……」

マーティンが、取り乱したように、声を荒らげました。大陸の一画には宇宙ステーションがありました。軌道エレベータこそ建造されていないものの、私たちの知っているそれよりも高い技術力で運営された施設。そこに、宇宙ロケットがスタンバイされていました。瞬時、私は、直感しました。あれに違いありません。あそこに、ネオ・オメラスから立ち去ろうとする人々が乗りこんで、宇宙へと旅立つのです。この星のありようと決別するために――

しかし、それが打ち上げられることはありませんでした。ロケットは倒壊しました。いつのまにか、宇宙ステーションには、サロメがやって来ていて。彼女がほんのすこし、ロケットの側面に触れただけで、まるで出来損ないの模型のごとく、横だおしになりました。轟音。地響き。瓦解。粉塵。その後には、残骸だけが散らばって。

さらには、それに乗り込もうとしていた人々も、逃げることなく、パニックに陥ることもなく、まっすぐサロメのほうに近づいていって、殺されていきました。何を思ってか、一列にならび、ひとりずつ、彼女の前まで来ると、彼女自身は何もしていないのに、ゆらりと倒れて、動かなくなるのです。気絶ではなく死亡したのだと、なぜだか、私にはわかりました。さながら集団自殺をするレミングの、死の行進のよう。

現実のレミングは自殺しないそうですが、誤って伝えられている死のイメージのほうが、どうしても、脳裏から離れません。秩序だった自己廃棄の整列。死の行進。宇宙服を着た人々が、機械的に、無感動に、サロメに近づくさまは、いつか、誰かが〈しあわせな王子〉の像に触れたときのそれと、重なって見えました。そのなかに、パレアナが……いえ、パレアナによく似た少女が、混ざっていました。前にならんでいた人々が死んでいっているというのに、なんの警戒心もなく、無邪気にサロメへと近づいていって――

暗転。

何も見えなくなりました。

不意に、映像が途切れて。音も消えて。遠くから、金槌が釘を打つ音だけが聴こえてきました。視界も意識も、真っ暗闇のなかに放り出されたと思ったら、しばらくすると視力がもどってきて。それからはもう、ネオ・オメラスの様子を幻視できなくなっていました。

ウィラルとマーティンが死んでいました。

椅子に座ったまま。机にむかったまま。ふたりとも、首が無くなっています。バーバラとラダガストがそうであったように、出血は不自然に、少量です。

「ひとは、ぜったいてきなモノに、こころをうばわれて、ほろびて、いくのです。ほろびるために、はんえい、するのです……」

ウィラルの死体から。頭部もないのに、そんな言葉が、まろび出ました。普段、どもり気味だった彼ゆえに、むしろ流暢《りゅうちょう》な話し方にさえ感じられて。

「こども、こども、こどもがうまれる。ふこうになるぞ、ひさんになるぞ、あはははは。うまれたら、くるしんで、くるしんで、くるしんで、くるしんで、くるしんで、くるしんで、くるしんで、くるしんで、くるしんで、そうして、それから、しんじゃってね。じょせいの、おなかから、うまれて、いきて、しに、つちに、うもれる」

マーティンの死体からも。さも子供がはしゃいでいるかのように、体全体を跳ねさせて、痙攣させつつ、そのような発言を、くりかえしています。口調が幼いのは、死体が幼児退行しているからでしょうか。

私のすぐ横に、サロメがいました。

直前まで頭上の星のなかにいたのに。いまは、銀の皿をささげもって、その上に、ウィラルとマーティン、ふたりの首をならべていました。皿から、鮮血がしたたり落ちます。

視線を交わすと、彼女は微笑むだけで。何もいわず、何もしてこようとはせず、そのまま、屋根のやぶれたこの部屋から退出しました。残ったのは、私と、耳朶《じだ》にひびく金槌の音と、SF作家、児童文学者の、首を失くした死体。それから、空に浮かぶ、架空の星。

パレアナによく似ていたあの子は、どうなったのでしょう。いくら目を凝らしても、もう、ネオ・オメラスの文明社会を観察できません。私が幻視できなくなった、というよりは、あの星に幻視されるだけの価値がなくなった、ということかもしれないと、暫時《ざんじ》、考えをめぐらせました。

いまはただ、あの夜のオーロラを球状に凝縮させた、混色の、巨大な物体が浮かんでいるのを、見上げることしかできませんでした。

29

……ウィラルとマーティン、彼らふたりは、ネオ・オメラスを題材にした作品のラストをどうするかで、揉めていたそうだが、唐突なサロメの介入によってその話は中断された。ここで私が、私の知るかぎりの情報をもって補完することにしよう。とはいえ、すでに書き手の亡くなったいま、それを語ることにどれだけの意味があるかは不明だが。

二十世紀の記念碑的な名作に、〈オメラスから歩み去る人々〉というものがある。ごく短い掌篇小説だ。ここではないどこかに在るとされる美しい都、オメラスは、すべてにおいて完璧ともいえる理想郷だが、ひとつだけ、不完全なところがあった。その都のどこか、地下の牢獄に、ひとりの子供が閉じ込められているのだ。罪を犯したわけではない。その子には何の咎《とが》もない。しかし、その子が監禁され、虐待され、自由を奪われている状況にあってこそ、オメラスは繁栄することを許されている。もしもその子を救出してしまえば、いや、救出せずとも、やさしい言葉のひとつでもかけてしまえば、それまで維持されてきたオメラスの幸福のすべてが消え去り、滅びてしまうというのだ。

〈終古の人籃〉に出現したネオ・オメラスが、この作品を出発点にして創られているのは明白だろう。そして、かの理想郷がかかえていた問題を、克服しようとしていたことも。

ネオ・オメラスという惑星には、理不尽な理由で地下の牢獄に閉じ込められる子供はいない。——いないが、別の視点からみれば、犠牲者はそれ以上に存在する。人間であるとはどのようなことか。それがとうとうわからなかった人のために、人間であること以外の道を示せる世界が、ネオ・オメラスだ。しかし、それは言い換えれば、人間ではないものにならなければ、存在することを許されない世界だということでもある。人間でいつづけるかぎり、人間であることを強要される。競争すること。他者としのぎを削ること。勝敗を決すること。上昇志向。幸福への希求と、それへの努力。それらを理解できず、求めないというのなら。それらに苦しみを感じるというのなら。人間ではない何かになればいいと、そう宣告されているのだ。

それにしたがえば、苦しみからは解放されるだろう。植物でも図書館でも星空でも、何でもいい、そうしたものになることで、精神的な安息はえられるかもしれない。すべては自己選択であり、自己の存在のありようをどうするかは、自分自身で決められる。客観的には誰もが不幸に陥らない、きわめて合理的に統制された社会だ。だが、それで良かったのだろうか、と考える者もいる。人間ではなくなった人々は、なぜ、そうしようとしたのだろうか。そこに向き合わなければ、真の意味で、かの理想郷の問題を克服できたとはいえないのではないだろうか。

……マーティンは、そこまで踏みこんだ上で、ネオ・オメラスの物語を、〈オメラスから歩み去る人々〉と同様のものにしようとした。すなわち、理想郷からの脱却である。理想郷から立ち去ることで、おのれの意思を表明する。そうした社会への関与を拒むことで、新たな何かを見つけようとする。それがマーティンの考えた物語のラストだった。

ウィラルはちがった。彼は、どんなに足掻《あが》いても、人間がたどりつくことのできる理想郷はそのあたりだと捉えて、それを維持する方向で物語をすすめようとした。そして、その末期におとずれる、絶対的な存在によって、ネオ・オメラスが滅ぼされるというラストを構想していた。惑星そのものの滅亡。全宇宙のスケールで織りなされる、完全なる破壊と再創造――それを夢見たのだ。

私の手元にある、彼の下書きによれば、その存在は〈星々の創始者〉と呼ばれているらしい。異星人でもなければ超人類でもない、いわばこの宇宙の法則そのもののような概念だ。全宇宙の星系、銀河、時空、それらいっさいを誕生させ、滅ぼし、再創造する、そのサイクルを司《つかさど》るもの。それ自体には善性も悪性もない。そういうシステムであるとしか、いいようがない。やがて、ネオ・オメラスに住む人々は、科学文明を発展させ、この存在についてを知る。何をどうしたところで逃れようのない、終焉のときがやってくるのだと理解する。人類は、せめて、その日が来るまでは、自分たちの理想郷をよりすばらしいものにしようとする。あらんかぎりの力をもって、その栄華をきわめようと決意する。……こうしたウィラルの思想や作風は、宗教的でさえある。超越的な存在に帰依《きえ》する物語だ。すべてを破壊されるのだから、〈第十八期人類へと至る道〉のラストのように、〈種子〉を撒くことさえ無意味。しかしウィラルは、そうであるからこそ、物語を終わらせられると信じたのだろう。それが彼の作家性だった。彼にとっては宗教と科学の境目は曖昧で、どんなに誤謬があろうとも、〈星々の創始者〉――絶対者のふるまいを描き出したかったに違いない。絶対性の賛美。絶対的なものへの帰依。最後まで彼は、その表現者でありたかったのだ。

ゆえに、マーティンとウィラルとで物語のラストが異なるのは必然であり、そこに折りあいがつくことはなかった。それでも彼らはよく協調していたといえるだろう。ひとえに、互いの肖像画を交換したからだ。ウィラルはマーティンの反出生主義の根幹にある苦悩を知っていたし、マーティンはウィラルの絶対性への心酔を知っていた。互いが互いの志向するものを感じとっていたから、あそこまでの創作をし、ネオ・オメラスという星を、空に浮かべることができたのだろう。

空に星が出現したならば、館の地下には万華鏡が発生していた。

万華鏡である。鏡で作られた脳髄といいかえてもいい。通常、万華鏡には複数の鏡と、その内部で混ざりあうオブジェクト――ビーズやら色紙やら、スパンコールやら――が封入されている。それをこの館の地下全域で成り立たせようと考えた者がいた。ホラー小説家、エド・ブラックウッドだ。彼は遍在転生をやり終えた。全人類、ホモ・サピエンスに分類される全生命の、その営みのすべてを体験し終えた。であるのに、彼は苛立ち、それに満足せずにいた。おのれの望んでいたものとは違っていたからだ。彼を遍在転生の旅へと駆り立てたのは、なぜ私は〈私〉なのか、という哲学的な問いに対し、彼なりの答えを見つけるためだった。すべての人間の人生を体験すれば、すべての人間が〈私〉ということになり、そこに他者は介在しなくなる。自我だけが残り、他我は消滅する。私は〈私〉であり、ほかのすべての人間も〈私〉であった。ゆえに、私が〈私〉であるのもまた必然である、という理屈だ。しかし――。途方もない回数の人生体験をくりかえして、その全情報を受けとめきれるほど、エドの精神は強靭ではなかった。発狂こそせぬものの、忘却という現象をもって自己の精神の安定をはかろうとした。彼が経験した人生のうち、彼の記憶として残っているのは……、全体の総量からすれば、ごくごくわずかなものにすぎない。たったの一億人程度ではなかろうか。しかも、それら一億人ぶんの記憶にしても、ぼんやりとしていたり、断片的にしか憶えていなかったりで、鮮明な情報としては取りあつかえないものがほとんどだった。これでは確信には至れない。私が〈私〉であってもいい、という確信に至るには、その前提たる全人格のデータが記憶ないし記録されていなければならない。これでは意味がないではないか、と彼は憤《いきどお》った。その足で玲伎種にクレームを入れにいった。やり直しを要求する、と。

玲伎種のコンスタンスは、この一方的で過剰な要求に、条件付きで応じることにした。ひとつ。そこまでの境地を望むなら、もはや人間たるを放棄すること。ふたつ。こちらの企図する新たな実験にも協力すること。みっつ。エド個人の問題ではなく、ほかの作家を巻き込んでの大局的な変化になること。以上、すべての条件とひきかえである、といわれて、エドは一瞬の躊躇もなく首肯したそうだ。それによって発現したのが、地下の万華鏡なのである。

完全に、それそのものを作ろうとしたわけではない。象徴であり、縮図のような世界だった。我々の目にみえる範囲のみで説明するなら、ミラーハウスのほうが近いといえるだろう。遊園地などに設けられている、壁や天井が鏡張りの迷宮。それの大がかりなもので、この世にかつて存在していたヒトの意識と同じ数だけ、鏡が張り巡らされていくのだという。そして、その迷宮自体が、エド・ブラックウッドだった。彼は人間ではなくなった。〈終古の人籃〉が地上の収容施設なら、エドは、それを上下逆さまにしたような、地底にむかってどこまでも伸びていく巨大な万華鏡の筒であり、その内部にある鏡すべてであり、それらを成立させる時間と空間そのものだった。そのようなものにならねば、到底、全人類の全人生を記憶しえない、ということなのだろうか——

彼は迷宮となりつつも、その精神の大半は、二周目の遍在転生の旅へと赴いた。そう、二周目である。一周目とは比べものにならぬスピードで、ゼロから、やり直しはじめたのだ。メアリ・カヴァンは、すべての作家の願いの終局を求めた。しかしエドに関しては適用外――、否、適用されはしたものの、その願いの終局のあと、再度、ほぼ同じことを願われたのだから、これはもう、どうにもならない仕儀だったのである。その願いが、いつ成就するかは、わからない。いつになれば万華鏡が完成するかは、まだ、誰も予測できないのだ。

二周目においてエドが転生したことのある人物の数だけ、万華鏡のなかにある鏡は増えていく。それにともない、鏡の迷宮としての通路やフロアも増設されていく。それらは、人類という種が誕生してから滅亡するまでに培《つちか》った精神文化のすべてを網羅する。すでに終焉をむかえた人類史の、そのなかで生まれては消えていった人間たちの内面の抽出を意味する。鏡には何が映るのか。大抵は、そこにある実体をそのまま投影する鏡像にすぎないが、時おり、その鏡の由来となった人物の内面を映しだすこともあるのだ。偉人から生じた鏡もある。凡人から生じた鏡もある。聖人の鏡も。罪人の鏡も――それまでは他者に観測されなかった、個々の人間の秘めたる想い、心象風景、内的世界のいっさいが可視化し、相互に組み合わさって、空間化したのが、地下のそれだ。

その空間がどのようなものになるかは、転生したエドの感性によるところが大きい。転生時はその人物自身であったとしても、転生終了後に、その人生をふりかえるのは元々のエドの精神だ。かつては自分だった誰かへの共感や理解度が高ければ、みごとなまでに磨き上げられた鏡が一枚、万華鏡に追加されていく。反対に、共感や理解度が低ければ、うまく鏡として機能せず、曇っていたり、ひび割れていたり、ひどいときには別の材質、たとえばガラスや、打ちっ放しのコンクリートの壁にもなる。じっさい、そうなって、万華鏡としての態をなしていない箇所もあるという。時間が経つにつれて鏡は増えていき、横にも、下にも、無制限にひろがっていくので、空間的には地上の収容施設よりはるかに広大な、地下数百階にもおよぶであろう、鏡の大迷宮が生まれようとしていた。私にはそれが鏡面製の脳髄に思えて仕方ない。鏡張りの脳。個々の細胞、ニューロンが、全人類ひとりひとりの内的世界であるという、異常なまでに多彩な、あらゆる者のあらゆる幸福、あらゆる苦悩を包括している知性——、しかし玲伎種は、これを万華鏡とみなしているようで、そこに我々を落とし込もうとした。ビーズ。色紙。スパンコール。万華鏡には鏡だけでなく、その内部にちりばめられるオブジェクトも必要だ。〈終古の人籃〉で標本となっている作家たちはそれに適していた。無論、彼らの創作物もふくむ。……辻島衆の願いの結果が、それを可能にしている……、この万華鏡にとってのオブジェクトとは館の住人それぞれの作家性であり、その産物たる小説やら戯曲やらであり、そこから他者へと伝わっていく感動、情緒、知的活動、作中の登場人物や光景といった虚構性、観念、アイデア、幻想、奇想、等々なのである。ともすれば、玲伎種には本当にこれが万華鏡に見えているのかもしれない。人類のそれよりも高い次元から、のぞきこむようにして観察する玲伎種たちの眼。その視線の先には、我々をふくめた虚実さまざまな事象が、オブジェクトのように封入されている。それを少しかたむけるだけで、内側で関わりあい、混ざりあい、千変万化する色彩や模様となって流動していく。彼らにとっては、さぞや愉しめることだろう。人間に知覚できるものと、玲伎種に知覚できるものとのあいだには、どれほどの空白が横たわっているというのか。

　そしてエドは、そういった状況に陥った作家たちの生き死にや苦悶、ヒトとはちがう絶対的な上位者に翻弄される恐怖を、ホラー小説にするべく、執筆しはじめた。この期《ご》におよんで、人間ではなくなったというのに、なお……、である。〈文人十傑〉は、玲伎種をテーマにした作品を共著することになっている。彼にも〈文人十傑〉たる自覚があったのだろうか。いいや。それ以前の問題だ。作家なら、おのれがどんな状態にあろうと、書きたいと思ったものには取り憑かれて、それをかたちにせずにはいられなくなる。ましてや、彼はホラー作家だ。魅力的な恐怖の対象があれば、みずからの筆で表現したいと願ってやまないだろう。玲伎種。絶対的な上位者。——それは、メアリが終生、畏怖しつづけた人間のありようでもあった。人類にとっての玲伎種はおそろしい存在だが、彼女にとっては、自分以外の誰もが玲伎種のごとくに感じられていたのだろうか。彼女の書簡に記されていることをそのままの意味で受けとめれば、そうであったとしか思えない。

エドがそうなることを望んだかどうかはともかく、彼の執筆するそれは、〈文人十傑〉にとっての次回作の下書きになりえた。全員で共著するに値する内容だと、彼のパートナーであるゴシック小説家、ソフィー・ウルストンが認めた。エドとソフィーは〈異才混淆〉を通じて互いの肖像画を交換している仲だ。何に苦しみ、そこから何を生みだそうとしているかは、相互に深く理解していた。もしまだエドが人間であったなら、彼の執筆したものを叩き台にして共同創作できていたことだろう。しかし、そうはならなかった。エドは〈終古の人籃〉の地下で無限に構築されていく万華鏡になってしまったし、ソフィーは現在、行方不明になっている。彼女は幾度か地下へと赴き、広大無辺ともいえる鏡の迷宮のどこかから、エドの執筆したらしい原稿を持ち帰ってきていたのだが、ある日、戻ってこなくなった。こうした事例は彼女にかぎらず、〈終古の人籃〉に住まうほかの作家たちにも起こっている。皆、館の地下に尋常ならざる異変が生じていることを承知しているのに、それでもそこへと足を伸ばそうとするのだ。理由はいくつかあるが、もっとも多いのは、何か創作のヒントになりそうなものが、そこにある——との想いに駆られて、身を投じてしまうケースだった。根拠のない妄想である。妄想の出処は、エドである。人間であることを棄てて万華鏡になったエドが、おのれを彩るためのオブジェクト欲しさに、地下から、地上の作家たちにむけて発せられた呼び声のせいではないかと噂されている。金槌の音。第二の音楽。それらに混ざって、エドの呼び声のようなものもあって、それを知らず知らずのうちに感受した作家が、エドの声から生まれた妄想を、おのれの意思によるものと誤認し、地下へと降りていっているのではないか……と分析されている。そして、そこまでわかっていながら、その誘惑には耐えられないのだという。彼が書こうとしているホラー小説の、その題材としてあつかわれるために、呼ばれ、いつしか帰ってこなくなる。はじめのうちは問題なく地上へと帰還できるものの、二度、三度と、館と迷宮の往復をくりかえすたびに、降りていく階数が深くなり、とうとう、抜け出せなくなる。我々は不死固定化処置を受けているから、餓死も事故死もないだろうが、それゆえに永遠に迷いつづけることになる。そのようなこともあって、現在、館にいる作家の数は、徐々に減っている。私自身はその存在の虚構性のおかげで、迷うも何もないのだが、私以外の全員がいなくなれば、おのずと私を著述する者がいなくなり、自然消滅するだろう。〈文人十傑〉でまだ無事を確認できるのは、私と、クレアラと、辻島衆だった。前述のソフィー・ウルストンは、地下のいずこかにいると思われるが、セルモス・ワイルドは所在不明で、どのような状況に陥っているかも定かではない。

こと、ここまでの事態におよんで、巡稿者であるメアリ・カヴァンは、作家たちの捜索に乗りだした。帰ってこない者らの名前をリストアップし、救助するつもりのようだが、徒労に終わる公算が大きい。それでも彼女は地下に降りた。立場的にも心情的にも傍観してはいられなかったのだろう。特にソフィー・ウルストンに関しては、その近況を知っていたこともあって、同情的なようだった。フラスコのなかの異歴史。ソフィーはずっと、自分が小説を書かなかった場合の歴史についてを幻視していた。そこには何があるのか。彼女が求めたのは、吸血鬼、狼男、人造人間を超越する、新たなる怪異の存在だ。かつての自分が、ゴシック小説の華として誕生させた、それらの魔人を打ち壊す、それほどの魅力にあふれた異形の神秘。それとの出逢いを求めていた。

しかし、そんなものは存在しなかった。メアリの願いが叶ったことで、彼女のフラスコによる試行錯誤にも終局がおとずれた。あらゆる手を尽くし、天文学的な回数におよぶ研究と調合と攪拌《かくはん》と幻視の果てに、見つけられなかったのだ。何をしようと、どこまでいこうと、吸血鬼、狼男、人造人間——。その焼き直しから逃れられない怪奇の歴史が具象化する。細部にまで目をむければ、たしかにゾンビやら新種の殺人鬼やら、三大モンスターとはまたちがった趣向のモノも出現してはいたが、そんなものでは、まるで足りない。同格以上の怪異でなければならない。フラスコのなかの蓋然性《がいぜんせい》は全滅した。それゆえに彼女はフラスコを放り捨てて、地下の万華鏡へと身を投じるようになった。

いまもなお増えている鏡の壁には、エドが転生した人物の内面が映しだされる。たとえ一個の作品として発表されてはおらずとも、どこかに、作品化されていない、物語にすらなっていない、無名の人間の考えたこと、思いついたことのなかには、あるいは——、ソフィーの求めている、新奇で、魅惑的で、おそろしい怪異が、世間に発掘されぬまま、覚醒せぬまま、眠っているかもしれない。これまでは知りえなかった何者かの思考のなかに、それが潜んでいるのだとすれば——、そのような、か細い可能性に賭けて、ソフィーは自分自身を万華鏡のオブジェクトにした——、それが、行方不明の原因ではなかろうか。億千万の鏡に取り囲まれ、そのなかで永遠に転がりつづけることになろうとも、いつか、どこかで、その何者かの鏡のなかに、それが映しだされれば、それでよい、と。

こうしたソフィーの事情をよく知るメアリが、彼女の後を追うようにして、鏡の迷宮へと足を踏み入れた。そのときの情況を、彼女自身の言葉から紡いでもらうことにしよう——

30

溶けてゆく時計——……記憶の固執。輪っかを回しながら走り去る、影の少女——……通りの神秘と憂愁。モナ・リザ。洗礼者ヨハネ。星月夜。最後の審判。散歩、日傘をさす女。オフィーリア。叫び。聖母の被昇天。ゲルニカ。……私がここに来るまでに目にしてきた、歴史的な絵画の数々です。本物ではありません。無数のそれに組み立てられた、鏡の迷宮。そのなかで映しだされる、心象風景としてのレプリカでした。

ここではエドの転生したことのある人々の内的世界が可視化されています。けっして忘却されぬよう。一周目の遍在転生が失敗であったのを認め、二周目では、意識の底に埋もれてしまわぬように。記憶というよりは記録として、物的に保管するための場が、この地下の万華鏡なのです。

きっとエド・ブラックウッドは、サルバドール・ダリにも、ジョルジョ・デ・キリコにも転生したことがあるのでしょう。遍在転生の実践者なら当然の成果でした。私はなぜ〈私〉なのか。私以外の誰もが〈私〉なのだから、私もまた〈私〉であることに疑問をさしはさむ余地はない。……そういう境地にたどりつくことが、エドの終着点でした。果たしてそれは、叶うのでしょうか。

鏡の通路は、何人もの私を生みだします。それらの鏡像に満たされて、自分がどこにいるのかも、わからなくなって。話に聞いていたとおり、鏡面の壁には、時おり、その由来となった人物の心象風景が映しだされました。なかでも、著名な作家や芸術家の鏡らしきものには、彼らの作品に関連する幻像が浮かび上がり、ああ、この鏡はあの人だったのか――という、奇妙な驚きと感動を胸に、それを眺めやることがありました。特に、画家のそれはわかりやすくて、彼らの代表作たる名画が、そのまま表出することもあります。人類滅亡後に標本として何万年も生きてきて、過去の資料から、ずっとそれらの名画を見知っているというのに、モナ・リザの微笑みの奥にある温かみと妖しさを、星月夜の幻想的な夜空の美しさを、ムンクの叫びの悲痛感と閉塞感を、ゲルニカに宿る人類の罪深さとその嘆きを、いま、はじめて感じとったような気さえするのです。

「ようやく来たか、気狂い女」

鏡のなかから、声がしました。エドの声でした。彼はこの万華鏡そのものになっており、その精神も継続して遍在転生の旅に出ているというのに、不意に、それが聞こえたのです。

声のしたほうへ顔をむけると、鏡の壁のひとつに、私の鏡像ではない、別の何かが立っていました。コンスタンス——この館の管理を担当している玲伎種の姿に、エドという人物が、組み込まれているような風貌でした。全体的には黒いドレスに身をつつんだ球体関節人形です。しかし、その両肩にある球体関節からは、コンスタンス本来の腕だけでなく、エドのものらしき生身の腕が生えていました。また、ドレスの前がはだけて、むき出しになった胴体には、ショーウインドウのようにガラス張りになった空洞があって、そのなかに、十字架にかけられた小さなエドの亡骸がありました。私はイエスの磔刑《たっけい》を想起しました。体長一〇センチほどの、小人になったエドが磔《はりつけ》になって、息絶えています。だというのに、私の耳にとどくのは、かつて人間であったころの彼の声なのです。

「コンスタンスのほうからの提案でね。こいつらにとっての実験の一環なんだそうだ。……しかし、自分たちが散々もてあそんできた標本と、同一化したいと思うかね。あれか、人間にも自棄《やけ》な心境になったとき、破滅的な衝動がわきおこるが、こいつらにもそんな精神性があるのかね。自分よりもはるかに劣等な存在に身を落とすことで、何らかのデータを採取しているのかも知れんが、まあ、どうでもいいことだ」

話しているのは、コンスタンスでも、磔になった小人のエドでもありませんでした。その複合体におおいかぶさる、白いドレスをまとった女性——〈痛苦の質量〉、そしてエドの小説にも登場する、ティファレトという女の姿態が現出し、代弁しているのです。話す内容と、その表情は一致していません。目をつむり、無表情のまま、唇だけを動かしています。声だけが男性的なせいで、不気味なほどにミスマッチで。小説でそう描写されているとおり、亡霊らしく半透明で、宙に舞いつつ、コンスタンスとエドの複合体に取り憑いていました。それらすべてが、鏡のなかから抜け出てきて、私の目の前で実体化しました。

異質で、背徳的な美――、コンスタンスという黒衣の女に、ティファレトという白衣の女が憑依して、からみあい、抱擁しあっているような印象をいだかせます。

「あなたは何者なんですか。エドなのか、コンスタンスなのか、それとも……」

「ああ。物質的にはコンスタンスだが、精神的にはエドとしての側面が大きい。といっても、万華鏡になった本体のほうのエドじゃない。そこから取り除かれた人間性の残滓《ざんし》だよ。遍在転生してまわっている俺の魂の流動性と、万華鏡として存在するこの場の俺の不動性。その媒介となっているのが、ここにいる俺だ。迷宮の化身。もしくはアイコン。表徴。アバター。他者とコミュニケーションするための、疑似的な人格。まあ、そういったものだ」

彼の説明には理解の追いつかないところもありましたが、それ以上問い詰めても実りがないと思った私は、次に投げかけるべき言葉を探し、思案しました。しかし、眼前の――どう呼称すべきか不明ですが、精神的にはエドらしいので、エドと呼称することにします――エドに、先に話しかけられ、それに応じざるをえなくなりました。

「――どうせ、ここに迷いこんだ作家たちを連れ戻しにきたんだろう。好きにすればいい。連中が素直に応じるかどうかまでは知らんがね。玲伎種どもは、この地下で彷徨《さまよ》いつづける者の数を増やしたいようだが、俺はどちらでも。拒みもしないし、引き止めもしない。ただ、創作に役立ちそうな相手には、こちらから干渉することもある。お前たちが俺を見つけるより、俺から手を出すほうが、早いからな」

心のうちで、彼の言葉を反芻《はんすう》します。「拒まない」「引き止めない」とは、どこまでのことを指しているのか、「どちらでも」とは何と何を意味するのか、「干渉」や「手を出す」の内容は――……と考えながら、ひとつ、思い出したことがあって、それを問いただすために口をひらきました。

「あなたは、ソフィーとも会ったのですね。そして、彼女に原稿を渡したのではないですか」

私も読ませてもらったので、記憶しています。

ソフィー・ウルストンは地下のいずこかから、エドの執筆したらしい原稿を持ち帰ってきていました。人間ではなくなった彼が、どのようにしてそれを著述したのか、疑問でしたが、きっとここにいる彼がそれを担当したのでしょう。ヒトの枠から逸脱しているのに、なおも書こうとしているホラー小説。否、逸脱したからこそ書くことのできるホラー小説を、完成させようとしているのでしょうか。いずれにせよ、彼ならばソフィーの消息を知っているやもしれません。

「そうだ。あいつもずいぶん切羽詰《せっぱつ》まっていたな。なんなら、あいつのいるところまで案内してやってもいい。放っておけば、ずっとあそこに留まっているかも知れん。鬱陶《うっとう》しくてかなわない。ただし、連れ戻すための説得は、お前がやれよ。俺にとっては、極論、どうなってもかまわないのだから」

「……わかりました。お願いします」

しばしの逡巡の末、私はそう答えました。エドのいうことのすべてを飲みこめたわけではないですし、信じるに足る確証もありませんでしたが、この広大な迷宮でひとり、あてもなく探しつづけるよりは、彼の案内に望みをかけたほうがいいと判断したのです。

ソフィーがいるという場所にたどりつくまで、迷宮の化身たるエドは饒舌に話しかけてきました。その舌鋒はするどく、とどまるところを知りませんでした。

「……お前の書簡、読んだぜ。何？　他人とはちがうところのある自分の感性を自慢したいってわけ？　馬鹿なことばっかり書いてたよなあ、ヒューマニズムがどうとか、心理描写の剪定がどうとか。さすが気狂い女。どうでもいいことで勝手に苦しむことのできる天才。お前も、クレアラも、辻島とかいう日本人も……、俺からいわせりゃ、セルモスやマーティンあたりも、全員、ずっと精神病院にでも入っていりゃあ良かったんだよ。つまらねえんだよ、お前らの小説は」

人格が変わったのかというほどの、毒舌ぶりでした。かつての彼も辛辣《しんらつ》な毒を吐くことはありましたが、これはその範疇を超えています。遍在転生による精神的な変化の影響でしょうか。多くの偉人、賢人もふくめた人生を体験することで、超越的に洗練された人格になるというのは神話にすぎず、じっさいには、汚濁していくとでもいうのでしょうか。私はその疑問をそのまま彼にぶつけてみました。

「はっ、――。お前らしい解釈だ。俺の人格など好きに捉えればいいが、そうだな、ひとつ、話をしてやる。お前の書簡を読んだとき、俺はすでに一周目の遍在転生で、お前にも転生していた。しかし、お前に転生していたときに俺が考えていたこと、感じていたことは、いまここにいるお前自身が書簡に記した内容ほど、深刻なものではなかった。……はじめのうちは、お前が誇張して、大げさに書いているのだろうと思ったが、どうも、そうではないらしい。あの書簡が存在していなければ気がつかなかった点だ。――俺がいっている意味、わかるか？」

わかりませんでした。いえ、理屈としては、ある程度までは咀嚼《そしゃく》できます。要するに、エドが転生したものとしての私と、私自身の意識体験には、齟齬《そご》がある、ということなのでしょう。両者は同じものであるはずなのに、そうでなければ転生とはいえないのに、なにゆえに苦悩の深刻さに差が出るのか――、おそらくは、そういったことを訴えたいのでしょうけれど、それに対する理解には実感がともないませんでした。

「クオリアって言葉があるだろう。生きているうちに感じる、さまざまな心の揺れ動き。すばらしい絵画や音楽を鑑賞したときにわきあがる感動。親しい誰かが死んだときの喪失感。赤い色を見たときの、その『赤い』という実感。……そういう、ヒトの心のなかでひろがる、感覚的なざわめきのすべてが、クオリアだ。その感覚の深さやゆたかさは人それぞれだが、なら、〈私〉が転生したときには、どのようにあつかわれるのか。……俺がこれまでやってきたのは、その者の人生を体験してはいるが、その者のクオリアまでは再現できていない、形ばかりの遍在転生もどきだったのかもしれない。メアリ。お前の人生も経験したが、俺には到底、書簡に記されていたようなクオリアは感じなかった」

……エドの話を聞きながら、私は、ここに来るまでに目にした多くの名画――モナ・リザや、星月夜、ゲルニカなどを鑑賞したときの感動を思い出していました。同じ絵画を見たとしても、ほかの人と同じくらい感動するとはかぎりません。同様に、同じ人生を経験したとしても、同じくらい苦しみ、よろこび、その人生を堪能したかどうかは、たしかめようがなかった、ということなのでしょうか。

「哲学的ゾンビ――」

つと、そんな言葉が、私の口をついて出てきました。ごく普通の人間に見えても、クオリアが欠如している者のことを指す、哲学の用語です。そんな人間が実在するかどうかは不明ですが、もし存在したら――という、思考実験のひとつとして、語られてきました。

「ふん。転生先の人間のクオリアを再現できなかっただけで、俺自身には、じゅうぶんにクオリアがあると思うがね。しかし、狂人が、自分のことを狂人ではないと主張するように、哲学的ゾンビとやらも、自分がそのようなものではないと主張するのかも知れんな。無自覚な狂人。無自覚なゾンビ。言葉遊びみたいなもんだ」

彼は、つまらなさそうに答えて、鏡の迷宮の奥へ奥へと私を導いていきました。

「……しかも、一周目の遍在転生には抜け落ちがあった。俺は全人類の全人生を体験したかったのに、玲伎種どもはそれを恣意的に解釈しやがった。たとえば、マーティンの飼っていた四十二人のガキども。俺はあいつらには転生していない。ソフィー・ウルストンが所有するフラスコのなかの人類。ディケンズが所有していた箱庭のなかのロンドン市民。バーバラが百年ごとに再会していた旦那。どれも未転生だ。そして何より、〈終古の人鑑〉にやってきた作家たちの、ここでの人生は体験していない。標本になる前の彼らの人生なら体験済みだがね。そういうことをコンスタンスに述べたら、対象外だとぬかしやがった」

「あなた自身には転生できたのですか。いつか、ナノマシンによる連続狂死事件の真相を知りたいといっていましたが――」

「さあな。転生したんじゃないのか。憶えていない。狂死事件の真相？　忘れた」

あまりの素っ気なさ、あまりの執着のなさに、私のほうが虚無感におそわれました。欠落だらけの遍在転生。その虚しさを、きっとエドは私以上に味わって、だから、こんなにも苛立っているのかもしれません。

「なら、サロメは……」

自分でも何をいいだすのかと驚きましたが、無意識に、その名を出して、問いかけていました。新約聖書で語られているほうのサロメか、今現在、〈終古の人鑑〉に出現しているサロメか、どちらを指しているのか、私自身、判断もつかぬまま。……後者なら、あれを人間といっていいかどうかも怪しいのですが、もしエドが彼女になっていたのなら、その目的や存在意義など、何らかの手がかりがつかめるのではないかと期待したのです。

「いま、この館で作家を殺してまわっているサロメか？　あれも、無いな」

では、聖書で語られているほうのサロメは――と、問おうとしたときに、先行していたエドの歩みが止まりました。ゆえに、たしかめる機会を永遠に逸してしまいました。

「着いたぞ。この向こうだ」

鏡の迷宮の果て……とまではいえませんが、相当に地下深くの、どれだけ階段を下りてきたかも知れぬところに、たどりついて。

道中、鏡の壁はどんどん劣化していきました。曇っていたり、ひび割れていたり、そのような状態のものが多くなって、ついには、ガラスやコンクリートなどの別の材質による壁も増えてきて――。まるで、打ち捨てられた廃ビルの奥のような、荒涼とした空間のなか、その女性がいました。ソフィー・ウルストン。彼女は、打ちっ放しのコンクリートの壁を背に、力無く、地面に坐り込んでいました。ここから先は行き止まりで。もうこれ以上、奥にはすすめないことを嘆いているようでした。

「……来てくれたの」私たちを一瞥して、彼女は、それだけを洩らしました。

「ここで何をしているのですか」

おそるおそる問いかけた私に、彼女は無心とでもいっていいような表情をむけ、こちらを見上げたまま、ただ、ぼんやりとしていました。立ち上がろうともしません。

「……このあたりはね、おもしろい異形や怪奇のイメージが映ることが多かったのよ。万華鏡といっても、それを構成する迷宮のエリアごとに、ある程度は同傾向の内的世界の持ち主が集まるところもあるみたいで――、興味深いモノが、鏡に映ることも、あったわ。それを探査していけば、めあてのものに巡り逢えるんじゃないかって、そう思ったの。根拠も前例も無いのだけれどね」

私に語りかけるというよりは、独り言をつぶやいているかのような彼女の口調。自分で自分の愚行を論理化しようとしているふうにも見えて。

「でも、奥に向かえば向かうほど、鏡の精度が落ちていくのは、どういう了見なのかしらね。あと少しで見つかるかもしれないのに……、これが、邪魔するのよ」

彼女は、背後の壁にむけて、ふりかえりもせずに、右手の親指だけを使ってコッコッと音を鳴らしながら、その壁面に書かれている文字列を示しました。

——We apologize for the inconvenience.

定型文です。工事現場や通行止めになっている場所で、よく見かけるフレーズ。私も生前、これの記された看板を何度か目にしたことがあります。

「——これ、どういう意味なのかしら」

「そのままの意味だろう。お前さんの探しているものは、この万華鏡のなかでは見つかりません、ってこと。つまり、全人類の全人生のなかにも存在しなかったってことだ」とエド。

「だろう、——ということは、あなたも完全には把握していないのね」

「おいおい。どこまでか細い可能性にすがろうとしてるんだよ。ここは袋小路だ。この先には抜けられない。何も無い。認知的に閉鎖されているんだよ」

エドとソフィー、ふたりのあいだに沈黙がおりました。彼らの会話が何を意味するのか、私には、推し量りかねました。人類の集合知についてを語っているのでしょうか。

「直観的には、この先にあるに違いないのにね……。どうしても通り抜けられない。どこをどう迂回しても、別の方向から近づいても、この壁に阻《はば》まれる」

「あきらめろ。定型文でも謝ってくれているだけ、丁寧な対応だと思え」

エドは辛辣でした。左肩の球体関節から、コンスタンスのものではない自分自身の腕を伸ばし、抱きついているティファレトの左胸をえぐりました。半透明の肉体はゼリーであるかのようにそれを受け入れ、流血もなく、エドの腕のされるがままになっていました。

エドがティファレトから腕を引き抜くと、一冊の本が取りだされていました。

〈現代のプロメテウス〉の文庫本でした。

「吸血鬼。狼男。人造人間――。仮に、それにつづく第四の魔人が見つかったとして、お前、どうするつもりなんだ」

「愛するわ」ソフィーは、そうであることに何の迷いもないという、慈しみさえ感じさせる声で答えました。「そして、許されるなら、私もそれについての物語を創作したい」

「愛する、ねえ……」

エドは特に感心した様子もなく、手にした〈現代のプロメテウス〉を、ソフィーの背後にある壁にむかって放り投げました。

ぶつかって落下するのかと思いきや、吸い込まれていきました。

「……この地下にある鏡は、そのなりそこないもふくめて、どこかの誰かの意識の具象だ。そこに何らかの創作物を投げ入れると、それに対する感想が返ってくる。投げ入れた壁からはもちろん、周囲の壁からも」

エドの説明のあと、しばらくすると、ソフィーの背後に書き込まれている文章が増えていきました。それは〈現代のプロメテウス〉の書評でした。

連鎖的に、ほかの壁にも文字が表示されていきます。

「いろいろあるな。肯定的な内容もあれば、否定的な内容もある。そして、そのうち……ああ、はじまった」

鏡の壁、ガラスの壁、コンクリートの壁、それら同士が、作品の良し悪しについて語りあっているようでした。声ではなく、文章での応酬です。すべてを読みとれたわけではありませんが、まともな論戦にはならず、互いを貶《おとし》めあうような……、ときとして、読むに耐えない、醜く、おそろしい言い争いにまで発展することもありました。

「人造人間をテーマにした〈現代のプロメテウス〉は、おおむね名作あつかいされているが、それでも、こういう事態に陥るんだな。お前が第四の魔人の物語を書いたとしても、やはり同じような反応になるだろう。しかも、これは疑似的な読者にすぎない。生身の読者は、もうこの世にはいない。かつての三大モンスターのように、多くの人々から愛されることも、畏れられることも、もう無いというのに、それでも四人めを欲するのか」

「ええ」

「そうか。だが、それは存在しないんだ。俺が協力できることは、何もない」

そういって、エドは口を閉ざしてしまいました。かわりに私が、ソフィーに近づき、地上に帰ることをうながしました。ソフィーも、ここにいることの無意味さを悟っていたらしく、私の説得に応じ、のろのろと立ち上がりました。精神的なショックのせいか、ふらついています。私が肩を貸すことで、どうにか歩きだせる状態になりました。

エドは、さっきまでソフィーが寄りかかっていた壁を背にして、動こうとしません。ここで、私たちのことを見送るつもりのようでした。

「もう二度と、この地下に来るなよ」

背後から聞こえてくるエドの声。「お前らはふたりとも、人間に期待しすぎているんだよ。ソフィー。お前は人間の創造性について。メアリ。お前は人間の強さと美しさについて。俺からいわせりゃ、お前ら、ふたりとも、頭がおかしいよ。遍在転生している俺が断言してやる。人間はそんなに創造力ゆたかでもなければ、メアリ、お前が恐怖しているほど難解で神秘的な存在でもない。ただの動物だ。牛や豚や、そういうモノより、ちょっとばかり認知的に開放されているだけの動物。そして玲伎種は、その人間よりさらに少し認知可能な領域が広いだけの、やはり動物だ。俺がいま、書こうとしている小説は――」

そこで声が途切れました。

唐突に、不自然に途切れたため、何があったのかと私は背後に目をむけました。壊れた球体関節人形。それが視界に入りました。

無惨の一言ですますには、あまりにも哀れな――、首がはずれ、各所の球体関節がゆがみ、それらによって接合されていた各パーツが奇妙な具合にねじくれて、スクラップ寸前の欠陥品のようなイメージしか残されていませんでした。かつてのコンスタンスの、無機質ながらも独特な美貌は、どこにもありません。

背後の壁が、コンクリートのそれから鏡面へと変化していきます。極限まで磨き上げられている、左右反転した世界のなかに、サロメがいました。彼女は、コンスタンスの、その壊れた人形の頭部を所持していました。人間の生首と同じく丁重にあつかい、愛おしげな目で、それを見つめています。

周囲の壁も次々と変化していき、すべて、サロメを映す鏡の世界になりました。多重の幻像となって出現するサロメ。幻像は幻像で、鏡のなかだけの存在なのに、こちら側にある人形の首を奪ったのです。そばで浮遊していたはずのティファレトは、いつのまにか消えていました。

よろめいたコンスタンスの体が、二度、三度と、壁にぶつかり、四度めの衝突で、鏡のなかへと吸い込まれていきました。その直前、胴体にあったガラスが割れて、そこから小人のエドが放り出されました。物理的な現象にしては作為的と思えるほどの事故です。

十字架から解放された彼は、意外なほど流麗な放物線を描いて宙を舞ったあと、地面に激突すると、何回かバウンドをくりかえして、それから、沈黙しました。投身自殺というより、オモチャ箱からこぼれ出たゴムボールの挙動のような印象でした。

コンスタンスを呑みこんだ鏡の壁は、それを何かの創作物だとみなしたらしく、コンスタンス自身に関する感想を文字表示しました。曰く、「何これ？　球体関節人形？　古臭い……」

コンスタンスについての論評は周囲の壁にも波及して、それらのあいだで議論が巻き起こります。「玲伎種っていうの、これ？　作中ではとんど説明されてないじゃないか。薄っぺらい設定だな」「コンスタンスっていうの以外、誰も紹介されていないから、具体的にどういう種族なのか、わからない」「そのコンスタンスにしても作中でほとんど登場していないしな。失敗作だろ、これ」「まったくもって個性がない。面白味のない異形だ」「これさ、別に新しい種族を設定しなくても、吸血鬼とか人造人間とかで成立するよね」「たしかに」「そのほうがわかりやすい」「そいつらのほうが人気あるしね」「ゼロから独自に創るとか自己満足？」「吸血鬼で表現できるなら、吸血鬼でいいじゃん」「そのほうが伝わりやすい、理解しやすい」「人造人間を出せ」「退屈」「凡庸」「落第」「拙劣」「幻滅」「陳腐」「不快」「屑」「論外」「愚にもつかない」――……

後になればなるほど、その批判内容は悪罵のそれと区別しがたくなっていき、鏡の壁たちは、コンスタンスを批判すること自体に愉しみを見いだしているのではないかと思うほど議論に熱中していきました。人類を超越した知性体であるコンスタンスを相手に、どこまでも横柄な態度です。私はおのき、自分たちのほうが立場が上だといわんばかりの論調で語る不特定多数の壁に取り囲まれて、どうしたらいいのかもわからず、ただ、ふるえていました。

「われわれは、しらない。しることは、ないだろう――……」

すぐ横で、声がしました。はっとして、肩を貸していたソフィーのほうを見ると、彼女の首がなくなっていました。正面の鏡。サロメがいました。彼女がささげもつ銀の皿には、すでにソフィー・ウルストンの生首が存在しました。サロメは微笑んでいます。コンスタンスとソフィーの首をならべて、しずかに、悦びに耽《ふけ》っているようでした。

「じぶんじゃ、おもいつかなかったから、さがしたのです。さがして、さがして、さがしまわったのです。わたしの、はっそうを、こえる、すごい、ばけもの。みたい。みたい。かきたい。かきたい。それをほしがったら、ねえ、だめなの？　いぐのらむす。いぐのらびむす。いぐのらむす。いぐのらびむす。いぐのらむす。いぐのらびむす。……」

最後に、呪文のようにくりかえされたのは「知らない」という意味をもつラテン語。その一人称・複数・現在形と、一人称・複数・未来形です。ソフィーは知ろうとして、知りえないまま、動かなくなりました。少量の出血であっても私の顔を真っ赤に染めるには充分すぎる量で。赤い視界のなか、私の足元に近づいてくるそれに気づくのに、時間がかかりました。

「見ろよ、気狂い女。こいつらの醜態。俺はこいつら全員に転生したことがあるんだぜ」

いまさっき、コンスタンスの内部から放り出された、小人のほうのエドでした。すでに事切れているかと思っていた……、いえ、一度は本当に息絶えたのに、コンスタンスを失ったことで、甦ったのでしょうか。体長一〇センチほどのそれは、呆然とする私のことを見上げながら、皮肉っぽい口調で語りかけてきました。

彼は、両手を大きくひろげ、周囲の壁同士でやりとりされている文字の羅列を示して、嘲笑を浮かべました。そこでなされている議論はもう、コンスタンスを相対化するのに飽いたのか、互いの見識を披露しあい、その瑕疵《かし》を互いにあげつらって、嘲弄し、侮辱し、少しでも相手より優位に立とうという、身の毛もよだつ闘争の場になり果てていました。いつまでも終わらない論議のなか、一方的に勝利宣言をしたり、反応しなくなった論敵のことを「逃げた」と決めつけ、吊るし上げにしたりして、収拾がつきません。

なぜ、こんなにも相手を見下せるのでしょうか。軽蔑できるのでしょうか。ひょっとしたら相手のほうが優れているかもしれない、自分では解明もできぬほどの、すばらしい思想を内に秘めているかもしれないと、ほんのわずかにもそんな考えにとらわれ、それに怯えて、畏れることはないのでしょうか。私は、表面的な勝敗に対して異常なまでの執着をみせる壁たちの、その攻撃性の高さ、おそろしさに、身ぶるいしました。

「自分のほうが賢い、自分のほうが正しい、自分のほうがヒトとしての質が高い、――こいつらのいっていることなんて、突き詰めれば、そこに集約される。自己肯定と他者批判。その大合唱だ。自己否定と他者崇拝に縛られて生きてきた、どこかの誰かとは、真逆だな？　……だが、これでいいんだよ。これでこそ正常なんだよ。もっと貶めあえ、もっと傷つけあえ、相互無理解のなかで偏見と独断と主観によって互いの価値を失っていけ。俺には、その愚かさが、愛おしいとさえ思える。反対に、メアリ、お前のような人間恐怖者は、可愛げがなくて、きらいだね」

エドは周囲で起こっている文字の闘争を、そのように総括しました。愚かなればこそ愛おしいという彼の言葉に偽りはないのでしょう。両手をひろげたまま、彼は、ゆっくりと、しぼんでいっているように見えました。

「お前も知ってはいたんだろう？　現実でも仮想空間でも、こういう、精神を毀損《きそん》しあう場があることは。そこで気づかなかったのか。自分が思っているほど、人間は大したものじゃないって」

「私は……」一瞬の迷いのあと、正直に答えました。「ああいう場での罵《ののし》りあいにも、何か、それぞれに深い考えがあって、おこなわれているものだと……」

乾いた笑い声があがりました。人類史上最大の、下手なジョークを聞かされたといった、エドの反応でした。「あるわけねえだろ、バカじゃねえのか、この気狂い女は。だからお前は敗北主義者なんだ。自分以外の誰もが絶対的な上位者だと？　そんな幻想は捨てろ。いい加減、人間のすべてを神格化するな。他人は、お前と同等か、同等以下に――」

話しているうちにも、彼の体はしおれて、枯れて、小さくなっていきました。私の目の錯覚ではありません。その声は、肉体の縮小化・枯死化にともなって聞きとりにくくなり、かわりに耳に入ってくるのは、金槌の音――。サロメはいつしか、いなくなって。その音だけが、私のことをおびやかして。

ただでさえ小さいのに、さらにさらに縮んでいく小人。私はしゃがみこみ、耳をそばだて、必死になって彼の話している内容に意識を集中させました。

「……要は、自分とその周囲の者が、ちがう感性を有しているという現実を、どう捉えるのかに尽きる。それを『おもしろい』と感じる者にとっては、この世は、祝福された世界になりうる。それを『おそろしい』と感じる者にとっては、この世は、苦痛と苦悩と恐怖に満ちた世界になりうる。お前は典型的な後者だろ。クソ女。バカ女。せいぜい恐怖の坩堝のなかで、思う存分に苦しみつづけろ。便所の落書きに殺されろ」

そう訴える彼の声は、私を攻撃するというよりも、何か別のものにむけて悔しがっているような、苛立ちまぎれに悪態をついているような、そんなやり切れなさを露わにした、彼自身の魂の慟哭《どうこく》のようにも感じられました。遍在転生。それによって彼は何を見知って、何を失っていったのでしょう。

そのクオリアは、どのようなものであったのでしょうか。

もう、どんなに耳を澄ましても、ほとんど何も聞きとれなくなって、だけど最期の「あばよ、気狂い女」という言葉だけは妙に頭に残って、――あるいはそれは、唇の動きから、そう察したのかもしれません――、エドの残骸だったものは、完全に枯れて、私の足元でくずおれてしまいました。乾燥して朽ち果てた虫。人のかたちをした地面の染み。そのようなものにしか見えませんでした。

先ほどまで白熱していた文字による議論は、気がつけば終了していました。この場は、ひび割れた鏡、くすんだガラス、薄汚れたコンクリートの壁ばかりがたちならぶ一画に戻っていて。それらが表示していた攻撃的な文章も、全部、消え失せていて。

唯一、ソフィーの行く手を阻んだ、あの定型文だけが残っていました。

――We apologize for the inconvenience.

……乱雑に、真っ赤なペンキで書きなぐったかに思えるその書体は、最後まで毒を吐きつづけたエドの心境を物語っているみたいでした。

31

――〈文人十傑〉のうち、六名が死亡した。残るは私、ロバート・ノーマンと、辻島衆、クレアラ・エミリー・ウッズ、セルモス・ワイルドの四名となったわけだが、私個人が全員の末路を知るまで生き延びる可能性は、限りなく低いといわざるをえない。

現在の状況を述べよう。〈終古の人鑑〉の管理者であるコンスタンスを失ったことで、館はその根底から崩壊した。これは、内的な秩序が崩れ去ったという意味にとどまらず、物理的にもそうなった、ということを示す。我々はいま、その半ば以上が氷のかたまりと化した館のなかにいる。しかも、一階、二階、三階ごとに分断され、各階も大まかなエリアごとに――最小単位でなら各部屋ごとに――分解されて、それぞれが、地上ではなく海上を浮き沈みしながら、どこまでもつづく冷たい海のどこかを漂流していた。地理的なことをいえば、かつてのロンドンがあった場所に〈終古の人籃〉が造られたなら、そこが海上になることなど考えにくい。しかしそれが具象化されていた。きっとこれも標本となった小説家の、その内的世界が現実化した結果なのだろう。ひとつだけ、心当たりがある。我々〈文人十傑〉のなかに、これとよく似た終末の世界を描いた作家がいる。クレアラ・エミリー・ウッズ。彼女の代表作、〈無知の情景〉がそれである。

この作品については、どのように語るべきか。ありのままにストーリーだけを追っていけば、実に荒唐無稽な内容なのである。語り手たる彫刻家の男と、小説家の少女の物語。人類は世界的な寒冷化によって滅亡の危機に瀕していた。また、世界じゅうのものが――人間も動植物も、巨大な建造物さえも――それを模した氷の彫刻へと置き換わっていく、そのような超常現象が発生し、それが年々、増加していっている。小説家の少女もまた、ある日、突然、氷像となってしまう。語り手の男は、その氷像を永遠のものにしようと氷室を用意し、そこに彼女を保管する。だが、少女の氷像は自我にめざめて、ひとりでに動きだす。氷室から脱出し、男のもとから離れていく。捜しに出る男。ようやく見つけるも、少女は生身の肉体と、氷の体、そのどちらの姿にも、その時々によって変容する、特殊な存在になり果てていた。このような事例はほかになかった。少女だけが、おのれの意思と無関係に、本来の自分と氷の自分、そのどちらにも移り変わっていく――けっしてそれは自分では制御できない――それぞれの姿ごとに別の人格を有している――その運命に翻弄されていく。同時に男も、そんな少女のありように惑わされ、苦しめられていく。少女を発見するたびに生身の体と氷の体、そのどちらかの少女と向きあい、自分のもとへと帰ってくるよう呼びかける。そして、氷の姿の少女と再会したとき、ささいな事故によって彼女の体は砕け散ってしまう。取り乱す男。その破片を拾い集め、祈るような気持ちで復元をこころみる。寒冷化のすすむ世界のなか、少女の破片を雪のなかに埋め込んで、新たな氷像をつくりだすと、少女はよみがえる。そしてまた男のもとから逃亡する。失踪のたび、男は彼女のことを見つけだそうと各地を転々とする。少女は男のもとに帰るのを拒むかのように、彼が自分に接近すると自傷行為、否、自殺行為をくりかえす。砕け散るのだ。みずからの意思で砕け散って、その存在を無きものにする。そうなるたびに、それをまた復元していく男。こうしたふたりのやりとりのあいだ、世界そのものも極限まで冷え、凍りついていく――

全篇を通じて、少女はどうやら男の庇護下にあることを望んではいない様子である。ふたりの関係性が具体的にどのようなものか、それは作中でまったく語られていない。それどころか男と少女の名すら明かされない。しかし、それでもこの小説はひとつの虚構の物語として成立している。人類最後の文学者、クレアラの、その異端なる作家性が十全に発揮された作品といえよう。精読すれば、わずかなりとも彼らの心情は察せられる。男は少女のことを愛している――もしくは、その正気が危ぶまれるほど偏執している。少女の創作する小説の愛読者であり、その作品のつづきを読みたいとも願っている。一方、少女のほうは謎めいて、さまざまに解釈可能である。男に対し、まったく無関心かのようでもあり、愛憎半ば、しかし同居は望んでいない、といった心情であるようにも解せられる。

ともかく、男は、少女の書く終末をテーマにした小説に魅せられていた。そのつづきを読みたいがために、彼は氷となった少女を捜しつづける。少女は、彼が自分のそばにいるときも、そうではないときも、原稿の執筆をつづけている。しかし、氷の姿での自殺と復元を重ねていくうちに、少女の内的世界は徐々に壊れていっているようだった。よみがえってくる少女の、そのひとりひとりの文学的才能には差異があって、瞠目するほどすばらしい話を書き上げるものもあれば、ひどく陳腐な話しか書けないものもあった。後者については、男がみずからの手で破壊することもあった。それを復元した際に、より高い文学的才能を宿した少女としてよみがえることを願って——。反面、見事な作品を書く少女の氷像は、ずっと大切に保管しようとするが、男の意思とは裏腹に、いずれ砕け散ったり、溶けてしまったりする。そうしたことが何度もくりかえされるうちに、少女の才能は恒常的に劣化して、どんなに男が破壊と復元をやりなおしても、その小説の品質は維持されなくなっていった。幼稚な筋書き、凡愚な内容。書きすすめるほどに支離滅裂になる出来事の連なり。大きな文字で記入され、途中で文を書くのに飽きたのか、下手な絵や図形も散見される、ラクガキ帳がわりになった原稿——。ついには、二度と少女の氷像は復活しなくなり、未完成の小説だけが男の手元に残る。彼はたったひとり、取り残される。次第に氷に閉ざされていく世界は、終焉を迎えつつあった——

これが〈無知の情景〉のあらすじである。全体にただようのは喪失感、終末感、虚無感、偏愛と狂想、幻覚と死の衝動、不毛、昏迷、荒廃、無機物への執着などで、そういったものに彩られながらも語るべきことを語らないままに幕を引く、その作風は、全文学史をふりかえってみても無二のものといえる。物語の終盤、二度とよみがえらなくなる前の、最後のひとりとしての少女は、ごくわずかに男に心を開いており、もしかすると将来的には想いを通じあわせることができたかもしれない存在だった。しかし、その文学的才能は見る影もなかった。苦悩の末、男は、自分が拒絶されることになっても作家としての輝きを放つ少女の再来を願い、唯一、自分に心を開いた彼女をも破壊してしまう。結果、二度とよみがえらなくなった現実に直面し、深く絶望する。それは少女が、もう自分の前には現われないという、その不在を嘆く絶望なのか。それとも、少女の紡《つむ》いだ小説が永遠に未完になったことへの絶望なのか。……そのどちらとも解釈できる描写になっている。〈無知の情景〉は、この男と少女による破滅の物語だが、その背景には、世界各地の名所やランドマーク、それらが次々と、無作為に、巨大な氷の彫刻に置き換わっていく不条理な現象が展開されている。寒冷化と氷像化によって滅びゆく世界と、そのなかで追走劇をくりひろげる男女、このふたつが交互に映しだされる内容なのだ。そして、この作品で描かれている終末のビジョン——、地球全土をおおいつくす氷、凍てつく世界、雪に埋もれていく街並、そうした末期的な情景のことごとくが、破滅的でありながらも美しい、鮮烈な幻影となって、いま、我々をとりまくこの状況に反映されている。〈無知の情景〉の作中で語られた、無数の世界的建造物と同じ運命をたどって、〈終古の人鑑〉も氷の彫刻へと置き換えられた。……否、すべてではないが、この館の半分を超える領域が氷のそれへと変貌し、我々の居住スペースを圧迫したのだ。くわえて、氷山が割れるかのごとく、館そのものが分解され、各階ごと、各エリアごと、各部屋ごとに、冷たい海へと放流された。館を支えていた大地は消え去った。まるで、グレートブリテン島から北極へ、または南極へと転移したかのような、幻夢的な環境の変化だった。それが生じたときの記憶は定かではない。激しい地割れと、浮遊感と、突如として顕現した海面への没入、押し迫ってくる氷塊の群れという幻覚を視たことだけは憶えている。そして、その幻覚は現実のものとなった。見渡せば、何百、何千、何万にもおよぶ、大小さまざまな流氷のひしめく海がひろがっている。我々はその狭間にただよう廃棄物のような存在だ。私のいるこの部屋も、館のほかの領域からは孤立して、果てしのない流氷の世界をめぐっている——

氷に侵されていく作家たちの想念。頭上にあったネオ・オメラスも、地下にあった万華鏡も、侵され、壊され、狂っていった。ネオ・オメラスは、どういうわけか中空に浮かぶ桜の木々となった。極小の惑星であったはずのそれが、何者かのイメージに呼応したかのように変形し、分散し、無窮の流氷を天空から見下ろす、無限の桜並木となったのだ。それらには雪が積もり、積もった雪が桜の花びらとなって、幾千枚も、海上へと舞い落ちてくる。薄桃色の花弁と、白銀の雪氷が入り乱れる、銀色の桜吹雪――。このような光景を、私は以前、どこかで観たような気がする。

一方、地下にあった万華鏡の世界は、コンスタンスと同化していたエド・ブラックウッドが枯死したため、統制を失くし、また大地を欠いたせいもあり、その内容物のすべてが海面へと浮き上がってきた。すなわち、エドが転生したことのある全歴史・全人類の意識をもとにした鏡の壁が、余すことなく海へと打ち棄てられ、ばらまかれ、そこにある流氷と混ざりあう結果となったのだ。

かつて生まれては死んでいった幾億万ものホモ・サピエンスの、その心象風景を映しだす鏡の迷宮と、視界いっぱいにひろがりゆく流氷。……それらが衝突し、混在するさまは、一種、幻惑的ですらある。個々の鏡は、その周辺にある流氷の青白さと美しさを二重、三重に増やしていく。流氷もまた、鏡から発せられる光のそれを反射して、なお冴え冴えと冷えていく。――水平線の向こうから無尽蔵にやってくる氷に対して、鏡のほうは有限かと思えば、いまもまだ自然発生し、増えつづけている。人間としてのエドは死に絶えても、遍在転生を実行するシステムとしての彼は活動しているのだろうか。分解した館。そのなかで生き残る小説家たち。それらは完全に沈みゆくことなく、数多の氷塊や鏡面によって支えられ、押し上げられ、氷雪まじりの波にさらわれて、小船のように漂流していた。

私が身をよせるこの部屋も、そのひとつにすぎない。館の別のところとは切り離された、絶対的に孤独な空間。そこで私はひとり、考察する。そもそもこのような破局をむかえた発端は、どこにあったのか――直接的にはセルモス・ワイルドによる〈異才混淆〉の変革と、辻島衆の願いからである。すべての作家の内的世界の現出。それは、この館のありようを一変してしまえる劇薬だった。それを服毒したからこそ、サロメが実体化し、作家たちを殺害してまわり、辻島衆が妄想した虚無の音が聴こえてくるようになり、クレアラのなかにあった氷の世界が、その終末がおとずれることになった。

だが、それよりも前に存在したはずなのだ。もっともっと根源的なところ、我々の住まう〈終古の人鑑〉のどこかに、切除しがたい病巣のようなものがあって、それがゆっくりと我々の創作活動を蝕《むしば》んでいったのではなかろうか。巡稿者メアリ・カヴァン。彼女は、〈異才混淆〉の解除を求めていた。私にそれを訴えたときのことは、いまでも憶えている。その主張を要約すれば、この私を満足させるために、死ぬつもりになって書け、という、ひどく暴力的で、利己的なものになる。共著の否定。個々の作家の小説の希求。作家性の尊重。すべては、そこからはじまっている。彼女のエゴ、個人的な読書欲求が、取りかえしのつかないほどの末期的症状を招きよせ、あらがいようもなく蝕まれていったのが、いまのこの状況なのだ。

今回、〈無知の情景〉のそれを原風景とする滅びにいざなわれて、思い至ったことがある。メアリとセルモスの関係性だ。ふたりの距離感、隔たり、ディスコミュニケーションは、〈無知の情景〉における男と少女のそれに通底するものがあるのではないか。メアリは、生前のころからセルモスのことを知っており、共著よりも彼個人の作品が執筆されることを心のうちでは望んでいた。セルモスは、そんなメアリの願望を知っていながら――見抜いていなかったわけがない――、まともに取り合わず、むしろ〈異才混淆〉の主体として、共著をメインとした創作活動をすすめていた。〈無知の情景〉においては、男が、どこまでも少女のことを追い求めていく。彼が欲したのは少女の文学的才能と、その成果である小説だったのだろうか。少女そのものだったのだろうか。あの結末だけを知れば、前者であるのだろうと思われるが、少女を失ったあとの――、いや、失うまでの過程もふくめて、男の感じていた苦しみ、後悔、嘆き、苦悩の深さを読むほどに、そうともいいきれない、結局はどうであったのか明瞭としない、不安定な読後感を与えるものになっている。どうあれ、少女は一貫して男の求めを拒絶した。みずからを破壊するという自殺行為におよんでまで。みずからの文学的才能を劣化させてまで。

この少女をセルモス・ワイルド、そして男のほうをメアリ・カヴァンとして認識すると、いろいろなことが見えてくる。

セルモス個人の作品を追い求めるメアリの態度は、まさに〈無知の情景〉での男の偏愛に通じてはいないだろうか。一方、セルモスはそこから逃れるかのように〈異才混淆〉に自己の文学的才能をさらげていく。どこまでが彼自身の感性で、どこからが他者の感性なのか、それすら判然としない状態に陥って、メアリの希求するセルモス・ワイルドという人物と、その著作が生みだされる可能性を、この世から消そうとした——それは、〈無知の情景〉での少女がおこなった自殺行為に等しいのではなかろうか。

小説内では超然とした、神秘的な存在として描かれている少女。その彼女が、どうしてあそこまで男を拒絶したのか、それは作中では語られず、読者の解釈にゆだねられている。諸説あるが、ひとつの見解としては、おのれの限界を知られるのを畏れた——というものがある。その神秘性、文学的才能の底、創造性の果てにあるものを知り抜かれてしまったら、もう、与えられるものは何も無い——何も無いのだ——、相手が自分のことを見上げていればいるほど、不可解と思っていればいるほど、その畏れに応えるための創作の高みは険しいものになる。〈無知の情景〉の男も、メアリも、見上げる側の人間だった。自分では理解のおよばぬ人間——少女やセルモス——への畏怖の念が、彼らの行動原理としてあった。男やメアリが相手に求めたのは、相互理解や、共感ではない。意思の隔絶、能力の格差、そこから生じる上下関係だ。彼らは常に自身が下にいることを望み、相手には、上に立ってもらうことを望んだ。……少女は、氷像と化して砕け散ることで、そこから逃れ去った。ならば、セルモスはどうであったろう。生前の、ただの人間としての一生を送るだけなら、いかようにもメアりを惑わすことができただろう。圧することも、苦悩をもたらすことも、望むならその生死を左右することさえも、思いのままであったはずだ。しかし、〈終古の人籃〉でよみがえり、永久に保管されうる標本として活動しはじめてからは、その限りではなくなった。自分も、相手も、互いに不老不死であるのなら、いつか必ず、そのときはおとずれる。永遠の時間の果てに、その創造性の限界を、自己の内的世界のすべてを、知り抜かれ、完全に理解し尽くされるときが、やってくるのだ。かつて、セルモスみずからが「情欲の塊」と称したほどのメアリ・カヴァンの読書欲求である。彼女はどこまでも知ろうとするだろう。何よりも人間のことを畏れているから——、人間という生き物に恐怖し、人間であるとはどのようなことか、それについて考えつづける彼女だからこそ、セルモス・ワイルドのおりなす物語のすべてを味わい、呑みこみ、自分のものにする日がやってくる——

サロメが、

洗礼者ヨハネの首を、

自分のものにしたように。

……ああ——、そういえば、先ほど、ノックの音がした。私は意図的にそれを無視した。海面に浮かぶ孤独の空間。外界からの連絡手段がいっさい無いこの部屋に、誰もやってくるはずがないからである。しかし、たしかに、ノックの音がした。来訪者は、扉が開かないことに痺れを切らし、いつのまにか、強引に侵入してきたようである。いま、私の背後に、その来訪者が立っている。サロメだ。

空っぽの銀の皿をささげもったまま、これを著述している私のことを見下ろしている。無言の重圧。意思の隔絶。私はひとつ見落としていたことがある。メアリ同様、サロメが情欲の塊であるのはいうまでもないが、新約聖書から翻案された未完の小説〈サロメ〉もまた、〈無知の情景〉同様、セルモスとメアリの関係性を象徴しているものだった。

サロメは、メアリ・カヴァンだ。洗礼者ヨハネは、セルモス・ワイルドだ。

そう認識して読めば、あの男の考えていたこと、その作家生活の後半で書き上げようとして、書き上げられず、未完のままにモデルとなった女と別れざるをえなくなった苦悩の一端が、垣間見える。

どのような想いで〈サロメ〉を執筆していたのだろうか。あの男は、生前のころから、メアリの危険性を察知していたのだろうか。その危うさゆえに、手元に置き、それをコントロールしようとしたのだろうか。あるいは、もっとほかの……

自分を知り尽くしかねない貪欲な女の情念に、からめとられ、蹂躙《じゅうりん》され、取りこまれていく、滅びのさまを、夢想したのだろうか。

あの男は退廃をも興ずる、享楽主義者だ。無いとはいいきれない。

相手の示した想いの奥にあるものを知ろうとする「あがき」に没頭していたのは、メアリだけでなく、セルモスのほうもそうであったに違いない。でなければ、数ある新約聖書の挿話のなかから〈サロメ〉を選び、それを翻案しようとはしなかったはずだ。

彼女は、どんなに愛を訴えても、それに応じようとはしない聖人を我がものにするため、その首を奪いとった。

いま、私の背後にいる彼女は、なにゆえに私の首を欲するのだろうか。きっと彼女は、セルモス・ワイルド個人の手による小説を読みたがっているのだろう。それゆえに私を排除する。〈異才混淆〉

によってセルモスの精神に異物が入り込んでいるというのなら、それらをすべて除去すればいい。だから我々は――〈文人十傑〉は――〈終古の人鑑〉に収容されし、すべての小説家たちは――サロメにその存在を否定されるのだ。シンプルな殺害動機だ。推理とまではいかないだろうが、ミステリー作家、ロバート・ノーマンとして、多少なりとも現

金槌の音――

コウモリであるとはどのようなことか

を

できない

知ることは

我々は　銀色の　どこにも　たどりつけない

心　心　ココロとは何か。　実体二元論。　性質二元論。　自然主義的二元論。　物的一元論。

随伴現象説。　桜吹雪　現象報告のパラドックス。

量子脳。　哲学的ゾンビ。　湯豆腐。　受動意識説。　ネオ・オメラス。　反出生主義。　カラスミ。　新神秘主義。

イスカリオテのユダの本心。

意識の主観的な体験。　認知的閉鎖。逆転クオリア。物理領域における因果的閉鎖性は破れているのか。他我問題。胡蝶の夢。汎心論。人工意識。アニミズム。脳ではなく音楽に心が宿る。臨死体験。脳は死んでいるのに意識は残留しているという症例。セム系一神教。聖書。サロメ。私はなぜ〈私〉なのか。全部、全部、考えるだけ無駄だ。人類は結局、何も解明できませんでした。我々は知ることができない、知ることができなかっただろう——

先刻。

私はたしかに、サロメに殺された。

私の頭部は、いま、彼女のささげもつ銀の皿の上に載っている。胴体は置き去りにされ、瞳は閉じ、呼吸はすでに停止している。だというのに、まだ意識が残っている。意識が残っているということを、サロメは把握しているのだろうか。

あの部屋から出て、彼女は、いくつもの流氷の上を渡り歩いている。その歩調はかるく、よどみなく、宙を舞うようで、非現実的なものだった。私の目はもう二度と開かないというのに、その視神経は機能不全に陥ったというのに、それは幻視なのか、サロメの姿も、彼女をとりまく氷鏡《ひょうきょう》の世界も、脳裏そのものに灼きつく白銀のイメージとして浮かび上がる。私は見誤っていた。クレアラの内面だけではなかった。室内からでは確認しきれなかった、この世界の全貌が、そこに、ひろがっていた。

海面に浮上する数多の流氷には、ありとあらゆる小説の世界観が内包されていた。氷につつみこまれた果実のそれのように、そのイメージと物語性を保持したまま、完全凍結されている。私は視た——全容を把握できぬほど巨大な氷塊の、その内側で凍りついたロンドンの一画——、メリルボーン地区にある、ベイカー街221番地と、その周辺の街角を——。少女アリスが旅してまわった不思議の国を。オトラント城を。人造人間を追い求め、北極にて果てた、狂科学者の眠れる船を。〈第十八期人類〉が築いた海王星の都市を。〈はざまにて沈まざりし地〉にそびえたつ滅びの山を。かつて、私が仮想空間内で創造したロンドンと、そのなかで推理しあう探偵たちを。ナノマシンで狂死していく人々と、彼らの造りだした人工知能を。クレアラが収容された精神病棟を。ネオ・オメラスという理想郷に建てられた〈しあわせな王子〉を。2+2＝5だと教える、愛情省の一〇一号室を。パンの大神を。メアリー・ポピンズを。ガリヴァーがめぐった国々を。モロー博士の島を。ネバーランドを。秘密の花園を。ラムジー家がめざした灯台を。ルリタニア王国を。フリント海賊団を。嵐が丘を。イライザが舞踏会にデビューした夜を。ロビンソン・クルーソーが漂流した島を。トリストラム・シャンディの想起したすべての事柄を。ハワーズ・エンドを。ナルニア国を。メルニボネ帝国を。虚栄の市を。幼年期の終りを。ダーバヴィル家を。マザーグースの歌を。荒涼館を。十九世紀のロンドンを。二十世紀のロンドンを。二十八世紀のロンドンを。ロンドン以外のすべての都市を。小説家という生き物の目をとおして主観化された、この世界そのものを――

それらすべてを、氷漬けにして。

何もかもが、白銀の檻へと閉ざされていく。英国文学の、そのすべての世界観が、美意識が、物語性が、ヒトの想像を絶する巨大な冷気の内奥へと吸い込まれていく。否、英国文学のみならず、はるか彼方には米国文学も、日本文学も、フランスも、イタリアも、その他、この世に存在した国々の文学が、あますことなく氷結しているのだろう。全世界の小説家がおりなした物語の世界が、ここにある。ここにあって、それは凍って、二度と自由になることはなく、個々の流氷の内部に幽閉され、どこにもたどりつけずに、ただよっている。もはや誰にも読まれることなく、ただ、存在しているだけなのだ。

ゴミ捨て場――サロメに運ばれ、徐々に薄れゆく意識のなか、ふと、そんな言葉が思い浮かぶ。本来ならもっと壮麗で美しい語句をもちいて表現すべきなのであろう、この終末のビジョンに対して、私はなぜか、それらいっさいが価値を失くした、色褪せた過去の、どうでもいい写真を見返しているような錯覚をおぼえ、直感的に、侮辱的な比喩しか適用できなかったのだ。私は疑いをもつ。何万年もの歳月の果てに、この〈終古の人籃〉で起こったこと、不可解な現象、玲伎種の叶えた願い、その全能性などは、すべて、現実での出来事ではなく、……そう、たとえば〈フェッセンデンの宇宙〉で示されたような世界のなかでの幻影だったのではないだろうか。ある一定の科学水準があって、それによって人工的な宇宙を生みだせるのなら、私たちの生きているこの宇宙もまた、それを創りだした何者かの手によるものではないかという疑念——、〈私〉の存在するこの世界の、その上層には、この世界を創りだした高次元の別世界があって、その世界もまた、さらに上位の別世界によって創りだされ……という、際限のない入れ子構造が、容易に、想像できる。それは、非常に高度な性能のコンピュータによって実行されるシミュレーションであってもいいし、何者かが執筆している小説の内容であってもいい。現実のなかに小さな虚構の物語があって、その物語のなかにも物語があり、さらにその物語のなかにも……という、作中作の連鎖。現実だと思っていたポイントも、その実態はさらに大きな物語のなかの虚構であり、上にも、下にも、階層構造が無限につづいていく世界観——、もしそうなのだとしたら、これまでに発生した、さまざまな奇跡、超自然現象、常識をくつがえす状況の、ほとんどすべてに説明がつく。〈終古の人籃〉で起こった神秘の大半が、それで片づけることのできる問題のように思えるが、私は、そうであることに抵抗する。この物語がそこに収斂《しゅうれん》されることに反発する。抗議する。それならばいっそ、不条理で幻想的な物語でありつづけることを選ぶ。入れ子構造ではない、上位の世界も、下位の世界も存在せぬ、ただこの現実があるのみという、そういう認識のもとでの物語として終わることを望む。そして絶望する。ヒトは、どんなに思考をめぐらせても、そのふたつの発想による世界しか構築しえないのか。なんらかの超越的な意思によって生みだされた、人工の宇宙としての世界。もしくは、そういったことを意図的に無視する、単一の世界。このふた　　　のか。第三の、まったく新　な　観の模　。それを　ずして私の　識が消滅して　ことに　　があ　　のふ　つしか　　かった、認知的に閉鎖され　いる状況

どうでもいい。阿呆らしい。この期におよんで、まだロバート・ノーマンとしての意識を維持する意味もない。彼は実在しない。サロメのもつ銀の皿に載せられているのは、ロバートの首ではない。

この私の首だ。
セルモスからの書簡によって　私は
これまで　ロバートとしての役をこなしたこと
それ以外では、私は故意に　て、何もしなかった。何もしないことで、
約束をやぶることにな　無視し
早く終わらせてしまえばいいのだ。渡英
とても、付きあってはいられ
セルモスは私に、メアリの　期待していたよ
うだが、何を　彼は知り尽くされるのを怖がっ
自分のかわりに、メアリが見上げるべき人物として　選出し
要請したとおりの願いを叶えてやっ　それ以上を求めるな。内的世界の
ロバートの人格や　など、私は　初見で　破綻していたとしても、
そこま　困る。ロバートの苦悩。人は、どこまでの情報を受けとれば、その
人物をその人物として著　知ったことか。
死んだあとにも意識が持続するなど、約定やぶりもいいと
サロメに殺してもらえ　ている

私はつくづく、　女性　生死を
私の苦悩と、メアリ・カヴァンの苦悩が
似てはいない　読解
際に、もし好きな夢がみれるなら、ああ、たとえば井伏さんと将棋をさす夢がみたい。　く
んと酒を酌み交わ　くてもいい、妻と子らと　たい。家庭の幸福は諸悪の
本《もと》。そう述

サロメ　目的地に、たどりついたようだ。　地下牢　〈サロメ〉の
舞台だ。　見届けたくもな

小説を書くのがいやになったから死ぬのです

拝復。気取った苦悩ですね。僕は、あまり同情してはいないんですよ。十指の指差すところ、十目の見るところの、いかなる弁明も成立しない醜態を、君はまだ避けているようですね。真の思想は、叡智《えいち》よりも勇気を必要とするものです。マタイ十章、二八、「身を殺して霊魂《たましい》をころし得ぬ者どもを懼《おそ》るな、身と霊魂とをゲヘナにて滅し得る者をおそれよ」この場合の「懼る」は、「畏敬」の意にちかいようです。このイエスの言に、霹靂《へきれき》を感ずる事が出来たら、君の幻聴は止む筈《はず》です。不尽《ふじん》。

32

幻月《げんげつ》の夜──

真円をえがく月の、その周囲をとりかこむように形成された暈《かさ》。左右に生まれた偽りの月の光。この夜空の全方位を一周し、完全なる輪となって出現している幻月環《げんげつかん》。──眩暈《めまい》がするほど神々《こうごう》しい、幻影の月の夜。私は、それに見惚れてしまって──、何度も何度も凍死しては、意識をとりもどし、きっと、標本だからなのでしょう、死ぬことを許されず、果てしのない流氷の世界を、ひとり、彷徨っていました。

豊饒《ほうじょう》なる精神の氷結。人類がこの地上に生まれ落ちてから滅び去るまでのあいだに、いったい、どれだけの物語が作りだされ、認知されることもなく消えていったのでしょう。それを正確に数えることはできないけれど、私はその最期を看取る役を任されました。

無数の小説家たちの内的世界を閉じ込めて、冷たい海のなか、彼方にまでただよう無数の流氷。それを視て、これまでに読んできたさまざまな物語の内容を思い出す私。どの物語もすばらしく、だけど、それらのなかに生きる人々の、その想いの奥にあるものまでは、たどりつけなくて──

夜光雲《やこううん》。オーロラのそれと見まがうほどの。極彩色のグラデーション。色彩の乱舞。

透明な酷寒。人間の体では耐えきれぬはずなのに、不死固定化処置を受けているからか、よみがえるたび、それへの耐性を身につけて。少しずつ活動できる時間が延びていって。

流星群。天空でかがやきつづけることを諦めたかのように、星々が、とめどもなく降りそそぎ──冷たい海は、星の残り火をも呑みこんで。

それに呼応して、なお一層の勢いで咲き乱れ、舞い落ちてくる桜吹雪——中空に浮かぶ幾億万の桜の木々は、惜しみもなくその生命を枯らしていき、〈終古の人籃〉で視た、あの庭園の景色を再現してくれているようで。銀色の桜吹雪は、不滅の情景となって。

そうした種々のビジョン、幻月のもとにあやなされる終末の夜に沈みこみ、流れついた先は、セブン・ダイヤルズでした。イギリスの国民作家、ディケンズが愛したロンドンの一画。無論、本物ではありません。氷と雪で形成された疑似的な空間です。巨大な流氷の上は、地平のごとくなだらかな平面で。月の高みへ至ろうかとするように、氷で造られた円柱が、突き立っています。そこを中心に、七つの道が交差して、それぞれが別の方向へと伸びています。道——、いえ、氷上を直線的に削りとった、溝のようなものです。その溝は足首のところまでの深さで、適度な幅をもち、すなおに氷上をすすむよりも、歩きやすくなっていました。あまりにも恣意的にすぎる地形。何者かの、おそらくはディケンズの想念が投影された、氷の通路——

交差点にある氷柱は、セブン・ダイヤルズに建てられたモニュメントと同様、その場を印象づけるシンボルとしての役割を果たしています。ただし、そこに飾られているのは日時計ではなく、〈文人十傑〉の肖像画でした。そのうちの八枚。バーバラ、ラダガスト、ウィラル、マーティン、エド、ソフィー、ロバート、辻島——、各人の絵が氷柱を一周するように取りつけられ、それぞれが正面をむく方向に、七つの道が伸びています。例外的に、ロバートと辻島が、そろって、上下一列に並べられ、同じ方向をむいており、ひとつの道を指し示していました。これは、辻島がロバートの人格とその著述を引き受けていたからでしょう。結果、七つの道と符合します。

氷柱に飾られた肖像画は、かつては〈異才混淆〉を成立させるために用意されていましたが、その当時とは、かけ離れたものになっていました。

そこに描かれていたはずの彼らの顔が消えて、首の無い死体の絵となっているのです。サロメに殺されてしまった影響でしょうか。現実の彼らの死にざまとリンクするかのように、絵のなかの彼らも、その首を奪われていました。構図もポーズも変わらず、頭部のあったところだけが描きなおされ、空虚な、背景の壁だけが描写されています。

おのれの首が無くなったことを自覚していない人間。それが、まだ人間であるつもりで描かれている、そんな雰囲気がして、なんとも不気味な画風になっていました。

「そこにもう一度、彼らの顔を描きこめば、それぞれの作品のつづきが読めるわよ――」

背後から声がしました。ふりかえると、そこにクレアラが立っていました。

「〈痛苦の質量〉のラストシーンを憶えている？　主人公の男が、罠にはまって死んでしまったヒロインの、白紙になった肖像画に筆をくわえるところ……、ラクガキみたいに稚拙な彼女の顔をね、あらためて描き足すの。あの小説では彼女はよみがえらなかったけど、ここでなら……あなた自身が奪ったその首を返却することで、彼らの死をなかったことにできる」

予言するように。彼女も、私と同じく、死ぬことのできぬ身で、この流氷の世界を彷徨っていたのでしょうか。半ば以上、氷漬けとなった体をさらして。

「私が……奪った？」

「そうでしょう。それとも、当初の目的を遂げる？　あとは、私さえ殺せば、〈異才混淆〉は完全に解除される――。あの男を、あの男として、愛することができる」

何もかもを見透かした眼で。彼女は、大きな鞄を所持していました。そこから、新たに、三枚の肖像画が、この場に取りだされました。描かれているのはクレアラ、セルモス、そして――私、メアリ・カヴァン。

「結局は、どの物語を読みたいのかによるのでしょうね。あなたは、はじめから、セルモス・ワイルド個人による小説を読みたがっていた。その情欲が招きよせた結果が、いまの、この破局よ。……見事なものね。私の世界観も利用して、こんなにも綺麗な光景を生みだすなんて」

クレアラは本心から私のことを賛美しているようでした。情欲の塊――。かつて、セルモスからもそう称された、私の心性。もしも、クレアラによる説明のとおりなら、私はどんなに罪深く、おそろしいことを……、……いいえ、クレアラに指摘される前から、ずっと、私はそのことに気づいていて、それでもその欲求を抑えることができなくて――

すべてのものから糾弾され、投石され、処罰されることになっても。

他のなにものを犠牲にして、取り返しのつかないことになろうとも。

求めたのです。

それをわかっていながら、いまさら、その事実にショックを受けるのは、都合が良すぎます。懺悔《ざんげ》してはならない。告解してはならない。私は悪。狂女。公害。その現実を受けとめて、そうである私のことを強く自覚しつづけなければ、私は、私のしてきたこと、やろうとしてきたことの重みに、囚われることさえなくなってしまう、そんな魔物にまでなりかねないのでした。

「それで、どうするのかしら。あなたがどんな選択をするにしろ、手伝うわ。この場にある肖像画を描きなおすための画材も用意してある。それとも、セルモスのいるところまで案内してほしい？　――いま、ここにある七つの道じゃあ、彼のところまで、たどりつけないわよ」

この流氷の世界のすべてを把握しているような、クレアラの物言いでした。自分の作品である〈無知の情景〉が色濃く反映された世界だからでしょうか。しかし、それよりも私は、彼女に訴えねばならないことがありました。

「どうして――」

ふるえる声で、どこまでも許容してくれる彼女にむけて、「こんなことになってしまったのに……、あなたもひどい目に遭ったのに……、私のことを責めないの。助力しようとするの。……」

私の心の弱さが生みだした、その問いに。彼女はしばらく答えず、ただ、その場に立ち尽くしていました。凍てついた半身は、標本としての不死性をもってしても回復しきれぬほど衰えて。なのに、ぞっとするほど奥深い、陰翳のある美貌が、そこにあって――

私のことを、じっと見つめています。

感覚的にも実測的にも長い時間が経ってから、彼女は、その唇を動かしました。

「知りたいのよ。読むことで救われる人間がいるのかを――」

その唇は微笑のかたちを結びながら、「……書くことでしか救われない人間がいるのは知っている。書くことは、苦しくて苦しくてたまらないのに、その苦しさを感じることでしか、生きることそれ自体の苦しみからは解放されないの。ああ、解放じゃなければ、麻痺か、逃避か、忘却か、あらがうための強さか――、それは知らないけれど、私の場合は、薬物の使用と、執筆活動が、この命を永らえさせた。どちらも私の精神を蝕んでいくものなのに、やめることはできなかった。苦しみつづけなければ、とても生きていくだなんて、狂気の沙汰に身を任せることはできなかった。大抵の人は、私のことを狂っていたというけれど、わずかなりとも狂っていない状態で生きていける人なんて、いるのかしら。完全に正常なら……、いえ、それについては、もういいわ。メアリ。あなたは、書くことも、薬物も、知らないままに、生まれてきて、死んだ。でも、あなただけじゃない。どの時代にも、あなたや私のような者はいた。そのなかのごく一部が、作家になって、何かを書くことをよすがにして――、あなたを見ていると、私にありえたかもしれない、別の可能性をみているような気になるの。書くことでしか救われない人間が、もし、その書くことを知らなければ、どんなことになってしまうのか——。〈終古の人鑑〉には、ものを書ける人しか存在しなかった。そのなかに、書かない人物がいるということは、とても意義のあるものだったと思う。書くことを知らないのなら。自分で書くことができないなら。ほかの誰かの何かを読むことで、救われることはあるのかって。書くことを通じて感じる苦しみじゃなく、ただ純粋に、生きることの苦しみを味わいつづけることで、何かをえられることはあるのかって。……私はそれを知りたかったの」

——それからしばらくのあいだ、私とクレアラは、言葉を交わしつづけました。この幻月の夜に、いつか〈終古の人鑑〉でそうしていたように、時を忘れ、語りあいました。これで最後になるであろうことは、充分に、予測できるから——、刻一刻とかがやきを増していく夜光雲と、舞い散る桜のもと、互いの胸のうちを明かしながら、冷気と雪氷につつまれて、ふたり、言葉の無力さを再認識して。

そうして私はいま、決断を迫られています。

目の前には、もの云わぬ氷像となったクレアラがいました。さっきまでの、人間としての彼女は、もう、いません。〈無知の情景〉——その小説に登場した少女のごとく、非合理に、全身が、氷のかたまりへと置き換えられたのです。彼女はそうなることを予期していました。そして、その先の運命を、私にゆだねました。

いま、私がこの氷像を破壊すれば、〈異才混淆〉は解除されます。〈文人十傑〉の精神的なつながりは絶たれて、個々が死にゆき、その感性が共有されることはなくなるでしょう。

破壊せずに、氷柱に飾られた肖像画に筆をくわえれば——サロメが奪い去った首を、私の手によって描き足して、返却すれば——現実の彼らも、よみがえるのだそうです。なぜそうなるのか、それが可能なのかは、不明です。クレアラの内的世界は不条理で、だけど、ひそやかなる掟があって、これもきっとその一部なのでしょう。

そして、それぞれの肖像画が指し示す道をすすめば、その果てに、その絵のモデルとなった作家と再会し、彼らの書こうとしていた作品の続きを、読むことができるのだといいます。……クレアラの弁によれば、氷像の破壊と、肖像画の再生は、どちらか一方しか選べなくて、そのどちらかを実行した時点で、もうひとつの権利は失われるとのことでした。

――――。

まだ、サロメに襲われていない人物がいます。クレアラもそうですが、もはや私とサロメは分かちがたい存在であり、その片割れたる私に彼女の命運が握られたいま、実質的には、セルモス・ワイルドだけが残されていました。事実、彼の肖像画には、まだその顔が描かれています。クレアラの肖像画も同様で、二枚とも、新たに氷柱へと取りつけられていました。

「あの男は、あなたに、何を求めていたのでしょうね」

取りつけてくれたのは、ほかならぬクレアラでした。つい先刻、まだ氷像へと変化する前の彼女が、その作業をしながら、私に問いかけてきたときのことを、思い出しました。

「きっと、それはよくある話で。あるところに、男と女がいて。男は、女の求める自分自身でありつづけようとしたけれど、女の求めは予想以上に重くて、大きくて――。自分の手には負えないと悟った男は、あえて彼女の求める理想とは異なる自分になったけれど、それでも別れられなくて。ついには、彼女のことを別の男に任せようとした。女が美しくあれるのなら、付きあうのは、特に自分じゃなくてもよかったから。そのほうが、より強く深く、苦悩する彼女のことを、見られるかもしれないから――」

そんな喩《たと》え話をするなか、クレアラは作業を完了させました。氷柱には特に引っかけるところもないのに、肖像画はごく自然に設置され、そのまま、ほかの肖像画が飾られている高さまで、せり上がっていきました。絵みずからが意思をもっているように。

「……任せようとした相手の男は、手紙のやりとりの時点ではそれを了承したけど、土壇場になって、その約束を反故《ほご》にした。結果、男は、女のことを持て余した。なまじ不死になったせいで、彼女からは永遠に逃れることができない。女の側からいわせてもらえば、そんなこと、あるはずないのに、幻滅されることを畏れて、勝手に――。……傍から見ていると、ほんとう、滑稽だったわ」

クレアラは小さく声を立てて笑いました。悪意のある笑い方ではありませんでした。子供同士の、何かのやりとりを目《ま》の当たりにして、それを微笑ましく思っている大人のような気配が、そのときの彼女からは感じられました。

「サロメに愛を打ち明けられた聖人ヨハネは、どんな心境だったのかしら。もしも彼女の求めに応じていたら、いつか、自分のことを理解し尽くされたときに、その愛は醒めてしまうと考えて……、牢獄のなかから、想いを訴える彼女のことを、ただ見つめて……」

さっきまで笑っていたクレアラが、いまは氷の姿になって、私にその身をさらしていました。その冷たさと静けさに、祈るような、呪うような気持ちを織り込んで、そっと、指先を伸ばしていって――

――

「あなたにとってのヨハネはね、ずっとあなたの苦しむさまを眺めていたかったみたいよ。あなたとサロメを重ねてしまうほど、あなたのことを畏れている一方で、あなたの苦しんでいるさまは、サロメが踊っているところのように見えていたんじゃないかしら。だから結局、きっぱりと別れることもできなかった」

脳裏によみがえる、彼女の言葉――、もう二度と聞くことのない、彼女の声――、遠くから聴こえる、金槌の音――、私は氷像に触れました。抱き寄せるわけでも、保護するわけでもなく、突き倒して、それが傾《かし》いでいくところを、じっと、見つめていました。

「読んであげたらいいわ。今度こそ、彼、書き上げると思うから――」

砕け散る彼女の体。その美貌を、その翳を、模倣していた氷は、粉々になって、私が予想したとおり、頭部だけは砕け散らずに、原型を残して、氷上に転がっていきました。それを、私はひろいあげて、瞳を閉じている彼女のかんばせに、顔を近づけて。

氷柱に飾られたクレアラの肖像画からも、その首が、消し去られました。唯一、飾られなかった私の肖像画は、いつのまにか、銀製の皿へと変形していました。私はそこに、クレアラの頭部を載せます。氷像の頭部、人類最後の幻想の中枢――、彼女を殺した罪悪感は凄絶なもので、すわ、発狂してもおかしくないほどの精神的な変容が、亀裂が、視覚的に・聴覚的に・痛覚的に、私の内部を壊して、壊して、壊していって、私は、彼女の所持していた鞄のなかから、いくつかのアンプルと注射器を取り出すのでした。〈愉悦の質量〉――、これまではクレアラから利用を禁じられていた、それを見つけ、どうしてもこの窮地からは正気のままで抜け出せないと判断し、思いきって試してみようとしましたが、見つけたアンプルはどれもすでに使用済みで、クレアラがここに来るまでに使い切ってしまったらしく、結局、注射できずに、膝をついて、髪をかきむしり、泣き叫び、泣いて、泣いて、ただ泣いて、泣いて、ひたすらに狂乱した挙げ句、……虚脱感や敗北感と区別しようのない、生きていくための冷静さをとりもどし、それでようやく、理性的に行動できるようになりました。それは私にとって、「完全に正常なら……」という、先ほどのクレアラの言の、その先にあるものが何だったのかを感じとるのに、充分な体験でした。

立ち上がり、周囲を確認します。新たな道が出来ていました。クレアラの肖像画が飾られた方向に、ひとつ。セルモスの肖像画が飾られた方向に、もうひとつ。これまでの道と合わせて、計、九つの道が、交差していました。ナイン・ダイヤルズ――否、ナイン・ポートレイツとでも称すべき交差点が、そこに生まれていたのです。

私は、そのうちの一本の道を選び、まっすぐ、すすんでいきました。

氷上を浅く削った、氷の道は、地平線の果てるところまで来ると、途切れて、そこから先は、月光が通路のかわりになっていました。降りそそぐ幻月の光の束。私は迷うことなく、そこに足をかけました。月光の道は、夜空にむかって上昇していき、ゆるやかに、だけど確実に、私の心と体を浮き上がらせていきます。階段ではなく、なだらかな傾斜の通路だから、夜空に溶けこむまで、時間がかかるでしょう。両手にささげもつのは銀の皿と、クレアラの凍った首。それから、彼女の鞄も、肩にさげて。

幾千もの桜の木々。花弁。雪。夜光雲。流星群。――途中、視界に映るすべてのものが、私の存在を否定するかのごとく鮮やかに咲き乱れ、まばゆくも爛《ただ》れた景色のなか、不純物たるヒトの意識を排除しようとします。あの人へと至る道は、いつしか天の、幻月環と同化して、私はそこを足場にし、はるかな高みから、この氷の世界を見下ろして――、彼がどこにいるのかを、隠れんぼをして遊ぶ、子供のような気持ちで、探っていくのでした。

33

――――……。

――、――。

「アリス・リデルにでもなりたいのか」

私の長い、気狂いめいた話を、最後まで聞き終えた彼が、そう感想を洩らしました。アリス・リデル――〈不思議の国のアリス〉。その物語が生まれるきっかけとなった人物。彼女が、彼女のために即興で作られた物語を、かたちあるものとして残ることを願ったからこそ、それは文章として書き起こされ、印刷された本となり、世界じゅうの人々を魅了することになったのです。黄金色の昼下がり――一八六二年七月四日の、ひとりの作家と、三人の子供たちによる、奇跡のようなひととき――そのときの夢想が、後世、こんなにも多くの人の幻想のなかで息づくことになろうとは、物語の、そのすばらしさとおそろしさを感じずにはいられません。

「あれは作家のほうの思いつきを書き留めたもので、彼女自身の夢を物語にしたものじゃない。だから、お前がどれだけ支離滅裂な白昼夢を語って聞かせたところで、私が、お前のためにそれを書き起こしてやることは、ありえない」

「はい……」

侮蔑と恩情をおりまぜたような、セルモスの声でした。イーストエンドにある彼の隠れ家――そこで私たちは、昼下がりの休憩中、お茶を飲みながら、語りあっていました。

〈終古の人籃〉。標本になった作家たち。〈異才混淆〉。私の視た、終末のありよう――

そうした内容は、彼の感興をひくには不充分だったらしく、先ほどの言葉で片づけられる程度の、日々の雑談の一部として、忘れられていくのでしょう。それで良いと思いました。ほんのわずかにも、彼の創作活動の、一時の気分転換にでもなったのなら――

午後の麗《うら》らかな陽射しが、窓辺に降りそそいでいました。見上げると、空にはめずらしく幻日《げんじつ》が発生していました。

「まあ、ルイス・キャロルに逢いたいなら、逢わせてやるさ」ソファから立ち上がって、彼が、何気なさそうにつぶやきます。「今夜は、あいつも来ているだろう」


セルモス・ワイルドの新たな小説の完成を祝うための夜会が、今日の夜に迫っていました。主催は、チャールズ・ジョン・ボズ・ディケンズ。彼の邸宅にておこなわれます。

「あの先生、いまはどこに住んでいるって？」

「ブルームスベリーの……ダウティ・ストリートですね。大英博物館からも近いです」

「ああ、そう」煙草を吸いながら、狭い室内をうろついて、みずからの机へともどっていきました。紫煙を吐き出し、「あっちこっちに引っ越すもんだから、記憶する気もない」

「断るものだと思っていました」私は、率直な感想を述べました。「以前からずっと、意識的に、距離をとっていましたから」

「きらいであるのは事実だ。あの先生は、ご立派すぎるからねえ。ご自身も、作品内容も」

「一方で、ディケンズ氏は、あなたのことを認めていらっしゃるみたいですよ。〈痛苦の質量〉も、〈しあわせな王子〉も、今回の作品についても……」

そこまで云って、彼の、心底いやがっている気配を察し、私は途中で口を閉ざしました。

「今回に限っては断るわけにもいかんだろう。もともと、活動期間もちがうのに、待ってくれた上、祝ってくれるというんだから。それくらいの礼儀は通すさ」

「あの……」私はおずおずと、予定が変更されていることを願って、再確認しました。「私もそこに出席して、……その、……披露するんですよね」

「もちろんだ。これに応じた最大の理由は、そこにある」

口元をゆがめて、セルモスは脅迫にも等しい肯定をしました。「じゅうぶんに練習はしたし、支度も済ませているのだろう。何も問題はないはずだ」

「アメリカや日本からも、大勢のゲストがいらっしゃると聞きました。その、やはり……」

「けっこうなことだな。存分に見てもらうといい」

私が弱っているのをみるのが愉しくて仕方がないといった態で、彼は煙草をくゆらせていました。

彼の机には、〈道化の亡骸〉の初版本。その作者も、出席するとのことです。

「まあ、何事も経験だと思えばいい」

「……経験とは、誰もが自分の過ちにつける名前のことだ。……」

私の一言に、彼は、虚をつかれたような顔をしました。私は補足しました。「あなたのいった言葉です……」

「ふうん？」

一方的に攻めていたら、たまに、おもしろい反応をする珍獣にむけるような眼。その視線に対して、私ができることは、もう何もありませんでした。


……————。

————、————。

——この夜空の全方位を周回する、完全な輪となった月の光——。その上に乗って、あの人のことを見つけるまでのあいだに、私は、もうひとりの自分が十九世紀のロンドンにいるところを幻視しました。いえ、いまとなっては、ここにいる自分と、十九世紀の自分の、そのどちらが現実のものなのか、確信をもてないでいます。胡蝶の夢。私の話している内容の、どちらのほうが夢想で、どちらのほうが実質をともなった現実なのか、それはもう、わかりません。あるいはどちらも夢想にすぎないのではないでしょうか。これが夢ではないか——という疑いをいだきつつも、目をそむけることができない、そんな明晰夢を、ふたつ同時に、重ねるようにして視ているような感覚——、ならば私は、そのそれぞれを並列して、交互に記述する以外、他者に伝える術を知りません。十九世紀の私は、イーストエンドで、セルモスとともにいました。彼の隠れ家は健在で、不安になった私が、「この家は、手放さずに済むのですか」と訊ねたところ、

「ごたごたしたが、契約更改した。まだ数年はここにいられる」

との答えが返ってきて、心底、安堵したのを憶えています。「よかった……」と、涙すら流し、彼との居場所が失われずに済んだ、そのことを、いいようのない高揚感のなか、嚙みしめていました。そして何を思ってか、そのときの私は畏れを知らずに「もしもこの家を失ったら、やはりあなたは落ちぶれていたのですか」と、無礼で、無神経な、大それたことを訊ねていたのです。それについて、彼が何かを答える前に、私の意識はこの流氷の世界にもどってきていました。何もかもが氷詰めになった世界。絶対零度に近づいていく世界。——いま、私の目に、彼がいると思われる氷の地平が映りました。先ほどのナイン・ポートレイツよりも、はるかに広大な、銀色の平原がひろがっているのです。そこには無数の、透きとおった影が群立していました。ほかの流氷とは異なる、終焉の地としての気配をただよわせていました。

私がそこへ向かおうとする意志を宿すと、幻月環は、それに応じるかのように完全なる輪を破綻させ、千切れた月の光の、その一端を、私の進行方向へと伸ばしてくれました。それに沿って私は下降

していきます。目的地へ降り立つと、幻月環の光は薄れゆき、ふりむけば、もう、霧散していました。

前をむくと、そこは終末の聖地でした。

先ほど、上空から見下ろしていた影は、そのひとつひとつが、氷でつくられた墓石でした。氷の墓標――おそらくは〈終古の人籃〉に収容されていた作家たちと同じ数だけ、存在します。画一化はされておらず、それぞれが個性的なかたちをしていました。墓石として一般的な、長方形の型や、十字架の型などにくわえて、獅子や鷲といった動物をかたどったもの、書架をかたどったもの、みずからの胸像を飾ったもの、前衛的なオブジェとして表現されているもの等、多種多様です。そのどれもが透明にかがやく氷でつくられ、無辺の氷原のなか、群立しています。この地球上で息をひきとった小説家たち。彼らと、彼らによる物語の終着点がここであるのなら、私たちが幾星霜もかけて創造してきたものとは、いったい、何だったのでしょう。虚実を問わず、さまざまな語りごとに心をとらわれ、心を奪われ、そうして、行き着いた先が、ここなのです。それについて空しさをおぼえるべきなのか、万感の思いにひたるべきなのか――それすらも判断がつかないまま、私は、氷で彩られた広い墓地のなかを歩いていきました。

そうして、彼と再会しました。

いくつもの墓石を通りすぎていった先に。ここがきっと、この墓地の中心地なのだろうと、確信できる場所で。

〈異才混淆〉から解き放たれた彼がいました。

なぜ、そうといえるのか。自明のことだからです。彼以外の作家はすでに死んでしまったのですから、〈異才混淆〉が生じるわけがありません。

まぎれもなく、彼個人が、誰の精神にも侵されていない、純粋な彼が、そこにいました。

ようやく、出逢うことができました。

私のほうには背をむけたまま、椅子に腰かけ、机にむかっています。その机も椅子も、十九世紀の、あの隠れ家にあったものを、氷で再現していました。彼の意思によるものか、それとも、彼のかたわらに立つ、彼女の意思によるものか――

セルモス・ワイルドのそばには、サロメがたたずんでいました。

彼女は、セルモスの机とむきあわせるようにして、氷の祭壇を組み上げていました。そこに〈文人十傑〉の首をならべ、それらが美しく映えるよう、祭壇のあちこちに蠟燭を灯して、飾り立てていました。バーバラ・バートン。ラダガスト・サフィールド。ウィラル・スティーブン。マーティン・バンダースナッチ。エド・ブラックウッド。コンスタンス。ソフィー・ウルストン。そして、辻島衆。……ロバート・ノーマンは、非実在の人物なので、ここにはいません。また、十傑以外の作家たちも、全員、その首を奪われていましたが、祭壇には存在せず、その後方の、大きな氷の棚のようなところに――目を凝らすと、そこにはディケンズの首もありました――無造作に、転がされています。

祭壇は、あくまでも代表としての〈文人十傑〉を飾るためにあるのでしょう。〈異才混淆〉を終結させた証《あかし》として。

私は、突如として強迫観念にかられたように、私自身がここまで運んできたクレアラ・エミリー・ウッズの首を、祭壇にささげてしまいました。ちょうど、彼女のために空いている空間があったのです。そこに、私の大切なそれを置くことで、やっと完成するような気がして、どうしてもそうせねばならない気がして、サロメが見守るなか、ささげたのです。生身のそれではない、氷像としての彼女の首は、全体に違和感を与えつつも祭壇の神秘性を幽遠たるものにしていました。なにゆえ、こんなにも残酷なのに、艶麗なのでしょうか――それが崇高なものだと錯誤してしまうほどに――

――我にかえり、ささげたことによる後悔と、おのれのあまりの悪辣さに打ちひしがれるも、それ以上に、胸を焦がすような想いが渦巻いて、私のふるまいを狂わせました。セルモス、――セルモス・ワイルド――、彼に、どんな言葉をかければいいのでしょう。彼に、どんな私を見せればよいのでしょう。何をして、何をされて、何を分かち合えばいいのか――、錯乱しそうになる頭をおさえて、狂おしいほどの感情のうねりに身を流されそうになるのを必死におさえながら、ふりむき、彼の様子をうかがうと。

私がやって来たことにも無反応だった彼は、反応しなかったのではなく、できない状態にあったのだということを、思い知らされました。

凍てついた体。痩せほそり、衰弱し、半身が氷結したといってもいい、その肉体の末端は壊死《えし》して、両手の指のほとんどが欠け落ちていました。両足も、地面から伸びてきた氷柱につつまれて、抜け出せずにいます。

不老不死の終焉。衰微。……呼吸はあるので、まだ、かろうじて生きているのはわかりますが、意識は失われており、彼のこれまでの不死性を嘲笑《あざわら》うかのように、セルモス・ワイルドという標本は、いま、まさに、凍死しかけていました。

――――……。

――――、――――。

もう一方の私が終末の夜に沈んでいるあいだ、十九世紀にいる私はディケンズの邸宅を訪問していました。夕暮れ時、セルモスにいわれたとおりに準備を済まし、化粧をし、ドレスを着て、彼とともに馬車に乗って、これから一〇〇〇年にわたって読み継がれることになる国民作家の待つ家の、その扉を開けたのです。

私たちがもっとも遅い到着だったらしく、なかでは、すでに大勢の小説家たちが集っていました。私の訪問を知って、真っ先に抱きついてきたのはバーバラ・バートンです。彼女は全身でよろこびを表現し、まるで何十年と生き別れになっていた愛娘と再会したときのように感激しながら、いつまでも喋り終えることなく、ほかの作家の紹介をしたり、その橋渡しを買って出たりと、人と人をつなぐ才覚をいかんなく発揮して、私たちをこの場に馴染ませてくれました。たくさんの人の輪にかこまれて談笑している彼女は、ほんとうに幸せそうでした。

かこまれているのは彼女だけでなく、たとえばラダガスト・サフィールドのまわりには、彼と志向を同じくするファンタジー作家たちが集まって、〈はざまにて沈まざりし地〉についての話に耳をかたむけています。そんなラダガストの坐る車椅子をおしているのはソフィー・ウルストンでした。彼女は影のように寄りそい、無邪気にみずからの幻想を語るラダガスト老の、その背中を見つめていました。ウィラル・スティーブンは、なぜか家の使用人たちにまじって、この夜会の準備やら掃除やらを手伝ったり、手伝おうとして逆に迷惑がられたりしていました。使用人たちは、ゲストであるウィラルにそんな真似はさせられないと恐縮し、また、彼のことを尊敬する後世のSF作家たちは、お願いですからご自身の威厳をそこねるような行為はつつしんでくださいと訴えて、ウィラルの善行という名の困ったふるまいを阻止しようとしていました。この場には、まだフィクションの存在にはなっていないロバート・ノーマンも出席していました。彼は多くのミステリー作家たちとともに、ミステリーというジャンルがこれからどうなっていくのか、その行く末や、自身の疑問である「虚構の人物はどのようにして再現されるのか」といったテーマについて、語りあっていました。先輩の作家からは「そんなことを考えるだなんて、きみは存外、馬鹿なのだな」などと揶揄《やゆ》されもしていましたが、それもふくめてロバートは愉しんでいるようでした。エド・ブラックウッドが皮肉げな笑みを浮かべて、この夜会そのものを茶化すかのように毒舌をまきちらしていました。この場にいる者、いない者、問わず、この小説は駄目だ、あの小説はつまらない、などと口にしては注目を浴び、それでもなぜか、先輩の作家たちからは可愛がられ、後輩の作家たちからは一目置かれていました。マーティン・バンダースナッチは、きちんとした人間に生まれ変わった四十二人の子供たちを連れてきて、彼ら彼女らにこの夜会の料理を味わわせていました。少しでも人生でえられる喜悦を増やそうと、それによって生きることの苦痛をやわらげようと、さまざまな料理やデザートを分け与えています。パレアナが、はじめて見るタイプのケーキに興奮して、おっかなびっくりそれを口に運び、思わず笑みを浮かべるところを、愛おしげに見つめていました。それを横目に、日本から招待された作家、辻島衆が、ひとり、頬杖をついていました。目の前には、皿いっぱいに盛られた桜桃があります。それにも手をつけず、なんとも物憂げな顔つきで、夜会全体の様子を観察していました。日本からも、アメリカからも、そのほかの国からも、私の知りうるすべての作家が集結しているのではというほどの人数でした。会場は、ディケンズの邸だというその外観からは想像もつかぬほど広大で、何人でも、何百人でも、私の想像力がおよぶかぎり、どれだけでも歓待できるほど広くなっていけそうでした。昼間、セルモスが予見したとおり、ルイス・キャロルもいました。コナン・ドイルもいました。ヴァージニア・ウルフも。ブロンテ姉妹も。アガサ・クリスティーも。ヘミングウェイも。芥川龍之介も。キップリングも。エドモンド・ハミルトンも。ドストエフスキーも。ボッカチオも。ガルシア＝マルケスも。小泉八雲も。H・G・ウエルズも。ジャック・ロンドンも。サッカレーも。ゲーテも。チェーホフも。マーク・トウェインも。夏目漱石も。トーマス・マンも。サリンジャーも。ジェーン・オースティンも。

エリザベス・ギャスケルも。スティーヴン・キングも。セルバンテスも。アーシュラ・K・ル・グィンも。ツルゲーネフも。魯迅も。ジェイムズ・ジョイスも。ジョージ・エリオットも。トルストイも。ポーも。カフカも。モームも。安部公房も。プルーストも。カミュも。ラヴクラフトも。村上春樹も。ユーゴーも。J・K・ローリングも。スタンダールも。ゴーゴリも。ボルヘスも。夢野久作も――

絢爛豪華な面々による、万華鏡のような空間――まばゆいシャンデリアの光彩が、彼らのことを照らし出し、盛り上がる会場の、その晩餐のひとときをあやなしています。私はなぜか〈痛苦の質量〉のラストシーンを思い出していました。こんなにもやさしく、あたたかく、私のことも迎え入れてくれているのに、それでも私は、彼らそれぞれの心のありようを知りたくて、その想いの奥にあるものを垣間見たくて、それができなくて、崇拝したり、恐怖したり、人間であるとはどのようなことか、それがわからず、畏れおののいてしまって――

「最後の夜になるだろうからね、これくらいの催しにはならないと」

「本日はお招きいただき、ありがとうございます」

「……皆、きみの小説の完成を待っているよ。早速だが、読ませてほしい。きみさえよければ、この場で朗読会を開こうかとも思うのだが――」

「じつはまだ、最後まで書き上がってはいないんですよ。ちょうどよく、あいつが来てくれたので、どうにかなるとは思いますが」

会場の片隅で、ディケンズとセルモスが、そのような会話をしていました。そのやりとりを、私はたしかに、この目で、耳で、忘れることのないようにと認識していました。

……――。

――――、――――。

――そんなふうには、視えないのに。

手を伸ばせば、すぐにでも触れられるはずなのに。彼は、自由の身であるはずなのに。

どうしてか、牢獄のなかに閉じ込められているような気がして。

私と彼とのあいだには、安易には無視できない何かがあって、それが邪魔して、この手を伸ばせないでいます。

ひどい凍傷にまみれた体。かすかな呼吸。彼にほどこされた不死固定化処置が、どういうわけか劣化して、ほとんど意味をなさなくなって、いまはもう、標本としての価値もなくなったらしく、この場へと棄てられて――

「起きてください……」

と、そう呼びかけてみました。

反応はありませんでした。声だけでは足りないのです。彼の意識はきわめて危険な領域にあって、すくいあげる力の加減やその方向を少しでも誤ったら、それだけで断崖から転落し、二度と引き上げることは叶わなくなる――、それを悟って、にわかに哀情と焦燥の念がわきおこりました。

私は意を決して彼のもとへ近づくと、その肩をつかみ、揺さぶって、覚醒をうながしました。この人が死にかけているという事実がより強く感ぜられて、恐怖し、彼がこのまま目覚めないというイメージに脳裏を侵されそうになりながらも、私にしては稀有なほどの意志の力をもってして、それをふりはらいました。

彼の机の上には、未完成の原稿が置かれていました。この外界で、風に飛ばされず、凍りもしないのは、何かしらの意図がふくまれているように思えて、しかも、それに同調せざるをえない自分がいることに、不気味さとおぞましさを感じます。〈サロメ〉の原稿でした。もうほとんど出来上がっていているようですが、やはり肝心なところが残っていました。

サロメの心理描写。聖人ヨハネと心が通じあわないがゆえに、凶行におよぶ、その精神のありよう――そして、最後に口づけをするひとときに、彼女がささやいた想いの言葉の数々――、生前の彼が書いては消し、書いては消しをくりかえし、どうしても脱稿には到れなかったものが、いま、たしかに文章化されていて、あと少し、あともう一息のところまで書きすすめられているのです。私はそれを読みました。――、――。ずっと、ずっとずっと、この人のことを見上げてきたけれど、その憧憬は、その崇拝は――……。

私以外に読む人はいないでしょう。人類はずっと昔に滅亡して、残っているのは標本として保管された作家たちと、彼らをそのようにあつかった玲伎種のみです。そのどちらも、一方は廃棄されて、もう一方は、もはや人類の創作物にひとかけらの興味も示さなくなっていて――

それでもこの作品が、生みだされる意味はある、と、そう思いたいし、その意味を与えられる存在でありたい、と、心の奥底から願いました。あと少しなのです。あともう一息なのです。ここまで来て完成させないのは嘘です。私はいま一度、彼の肩を揺さぶりました。必死に、彼がこちらへともどってきてくれることを願いました。

「書きましょう。書き上げましょう」

意識不明となっている彼にむけて、私は、一緒に遊ぶことをせがむ童女のように、かまってもらいたい一心で、呼びかけつづけました。自分でもわけがわからない言葉を吐いて、訴えかけつづけました。なぜ彼の不死性がそこなわれたのか。それはもう、いまは、どうでもいい問題です。なぜ彼は共著ではなく、過去の、自分の作品をよみがえらせようとしたのか。それももう、いまは、どうでもいい問題です。読みたくて。ただ、読みたくて――。本来、こんな状態になっている人間に対して、書いてもらうも書いてもらわないもありません。執筆させようとする発想自体、非人道的で、それを実行にうつすのは、なお残酷な仕打ちで、私はそんな自分にぞっとしながら、けれどそれを取りやめることなく、書いてほしい、書いてほしいと、聞き分けのない子供のようにせがむのでした。

「私があなたの指になります。それを書くための手になります。だから――」

彼のまぶたが、かすかに、ふるえました。いまからでも救命措置をすれば、その不死性が薄らいでいるとはいえ、一命はとりとめるかもしれません。だけど彼は机にむかうべきなのです。ここに机があって、原稿があって、彼にそれをする意思があるのなら、どのような状態であろうと彼は執筆すべきで、私はそれを支援しなくてはなりません。

土台《どだい》、救命するための設備も技術も、ここにはないのです。私にあるのは、この作品を書き上げるための指先――まだ凍傷には侵されていないこの指で、彼の、その欠落した指のかわりとなり、代筆するための意思のみで、それを実現できるのなら、この場で彼とともに果てるのも本望だという心情だけでした。彼は死にます。私も死にます。それはかまいません。しかし、彼は書き上げてから死ななければならず、私はそれを読んでから死んでゆかねばならないのです。

「…………、……」

彼の唇が動きました。私はそこに耳をよせて、彼から紡ぎだされる言葉の連なりを聞きとりました。〈サロメ〉の内容でした。まだ書き上がっていない部分の、その著述内容を、伝えてきてくれていました。

空気の振動となって伝わってくる、彼の想い。

その想いを受けとめて、原稿に筆をすべらせる、私の手。

口述筆記。

彼の意識はまだ混濁していて、あるいは譫妄《せんもう》状態にあるのかもしれませんが、だからこそ間近にせまった死の苦痛から解放されて、この創作に集中できているのなら、かえって都合がよいとさえいえます。私たちは奴隷でした。人類最後の創作物を生みだすための、番《つが》いとなった奴隷でした。筆者はその物語の支配者というけれど、じっさいには、その物語を完結させるため、あらゆる犠牲を払わねばならない隷属者なのではないでしょうか。そして、その背後には、より大きな、不可視の存在があって、それが個々の人間を──作家たちを──衝き動かしているような気配すら感じるのです。私も彼も、それにあらがうことはできず、むしろ積極的に加担する生き物になっているのです。

「……はい、……はい、……」

と、うなずきながら、彼の言葉のとおりに書きすすめていく私。ささやくような声の彼。なぜここで、このような描写をするのか、私にはわかりません。なぜここで、このような言葉を使うのか、やはり私にはわかりません。けれど、それにしたがって記述することで、原稿の上には、この人の世界がひろがっていきます。それを目の当たりにし、感動に打ち震えても──いえ、打ち震えてしまうからこそ──私はこの人のことを理解できなくて。その想いの奥に秘められたものを、たしかめることは、できなくて。

自分では理解のおよばぬものへの憧憬、崇拝──

底知れぬ創造力。それに圧倒され、膝を折り、跪《ひざまず》きたくなるほどの──

小説として書き示してもらわねば、読み解くことのできない、魅惑的な世界観の持ち主。

彼に、それを求めつづけるのは。

常に自分を上回っていてほしいと、彼に翻弄されていたいと、そう願うのは。

――――。

底知れなさを。理解不能であることを。私は、本心では相手にそれを求めて、それらに圧されることを望んでいたのではないかと、いまになって、そう思います。

双方の理解の不全。意思の疎通の不成立。

そこからは抜け出せなかった、不死者としての時間が、終わりを告げようとしています。

私にとっての絶対的な上位者。崇拝すべき対象。が、壊れて、消えようとしています。

私は彼のことが理解できません。彼も、きっと私のことが理解できないのでしょう。それでも、ふたりによるこの作業は、かたちになっていき――。互いの想いはわからない、考えもわからない、その状態のまま、作品は完成していって――

通じあえなかった心と心が、そうであることを理由にして、何かを生みだせる。……ということを、何万年もの時の果てに、私は、理解したのでした。――……

――……。

――、――。

――化粧台におかれた、空になったアンプルに、わずかな違和感をおぼえます。

「ここで着替えてくれたまえ」

と、ディケンズに案内された部屋で、私は、これからおこなわれる余興のための衣装に着替えていました。

作家たちが一堂に会した祝宴。それに華をそえるものとして、セルモスの著した小説内の人物――

サロメに扮して、舞いを披露することになっていました。

練習はしてきましたし、衣裳も準備してあります。七枚の、薄手のヴェール。聖書では具体的な記述のなかった、サロメの装いについて、セルモスがそのように描写したのです。それを身に帯びる場所として連れてこられたのが、ここでした。

化粧台や姿見、カーテンなどの内装の趣味から、女性が使っていたと思われる部屋。

「きみと同じ名前の女性が使っていた部屋だよ」

「その女性は……？」

「もう亡くなったよ」

とだけ答えて、ディケンズは退室していきました。何気なく、化粧台におかれていた空っぽのアンプルを手にとり、それをしばし見つめていました。私がそれを見つめるのと同じような視線で、どこからか、何者かが私のことを黙視しているような気がしました。


――着替え終わると、私はすぐに一階の、ダンスや朗読会、演説など、多目的に使われている大部屋へとおもむきました。そこにあるステージの、その舞台袖にて待機しました。

これから、世界じゅうの小説家に、この舞いを鑑賞されることになります。緊張するどころの話ではありません。体の要所にちりばめられた装飾品と、ごくごく薄いヴェールでしか身をおおわれていない状態に、消え入りたいほどの羞恥をおぼえます。しかし、セルモスに求められたからこそ、こうした機会がおとずれていることに、どこかでよろこびを感じている自分も、たしかにいました。

幕があがりました。私はステージへとのぼり、数えきれない視線のなか、踊りはじめました。七つのヴェールの舞い――あの人の創作した、サロメが披露したとされる舞踏の名です。場を盛り上げるための演奏は、〈第二の音楽〉でした。幻想小説家、ラダガストの創った、架空の世界の、架空の音楽――管弦楽曲。耳を澄まし、意識を集中させれば、誰の耳にも届けられるその旋律が、この舞いをより神秘的なものにしていました。

……あの人は私に、舞いを舞いつづけてほしかったのでしょうか。この舞いは、いったい何を意味しているのでしょうか。もしも、人が生きていく上で感じざるをえない苦しみや悦楽の一切を表現しているのなら――そうした内面の情動を、目にみえるようにして昇華しているのなら――、彼は、私のそれをも美しいと感じてくれていたのでしょうか。

意識が昏迷していきます。薄れて、千切れて、溶暗して、崩れ去っていきます。踊りによる高揚感と恍惚のなか、私は、さまざまな作家たちの言葉を……、さまざまな物語の登場人物たちの言葉を……、私にむけて、あるいは世界にむけて発せられた彼らの言葉を、よみがえらせ、それが頭のなかで反響していくのを感じました。

「コウモリであるとは、どのようなことか」

「どうして、こんなに愛してくれるの。……嬉しいけれど、私はもっと豊饒な怪奇の世界をのぞいてみたかった――」

「――いつか。遍在転生をまっとうする日が来て、エド・ブラックウッドという人間自身にもふたたび転生できたのなら。……」

「〈終古の人籃〉にいるうちは、全身全霊をもってこの子らを守っていくことを誓おう」

「……ようやく眠りについた子供を揺り起こそうとしている、馬鹿な親にしか思えない」

「私はロンドンに心を奪われた小説家だ」

「前にもいっただろう。お前は、情欲の塊だと」

「しあわせになってね」「ぼくらの、せかいかん、を、ばかにする、なんて、ゆるさないんだぞぉ……」「おとなしくするから、出してちょうだい。おとなしくするから！」「こども、こども、こどもがうまれる……」「ひとは、ぜったいてきなモノに、こころをうばわれて、ほろびて、いくのです」「愛するわ」「――We apologize for the inconvenience.」「ほろびるために、はんえい、するのです」「お前はこの世界へ生まれて来るかどうか、よく考えた上で返事をしろ」「わたしの、はっそうを、こえる、すごい、ばけもの。みたい。みたい。かきたい。かきたい……」「小説を書くのがいやになったから死ぬのです」「私は、そうであることに抵抗する。この物語がそこに収斂されることに反発する。抗議する」「知りたいのよ。読むことで救われる人間がいるのかを――」「あばよ、気狂い女」――……

私にとって、隣人は、絶対的な上位者でした。

「いったい自意識の発達した人間が、いくらなんでも自己を尊敬するなんてできるものだろうか」

教えてください。幸福とは、何なのでしょう？　幸せ、とは？

「なぜ、人間は血のつまったただの袋ではないのだろうか」

……私は社会的には貴族ですが、小説を読み、他者の主観の世界に溶けこんでいるあいだは、上位者たちのあやなす光彩と陰翳の美に敬服する、奴隷も同然の存在で――

「なぜ我々は出産をよろこび、葬儀で悲しむのか？　当事者ではないからだ」

どうかどうか、その苦しみを、苦悩する感性を、私にも分け与えてほしい、などと乞い願うようになって、そのために読書をしては奴隷となり、古今東西、尽きることのない、小説家の創造してきた物語の世界を渡り歩いて――

「人生は地獄よりも地獄的である」

光彩も、陰翳も、苦悩も、私には手のとどかないもので、……

「たとえ、どんなすばらしいものにでも二度とこの世に生れ替って来るのはごめんです」

人々と同調して生きていけない罪悪感におそわれて、自己を、否定するしかなかったのです。

「気取った苦悩ですね。僕は、あまり同情してはいないんですよ」

「ヨハネの首を頂戴したく思います」

「人間の尊さは自分を苦しめるところにあるのさ。満足は誰でも好むよ。けだものでもね」

「それならばいっそ、不条理で幻想的な物語でありつづけることを選ぶ」

「せいぜい恐怖の坩堝のなかで、思う存分に苦しみつづけろ。便所の落書きに殺されろ」

「私たちがこうしていることに、どれだけの意味があるというのでしょうね。どれもこれも、すでに終わった命だというのに」

「我々は知らない、知ることはないだろう」

「美しい肉体のためには快楽があるが、美しい魂のためには苦痛がある」

「心は、傷つけられるためにある」


――苦悩と官能に彩られた舞いは、終局をむかえつつありました。私はまさにサロメになって、これまでに読んできた、感じてきた、忘れることのできなかった、他者の主観から生じた想念のすべてを受けとめ、魅せられ、狂わされ、だけど自分というものの愚かさや強欲さからは抜け出せなくて、ただ、舞いを踊ることによって、そこにある神秘を表現しようとしていました。苦しいのに心地よく、心地よいのが苦しいのです。その忘我の果てに、私は――自分でも自分がどこにいるのかわからない法悦と苦悶のさなか、みずからの体を揺らめかせ、七枚のヴェールのすべてを――

この高揚感、酩酊感について、いつかセルモスがそれに通ずるようなことをいっていた記憶があります。それは生前の記憶。淡い夢のような過去――

「興奮している人、錯乱している人に『落ち着け』だの『冷静になれ』だのとよくいうが、真の意味で冷静になれば、もう、自死しか残された道は無いんじゃないか。本当に落ち着いて物事を判断すれば、生きていこうだなんて考えは浮かばない。その意欲も。ある意味で、私たちは精神的に酩酊して、その酔いで、たしかな現実が見えていないからこそ生きていける。

「……生とは、本質的に取り乱していないと続行できない行為だ。創作もまたその上に成り立っている。正常さを失っていられるほど陶酔できるなら、どんなものでもいい――それにすがって、それを武器にして、内面的な狂騒をともなわせたまま、実現させてしまえ。私も、ほかの作家連中も、全部ふくめて、あんなもの、素面《しらふ》で書けるか。

「お前が今後も生きていこうというなら、いつだって、つねに酩酊状態であればいい。死なない程度に錯乱していればいい。情緒不安定？　けっこうなことだ。情緒はぐらつかせるものだ――

――正常さの喪失という意味でなら、創作も、この舞いも、同じ領域にあるのでしょうか。事実、私はいま、普段の私なら絶対に見せることのないところまで――肉体のみならず、肉体と不可分な、精神の内奥まで――衆目にさらし、恍惚のなかにいます。自分ばかりが何者かの心理の奥を知ろうとしていましたが、まずは自分自身が何もかもをさらけださないと――　　……――ということを、この瞬間、ようやく――

金槌の音が聴こえてきました――　　私はそれを……耳にして――

「男の人って、一度女を愛したとなると、その女のためなら何だってしてくださるでしょう。たったひとつ、してくださらないこと。それは、いつまでも愛しつづけるってことよ」

……──────。

──、────。

──朝焼けが、私たちふたりのことを赤く染め上げていました。

斜陽のそれと見間違えるほどに赤い、日の出の光──。流氷の世界に、それは差し込んで。

見上げれば、玲伎種たちが築いたのであろう空中都市が分解し、地上へと崩落していく光景がありました。その一部はおそらく、こちらにも降りそそいでくることでしょう。

逃げる場所はありませんし、逃げようとも思いません。ここは人類にとっての終焉の地。私とは異なる、もうひとりのサロメは、みずからが奪った作家たちの首を、ひとつずつ、彼らのために用意された氷の墓標へと埋葬していきました。そうして、消えました。たったひとつ、私がいま、かかえている、この人の首をのぞいて。

「お疲れ様でした……」

氷の地面にすわりこみ、その膝の上に、セルモスの頭をのせた私が、彼にそう告げました。まるで膝枕をするように。……小説は完成しました。私はそれを読みました。私たちは、なすべきことを、なしとげたのです──

彼はもう二度と目覚めません。人は、眠りと覚醒をくりかえします。出来るなら、ずっと意識を失っていたい――、意識がもたらす覚醒の時間は、まぎれもない苦痛の時間です。彼にとってその苦痛を多少なりとも減じられる行為が、創作活動だったのではないでしょうか。生きることは、創作すること。けれど、それもまた別種の痛みをともなうもので、生きることの苦しみと、創ることの苦しみを比べたときに、まだしも受け入れやすかったのが後者だっただけの話。生きるにしろ、創るにしろ、私たちは精神的に酔いしれておらねば、けっして為しえるものではありません。正気のままでは、きっと――

私の意識もまた薄れていきました。心も体も、この絶対の冷気のなか、凍てつき、朽ちていこうとしています。人は、何か大切な想いをいだくと、それを永遠のものにしたいと願うものですけれど、永遠であることのおそろしさを知ってしまった私は、もはやそれを願うことはないでしょう。かわりに、この朝焼けの光にすべてを託そうと思います。破滅も、終結も、新生すらも――。私が死という眠りにつくそのときに、この意識は何をどのように感じ、どんな想いにとらわれて去っていけるのでしょうか。それは標本ではなく、人間としてそうであると認められるものになるでしょうか。

夜明けをむかえる前に、彼とおこなった、口述筆記――

最後の最後に、〈サロメ〉の内容ではない、たった一言の、私個人へとむけられた言葉がありました。それを胸にいだいて、私はこの世界に別れを告げようと思います。

人類がこの地上に生まれ落ちてから滅び去るまでのあいだに、いったい、どれだけの物語が作りだされ、認知されることもなく消えていったのでしょう。それを正確に数えることはできないけれど、私はその最期を看取る役を任されました。

人は死にます。物語は語り尽くされます。

そして、いま——

了

主要参考文献一覧

～または、33＋Ⅷを42にするための、最後の一項目～

本作は、ここに記載されている偉大な先人たちの作品に触れる機会を得られたからこそ、小説としての形にまとめることができました。厚く御礼を申し上げるとともに、これをお読みになった方にとっての新たな本との出逢い、もしくは、すでに出逢ったことのある本との再会のきっかけになれば、それに優《まさ》るよろこびはありません。

『タイム・マシン　他九篇』H・G・ウエルズ（著）、橋本槇矩（訳）　岩波書店　一九九一
『サロメ　改版』オスカー・ワイルド（著）、福田恆存（訳）　岩波書店　二〇〇〇
『サロメ』オスカー・ワイルド（著）、平野啓一郎（訳）　光文社　二〇一二
『ドリアン・グレイの肖像　改版』オスカー・ワイルド（著）、福田恆存（訳）　新潮社　一九六二
『ドリアン・グレイの肖像』オスカー・ワイルド（著）、仁木めぐみ（訳）　光文社　二〇〇六
『幸福な王子／柘榴の家』オスカー・ワイルド（著）、小尾芙佐（訳）　光文社　二〇一七
『人間失格』太宰治（著）　新潮社　一九五二
『斜陽』太宰治（著）　新潮社　一九五〇

『ヴィヨンの妻』太宰治（著）新潮社　一九五〇
『もの思う葦』太宰治（著）新潮社　一九八〇
『アサイラム・ピース』アンナ・カヴァン（著）、山田和子（訳）筑摩書房　二〇一九
『氷』アンナ・カヴァン（著）、山田和子（訳）筑摩書房　二〇一五
『不思議の国のアリス』ルイス・キャロル（著）、矢川澄子（訳）、金子國義（絵）新潮社　一九九四
『不思議の国のアリス』ルイス・キャロル（著）、河合祥一郎（訳）KADOKAWA　二〇一〇
『鏡の国のアリス』ルイス・キャロル（著）、河合祥一郎（訳）KADOKAWA　二〇一〇
『指輪物語』三部作（全六冊）J・R・R・トールキン（著）、瀬田貞二（訳）評論社　一九七七
『フランケンシュタイン』メアリ・シェリー（著）、森下弓子（訳）東京創元社　一九八四
『吸血鬼ドラキュラ』ブラム・ストーカー（著）、平井呈一（訳）東京創元社　一九七一
『吸血鬼カーミラ』レ・ファニュ（著）、平井呈一（訳）東京創元社　一九七〇
『最後にして最初の人類』オラフ・ステープルドン（著）、浜口稔（訳）国書刊行会　二〇〇四
『スターメイカー』オラフ・ステープルドン（著）、浜口稔（訳）国書刊行会　二〇〇四
『風の十二方位』アーシュラ・K・ル・グィン（著）、小尾芙佐・他（訳）早川書房　一九八〇
『フェッセンデンの宇宙』エドモンド・ハミルトン（著）、中村融（編訳）河出書房新社　二〇〇四
『限りなく透明に近いブルー』村上龍（著）講談社　一九七八
『河童　他二篇　改版』芥川竜之介（著）岩波書店　二〇〇三
『夜ふけと梅の花・山椒魚』井伏鱒二（著）講談社　一九九七
『新訳　少女ポリアンナ』エレナ・ポーター（著）、木村由利子（訳）KADOKAWA　二〇一三

本参考文献一覧は、本作『標本作家』において特に詳しく言及、引用、解説、またはアレンジをくわえた作品にかぎって掲載しました。一覧内の作品はもちろん、それ以外の作品および作者、関係者の皆様にも、この場をお借りして、深く感謝の意を捧げます。

謝　辞

「この小説を書き上げたら、一緒に仕事をしましょうね」

そう約束した人がいました。

私はかつて、ボードゲームやカードゲームなどを取り扱う、アナログゲーム業界にかかわっていたことがあります。後年、その分野で活躍しておられる力造《りきぞう》さんというゲームクリエイターと交流をもつ機会があり、もし私が復帰することがあれば、一緒に仕事をしましょう、というお声をかけていただいていたのです。

私はひとり、いずれ力造さんとともに創ることができたらと思うゲームの、その背景となる世界を、構想していきました。それは何年にもおよぶ孤独な作業となり、まだまだ未完成なところはあるものの、どうにか、人に読んでもらえる程度には充実した設定資料にすることができました。

折をみて、それを力造さんにお見せしました。力造さんは私の提出した〝世界〟を見るや否や、商業作品にしましょう、そのための窓口になります、監修も、出版社への交渉役も、プロデュース業も、すべて僕がやります、とまで請け合ってくれたのです。

しかし、私には迷いがありました。このままアナログゲーム業界に復帰すべきか、それとも、小説家になるため、どこかの文学賞に挑戦すべきか――

アナログゲーム業界のことを蔑《ないがし》ろにするつもりはまったくありませんでしたが、小説家になることは、どうしても、あきらめきれませんでした。その思いを力造さんに打ち明けました。「それでは、小説を書き上げたら、一緒に仕事をしましょう」と、彼は云ってくれました。現実味を帯びつつあった当初の企画は、ひとまず、待っていただけることとなりました。

そうして書き上がった作品が『標本作家』なのです。

この作品は、ハヤカワSFコンテストで大賞をいただくまでに、別の新人賞で三度、落選しています。そのいずれも、一次選考すら通過していません。落選のたびに私は失意の底にしずみました。それでも一度たりとて改稿はすることなく、四度目の正直で、早川書房さまからお電話がかかってきたとき、ようやく、この小説を世に出すことが叶いました。

私はここで、多くの方々にお礼を申し上げなければなりません。まず、私の作品を大賞として認めてくださった審査員の皆様。東浩紀先生、小川一水先生、神林長平先生、菅浩江先生。ならびに、受賞後、担当編集者となってくださった早川書房の塩澤快浩さま、石川大我さま。そして、そうした方々の目に留まるところまで作品を押し上げてくださった、一次選考の下読みさま。お名前すら存じ上げませんが、あなたが二次選考に推してくださったおかげで、私の人生は変わることができました。

落選の日々のなか、私の小説の書き方はなにか間違っているのではないか、という思いにかられ、さまざまな小説作法の本を読みました。そのなかで、特に感銘を受けた本が、二冊、あります。『書きあぐねている人のための小説入門』保坂和志（中央公論新社　二〇〇八）と、『一億三千万人のための小説教室』高橋源一郎（岩波書店　二〇〇二）です。私はこれらの本を読んで、ああ、私よりも小説を愛している人たちがいる、私よりも小説について深く考えている人たちがいる、そして何より、私の小説の書き方も間違ってはいないのだと認めてくださっている、と、そう伝えてくれているような気がして、これからも筆を折らずに書いていこうという決意をかためることができました。保坂和志先生と、高橋源一郎先生には、いつか、お会いする機会があれば、このことについてお礼を申し上げたいと思っております。

インターネットに『ココナラ』というサイトがあります。そこではイラストを描いたり、文章を書いたりなど、個人のスキルを売り買いすることができます。「小説を読み、その感想を伝える」というサービスを提供している方もいて、私はそうした方々に、自分の作品を提出しました。結果、ハヤカワSFコンテストに応募することを勧めてくださった方が、おふたり、いました。そのおふたりのおかげで、大賞受賞という最高の結果を得ることができました。『ココナラ』での出会いと、そこでのご助言がなければ、私はそもそも応募していなかったかもしれません。

主要参考文献一覧でもご紹介した、偉大な先人の皆様には、いうまでもなく、深く感謝しております。とりわけ、アンナ・カヴァンという天才の作品を、すばらしい翻訳によって日本に紹介してくださった訳者の山田和子先生には、感謝してもし尽くせない思いでおります。『氷』と『アサイラム・ピース』は、何度も読み返しております。

『標本作家』の表紙について、すばらしい装幀《そうてい》デザインをしてくださった坂野公一さま。私の受賞を知り、すぐに祝辞のメールを送ってくださった小説家の友野詳さまと、三田誠さま。連絡が滞《とどこお》りがちになっても、辛抱づよく交遊をつづけてくださっている、ゲームクリエイターの佐々宮智志さま。そして、冒頭にて語った、小説を書き上げたら一緒に仕事をしようと、そう約束していた、力造さんその力造さんは、『標本作家』の原稿をお見せする機会もないまま、二〇二〇年一〇月一八日、膵《すい》臓癌《ぞうがん》にて、亡くなりました。

一番読んでほしい人に、一番待ってくれていた人に、読んでもらうことが叶わず、この作品は、世に出ることとなりました。

あのとき。私はこの小説を書かずに、力造さんと一緒に仕事をするという道を選ぶことも、できたはずです。しかし、その可能性をとりもどす機会は、永遠に、なくなりました。『標本作家』を書いたことに一片の悔いもありませんが、もうすこし完成が早ければ、力造さんにも読んでいただけていたかもしれない、そのことだけが、心のどこかに残っています。

いまはもう、ご冥福をお祈りすることしかできません。私もいつか、力造さんが待ってくださっているところへと赴くでしょう。いえ、私は善人ではありませんから、ちがうところへと向かうことになるかもしれません。いずれにせよ、力造さんの意識にふたたび私の思いを打ち明ける機会がおとずれたとき、

「あなたに読んでもらう前に、早川書房から出版されたこの小説が、こんなにも多くの人に読んでもらえて、こんなにも多くの感想をいただくことができたんですよ」

と、その感想のひとつひとつを土産話にして、語り聞かせ、あの人とともに笑いあうことができたら、と思います。

一緒に仕事をすることはできませんでしたが、一緒に笑いあうことくらいなら、できそうな気がするのです。

小川楽喜

第十回ハヤカワＳＦコンテスト選評

ハヤカワＳＦコンテストは、今後のＳＦ界を担う新たな才能を発掘するための新人賞です。中篇から長篇までを対象とし、長さにかかわらずもっとも優れた作品に大賞を与えます。

二〇二二年九月五日、最終選考会が、東浩紀氏、小川一水氏、神林長平氏、菅浩江氏、および小社編集部・塩澤快浩の五名により行なわれ、討議の結果、小川楽喜《おがわらくよし》氏の『標本作家』が大賞に、塩崎《しおざき》ツトム氏の『ダイダロス』が特別賞にそれぞれ決定いたしました。

大賞受賞作には賞牌、副賞百万円が贈られ、受賞作は日本国内では小社より単行本及び電子書籍で刊行いたします。

大賞受賞作
『標本作家』小川楽喜

特別賞受賞作
『ダイダロス』塩崎ツトム

最終候補作
『アクアリウム・ララバイ』麻上柊
『白のマチエール』小田明宜
『スランバー・デイズ』江島周

選評

東浩紀

今回の選考は意見が割れた。選考会では最初に各委員が事前に定めた点数を発表する。じつは評者は最高点を塩崎ツトム『ダイダロス』に、最低点を小川楽喜『標本作家』に投じた。結果は後者が大賞となり前者は特別賞となった。

選考は全員一致を原則としている。それゆえ評者も受賞に同意している。人類滅亡後の遠未来、超知性が超技術で歴史上の文学者を蘇らせ「人類最後の小説」に挑ませるという設定が、他の候補作にない壮大なものだったことは確かだ。

その前提で記せば、にもかかわらず評者が厳しい評価を下したのは、そこで文学と名指されているものがあまりにも保守的だったからである。小説に登場する作家名は偽名だ。けれどもモデルは容易に想像がつき、多くは英語圏の有名作家である。受賞作はそんな彼らの大作家としてのイメージを読み替えるのではなく、むしろステレオタイプをなぞるように展開していく。最後で登場するのもワイルドの『サロメ』だ。評者はその文学観に同意できないので評価は厳しくなった。

しかしこれは裏返せば、評者が同作を小説ではなく「批評」として読んだということかもしれない。その点は選考会でも指摘され、受賞反対は取り下げた。とはいえ選考に批評家が加えられている以上、このような意見の存在も本賞の一部ではあるだろう。だからここに記すが、デビューにケチをつけるかたちになったとしたら申し訳ない。あらかじめ謝罪したい。

続いて『ダイダロス』。舞台は一九七〇年代のブラジル・アマゾン奥地。ナチの残党が潜んで、遺伝子改変でトカゲと人間のキメラをつくっている。そこに敗戦を認めずジャングルを彷徨い続けている日本人集団や、レヴィ＝ストロースの弟子でアル中になった人類学者、ユダヤ人のナチハンターなどが絡む。Qアノンなど現在流行の陰謀論を風刺した設定になっており、文章は読みやすく史実もよく調べられている。キメラ人間と愛国日本人とナチハンター、三人の墓が放射能で汚染された森の奥地にひっそり寄り添って建てられているという最後の場面は、いまだ人類を悩ませている前世紀の負の遺産を象徴する光景としても読め、さまざまな読解へ誘う作品になっている。人間とキメラのあいだの異種恋愛譚でもある。

上述のように、評者は本作に最高点をつけて大賞に推した。選考会ではＳＦとしての驚きに欠けるとの指摘が相次ぎ、特別賞に甘んじたが、裏返せばＳＦの枠に収まらない魅力があるともいえよう。本作は書籍化されるとのことなので、マジックリアリズムの秀作として幅広い読者に届くと期待したい。なお刊行にあたっては、作中に登場する犬の描写を少し強化するとよいかもしれない。物語を動かす鍵になっているはずなのだが、選考会では重要性が理解されていなかった。

残り三作は簡潔に。まずは小田明宜『白のマチエール』。ＡＩが犯罪勃発を事前に予測する近未来。主人公はある日突然テロリストに仕立て上げられ、長期冷凍睡眠に追い込まれる。彼女が見る夢と現実が交差し、徐々に陰謀の全貌が明らかになるという物語。ディックの『マイノリティ・リポート』に似た設定でおもしろく読めたのだが、残念ながら尻すぼみの感が拭えなかった。環境問題、パンデミック、日本政治の闇、移民、さらには同性婚や年齢差恋愛など、いささか設定を詰め込みすぎており途中で処理できなくなったのではないか。筆力はあるので、書きたい話題を絞り込んで再挑戦してもらいたい。

麻上柊『アクアリウム・ララバイ』。植物プランクトンを利用した新世代ネット技術が普及した未来。心と心の融合を目指す技術者と安全性に懐疑的な研究者の葛藤を軸とする物語。人々が手足を水に浸してネットに接続し、通信の副作用で水路が光るという光景はとても美しかったのだが、技術的な設定があまりに弱い。作者が描きたいのはおそらく、全世界の海が植物でつながり、そこに個人の意識が飲み込まれるというクライマックスの場面なのだろうから、変にネット技術など絡めないでファンタジーふうにまとめたほうがよかったと思う。

江島周『スランバー・デイズ』。ゾンビウィルスで壊滅した世界。南極に少数が閉じ込められるが、またもや醜い旧世代の国家間争いが起き、嫌気がさした新世代は火星に行くことを決意するという王道の物語。今回の候補作の中ではもっともエンタメとして完成度が高く破綻もないのだが、最後の展開が納得できず高い点は入れることができなかった。いくら大国の覇権が嫌だといっても、特効薬を破壊するのは行き過ぎではなかろうか。

選評

小川一水

毎年この賞の選考では、異なる長所と短所を持つ応募作をどう選ぶかで迷わされる。文章が巧みで味わいのある作品もあれば、構成が緊密な作品もあり、SF的奇想が優れた作品もある。車と飛行機と船をひとつの物差しで比べるようなものだ。今年は「SF」と「物語」の激突だった。

応募番号順の一作目、小川楽喜「標本作家」。遠未来の地球で人類は滅亡しかけており、玲伎種という支配種族が過去の有名作家たちに小説を書かせている。梗概時点ではテーマを読み取れず、玲伎種と人類の対立を扱いかねている作品のように感じて精読を後回しにしてしまったが、いざ読むと見立てが外れていた。玲伎種云々は舞台装置のひとつでしかなく、最初から最後まで、人間がなぜ小説を書くのか、何を書くのか、どう書くのかというのがこの話の主題だった。単に過去作家をキャラクターに起用しただけではSF的だとは言いかねるが、彼らの執筆観を縦横に語らせ、書かせ、交流させる展開はSF以外の何物でもない。また同時にそれぞれの執筆における立問は物語上の仕掛けに留まることなく、読者の我々にまで問わせてくれる。創作の価値とは何か、なぜそれをしなければならないのか。結末の美しさは他を圧していた。

応募番号順の二作目、塩崎ツトム「ダイダロス」。まだ未知と野蛮が濃厚に残る七〇年代のアマゾンへ、ひと癖ありそうな二人組の男たちが人を探して踏みこんでいく。豪雨と泥土の密林に異形の獣と狂信者たちが見え隠れし、老犬の走る道の先に奇怪な部族が現れる。作者は本コンテスト第九回でも「このしらす」で最終選考にやってきたが、そのときも、出来事や光景を読み手の肌身に感じさせた。今回はその筆力で不気味なジャングルでの冒険を描く。史実と空想を取り交ぜた因縁を各大陸から引き出して、南米の地へ自在に手繰り寄せ、ひとときの悪夢を織り上げたうえ、それをネットと紛争の現代に結び付けてみせる。見事な物語であり、広く読者に知らせないわけにはいかなかった。しかしながら、「SF」を賞する本コンテストが、この作品を適切に賞せられるかどうかの問題があり、特別賞とした。

応募番号順の三作目、江島周「スランバー・デイズ」。この作者も第九回「ドーン・プロトコル」に続いて再び最終選考にたどり着いた。ゾンビ化する感染症が蔓延した近未来の地球。崩壊しつつある日本で、治安部隊員が困難な護送任務を続けるパートは手に汗握る。前回は全員が盲目になった都市でのサバイバルを描いたが、描写に不満な点もあった。今回また極限状況に挑んだことで、迫力や構成力の上達が確かに感じられる。しかしカットバックで南極を飛行船で踏破していくパートになると、なぜか主人公が敵に注射を打ってもらうとか、ゾンビに飛行機を操縦させるなどのギャグめいた展開が出てきて苦しくなる。多分そうしないと場面が進まなかったのだろう。だが物語はそのまま盛り上がらずに敵味方の妥結で終わる。エピローグで明かされる冒頭の仕込みも空回ってしまう。混沌と崩壊のあとに希望を芽吹かせようとする作者の意図は買う。しかし自分の書く小説の山場がどの辺りになるのかを意識して、そこで盛り上がるよう意識していったほうが絶対にいい。前半だけ面白くても世に出せない。

応募番号順の四作目、麻上柊「アクアリウム・ララバイ」。五作品の中で一番文章が整っており、詩情もあった。海中の微生物を利用した全世界通信システムを通じて、女と少女が失われた絆を求めようとする。システムを実用化した社長はより大きな人間と惑星の交感を試みる。精神結合の試みがわかってきた時点で、そんなことをしたら軋轢が大変だろうとこちらは予想したのだが（小川は結合されたくない）、軋轢はまったく起こらず、美しい調和と理解の可能性が示されただけで終わった。こちらの認識をひっくり返して唸らせるだけの力がほしかった。

応募番号順の五作目、小田明宜「白のマチエール」。オランダの田舎で農場を管理していたAI・ザイが世界的に採用された結果、自然管理局という大きな組織を司るようになっている。日本でもザイによって適切だとされる管理が進むが、反抗する人々もいる。組織の指示通りに動いていた女が不幸にも組織の都合で抹殺されかけ、真実に気付いて黒幕を追い詰めていくという定番のひな型だが、自然管理AIが未来予測を行うという要素と、強制睡眠刑による胡蝶の夢的な要素を組み合わせたのが巧みだ。夢と現実が侵食し合い、誰が黒幕で何を目指すべきなのか、わからなくなる中盤が面白い。SF度では「標本作家」と肩を並べる。ただ「世界の主権に名乗り出る」「協力を見せる」など、やや不自然な言い回しが多いのと、主人公の同性愛パートナー関係が余りにも雑に解消されている点が気になり、上位二作品ほど高く評価することはできなかった。

選評

神林長平

いうまでもなくSFはSFならではの面白さがあればこそSFなのであって、それが実現されていなければ〈単なる〉エンタメにすぎない。今年はエンターテインメントの力作がそろったが、SF特有の破格な想像力が駆使されているかといえば、いまひとつだった。SFの想像力は世界の始まりから終わりまでの全存在を俯瞰する。その本質は科学と同根で、なぜ〈わたし〉が存在するのかという哲学に通じる。しかも、エンタメだ。最強の文芸だろう。常人の現状認識をひっくりかえす、SFの凄みを感じさせる作品を求む。

『標本作家』は、評者の私に「自分に能力があればこういうものを書きたい」と思わせる内容だった。それもあって満点をつけたのだが、私が本作を推したのは、書くことの切実さとその限界というものをこの作者自身が身をもって知っていて、その思いをなんとしてでも書き表したいという強い意志を感じたからだ。その作者の思いは語り手である主人公の、「わたしが愛した作家の未完の作品を完成させたい」という願いに乗り移っている。作者はまた、この語り手と同様、編集能力を使って自分自身の思いを実現させる能力に優れている。しかも書くことによって、だ(本作の語り手は自分では書かない)。概念を具体像にする力も並ではなくて、物語終盤に展開される「万華鏡」のイメージは圧巻だ。エンタメとして読むなら、永遠に叶わないはずだった主人公の愛がラストで成就する(読者がこれを読むことによって本作の目的が叶えられる)ハッピーエンドであり、本作は、主人公が(作者が)自力でそれを叶える物語(作品)だ。あと、モデルにした実在作家の実名を出すべきかどうかについて選考会で議論されたが、私は、実名を出さないのは作者の「逃げ」ではなく、単に、この物語と実在の作家は似て非なるものだから違う名にしただけだと解釈する。作者の判断しだいだが、モデルにした作家と作品一覧を参考文献として巻末に出せば、本篇と合わせて一風変わった歴史的名作の読書案内になろう。

『ダイダロス』は、いまという時代になぜこのような時代錯誤な物語を読まなくてはならないのかと思いつつ饒舌な筆致に誘われてラストにたどり着くと、なんとそこに現在視点で書かれたプロローグがあり、すぐにエピローグに引き継がれる。それにより、「現在の世の中は〈陰謀論〉と〈真実〉がキメラ状態になっていて、とても生きにくい」というのが本作のテーマだとわかる仕掛けだ。しかし私にはとってつけたようにしか見えなかった。作者の創作動機は「面白いエンタメが書きたい」だろう。それは、実現されている。だが、新しさはない。よく書けたマジックリアリズム風作品だといわれれば認めるが、既存作品を超えているわけではない。想像力の強度は前年作の『このしらす』のほうが上だし、未来を見据えた主題性は希薄だ。ということで、私の評価は最低だった。しかしエンタメの書き手としての力量を否定してのことではないので、この作品を世に出すことには反対しない。作者には自らが信じる道を進んでいってほしい。

『アクアリウム・ララバイ』は、生体通信という魅力的なSFアイデアに惹かれた。だが物語自体が主人公の悩みを解決することに終始するため、壮大なSFのイメージが矮小化されてしまう。地球の海全体が光り輝き人類の意識がそのとき一瞬でも繋がる、というクライマックスを直接表現できる主人公にすれば傑作になるだろうに、惜しい。でもSFならではの感性は伝わってきて好感を持った。

『白のマチエール』は、生態系を管理するAIが未来予測をもとにした「小説」を創りだし、その予測を覆すことになりそうな人間を排除し始めるという物語だと解釈すると、これは凄いSFだと思うのだが、なんだか主人公が見ている夢物語を見せられているばかりの印象で、緊迫感がない。主題が曖昧だからだろう。タイトルからすると、絵画の創作力が世界を救うという話のように思えるし、少年と年上女性の恋物語でもある。正直なところ、どう読んでいいのかわからなかった。

『スランバー・ディズ』の主題は、「自己犠牲によって家族や仲間たちを救う」と、もうひとつ「人間はどういう環境におかれようとも生き延びることを諦めない」だ。複数の主題を一つの器に盛るのはただでさえ難しいのに、本作のそれらは互いになじまないもののように思える。読み終えても腑に落ちないもやもやが残るのはそのせいだろう。書きたいものが沢山あるのはわかるが、一つの物語にはいま自分が書きたいことを一つだけ、それが傑作を書く秘訣だ。

選評

菅浩江

今回から選考委員になりました。よろしくお願いします。

賞選考の講評はブーメランのように戻ってきて自分の身を切り裂きます。常に自分はできるのかと反省しながらも、新しい才能に巡り会えるのを楽しみにしています。

「白のマチエール」小田明宜

ＡＩによる未来予測、積極的すぎる自然管理、陰謀、恋愛、絵画。それぞれは心惹かれるモチーフでした。ガソリンエンジンのバイクに乗り、コンマ数秒先を読んで戦う冒頭部分は、魅力があると思います。

ただ、「これをこう書こう」という気持ちが強すぎた。社会情勢が一枚の絵でひっくり返るさまは言葉面でなく具体的に悪夢を見せてほしかったし、百合の相手が簡単に身を引きすぎるのも、ブームだから百合を書いたのか、と思えてしまいました。

頭の中の設計図をこなすために、細部に無理をさせたような印象です。

「アクアリウム・ララバイ」麻上柊

綺麗なイメージが詰まった作品でした。

そのビジュアルに呑まれすぎた感は拭えません。海が光るシーンを見せ場にするのであれば、既存の映画やアニメを凌駕する描写でないと太刀打ちできません。残虐行動の理由解明というオチは、個人的にはその事件が起きた段階で判ってしまっていたので拍子抜けしました。

老婆心から言うと、キモとなる発光生物はもう少しあれこれ調べたほうがよいです。夜光虫がモデルかと思いますが、光合成をしつつ夜にはバイオルミネセンスで発光もする、というエネルギーを無駄にするかのような生物は現存せず（近江谷克裕氏など、あるとする学者もいる）、させるのであれば理屈がほしかったです。

「スランバー・ディズ」江島周

アクションシーンが抜群にうまかった。事件の転がしかたも慣れています。

推しきれなかった理由はいくつかあって、一つは感染モノであること。時代に鑑みてもＳＦジャンルとしても食傷気味です。新世代との対立も、既存作品にありすぎます。エリカが二人出てくるのは純粋に疑問でした。実在の国を悪役に名指しするのもよくないと思います。

もっとも大きな瑕疵が解決法、というのが一番のつらさでした。簡単に片方を選んで終わっています。突然、舞台が広がりますが、これなら前半に火星のことももっと印象づけておいてほしかったです。

「ダイダロス」塩崎ツトム

力強い作品。ぐいぐい読ませる。衒学的でもある。トカゲ肌の少女の湖上シーンなど、美しさもある。特別賞には納得です。

少し離れて見直すと、やはり、長すぎる、無駄が多すぎる、と言わざるを得ません。読書の楽しみと完成度の戦いでした。

モチーフもナチの残党の研究であり、新しくはなかったです。ただし、それを使うために、また、「ジャングル探検」という憧れを描くために、この時代を設定したのはセンスがあると思います。

考えたことをすべて突っ込むと冗長で複雑になりすぎます。シーンや来歴を詳しくするのではなく、ストレートに判らせるためにシーンを活用する、という視点で臨んでみてください。

「標本作家」小川楽喜

タイトルはよろしくなかったです。標本になっている作家ではなく、標本を作るクリエイター、とも解釈できてしまうので。

この作品だけが遠未来でした。人類はすでに滅亡し、玲伎種という知性体が、亡くなった小説家たちを甦らせて施設に収容している。共同生活によってどんな文芸作品が出てくるのかの実験、という枠組みです。

よく対策されたという印象でした。魔術的な仕掛けは超科学ということで乗り切り、読むのが面倒になりがちなひとりひとりの人物掘り下げは、標本の説明であり、その後の展開にも不可避。冒頭から監視者がなぜ存在するのかの謎を提示し、小説家たちの新たな取り組みを匂わす。引っ張り方に隙がなかった。

作中作家には実在のモデルがいて、それが読者の知識レベルにとって吉と出るか凶と出るかは心配ですし、『サロメ』はあまりにも有名すぎるとは感じましたが、とにかくリーダビリティが高く、ずっと緊張の続くよい作品だったと思います。

本作が店頭に並んだ時のことを考えても、図書館や書籍などのタームに反応する人たちが一定数いるので、営業的に正しい。

器用さと大胆さを両方兼ね備えた方だと感じ、推しました。

SF界三人目の「小川」さんになられましたね。おめでとうございます。

選評

塩澤快浩（小社編集部）

第十回の今年も、全体的なレベルは高かった。評価点3をつけたのは二作。

オランダを舞台に生体通信技術を描いた『アクアリウム・ララバイ』のイメージは素晴らしかったが、章が変わっても同じような情景描写のみで、人間関係を中心に据えた物語としての展開が弱すぎた。長い詩のような印象。

AIによる未来予測テーマの『白のマチエール』も、ディックや『PSYCHO-PASS サイコパス』の既視感がつきまとい、それを払拭するような芯の通ったキャラクターの物語がなかった。すべての人物が展開に振り回されている印象。

次点の4評価は、前回も最終選考に残った著者による二作。

『スランバー・デイズ』は、前回の『ドーン・プロトコル』に比べて全体の物語にまとまりがあるのは良かったが、パンデミックによる隔離前と後を交互に描く構成の必然性が感じられなかった（隔離後から始まりながら隔離前がメインになるので、物語全体が停滞している印象）。この構成で何を描きたいのか、牽引力となるテーマなり謎なりが欲しかった。

特別賞を受賞した『ダイダロス』も、前回の『このしらす』に比べて物語とテーマに統一感があったが、とはいえクライマックス手前までは、基本的に主人公たちがアマゾンを移動し誰かに会って会話するだけの物語なので、冗長さは否めない。分量的にかなり引き締めることが必要だろう。

最高点の5をつけたのは、大賞を受賞した『標本作家』。考え抜かれた世界観と十一人の作家の設定を通して描かれる、「創作とは何か？」というテーマが胸に迫る。あらゆる設定と標本作家たちの個性が有機的に絡み、かつ語りに工夫を凝らしながら、壮大かつ私的なヴィジョンを紡ぎだすのには本当に感心した。しかし、構成があまりにも精緻に組み上げられているからこそ、個々の設定が人工的というか、恣意的に感じられる点だけが惜しかった。作家たちの自然な姿がもう少し描かれてもよかった。

第十一回 ハヤカワSFコンテスト

～作品募集のお知らせ～

早川書房はつねにSFのジャンルをリードし、21世紀に入っても、伊藤計劃、円城塔、冲方丁、小川一水など新世代の作家を陸続と紹介し、高い評価を得てきました。上記作家陣に続くような、今後のSF界を担う新たな才能を発掘するため、広義のSFを対象とした新人賞「ハヤカワSFコンテスト」を行います。

中篇から長篇までを対象とし、長さにかかわらずもっとも優れた作品に大賞を与え、受賞作品は、日本国内では小社より単行本及び電子書籍で刊行いたします。

たくさんのご応募をお待ちしております。

主催　株式会社早川書房

募集要項

- 対象　広義のＳＦ。自作未発表の小説（日本語で書かれたもの）。
  ※ウェブ上で発表した小説、同人誌などごく少部数の媒体で発表した小説の応募も可。ただし改稿を加えた上で応募し、選考期間中はウェブ上で閲覧できない状態にすること。自費出版で刊行した作品の応募は不可。
- 応募資格　不問
- 枚数　400字詰原稿用紙換算100～800枚程度（別紙に、A4用紙1枚以内で応募者情報を記載したものと5枚以内の梗概を添付。応募者情報の詳細は後述）
- 原稿規定　原稿は縦書き。原稿右側をダブルクリップで綴じ、通し番号をふる。ワープロ原稿の場合はA4用紙に40字×30行で印字する。手書きの場合はボールペン／万年筆を使用のこと（鉛筆書きは不可）。
  応募者情報については、作品タイトル、住所、氏名（ペンネーム使用のときはかならず本名を併記し、本名・ペンネームともにふりがなを振ること）、年齢、職業（学校名、学年）、電話番号、メールアドレスを明記すること。商業出版の経歴がある場合は、応募時のペンネームと別名義であっても応募者情報に必ず刊行歴を明記すること。
- 応募先　〒101-0046　東京都千代田区神田多町2-2
  株式会社早川書房「ハヤカワＳＦコンテスト」係
- 締切　2023年3月31日（当日消印有効）
- 発表　2023年5月に評論家による一次選考、6月に早川書房編集部による二次選考を経て、8月に最終選考会を行う。結果はそれぞれ、小社ホームページ、早川書房「ＳＦマガジン」「ミステリマガジン」で発表。
- 賞　正賞／賞牌、副賞／100万円
- 贈賞イベント　2023年11月開催予定
  ※ご応募いただきました書類等の個人情報は、他の目的には使用いたしません。
  ※詳細は小社ホームページをご覧ください。https://www.hayakawa-online.co.jp

問合せ先

〒101-0046　東京都千代田区神田多町2-2
（株）早川書房内　ハヤカワＳＦコンテスト実行委員会事務局

TEL：03-3252-3111／FAX：03-3252-3115
Email：sfcontest@hayakawa-online.co.jp

本書は、第十回ハヤカワSFコンテスト大賞受賞作『標本作家』を、単行本化にあたり加筆修正したものです。

標本《ひょうほん》作家《さっか》

二〇二三年一月二十日　印刷
二〇二三年一月二十五日　発行

著者　小《お》川《がわ》楽《らく》喜《よし》

発行者　早川　浩
発行所　株式会社　早川書房
郵便番号　一〇一 - 〇〇四六
東京都千代田区神田多町二ノ二
電話　〇三 - 三二五二 - 三一一一
振替　〇〇一六〇 - 三 - 四七七九九
https://www.hayakawa-online.co.jp
定価はカバーに表示してあります

Printed and bound in Japan

印刷・製本／中央精版印刷株式会社

ISBN978-4-15-210206-5 C0093

乱丁・落丁本は小社制作部宛お送り下さい。
送料小社負担にてお取りかえいたします。